Blackwood Manor

Erbe des Wahnsinns

Band 2

Mirco Deflorin

BLACKWOOD MANOR

ERBE DES WAHNSINNS

Mirco Deflorin

Impressum

Bibliografische Information der Deutschen Nationalbibliothek:
Die Deutsche Nationalbibliothek verzeichnet diese
Publikation in der Deutschen Nationalbibliografie;
detaillierte bibliografische Daten sind im Internet
über http://dnb.dnb.de abrufbar.

Die automatisierte Analyse des Werkes, um daraus
Informationen insbesondere über Muster, Trends und
Korrelationen gemäss §44b UrhG („Text und Data Mining")
zu gewinnen, ist untersagt.

© 2024 Mirco Deflorin

Verlag: BoD · Books on Demand GmbH, In de Tarpen 42,
22848 Norderstedt
Druck: Libri Plureos GmbH, Friedensallee 273,
22763 Hamburg

ISBN: 978-3-7693-1408-3

Inhaltsverzeichnis

	Seite
Vorwort	6

1. Kapitel 1: Gefangene des Alptraums — 8
- Alptraumhafte Erinnerungen
- Sarahs blutiger Erweckungsruf
- Lisas zersplitterter Geist
- Max' verzweifelter Rausch

2. Flüsternde Schatten — 27
- Dunkle Gerüchte im Dorf
- Sarahs blutiger Gruss
- Nächtliche Schattenspiele

3. Der Ruf des Wahnsinns — 42
- Der Hautbrief
- Der unheilige Entschluss
- Blutpakt der Verdammten

4. Rückkehr in die Hölle — 56
- Der erweiterte Friedhof
- Max' mysteriöser Verfolger
- Lisas Spiegelvisionen
- Mr. Jenkins' Warnung

5. Am Rande des Abgrunds — 80
- Lisas Zusammenbruch
- Max hört Tims Stimme
- Sarahs Leichenvision

6. Schwelle zur Verdammnis — 93
- Das lebende Portal
- Die organische Eingangshalle
- Manifestation des Bösen
- Das Schmerzensschreien des Hauses

7. Korridor des Wahnsinns — 112
- Die atmenden Wände
- Flüsternde Stimmen
- Tims pulsierendes Herz

8. Zerbrochene Realität 127
- Der Spiegelflügel
- Verzerrte Selbstbilder
- Der Weg ins Ungewisse

9. Lisas Höllenqual 144
- Die Fleischwelt
- Tunnel des Grauens
- Konfrontation mit dem Selbst

10. Suche im Labyrinth 157
- Das sich verändernde Haus
- Kreaturen aus Albträumen
- Max' wachsender Wahnsinn

11. Blutlinie des Bösen 177
- Das verborgene Studierzimmer
- Enthüllungen der Tagebücher
- Der unheilige Pakt

12. Abstieg in die Finsternis 193
- Der Folterkerker
- Lebende Tote
- Das pulsierende Artefakt

13. Lisas Metamorphose 209
- Lisas Rückkehr
- Körperliche Veränderungen
- Prophetin des Chaos

14. Das lebende Haus 223
- Lebendige Architektur
- Unmögliche Geometrie
- Angriff des Hauses

15. Geister der Vergangenheit 240
- Manifestation der Opfer
- Visionen des Todes
- Tims Schicksal

16. Kosmischer Schrecken 255
- Das organische Portal
- Visionen des Unaussprechlichen
- Max' Entführung

17. Max' Verderbnis — 271
- Körperliche Transformation
- Mentale Überflutung
- Sarah's grausame Entscheidung

18. Teuflischer Handel — 287
- Mr. Jenkins' Erscheinung
- Das Angebot
- Der verzweifelte Kampf

19. Tims finsteres Vermächtnis — 300
- Blutgetränkte Aufzeichnungen
- Das Opferritual
- Verdammte Erlösung

20. Schwarze Messe — 311
- Vorbereitung des Grauens
- Lebende Altäre des Wahnsinns
- Widerstand des Hauses

21. Risse im Gefüge der Realität — 325
- Dimensionsportale
- Invasion des kosmischen Horrors
- Sarahs Sturz in den Wahnsinn

22. Sarahs Seelenpein — 338
- Endlosschleife des Grauens
- Enthüllung verdrängter Traumata
- Wahl zwischen Wahnsinn und grausamer Erleuchtung

23. Gericht der Verdammten — 352
- Versammlung der gequälten Seelen
- Anklagen der Vergangenheit
- Urteil der Verdammten

24. Tims unheilige Auferstehung — 366
- Manifestation des Verderbten
- Enthüllung des Verrats
- Teuflisches Angebot

25. Brüderlicher Verrat — 381
- Max' groteskes Comeback
- Konfrontation der Brüder
- Kampf der Monstren

26. Götterdämmerung 395
- Höhepunkt des Rituals
- Einbruch der Outer Gods
- Letztes Gefecht gegen die Finsternis

27. Opfer und Erlösung 409
- Lisas ultimatives Opfer
- Sarahs Verschlingung
- Max' unmögliche Entscheidung

28. Asche und Blut 423
- Das Haus erwacht
- Max' Flucht

29. Schatten der Zukunft 432
- Rückkehr in eine veränderte Welt
- Das lebende Vermächtnis
- Der ewige Zyklus

Nachwort 448

Porträt zu Mirco Deflorin

In den majestätischen Schweizer Alpen findet Mirco Deflorin, Schriftsteller und Psychiatrie-Mitarbeiter, seine kreative Inspiration. Die Berglandschaft nährt seine Fantasie und treibt seine fesselnden literarischen Welten an.

Deflorin verwebt meisterhaft die Nuancen des realen Lebens mit den Möglichkeiten der Fiktion. Seine Werke sind Erkundungen der Seele, die Leser in die Tiefen des menschlichen Geistes eintauchen lassen.

Seine Bücher regen zum Nachdenken an, wecken Emotionen und erweitern die Grenzen der Vorstellungskraft. Sie laden zum Träumen ein, fordern zum kritischen Denken heraus und berühren auf einer zutiefst menschlichen Ebene.

Deflorins einzigartige Perspektive, geformt durch seine Erfahrungen in der Psychiatrie und inspiriert von der Schönheit seiner Heimat, macht ihn zu einer bemerkenswerten Stimme in der zeitgenössischen Literatur.

Vorwort

Verehrter Leser des Grauens

Du hältst nicht nur den zweiten Band einer Horrorsaga in deinen zitternden Händen, sondern den Schlüssel zu einem Albtraum, der deine Seele zerreissen wird. Dieser zweite Band, "Erbe des Wahnsinns", ist eine Neuverfassung und die Fortsetzung der Höllenspirale, die mit "Gefangen im Albtraum" begann. Was einst als harmloser Thriller getarnt war, hat sich zu einem Moloch aus ungezügeltem Horror gewandelt, der deine Seele verschlingen wird.

Die Kapitel, die du gleich betreten wirst, sind wie blutverschmierte Spiegelscherben - jedes ein Fragment einer grösseren, unbeschreiblichen Grausamkeit. Sie folgen keiner chronologischen Ordnung, denn der Wahnsinn tanzt seinen eigenen, perversen Reigen.

In einem Moment wirst du Zeuge von Lisas entsetzlicher Metamorphose, nur um im nächsten in eine völlig neue Szene der Qual geworfen zu werden. Lass dich nicht von deiner Verwirrung lähmen - sie ist der Wegweiser durch dieses Labyrinth aus Fleisch und Schmerz.

Jedes Kapitel ist ein Puzzleteil, durchtränkt von Blut und Wahnsinn. Erst wenn du alle Stücke zusammenfügst, wirst du das volle Ausmass des kosmischen Horrors begreifen. Aber sei gewarnt: Mit jedem Teil, das du an seinen Platz zwingst, riskierst du, deinen eigenen Verstand zu zerfetzen.

Die wahre Chronologie dieser Geschichte liegt verborgen in den Tiefen deiner finstersten Albträume. Nur dort, in den Eingeweiden deines Unterbewusstseins, wirst du die Antworten finden, nach denen du suchst - und jene, vor denen du zitternd zurückschreckst.

Tritt ein in diesen Irrgarten aus pulsierendem Fleisch und lebenden Schatten. Lass dich von deinen Urängsten durch die Dunkelheit führen. Und vergiss nicht: In Blackwood Manor ist nichts so, wie es scheint. Hinter jeder Tür lauert ein neuer Schrecken, jeder Spiegel zeigt dir ein anderes, verzerrtes Selbst.

Willkommen im "Erbe des Wahnsinns". Möge dein Geist stark genug sein, um das Ende zu erreichen - oder wahnsinnig genug, um es zu geniessen.

Mit blutigem Gruss und perversem Vergnügen,

Mirco Deflorin

Kapitel 1: Gefangene des Albtraums

Albtraumhafte Erinnerungen

Die Nacht lag dunkel über Havenwood, als sich Sarah mit einem lauten Schrei aus ihrem unruhigen Schlummer riss. Ihr Nachthemd klebte schweissdurchtränkt an ihrem zitternden Körper, während Tims gellende Todesschreie in ihren Ohren nachhallten wie ein grausames Echo aus der Hölle selbst.

Mit weit aufgerissenen Augen starrte sie in die Dunkelheit ihres Schlafzimmers, unfähig den Nachhall seiner Qualen aus ihrem Kopf zu verbannen. Jeder Atemzug fühlte sich an, als würde sie Glasscherben einatmen, die ihre Lungen von innen zerfetzten. Sarah biss sich auf die Unterlippe, bis der Geschmack ihres eigenen Blutes ihre Zunge benetzte - ein verzweifelter Versuch, sich in die Realität zurückzuholen.

Doch die Realität war nicht minder grausam als ihre Albträume. Mit nervösen Fingern tastete sie nach dem Lichtschalter neben ihrem Bett, nur um vor Entsetzen aufzukeuchen, als der kalte Schein der Nachttischlampe bizarre Symbole auf ihrer Haut enthüllte. Wie von Geisterhand gezeichnet pulsierten die fremdartigen Zeichen auf ihren Armen und ihrem Oberkörper, schienen sich unter ihrer Haut zu bewegen wie Maden in einem verwesenden Kadaver. Sarah rieb panisch über die Markierungen, kratzte sich blutig in dem verzweifelten Versuch, sie wegzuwischen, doch sie verschwanden so plötzlich wie sie gekommen waren und hinterliessen nichts als gerötete Striemen auf ihrer malträtierten Haut.

Wenige Strassen entfernt kauerte Lisa zusammengekrümmt in der Ecke ihres Badezimmers, den Blick starr auf ihre fahrigen Hände gerichtet. Der beissende Geruch von Eisen und Tod, vermischte sich mit dem Gestank ihrer eigenen Angst zu einer widerlichen Melange. Obwohl sie ihre Hände bereits wund geschrubbt hatte, klebte Tims Blut wie ein unsichtbarer Film an ihrer Haut, eine grausame Erinnerung an die Nacht, die ihr Leben für immer verändert hatte.

"Komm zurück, Lisa", flüsterte Tims Stimme aus den Tiefen Ihres gequälten Verstandes. "Komm zurück und beende, was du begonnen hast."

Lisa presste die Hände auf ihre Ohren, Tränen rannen über ihre eingefallenen Wangen. "Hör auf!", schluchzte sie. "Bitte hör auf!" Doch Tims Stimme wurde nur lauter, vermischte sich mit dem hämmernden Pochen ihres eigenen Herzschlags.

In einem Anfall von Verzweiflung griff sie nach der zerbrochenen Rasierklinge auf dem Boden neben ihr. Vielleicht, so dachte sie in einem Moment kristallklarer Klarheit, würde frisches Blut das Alte wegwaschen. Mit zitternden Fingern setzte sie die scharfe Klinge an ihr Handgelenk, bereit, die Dämonen in ihrem Kopf zum Schweigen zu bringen.

Zur gleichen Zeit wälzte sich Max schweissgebadet in seinen zerwühlten Laken, gefangen in einem Albtraum aus Blut und zerrissenen Gliedmassen. Vor seinem inneren Auge spielten sich immer wieder die grauenvollen Szenen jener Nacht ab, in der Tim sein Leben auf so brutale Weise verloren hatte.

Er sah Tims zerfetzten Körper vor sich, Eingeweide quollen aus klaffenden Wunden, während sein Bruder mit letzter Kraft nach ihm griff. Max wollte schreien, wollte weglaufen, doch seine Beine machten nicht mit.

Eine Flut von Erinnerungen überrollte ihn - Kindheitstage, als er und Tim unzertrennlich waren, gemeinsame Abenteuer im Wald hinter ihrem Elternhaus. Das Lachen seines grossen Bruders hallte in seinen Ohren wider, vermischte sich mit den Todesschreien des zerfetzten Körpers vor ihm. Max' Herz zersprang vor Schuld und Trauer. Er hatte Tim nicht beschützen können, hatte versagt als sein kleiner Bruder.

Stattdessen musste er hilflos mit ansehen, wie sich Tims Fleisch vor seinen Augen zersetzte, bis nur noch ein grinsender Schädel übrig blieb.

Und über allem thronte das grausame Lächeln von Jeremiah Blackwood, eine Fratze aus purer Boshaftigkeit, die Max bis in seine Knochen erschaudern liess. Blackwoods Augen glühten wie Kohlen in der Dunkelheit, versprachen Qualen jenseits menschlicher Vorstellungskraft.

Mit einem erstickten Keuchen fuhr Max aus dem Schlaf hoch, sein Herz raste wie ein gefangenes Tier in seiner Brust. Sofort spürte er diese unheimliche Verbindung zu Blackwood Manor, die wie ein unsichtbares Band an seiner Seele zerrte. Es fühlte sich an, als würde etwas Dunkles, Uraltes nach ihm rufen, ihn zu sich locken mit dem süssen Versprechen von Erlösung - oder ewiger Verdammnis.

Ein plötzlicher, stechender Schmerz durchzuckte seinen Körper wie ein Blitzschlag. Max krümmte sich zusammen, unfähig zu atmen oder zu schreien. In diesem Moment der Qual sehnte er sich verzweifelt nach der tröstenden Gegenwart seines grossen Bruders. Wie oft hatte Tim ihn aus Albträumen geweckt, als sie noch Kinder waren? Max erinnerte sich an Tims warme Umarmungen, an das beruhigende Gefühl, nicht allein zu sein. Jetzt war er allein, gefangen in einem Albtraum, aus dem es kein Erwachen gab. Die Leere, die Tims Tod hinterlassen hatte, drohte ihn zu verschlingen.

Es fühlte sich an, als würden unsichtbare Klauen sein Fleisch von den Knochen reissen, während gleichzeitig flüssiges Feuer durch seine Adern gepumpt wurde. Genauso plötzlich wie er gekommen war, verschwand der Schmerz wieder und liess Max keuchend und desorientiert zurück.

Sarah, Lisa und Max wussten nicht, dass sie in diesem Moment durch ihr geteiltes Leid verbunden waren, gefangen in einem Netz aus Alpträumen und unerklärlichen Qualen. Doch tief in ihrem Inneren spürten sie, dass dies erst der Anfang war, dass das wahre Grauen noch auf sie wartete.

In ihren fiebergezeichneten Träumen sahen sie Mr. Jenkins, den Totengräber von Havenwood, wie er mit grotesk verzerrtem Grinsen neue Gräber auf dem Friedhof aushob. Seine Schaufel grub sich tief in die schwarze Erde, während er ein unheilvolles Lied vor sich hin summte. Zu ihrem Entsetzen erkannten sie die Namen auf den frisch aufgestellten Grabsteinen: Sarah Miller, Lisa Evans, Max Johnson.

"Willkommen zurück", seine Worte durchbohrten die Luft wie tausend winzige, vergiftete Nadeln. "Wir haben euch schon erwartet." Sein Lachen hallte über den Friedhof, vermischte sich mit dem Kreischen hungriger Raben zu einem Durcheinander des Todes.

Als sie aus diesen Visionen erwachten, klebte der Geschmack von Asche und Verwesung auf ihren Zungen. Eine düstere Vorahnung kroch wie giftiger Nebel durch ihre Gedanken - die unerschütterliche Gewissheit, dass ihr Albtraum noch lange nicht vorbei war. Etwas Böses, etwas unsagbar Grauenvolles wartete auf sie in den Schatten von Blackwood Manor. Und es wurde mit jedem verstreichenden Moment hungriger.

Sarah starrte mit leerem Blick aus ihrem Fenster in die Nacht hinaus. Irgendwo dort draussen lauerte Jeremiah Blackwood, wartete geduldig darauf, dass sie zu ihm zurückkehrten. Sie spürte seine Präsenz wie ein dunkles Flüstern in ihrem Verstand, verlockend und abstossend zugleich.

Lisa kauerte zitternd unter ihrer Dusche, liess eiskaltes Wasser über ihren Körper strömen in dem verzweifelten Versuch, das Blut fortzuwaschen, das nur sie sehen konnte. Tims Stimme wurde lauter in ihrem Kopf, ein stetiger Chor aus Anschuldigungen und Versprechungen.

Max lag regungslos auf seinem Bett, starrte an die Decke während sich die Schatten um ihn herum zu bewegen schienen. Er spürte, wie die Verbindung zu Blackwood Manor stärker wurde, ein unwiderstehlicher Sog, der ihn zurück an jenen verfluchten Ort zu ziehen drohte.

Sie alle wussten, tief in ihren von Angst zerfressenen Seelen, dass sie dem Ruf früher oder später folgen mussten. Blackwood Manor wartete auf sie, ein hungriges Maul voller Schrecken und Wahnsinn. Und egal wie sehr sie sich dagegen wehrten - am Ende würden sie zurückkehren.

Denn manche Albträume enden nie wirklich. Sie warten nur darauf, dass wir unsere Augen wieder schliessen.

Sarahs blutiger Erweckungsruf

Die Buchhandlung "Papyrus" war ein Zufluchtsort für Sarah geworden, ein verzweifelter Versuch, die grauenvollen Erinnerungen an Blackwood Manor zu verdrängen. Mit zitternden Händen sortierte sie die Bücher in den staubigen Regalen, während ihr Geist von düsteren Schatten heimgesucht wurde. Jedes Mal, wenn sie ein Buch über Okkultismus oder Geistergeschichten berührte, durchzuckte sie ein eisiger Schauer, als würden unsichtbare Finger über ihre Wirbelsäule gleiten.

Sarah arbeitete wie besessen, stapelte Bücher höher und höher, als könnte sie die Mauern um ihr gequältes Herz errichten. Doch egal wie sehr sie sich in die Arbeit stürzte, die Erinnerungen an Tim und die Schrecken jener Nacht sickerten wie giftiger Nebel durch jede Ritze ihrer brüchigen Fassade.

Mit gesenktem Blick bediente sie die Kunden, vermied jeden direkten Augenkontakt aus Furcht, in den Augen der Fremden Tims anklagenden Blick zu erkennen. Einmal, als ein junger Mann mit sandfarbenem Haar die Buchhandlung betrat, erstarrte Sarah vor Schreck.

"Für meinen Bruder", sagte er lächelnd. Sarah nickte mechanisch, während ihr Blick auf das Buchcover fiel. Zwei lachende Jungen blickten ihr entgegen - wie Max und Tim früher, dachte sie. Die unbeschwerte Freude in ihren Augen schnürte Sarah die Kehle zu. Sie erinnerte sich an die zahllosen Male, die sie die Brüder zusammen gesehen hatte, wie sie sich neckten und doch immer füreinander da waren. Nun war diese Bindung für immer zerrissen, ein weiteres Opfer jener grauenvollen Nacht.

Nach Ladenschluss hetzte Sarah durch die düsteren Strassen nach Hause, das Gefühl nicht loswerdend, von unsichtbaren Augen beobachtet zu werden. In ihrer Wohnung angekommen, verriegelte sie hastig Türen und Fenster, zog die Vorhänge zu und kauerte sich zitternd in eine Ecke. Doch selbst hinter verschlossenen Türen fühlte sie sich nicht sicher. Die Schatten in den Ecken schienen zu wachsen, formten groteske Gestalten, die nur darauf warteten, sich auf sie zu stürzen.

In dieser Nacht erwachte Sarah erschrocken, ihr Nachthemd klebte schweissdurchtränkt an ihrem bebenden Körper. Ihr Herz raste wie besessen, als würde es von unsichtbaren Dämonen gejagt.

Sie tastete panisch nach dem Lichtschalter, doch als das grelle Licht ihre Umgebung erhellte, wünschte sie sich sofort in die gnädige Dunkelheit zurück.

Ihre Arme waren übersät mit tiefen, blutenden Furchen, die ihre eigenen Fingernägel in einem Anfall von Wahnsinn in ihr Fleisch gegraben hatten. Das Blut sickerte in das weisse Laken, bildete abstrakte Muster wie ein perverses Kunstwerk. Sarah starrte entsetzt auf ihre Hände, an denen Hautfetzen und geronnenes Blut klebten. Dann fiel ihr Blick auf ein gerahmtes Foto auf ihrem Nachttisch - Max und Tim, Arm in Arm, lachend bei einem Picknick im letzten Sommer. Die unbeschwerte Freude in ihren Gesichtern war wie ein Messer in Sarahs Herz. Sie erinnerte sich an die liebevolle Art, wie Tim seinen kleinen Bruder beschützt hatte, wie

Max zu ihm aufgeblickt hatte. Nun war dieses Band unwiederbringlich zerrissen, eine weitere grausame Folge jener Nacht in Blackwood Manor.

Ein blutiger Geruch stieg ihr in die Nase.

Mit zitternden Beinen schleppte sie sich ins Badezimmer, um ihre Wunden zu versorgen. Doch als sie in den Spiegel blickte, erstarrte sie vor Entsetzen. Für den Bruchteil einer Sekunde sah sie nicht ihr eigenes Gesicht, sondern Tims verzerrte Züge. Seine Augen waren weit aufgerissen, erfüllt von unendlichem Schmerz und Anklage. Sein Mund öffnete sich zu einem stummen Schrei, Blut quoll zwischen seinen Lippen hervor. Sarah taumelte zurück, stiess einen gellenden Schrei aus und schlug mit der Faust gegen den Spiegel. Das Glas zersprang, zerschnitt ihre Knöchel und hinterliess einen Regen aus silbernen Scherben auf dem Boden.

Schluchzend sank Sarah zu Boden, umklammerte ihren zitternden Körper. Doch selbst hier fand sie keine Ruhe. Ein unheilvolles Flüstern drang aus den Wänden, Stimmen die sie beim Namen riefen, lockten und drohten zugleich. "Sarah", zischten sie, "komm zurück zu uns. Du gehörst uns. Für immer."

Mit weit aufgerissenen Augen kroch Sarah zurück in ihr Schlafzimmer, unfähig den Stimmen zu entkommen. Ihr Blick fiel auf etwas Unerwartetes neben ihrem Bett - eine Puppe, die sie noch nie zuvor gesehen hatte. Die Porzellanpuppe starrte sie mit leeren Augen an, ihr weisses Kleid war übersät mit dunkelroten Flecken. Sarah wollte schreien, doch kein Laut kam über ihre Lippen. Mit zitternden Fingern berührte sie die Puppe und zuckte sofort zurück. Die Flecken waren feucht, frisches Blut verschmierte ihre Fingerspitzen.

Panik überkam Sarah. Sie sprang auf, rannte zur Tür, zerrte am Türknauf - doch die Tür blieb verschlossen, als wäre sie mit dem Rahmen verschmolzen. Verzweifelt schlug sie gegen das Holz, schrie um Hilfe, doch niemand antwortete. Die Stimmen in den Wänden wurden lauter, vermischten sich zu einem wahnsinnigen Chor aus Gelächter und Schmerzensschreien.

Sarah sank zu Boden, presste die Hände auf ihre Ohren, doch es half nichts. Die Stimmen drangen in ihren Verstand ein, flüsterten von den Schrecken, die noch auf sie warteten. Von Jeremiah Blackwood, der geduldig auf ihre Rückkehr wartete. Von Tim, dessen gequälte Seele nach Erlösung schrie.

Als die ersten Sonnenstrahlen durch die Vorhänge drangen, lag Sarah zusammengekauert in der Ecke ihres Zimmers. Ihre Augen waren gerötet und leer, ihr Gesicht eine Maske aus getrocknetem Blut und Tränen. Die Puppe sass neben ihr, ein groteskes Lächeln auf ihren Porzellanzügen. Sarah wusste, dass dies erst der Anfang war. Der Albtraum hatte sie fest in seinen Klauen - und er würde sie nicht mehr loslassen.

Lisas zersplitterter Geist

Die Therapiepraxis von Dr. Holloway glich einem sterilen Käfig, in dem Lisa zweimal die Woche ihre zerbrochene Seele zur Schau stellte. Der beissende Geruch von Desinfektionsmitteln vermischte sich mit dem Gestank ihrer eigenen Angst zu einer widerlichen Mischung, die ihr die Kehle zuschnürte.

Lisa sass zusammengekauert auf der ledernen Couch, ihre knochigen Finger krallten sich in die Armlehnen, als wollte sie sich an der letzten verbliebenen Realität festhalten. Ihr einst glänzendes Haar hing ihr strähnig ins Gesicht, klebte an ihrer schweissnassen Stirn wie verwelkte Algen.

Dr. Holloway beobachtete sie mit gerunzelter Stirn, sein Kugelschreiber kratzte unablässig über das Papier seines Notizblocks. Das Geräusch bohrte sich wie tausend kleine Nadeln in Lisas Gehirn.

"Lisa, Sie machen keinerlei Fortschritte", sagte er mit einem Seufzen. "Wenn Sie sich nicht öffnen, kann ich Ihnen nicht helfen."

Lisa hob langsam den Kopf, ihre blutunterlaufenen Augen fixierten den Therapeuten mit einem Blick, der ihm einen eisigen Schauer über den Rücken jagte.

"Helfen?", flüsterte sie mit heiserer Stimme. "Niemand kann mir helfen. Niemand kann "uns" helfen."

Ein irres Kichern entfuhr ihrer Kehle, liess Dr. Holloway unwillkürlich zurückweichen. Für einen Moment glaubte er, in Lisas Augen etwas Fremdartiges zu sehen - einen Schatten, der nicht zu ihr gehörte.

Nach jeder dieser nutzlosen Sitzungen hastete Lisa wie ein gehetztes Tier durch die Strassen, ihr Blick huschte panisch von einem Schatten zum nächsten. In ihrer winzigen Wohnung angekommen, verriegelte sie hastig die Tür und sank zitternd zu Boden.

Mit zuckenden Fingern zog sie die zerknitterten Zeitungsausschnitte aus ihrer Tasche, breitete sie vor sich aus wie ein makabres Puzzle. Vermisstenanzeigen, Berichte über unerklärliche Todesfälle, Sichtungen mysteriöser Kreaturen - Lisa hatte sie alle gesammelt, in dem verzweifelten Versuch, einen Sinn in dem Chaos zu finden, das ihr Leben verschlungen hatte.

Stundenlang starrte sie auf die Artikel, murmelte unverständliche Worte vor sich hin. Die Buchstaben begannen vor ihren Augen zu verschwimmen, formten abscheuliche Symbole, die ihr das Blut in den Adern gefrieren liessen.

"Ich verstehe es nicht", schluchzte sie, riss frustriert an ihren Haaren. "Warum? WARUM?"

In einem Anfall von Raserei begann Lisa, die Zeitungsausschnitte zu zerreissen. Ihre Fingernägel gruben sich in das Papier, zerfetzten die Worte, als könne sie damit die Erinnerungen auslöschen. Fetzen wirbelten durch die Luft wie perverse Konfetti, bedeckten den Boden um sie herum.

Erschöpft und keuchend liess Lisa die Hände sinken. Ihr Blick fiel auf den kleinen Handspiegel, der auf dem Boden neben ihr lag. Mit zitternden Fingern hob sie ihn auf, starrte in die reflektierende Oberfläche.

Für einen Moment sah sie ihr eigenes verwahrlostes Gesicht - eingefallene Wangen, dunkle Ringe unter den Augen, aufgesprungene Lippen. Doch dann verzerrte sich das Bild, wie Wellen auf einer Wasseroberfläche.

Lisa keuchte entsetzt auf, als Tims Gesicht in dem Spiegel erschien. Seine einst warmen braunen Augen waren nun kalt und leblos, starrten sie anklagend an. Blut sickerte aus seinen Mundwinkeln, bildete dunkle Rinnsale auf seiner fahlen Haut.

"Du hast mich verlassen", krächzte ihr Tim zu. "Du hast zugelassen, dass sie mich töten."

"Nein!", schrie Lisa. "Ich wollte das nicht! Ich konnte nichts tun!"

Mit einem wütenden Schrei schleuderte sie den Spiegel gegen die Wand. Das Glas zersprang in tausend Scherben, regnete wie tödliche Diamanten zu Boden. Lisa starrte mit weit aufgerissenen Augen auf die Bruchstücke. In jedem einzelnen glaubte sie, Tims anklagende Augen zu sehen.

Wie in Trance begann sie, die Scherben aufzusammeln. Das scharfe Glas schnitt tief in ihre Handflächen, hinterliess blutige Spuren auf dem Boden. Doch Lisa spürte den Schmerz nicht. Das warme Blut, das zwischen ihren

Fingern hervorsickerte, fühlte sich an wie eine perverse Erlösung.

Mit zitternden Händen hob sie eine besonders grosse Scherbe an ihr Handgelenk. Der kalte Stahl auf ihrer Haut fühlte sich tröstlich an, versprach ein Ende des Leidens. Lisa atmete tief durch, bereit, den erlösenden Schnitt zu setzen.

Doch im letzten Moment hielt sie inne. Ein eisiger Schauer lief ihr über den Rücken, als sie spürte, wie sich etwas in Ihrem Kopf bewegte. Es fühlte sich an, als würde eine fremde Präsenz von ihrem Verstand Besitz ergreifen.

Lisa öffnete den Mund zu einem stummen Schrei, als eine ölige, schwarze Flüssigkeit aus ihren Ohren zu sickern begann. Der Gestank von Verwesung erfüllte den Raum.

Mit weit aufgerissenen Augen taumelte Lisa zum Spiegel im Badezimmer. Was sie dort sah, liess ihr Herz für einen Moment aussetzen. Ihre Augen waren pechschwarz geworden, wie leere Löcher in ihrem Gesicht. Die dunkle Flüssigkeit quoll nun auch aus ihren Augenwinkeln und ihrer Nase, hinterliess schmierige Spuren auf ihrer leichenblassen Haut.

"Willkommen zurück, Lisa", flüsterte eine Stimme in ihrem Kopf - eine Stimme, die weder ihr noch Tim gehörte. "Es wird Zeit, dass du nach Hause kommst."

Lisa sank auf die Knie, umgeben von Glasscherben und zerrissenen Fotos. Ihr Körper zuckte unkontrolliert, während fremdartige Worte über ihre Lippen sprudelten. Es klang wie eine uralte, längst vergessene Sprache - dunkel und bedrohlich.

Die Schatten in den Ecken des Raumes schienen zu wachsen, streckten gierige Finger nach ihr aus. Lisa wusste, dass sie dem Ruf nicht länger widerstehen konnte. Blackwood Manor wartete auf sie, ein hungriges Maul voller Schrecken und Wahnsinn.

Mit letzter Kraft kroch sie zum Telefon, wählte mit kribbelnden Fingern eine Nummer. Als sich am anderen Ende der Leitung eine vertraute Stimme meldete, brachte Lisa nur ein Wort hervor, bevor die Dunkelheit sie völlig verschlang:

"Sarah..."

Max' verzweifelter Rausch

Die Flasche Whiskey glitt aus Max' zitternden Fingern und zerschellte klirrend auf dem verdreckten Boden seiner Wohnung. Glasscherben und bernsteinfarbene Flüssigkeit vermischten sich zu einer glitzernden Pfütze, in der sich das fahle Mondlicht spiegelte. Max starrte mit glasigen Augen auf das Chaos zu seinen Füssen, unfähig sich zu bewegen.

Sein Verstand schwamm in einem Meer aus Alkohol und Beruhigungsmitteln, ein verzweifelter Versuch, die Dämonen in seinem Kopf zum Schweigen zu bringen. Doch je mehr er trank, desto lauter wurden die Stimmen. Tims Stimme.

"Du hast mich im Stich gelassen", hallte es durch seinen Schädel. "Du hast zugesehen, wie sie mich in Stücke gerissen haben."

"Nein!", brüllte Max und schlug sich mit den Fäusten gegen die Schläfen. "Hör auf! Lass mich in Ruhe!"

Doch die Stimme wurde nur lauter, vermischte sich mit dem wilden Pochen seines eigenen Herzschlags zu einer furchtbaren Getöse des Wahnsinns. Max taumelte durch den Raum, stiess gegen Möbel und Wände. Leere Flaschen und Pillendosen knirschten unter seinen nackten Füssen.

Er hatte jegliches Zeitgefühl verloren. Tage und Nächte verschwammen zu einem endlosen Albtraum. Immer wieder fand er sich an fremden Orten wieder, ohne jede Erinnerung, wie er dorthin gekommen war. Einmal erwachte er mitten auf einem Friedhof, umgeben von verwitterten Grabsteinen. Ein anderes Mal in einer dunklen Gasse, die Kleider zerrissen und mit Blut besudelt.

Max mied jeden Kontakt zu Sarah und Lisa. Der blosse Gedanke an sie liess die Erinnerungen an jene grauenvolle Nacht in Blackwood Manor mit voller Wucht zurückkehren. Er sah Tims zerfetzten Körper vor sich, hörte seine verzweifelten Todesschreie.

Schwankend schleppte sich Max ins Badezimmer. Der Anblick im Spiegel liess ihn erschaudern. Sein Gesicht war eingefallen, die Augen tief in den Höhlen versunken. Dunkle Ringe zeugten von zahllosen schlaflosen Nächten. Sein unrasierter Bart war verfilzt und stank nach Erbrochenem.

Plötzlich begann ein unerträgliches Jucken unter seiner Haut. Es fühlte sich an, als würden Tausende winziger Insekten durch seine Adern krabbeln. Max kratzte sich die Arme blutig, doch das Jucken wurde nur schlimmer.

"Lass es zu", flüsterte Tims Stimme in seinem Kopf. "Lass sie raus. Sie wollen frei sein."

Max' blickte auf die Rasierklinge neben dem Waschbecken. Zittrig griff er danach, führte die scharfe Klinge an sein Handgelenk. Ein dünner roter Faden rann über seine Haut, als er einen ersten vorsichtigen Schnitt setzte.

Der Schmerz brachte für einen Moment Klarheit in seinen benebelten Verstand. Doch dann verwandelten sich die gekachelten Wände vor seinen Augen. Das glatte Weiss wurde zu pulsierendem Fleisch, Adern zuckten unter der Oberfläche.

Max taumelte schreiend zurück, knallte mit dem Hinterkopf gegen die Badewanne. Schwarze Punkte tanzten vor seinen Augen, während sich das Badezimmer um ihn drehte. Die Wände schienen näher zu kommen, Auswüchse aus Fleisch und Knochen streckten sich nach ihm aus.

In einem Anfall von Panik und Wahnsinn begann Max, auf sich selbst einzustechen. Die Rasierklinge zerschnitt Haut und Muskeln, als würde er versuchen, die Kreaturen unter seiner Haut zu befreien. Blut spritzte in hohem Bogen, verteilte sich wie ein makabres Kunstwerk auf den weissen Fliesen.

Der Schmerz war überwältigend, doch Max lachte nur. Ein irres, keuchendes Lachen, das in hysterisches Schluchzen überging. Er spürte, wie das Leben aus ihm herausfloss, warm und klebrig zwischen seinen Fingern.

"Ist es das, was du willst?", schrie er in den leeren Raum. "Bist du jetzt zufrieden, Tim?"

Doch nur das Echo seiner eigenen Stimme antwortete ihm. Max sank auf den blutgetränkten Boden, sein Körper zuckte unkontrolliert. Die Welt um ihn herum verschwamm, wurde zu einem Strudel aus Farben und Schatten.

Als die Dunkelheit ihn zu verschlingen drohte, sah Max plötzlich eine Gestalt in der Tür stehen. Eine hochgewachsene Figur mit blasser Haut und stechenden Augen. Jeremiah Blackwood lächelte auf ihn herab, streckte einladend die Hand aus.

"Willkommen zurück", sagte er mit samtweicher Stimme. "Wir haben dich schon erwartet."

Max wollte schreien, doch kein Laut kam über seine Lippen. Seine Sicht verdunkelte sich, während Blackwoods Lachen in seinen Ohren widerhallte. Das letzte, was er spürte, war eine eiskalte Hand, die sich um sein Herz schloss.

Dann wurde alles schwarz.

Kapitel 2: Flüsternde Schatten

Dunkle Gerüchte im Dorf

Die bleierne Schwere eines regnerischen Herbstmorgens lag über Havenwood, als Sarah, Lisa und Max wie von unsichtbarer Hand gelenkt zeitgleich ihre Briefkästen öffneten. Jeder von ihnen fand ein identisches Paket vor - klein, in braunes Papier gewickelt und ohne Absender. Ihre Hände zitterten, als sie die Pakete entgegennahmen, ein eisiger Schauer kroch ihre Wirbelsäulen hinauf.

Sarah zerriss mit zappelnden Fingern das Papier. Ihr Herz setzte für einen Schlag aus, als sie den Inhalt erblickte: Eine antike Taschenuhr, deren Zeiger still standen. Sie erkannte sie sofort - es war Tims Uhr, die er in jener verhängnisvollen Nacht getragen hatte. Blutverkrustete Spritzer bedeckten das ehemals glänzende Zifferblatt.

Lisa entdeckte in ihrem Paket eine zerbrochene Porzellanpuppe, deren lebloses Gesicht sie mit glasigen Augen anstarrte. Es war dieselbe Puppe, die sie in einem der verstaubten Kinderzimmer von Blackwood Manor gefunden hatte. Doch nun waren die zarten Gesichtszüge zu einer Fratze des Schreckens verzerrt, winzige Risse durchzogen die bleiche Haut wie feine Spinnweben.

Max hielt mit bebenden Händen einen antiken Brieföffner, dessen elfenbeinerner Griff sich kalt und schwer in seine Handfläche schmiegte. Er hatte ihn auf Jeremiah Blackwoods Schreibtisch liegen sehen, Sekunden bevor die Hölle über sie hereinbrach. Getrocknetes Blut klebte noch immer an der ehemals glänzenden Klinge.

Als ihre Finger die Gegenstände berührten, durchzuckte sie ein gleissender Schmerz. Vor ihren Augen flackerten grauenvolle Visionen auf:

Sarah sah Tim, wie er sich in Todesqualen auf dem Boden wand, während dunkle Monster seinen Körper zerrissen. Seine Schreie hallten in ihren Ohren wider, vermischten sich mit dem unerbittlichen Ticken einer Uhr, die die letzten Sekunden seines Lebens zählte.

Lisa erblickte sich selbst, wie sie mit irrem Blick durch die düsteren Korridore von Blackwood Manor irrte. Blut tropfte von ihren Händen, während sie die zerschmetterte Puppe an ihre Brust presste und ein Wiegenlied summte. Hinter ihr formten sich Schatten zu monströsen Gestalten, die nach ihr griffen.

Max durchlebte erneut den grauenvollen Moment, als die schwarzen Schattenmonster aus den dunkelsten Winkeln des Raumes krochen. Ihre klauenbewehrten Extremitäten zuckten gierig, als sie sich auf Tim stürzten. Max spürte, wie sich eine krankhafte Erregung in ihm ausbreitete, während er zusah, wie die Kreaturen Tims Fleisch in Fetzen rissen.

Er hätte eingreifen können, hätte seinen Bruder retten können - doch stattdessen stand er wie gelähmt da, gefesselt von einer perversen Faszination. Jeder Schrei Tims, jedes Knacken brechender Knochen, jedes feuchte Reissen zerrender Muskeln sandte Wellen der Lust durch Max' Körper.

Seine Hände zitterten vor unterdrücktem Verlangen, selbst Teil dieses grotesken Spektakels zu werden. Als Tims gequälte Augen ein letztes Mal flehend zu ihm aufblickten, durchzuckte Max eine Welle ekstatischer Schuld. Er hatte nicht nur zugesehen - er hatte es genossen, hatte sich an Tims Qualen berauscht wie an einer verbotenen Droge.

Während die Monster den leblosen Körper verschlangen, spürte Max, wie sich etwas in ihm veränderte. Eine Dunkelheit, die er lange unterdrückt hatte, brach sich Bahn und erfüllte ihn mit einer grauenvollen Mischung aus Schuld, Scham und perverser Befriedigung.

Inmitten dieser Visionen des Grauens erschien Jeremiah Blackwoods Gesicht, eine Maske aus purer Boshaftigkeit. Seine Stimme drang wie giftiger Nebel in ihre Gedanken: "Kommt zurück", flüsterte er verführerisch. "Kommt zurück nach Hause. Blackwood Manor wartet auf euch."

Mit einem erstickten Keuchen liessen Sarah, Lisa und Max die Gegenstände fallen, als hätten sie sich die Finger verbrannt. Doch das Flüstern in ihren Köpfen verstummte nicht. Es war, als hätte Blackwood Manor einen Teil seiner düsteren Präsenz mit diesen Relikten zu ihnen geschickt - ein unheilvoller Vorbote dessen, was noch kommen sollte.

Während die drei Überlebenden mit ihren ganz persönlichen Dämonen rangen, begannen sich im Städtchen finstere Gerüchte auszubreiten. Die Bewohner von Ravenwood, die bisher nur hinter vorgehaltener Hand über die Ereignisse in Blackwood Manor getuschelt hatten, wurden nun offener in ihren Anschuldigungen.

In der örtlichen Kneipe "Zum Gehenkten Mann" sassen die Alten zusammen, ihre Gesichter vom flackernden Kaminfeuer in unheimliche Schatten getaucht. "Ich sag's euch", murmelte der alte Pete, während er seinen Bierkrug umklammerte, "die drei sind vom Teufel besessen. Hab's mit eigenen Augen gesehen!"

Die anderen lehnten sich neugierig vor, begierig darauf, mehr zu hören. Pete senkte verschwörerisch die Stimme: "Letzte Nacht, als der Vollmond schien, hab ich sie im Wald gesehen. Splitternackt waren sie, tanzten um ein Feuer und murmelten in fremden Zungen. Und dann..." Er stockte, seine Augen weiteten sich vor Entsetzen bei der Erinnerung. "Dann opferten sie ein Lamm, rissen es mit blossen Händen in Stücke und badeten in seinem Blut!"

Ein kollektives Keuchen ging durch die Runde. Martha, die Frau des Bäckers, bekreuzigte sich hastig. "Das erklärt die vielen verschwundenen Kinder", flüsterte sie. "Drei sind es jetzt schon, einfach wie vom Erdboden verschluckt."

"Und das verstümmelte Vieh auf den Weiden", fügte der Metzger grimmig hinzu. "Hab sowas noch nie gesehen. Die Eingeweide waren rausgerissen und seltsame Zeichen in die Haut geritzt. Teufelswerk, sag ich euch!"

Die Stimmung in der Kneipe wurde immer aufgeheizter, die Anschuldigungen immer wilder. Keiner bemerkte den hageren Mann in der dunklen Ecke, der schweigend sein Bier trank und jedem Wort lauschte. Ein grausames Lächeln umspielte seine Lippen, während er die Saat des Misstrauens wachsen sah.

Draussen heulte der Wind um die Häuser Havenwoods, trug unheimliche Schreie mit sich. Die Bewohner zuckten zusammen, rückten enger zusammen. "Das kommt von ihren Häusern", flüsterte jemand. "Jede Nacht diese grauenvollen Laute. Als würden sie Seelen foltern."

Was keiner von ihnen wusste: In diesem Moment krümmten sich Sarah, Lisa und Max in ihren Betten, gefangen in Alpträumen von unvorstellbarem Grauen. Ihre Schreie hallten durch die Nacht, vermischten sich mit dem Heulen des Windes zu einer grässlichen Symphonie des Wahnsinns.

Sarah wand sich in ihren verschwitzten Laken, ihre Fingernägel gruben sich tief in ihre Handflächen. In ihrem Traum irrte sie durch die endlosen Korridore von Blackwood Manor, verfolgt von Tims verstümmelter Leiche. Seine blutigen Hände griffen nach ihr, sein entstelltes Gesicht verzog sich zu einem anklagenden Grinsen. "Du hast mich im Stich gelassen", gurgelte er, während Blut aus seinem aufgeschlitzten Hals quoll. "Jetzt wirst du für immer hier bleiben."

Lisa schrie sich in ihrem Schlafzimmer die Seele aus dem Leib, gefangen in einer Endlosschleife aus Schuld und Reue. In ihrer Vision stand sie inmitten eines Kreises aus toten Kindern, ihre Hände rot vom Blut der Unschuldigen. Die leblosen Augen der Kinder starrten sie vorwurfsvoll an, während eine Stimme in ihrem Kopf flüsterte: "Du gehörst zu uns. Du bist eine von uns."

Max kämpfte gegen unsichtbare Fesseln an, sein Körper von Krämpfen geschüttelt. Er sah sich selbst auf einem Altar liegen, Jeremiah Blackwood stand über ihm mit einem rituellen Dolch. "Willkommen zurück, mein Sohn", sagte Blackwood mit einem väterlichen Lächeln, bevor er die Klinge in Max' Brust rammte. Der Schmerz fühlte sich real an, so entsetzlich real.

Als der Morgen graute, erwachten die drei schweissgebadet und mit heiseren Stimmen vom Schreien in ihren Träumen. Die Erinnerungen an ihre Alpträume verblassten schnell, hinterliessen aber ein Gefühl der Beklemmung und eine tiefe, unerklärliche Sehnsucht. Eine Sehnsucht, die sie zurück nach Blackwood Manor zog, ob sie es wollten oder nicht.

Währenddessen versammelten sich die Bewohner auf dem Marktplatz, ihre Gesichter grimmig und entschlossen. Die Gerüchte der letzten Nacht hatten sich wie ein Lauffeuer verbreitet, angeheizt von Angst und Aberglauben. "Wir müssen etwas unternehmen", rief der Bürgermeister. "Diese Teufelsanbeter bringen Unglück über unsere Stadt!"

Die Menge johlte zustimmend, Mistgabeln und Fackeln wurden geschwungen. Niemand bemerkte den Mann am Rande des Geschehens, der die Szene mit einem zufriedenen Lächeln beobachtete. Jeremiah Blackwood wusste, dass sein Plan aufging. Bald würden Sarah, Lisa und Max keine andere Wahl haben, als zu ihm zurückzukehren.

Sarahs blutiger Gruss

Sarah schleppte sich die Treppe zu ihrer Wohnung hinauf, jeder Schritt eine Qual für ihren erschöpften Körper und Geist. Die Schatten im Treppenhaus schienen nach ihr zu greifen, flüsterten ihr grausame Versprechen ins Ohr. Als sie den Flur zu ihrer Wohnung erreichte, blieb sie wie erstarrt stehen. Eine grauenhafte Kälte pulsierte durch ihre Adern, als hätte sich ihr Blut in flüssigen Albtraum verwandelt.

Auf der weissen Tür prangten blutrote Handabdrücke, als hätte jemand verzweifelt versucht, aus der Wohnung zu entkommen. Sarahs Herz raste, während ihr Verstand sich weigerte zu begreifen, was ihre Augen sahen. Mit schwankenden Fingern berührte sie einen der Abdrücke. Das Blut war noch feucht, klebrig an ihren Fingerspitzen.

Panik überkam sie, als sie realisierte, dass ein undurchdringlicher Gestank aus ihrer Wohnung kam. Sarah wollte wegrennen, doch etwas zog sie unwiderstehlich zur Tür. Wie in Trance steckte sie den Schlüssel ins Schloss, drehte ihn langsam um.

Die Tür schwang knarrend auf und offenbarte ein Bild des Grauens. Blutige Fussspuren zogen sich durch den Flur, verschwanden im Wohnzimmer. An den Wänden klebten Hautfetzen, als hätte sich jemand in rasender Verzweiflung die Haut vom Leib gerissen. Der Gestank von Verwesung und Tod schlug Sarah entgegen wie eine Welle.

Auf wackligen Beinen folgte sie der Blutspur ins Wohnzimmer. Dort, mitten im Raum, stand eine lebensgrosse Puppe. Sarahs Herz setzte für einen Schlag aus, als sie das Gesicht erkannte. Es war Tim, jede Falte, jede Narbe perfekt nachgebildet. Doch die Augen... die Augen waren leer, schwarz wie Onyx.

Als Sarah näher trat, begann frisches Blut aus den Augenhöhlen der Puppe zu sickern. Es rann in dicken Tropfen über die Wangen, sammelte sich an Tim-Puppen Kinn. Auch aus seinem Mund quoll nun eine dunkelrote Flüssigkeit, zu dick und zähflüssig um normales Blut zu sein.

Wie hypnotisiert streckte Sarah die Hand aus, berührte die kalte, leblose Haut der Puppe. Im selben Moment durchfuhr sie ein elektrischer Schlag. Sie spürte einen Herzschlag unter ihren Fingerspitzen, schwach aber stetig. Die Puppe lebte.

Ein leises Wimmern drang aus dem blutigen Mund der Tim-Puppe. "Sarah...", flehte Tims Stimme, verzerrt und voller Qual. "Hilf mir... bitte... es tut so weh..."

Sarah schrie auf, taumelte rückwärts. Ihre Beine gaben nach und sie fiel hart auf den Boden. Die Puppe drehte langsam den Kopf, fixierte sie mit diesen grauenhaft leeren Augen. "Warum hast du mich verlassen, Sarah?", fragte Tim anklagend. "Warum hast du zugelassen, dass sie mir das antun?"

"Nein!", kreischte Sarah. "Du bist nicht real! Du bist tot!" In einem Anfall von Panik und Wut sprang sie auf und griff nach einer schweren Vase. Mit aller Kraft schlug sie auf den Kopf der Puppe ein. Wieder und wieder krachte die Vase auf das grotesk verzerrte Gesicht ihres toten Freundes.

Beim dritten Schlag zerbarst der Schädel der Puppe. Doch statt Füllmaterial quollen Gehirnmasse und Knochensplitter hervor. Ein fauliger Geruch von zerquetschtem Hirngewebe mischte sich mit dem Gestank von geronnenem Blut.

Sarah würgte, konnte den Brechreiz kaum unterdrücken. Mit einem letzten verzweifelten Aufschrei riss sie den Torso der Puppe auf. Eingeweide quollen heraus, dampfend und pulsierend, als wären sie eben erst einem lebenden Körper entrissen worden.

Fassungslos starrte Sarah auf das Massaker zu ihren Füssen. Aus den zerquetschten Organen krochen Maden hervor, wanden sich über den blutgetränkten Teppich. Das leise Wispern der Larven vermischte sich mit Tims gequältem Stöhnen zu einer Symphonie des Wahnsinns.

Sarah kroch rückwärts von dem Albtraum weg, bis ihr Rücken gegen die Wand stiess. Erst jetzt bemerkte sie die kryptischen Symbole, die in ihre Haut geritzt waren. Die Wunden pulsierten im Takt von Tims sterbendem Herzschlag.

Ein schrilles Klingeln riss Sarah aus ihrer Trance. Ihr Telefon. Mit zitternden Fingern nahm sie den Hörer ab. "Sarah?", erklang Lisas panische Stimme. "Oh Gott, Sarah! Ich höre ihn! Ich höre Tim! Er schreit... er hört nicht auf zu schreien!"

Sarah liess den Hörer fallen. Aus der Leitung drangen nun auch für sie Tims verzweifelte Todesschreie. Sie presste die Hände auf die Ohren, doch die Schreie wurden nur lauter. Sie hallten durch ihr Bewusstsein, vermischten sich mit dem Wimmern der Tim-Puppe und dem Wispern der Maden zu einem Crescendo des Horrors.

Aus den Augenwinkeln sah Sarah, wie sich die Schatten in den Ecken des Zimmers zu bewegen begannen. Dunkle Tentakel krochen über die Wände, tasteten gierig nach ihr. Die Panik schnürte Sarah die Kehle zu, sodass kein Laut entweichen konnte.

Die Dunkelheit umhüllte sie wie eine unheilvolle Hülle, erstickte jeden Funken Hoffnung. Sarah spürte, wie ihr Verstand unter der Last des Grauens zu zerbrechen drohte. Das Letzte, was sie wahrnahm, bevor die Finsternis sie verschlang, war Tims anklagender Blick aus leeren, blutenden Augenhöhlen.

"Willkommen zurück", flüsterte die Dunkelheit mit Jeremiahs grausamer Stimme. "Wir haben dich schon erwartet."

Nächtliche Schattenspiele

Die Dunkelheit kroch wie ein lebendiger Organismus durch die stillen Strassen von Havenwood. Sarah, Lisa und Max lagen in ihren Betten, doch der Schlaf blieb ihnen verwehrt. Eine namenlose Unruhe hatte von ihnen Besitz ergriffen, ein Gefühl drohenden Unheils, das sie nicht abschütteln konnten.

Sarah starrte mit weit aufgerissenen Augen an die Decke. Ihr Herz hämmerte wie wild in ihrer Brust, als würde es jeden Moment zerspringen. Sie spürte einen unwiderstehlichen Drang, nach Havenwood zurückzukehren. Es war, als würde eine unsichtbare Kraft an ihrer Seele zerren, sie zurück an jenen Ort des Schreckens locken. Mit nervösen Händen griff sie nach ihrem Smartphone und begann fieberhaft, nach Zugverbindungen zu suchen.

Wenige Strassen entfernt kämpfte Lisa gegen denselben Impuls an. Sie lief rastlos in ihrer kleinen Wohnung auf und ab, ihre Gedanken ein Strudel aus Angst und Verzweiflung. Immer wieder glitt ihr Blick zu der Reisetasche, die sie in einem Anfall von Panik gepackt hatte. "Ich kann nicht zurück", flüsterte sie heiser. "Ich darf nicht zurück." Doch selbst als die Worte ihre Lippen verliessen, wusste sie, dass es eine Lüge war.

Max lag schweissgebadet in seinen zerwühlten Laken. Seine Finger krallten sich in die Matratze, als könnte er sich so gegen die Macht wehren, die ihn zurück nach Havenwood ziehen wollte. Er sah Jeremiah Blackwoods grausames Lächeln vor sich, spürte dessen eisigen Atem in seinem Nacken. "Komm zurück", schien eine

Stimme in seinem Kopf zu flüstern. "Komm zurück und vollende, was begonnen wurde."

Als der Schlaf sie schliesslich übermannte, wurden sie in einen Albtraum aus Blut und Schatten gezerrt. Sie sahen Jeremiah Blackwood in einem finsteren Kellergewölbe stehen, umgeben von flackernden Kerzen. Sein Gesicht war eine Maske aus Wahnsinn und Ekstase, als er unheilige Worte in einer längst vergessenen Sprache murmelte. Vor ihm lag ein steinerner Altar, bedeckt mit kryptischen Symbolen.

Sarah, Lisa und Max wollten schreien, wollten weglaufen, doch sie waren gefangen in ihren Träumen, gezwungen zuzusehen. Jeremiah hob ein gewundenes Messer über seinen Kopf, die Klinge glänzte rot im Kerzenschein. "Das Grosse Erwachen steht bevor", raunte er mit einer Stimme, die klang wie berstendes Eis. "Und ihr werdet seine Herolde sein."

Mit einem erstickten Keuchen fuhren die drei aus dem Schlaf hoch. Schweiss rann in Strömen über ihre Körper, ihre Herzen rasten. Doch das wahre Grauen begann erst jetzt.

Sarah erstarrte, als sie eine Bewegung aus dem Augenwinkel wahrnahm. Eine vermummte Gestalt huschte lautlos an ihrem Fenster vorbei, hinterliess einen blutigen Handabdruck auf der Scheibe. Sie unterdrückte einen Schrei und stolperte aus dem Bett. Mit zitternden Fingern tastete sie nach dem Lichtschalter, doch als das grelle Licht den Raum erhellte, war die Gestalt verschwunden. Nur der blutige Abdruck auf dem Glas zeugte davon, dass es keine Einbildung gewesen war.

Lisa kauerte zitternd in der Ecke ihres Wohnzimmers. Sie hatte das leise Kratzen an ihrer Tür gehört, das Flüstern fremder Stimmen. Als sie schliesslich den Mut fasste nachzusehen, fand sie ein okkultes Symbol an ihre Wohnungstür geritzt und der Geruch von Schwefel in der Luft.

Plötzlich hörte sie Schritte hinter sich. Lisa drehte sich ruckartig um und erstarrte vor Entsetzen. Dort, am anderen Ende des Flurs, stand eine vermummte Gestalt. Doch das Schlimmste war nicht die unheimliche Erscheinung selbst - es war die Maske, die sie trug. Lisa erkannte Tims Gesicht, verzerrt in einem stummen Schrei des Entsetzens. Sie wollte fliehen, doch ihre Beine waren wie gelähmt Die Gestalt kam näher, Tims leblose Augen starrten sie anklagend an. Lisa öffnete den Mund zu einem Schrei, der nie ihre Lippen verliess.

Max erwachte mit einem Ruck, als er ein Geräusch in seiner Wohnung hörte. Er richtete sich auf, sein Herzschlag überschlug sich vor Aufregung. Die Schatten in den Ecken seines Zimmers schienen sich zu bewegen, formten groteske Gestalten. Max kniff die Augen zusammen, versuchte sich einzureden, dass es nur Einbildung war. Doch als er sie wieder öffnete, sah er sie - dunkle Silhouetten, die sich lautlos durch sein Zimmer bewegten.

Panik ergriff ihn. Er wollte aufspringen, doch unsichtbare Hände hielten ihn fest. Die Schatten kamen näher, ihre Berührungen waren wie Eissplitter auf seiner Haut. Max spürte, wie sie in seinen Geist eindrangen, ihn mit Bildern von unaussprechlichen Schrecken füllten. Er schrie, kämpfte gegen den Wahnsinn an, der ihn zu verschlingen drohte.

Als er schliesslich erwachte, lag er keuchend in einem Meer aus zerwühlten Laken. Sein Körper war übersät mit Kratzern und blauen Flecken - stumme Zeugen eines Kampfes, an den er sich nicht erinnern konnte.

In den folgenden Tagen versuchten Sarah, Lisa und Max verzweifelt, einen klaren Gedanken zu fassen. Sie gingen zur Arbeit, erledigten alltägliche Dinge, doch es fühlte sich an, als würden sie durch einen Nebel aus Angst und Verwirrung waten. Die Ereignisse der Nacht erschienen ihnen wie ein böser Traum, doch die Beweise - blutige Handabdrücke, okkulte Symbole, unerklärliche Verletzungen - sprachen eine andere Sprache.

Sie alle spürten, wie der Drang, nach Havenwood zurückzukehren, mit jeder Stunde stärker wurde. Es war, als hätte jemand - oder etwas - einen Haken in ihre Seelen geschlagen und würde nun unerbittlich daran zerren.

Sarah fand sich immer wieder vor ihrem Computer wieder, starrte auf die Buchungsseite für Zugtickets nach Havenwood. Ihre Finger schwebten über der Tastatur, zitternd vor Angst und unterdrückter Sehnsucht.

Lisa hatte ihre Reisetasche in den hintersten Winkel ihres Kleiderschranks verbannt, doch sie konnte schwören, dass sie nachts ein leises Rascheln hörte, als würde sich etwas darin bewegen.

Max ertappte sich dabei, wie er gedankenverloren Routen nach Havenwood auf einer Landkarte nachzeichnete. Jedes Mal, wenn er es bemerkte, zerknüllte er das Papier wütend, nur um Minuten später von vorne zu beginnen.

Sie alle wussten, dass sie dem Ruf nicht ewig widerstehen konnten. Havenwood wartete auf sie, ein hungriges Maul voller Schrecken und Geheimnisse. Und irgendwo in den Schatten lauerte Jeremiah Blackwood, nährte sich von ihrer Angst und Verzweiflung.

Seine Flüsterstimme drang in ihre Träume, verstärkte ihre Albträume zu einem Wirrwarr aus Grauen und Wahnsinn. "Kommt zurück", raunte er. "Kommt zurück und erfüllt euer Schicksal."

Sarah, Lisa und Max wussten nicht, dass sie in diesem Moment durch ihr geteiltes Leid verbunden waren. Das wahre Grauen wartete in Havenwood auf sie - und es wurde mit jeder verstreichenden Sekunde hungriger.

Kapitel 3: Der Ruf des Wahnsinns

Der Hautbrief

Havenwood war nicht mehr wiederzuerkennen. Die einst idyllische Kleinstadt wirkte wie ein verfallener Friedhof, in dem die Lebenden nur noch als Geister ihrer selbst umherirrten. Ein giftiger Nebel wabert durch die Strassen, kriecht in jede Ritze und hinterlässt einen Gestank von Verwesung und Verzweiflung.

Sarah, Lisa und Max schlichen wie gejagte Tiere durch die verlassenen Gassen. Die wenigen Bewohner, denen sie begegneten, starrten sie mit einer Mischung aus Furcht und Abscheu an. In ihren hohlen Augen lag der stumme Vorwurf: "Ihr habt das Böse hierher gebracht."

Über Blackwood Manor schwebte eine ominöse, pechschwarze Wolke. Sie pulsierte wie ein bösartiger Tumor am Himmel, bereit, jeden Moment aufzuplatzen und ihren giftigen Inhalt über die Stadt zu ergiessen. Sarah spürte, wie sich ihr Magen zusammenzog, als sie das verfluchte Anwesen erblickte. Die Fenster glichen leeren Augenhöhlen, die sie hungrig anstarrten.

"Wir hätten nie zurückkommen dürfen", flüsterte Lisa mit zitternder Stimme. "Dieses Haus... es wird uns alle verschlingen."

Max wollte etwas Beruhigendes erwidern, doch die Worte blieben ihm im Hals stecken. Er spürte, wie die unsichtbaren Fäden, die ihn mit Blackwood Manor verbanden, stärker wurden. Es fühlte sich an, als würden eisige Finger nach seinem Verstand greifen, bereit, ihn in den Wahnsinn zu zerren.

Plötzlich ertönte ein schauriges Kreischen. Die drei fuhren erschrocken zusammen, nur um festzustellen, dass es sich um einen Postboten handelte, der mit quietschenden Reifen vor ihnen zum Stehen gekommen war. Sein Gesicht war aschfahl, Schweiss rann in Strömen über seine Stirn.

"Ein... ein Paket für Sie", stammelte er und drückte Sarah hastig einen blutbefleckten Karton in die Hand. Noch bevor sie reagieren konnte, war der Mann schon wieder davongerast, eine Wolke aus verbranntem Gummi zurücklassend.

Mit bangen Händen öffnete Sarah das Paket. Der Gestank von geronnenem Blut und fauligem Fleisch schlug ihnen entgegen. Lisa würgte, unfähig den Brechreiz zu unterdrücken. Max starrte wie hypnotisiert auf den Inhalt.

Es war ein Brief. Ein Brief aus menschlicher Haut.

Sarah spürte, wie sich ihr Magen umstülpte, als sie die Worte las, geschrieben in einer dunkelroten Flüssigkeit, die nur Tims Blut sein konnte:

"Meine lieben Freunde,

Ihr glaubtet, mich zurückgelassen zu haben, doch ich bin immer bei euch. Jede Sekunde, die vergeht, bringt euch näher zu mir zurück. Lasst mich euch erzählen, was in eurer Abwesenheit geschehen ist...

Sie haben meine Haut Stück für Stück abgezogen, jeder Zentimeter eine Ewigkeit der Qual. Meine Schreie hallten durch die Hallen von Blackwood Manor, ein Konzert des Wahnsinns. Ich habe gesehen, wie meine eigenen Eingeweide vor mir auf dem Boden lagen, pulsierend und lebendig, während ich langsam verblutete.

Aber der Tod war mir nicht vergönnt. Immer wieder brachten sie mich zurück, nur um mich erneut zu foltern. Meine Knochen wurden zu Staub zermahlen, meine Augen aus ihren Höhlen gerissen. Und mit jedem Atemzug, den ich tat, wuchs mein Hass auf euch.

Ihr habt mich im Stich gelassen. Ihr habt zugelassen, dass ich zu diesem... Ding wurde. Aber keine Sorge, meine Freunde. Bald werdet ihr verstehen. Bald werdet ihr Teil von uns sein.

In ewiger Verbundenheit
Tim"

Sarah konnte ihre Augen nicht von dem grausigen Brief abwenden. Die Haut begann zu pulsieren, als wäre sie lebendig. Kleine Blutgefässe bildeten sich unter der Oberfläche, breiteten sich wie ein Netz aus. Und dann begann sie zu bluten.

Warmes, frisches Blut quoll aus den Buchstaben, tropfte auf den Boden und bildete eine scharlachrote Lache zu ihren Füssen. Der unverkennbare Geruch stieg ihnen in die Nase, vermischte sich mit dem Gestank von Verwesung zu einer widerlichen Melange.

Lisa schrie angewidert und taumelte rückwärts. Max stand wie versteinert da, unfähig den Blick abzuwenden. Sarah starrte auf ihre Hände, die nun rot verschmiert waren von Tims Blut.

Und dann sah sie es. In der unteren rechten Ecke des Briefes, deutlich erkennbar: Tims Fingerabdruck.

Die Erkenntnis traf sie wie ein Schlag in die Magengrube. Dies war kein kranker Scherz, keine Täuschung. Es war real. Tim lebte, gefangen in einem Albtraum aus endloser Folter.

Sarah spürte, wie sich ihr Magen zusammenzog. Sie fiel auf die Knie, würgte und erbrach sich heftig. Welle um Welle von Übelkeit überkam sie, bis nur noch bittere Galle übrig war. Tränen und Erbrochenes vermischten sich auf ihrem Gesicht zu einer bizarren Maske des Entsetzens.

Max kniete sich neben sie, legte zögernd eine Hand auf ihre Schulter. Doch Sarah zuckte zurück, als hätte er sie verbrannt. In ihren Augen lag ein Ausdruck blanken Horrors.

"Wir... wir müssen ihm helfen", flüsterte sie mit rauer Stimme. "Wir können ihn nicht noch einmal im Stich lassen."

Lisa schüttelte panisch den Kopf. "Nein! Wir können nicht zurück. Das ist genau das, was es will!"

Doch Sarah hörte sie schon nicht mehr. Ihr Blick war starr auf Blackwood Manor gerichtet, das sich wie ein hungriges Maul am Horizont erhob. Sie spürte, wie eine unsichtbare Kraft an ihr zerrte, sie zu sich rief.

"Tim", murmelte sie. "Wir kommen."

Mit zitternden Beinen erhob sie sich, der Brief aus Menschenhaut fest in ihrer Hand. Blut tropfte zwischen ihren Fingern hindurch, hinterliess eine Spur aus scharlachroten Tropfen auf dem Boden.

Max und Lisa tauschten einen entsetzten Blick aus. Sie wussten, dass sie Sarah nicht aufhalten konnten. Die Fäden des Schicksals hatten sich um sie alle geschlungen, zogen sie unaufhaltsam zurück zu jenem Ort des Grauens.

Blackwood Manor wartete auf sie. Und in seinen düsteren Hallen lauerte ein Schrecken, der ihre schlimmsten Albträume in den Schatten stellen würde.

Der unheilige Entschluss

Die verlassene Scheune am Rande von Havenwood ächzte unter dem Gewicht ihrer düsteren Geheimnisse. Spinnweben hingen wie ein Totenschleier von den morschen Balken, während der Geruch von Verwesung und Verzweiflung die stickige Luft erfüllte. In diesem Tempel des Verfalls trafen sich Sarah, Lisa und Max, ihre Gesichter bleich wie Kalkstein, die Augen weit aufgerissen vor unterdrücktem Grauen.

Sarah's Hände zitterten unkontrolliert, als sie von ihren Albträumen berichtete. Ihre Stimme brach, als sie die blutigen Symbole beschrieb, die auf ihrer Haut pulsierten. "Es fühlt sich an, als würden sich Maden unter meiner Haut bewegen", flüsterte sie mit erstickter Stimme. "Ich kann sie spüren, wie sie sich durch mein Fleisch fressen."

Lisa kauerte in der Ecke, ihre Arme fest um ihren zuckenden Körper geschlungen. Tränen rannen über ihre eingefallenen Wangen, als sie von Tims Stimme in ihrem Kopf erzählte. "Er... er ruft mich", schluchzte sie. "Jede Nacht. Ich kann seine Schreie hören, sein Flehen. Es zerreisst mich von innen."

Max starrte mit leerem Blick ins Nichts, während er von der unheimlichen Verbindung zu Blackwood Manor berichtete. "Es ist, als würde etwas an meiner Seele zerren", murmelte er. "Ich spüre dieses... Ding. Es wartet auf uns. Es hungert."

Die Luft in der Scheune wurde plötzlich eisig, ein frostiger Hauch, der ihnen bis in die Knochen kroch. Dann hörten sie es - Tims Stimme, kaum mehr als ein Flüstern, doch erfüllt von unendlicher Qual.

"Helft mir", wimmerte die körperlose Stimme. "Bitte... es wird schlimmer. Das Böse wächst. Es wird alles verschlingen."

Sarah, Lisa und Max erstarrten, ihre Gesichter Masken des Entsetzens. Tims Worte hallten in ihren Köpfen wider, vermischten sich mit dem Pochen ihrer rasenden Herzen zu einer Symphonie der Angst.

"Wir müssen zurück", hauchte Sarah schliesslich, ihre Stimme kaum hörbar. "Wir sind die Einzigen, die Tim retten können."

Lisa schüttelte panisch den Kopf, Tränen strömten über ihr leichenblasses Gesicht. "Nein", keuchte sie. "Nein, ich kann nicht... ich kann nicht zurück."

Max ballte die Fäuste, bis seine Knöchel weiss hervortraten. "Wir haben keine Wahl", presste er zwischen zusammengebissenen Zähnen hervor. "Wenn wir nichts tun, wird das Böse gewinnen."

Mit zitternden Händen und Augen voller Furcht bildeten sie einen Kreis. Ihre Stimmen bebten, als sie den unheiligen Schwur leisteten, nach Blackwood Manor zurückzukehren.

In dem Moment, als die letzten Worte verklungen waren, erlosch jedes Licht in der Umgebung. Dunkelheit, so tief und undurchdringlich wie die Finsternis der Hölle selbst, hüllte sie ein. Ein eisiger Wind heulte um die Scheune, trug das Echo eines diabolischen Lachens mit sich.

Sarah spürte, wie sich etwas Kaltes, Schleimiges um ihre Knöchel wand. Sie schrie auf, als unsichtbare Klauen über ihre Haut kratzten, und brennende Striemen auf ihrem Fleisch hinterliessen.

Lisa brach wimmernd zusammen, presste die Hände auf ihre Ohren, während Tims gequälte Schreie in ihrem Kopf anschwollen. Blut sickerte zwischen ihren Fingern hervor, tropfte auf den staubigen Boden.

Max kämpfte gegen die Schatten an, die sich wie lebendige Tentakel um seinen Körper schlangen. Er spürte, wie sie in seine Haut eindrangen, sich in sein Fleisch bohrten wie hungrige Parasiten. Ein Schrei der Qual entfuhr seinen Lippen, als die Dunkelheit begann, ihn von innen aufzufressen.

Plötzlich, so abrupt wie es begonnen hatte, war alles vorbei. Die Lichter flackerten wieder zum Leben, enthüllten die drei zitternden Gestalten, die keuchend und schwitzend auf dem Boden kauerten.

Sarah hob langsam den Kopf, ihre Augen weit aufgerissen vor Entsetzen. Auf dem staubigen Holzboden der Scheune prangte eine Botschaft, geschrieben in einer Flüssigkeit, die verdächtig nach Blut aussah:

"WILLKOMMEN ZUHAUSE"

Lisa würgte, der Geruch von Eisen und Tod in der Luft. Max starrte mit leerem Blick auf die Worte, sein Gesicht eine Maske aus Furcht und grauenvoller Erkenntnis.

Sie alle wussten, dass es kein Zurück mehr gab. Der Pakt war besiegelt, ihr Schicksal auch. Blackwood Manor rief nach ihnen, ein hungriges Maul voller Schrecken und Wahnsinn, bereit, sie zu verschlingen.

Mit zitternden Beinen erhoben sie sich, ihre Gesichter bleich wie Totenschädel im fahlen Mondlicht. Wortlos verliessen sie die Scheune, jeder Schritt eine Qual, jeder Atemzug ein stummes Gebet.

Der Weg nach Blackwood Manor lag vor ihnen, gepflastert mit den Knochen ihrer Ängste und den Schatten ihrer dunkelsten Albträume. Doch sie wussten, dass sie gehen mussten. Für Tim. Für sich selbst. Und vielleicht, wenn sie Glück hatten, für die Rettung ihrer verdammten Seelen.

Als sie in die Nacht hinaustraten, schien der Himmel selbst zu bluten. Rote Schlieren zogen sich über den Horizont, als würde die Welt selbst unter ihrer unheiligen Entscheidung ächzen. Der Wind trug das ferne Heulen von Wölfen heran, ein klagendes Lied, das ihre Herzen mit eisiger Furcht erfüllte.

Sarah, Lisa und Max wussten nicht, was sie in Blackwood Manor erwartete. Aber sie ahnten, dass es ein Grauen sein würde, jenseits ihrer schlimmsten Vorstellungen. Ein Albtraum, aus dem es kein Erwachen geben würde.

Mit jedem Schritt, den sie taten, schien die Dunkelheit um sie herum zu wachsen, bereit, sie zu verschlingen. Doch sie gingen weiter, getrieben von einer Kraft, die grösser war als ihre Angst. Denn manchmal muss man in die Hölle hinabsteigen, um die Seelen der Verdammten zu retten.

Blutpakt der Verdammten

Ein unheilvoller Nebel hing wie eine erstickende Decke über der verfluchten Stadt. Die Stille war erdrückend, nur unterbrochen vom gelegentlichen Krächzen eines Raben. Etwas Böses lag in der Luft, eine greifbare Präsenz, die ihnen den Atem raubte und ihre Herzen vor Furcht rasen liess.

Schon von weitem bemerkten sie die anklagenden Blicke der Einwohner, die wie Schatten hinter zugezogenen Vorhängen lauerten. Wutverzerrte Gesichter starrten ihnen entgegen, Finger wurden anklagend auf sie gerichtet.

"Ihr seid zurückgekommen!", zischte eine alte Frau mit milchig-weissen Augen. "Seit ihr Havenwood verlassen habt sind unsere Kinder verschwunden. Was habt ihr getan?!"

Sarah zuckte zusammen, als würde jedes Wort wie eine Peitsche auf sie niedergehen. "Wir... wir wissen nichts davon", stammelte sie. Doch die Menge drängte näher, ihre hasserfüllten Blicke bohrten sich in ihre Seelen.

Plötzlich durchzuckte Sarah eine grauenvolle Vision. Sie sah die vermissten Kinder, gefangen in einem dunklen Verlies tief unter Blackwood Manor. Ihre kleinen Körper waren entstellt, Gliedmassen fehlten und klaffende Wunden zeichneten ihre bleiche Haut. Aus ihren leeren Augenhöhlen quoll schwarzes Blut, während sie mit tonlosen Stimmen um Hilfe flehten.

Sarah krümmte sich vor Schmerz, ein gellender Schrei entfuhr ihrer Kehle. Die Einwohner von Havenwood wichen erschrocken zurück, als sich ihre Augen schwarz färbten und Blut aus ihren Mundwinkeln tropfte.

"Wir... wir müssen sie retten", keuchte Sarah, als die Vision verblasste. Lisa und Max nickten grimmig. Sie wussten, dass sie keine andere Wahl hatten, als sich dem Grauen zu stellen, das in Blackwood Manor auf sie wartete.

Mit zitternden Händen begannen sie, die benötigten Artefakte für das Ritual zu sammeln. Aus dem Friedhof gruben sie vermoderte Knochen aus, deren Geruch von Verwesung ihnen Übelkeit bereitete. Im Wald fanden sie giftige Pilze und Kräuter, deren blosse Berührung ihre Haut verätzte.

Als die Nacht hereinbrach, schlichen sie sich in die eine verlassene Kirche. Der Gestank von Tod und Verdammnis hing in der Luft. Mit kribbelnden Fingern begannen sie, ein gewaltiges Pentagramm auf den staubigen Boden zu zeichnen. Doch anstelle von Kreide verwendeten sie ihr eigenes Blut.

Sarah biss die Zähne zusammen, als sie die scharfe Klinge über ihre Handfläche zog. Warmes Blut quoll hervor und tropfte auf den Boden. Sie zwang sich weiterzumachen, malte Linie für Linie mit ihrem Lebenssaft.

An den fünf Spitzen des blutroten Sterns platzierten sie Kerzen, deren Wachs aus dem Fett gemarterter Seelen bestand. Als sie die erste Kerze entzündeten, erfüllte ein unmenschliches Heulen die Kirche. Es klang, als würden tausend gequälte Seelen gleichzeitig um Erlösung flehen.

In der Mitte des Pentagramms errichteten sie einen abstossenden Altar aus Knochen und verwesenden Organen. Der süssliche Gestank von verrottendem Fleisch liess Lisa würgen. Sie legte einen kindlichen Schädel auf die Spitze des Altars. Leere Augenhöhlen starrten ihr anklagend entgegen.

Max holte ein uraltes Grimoire hervor, dessen Einband aus menschlicher Haut bestand. Als er es aufschlug, schien ein unheilvolles Flüstern den Raum zu erfüllen. Die Buchstaben auf den alten Seiten schienen sich zu bewegen, formten unheilige Muster vor seinen Augen.

Mit heiserer Stimme begann er, die fremdartigen Worte zu rezitieren. Es war eine Sprache, die schon vor Äonen in Vergessenheit geraten war. Jede Silbe brannte wie Feuer auf seiner Zunge.

Sarah und Lisa fielen in den Singsang mit ein. Ihre Stimmen vermischten sich zu einem disharmonischen Chor, der die Grundfesten der Realität erschütterte. Die Luft um sie herum begann zu flimmern, als würde der Schleier zwischen den Welten dünner werden.

Das Blut im Pentagramm begann zu brodeln und zu dampfen. Ein widerlicher Gestank nach Schwefel und Verwesung erfüllte den Raum. Die Kerzen flackerten wild, warfen zuckende Schatten an die Wände. Es schien, als würden sich groteske Gestalten aus der Dunkelheit lösen, nur um im nächsten Moment wieder zu verschwinden.

Plötzlich erlosch jedes Licht. Eine undurchdringliche Finsternis umhüllte die drei Freunde. Die Kälte des Todes kroch in ihre Knochen. Aus der Dunkelheit erklang ein tiefes, grollendes Lachen. Eine Stimme, die ihre Seelen erzittern liess.

"Ihr habt mich gerufen", dröhnte es aus dem Nichts. "Nun werdet ihr den Preis dafür zahlen..."

Kapitel 4: Rückkehr in die Hölle

Der erweiterte Friedhof

Sarah's Schritte knirschten auf dem von Frost überzogenen Kies, als sie zögernd das schmiedeeiserne Tor des Friedhofs durchschritt. Der beissende Geruch von feuchter Erde und Verwesung schlug ihr entgegen wie eine Welle aus Übelkeit. Etwas hatte sich verändert seit ihrem letzten Besuch - der Friedhof schien gewachsen zu sein, hatte sich wie ein bösartiger Tumor ausgebreitet und das umliegende Land verschlungen.

Wo einst saftige Wiesen und alte Bäume gestanden hatten, erstreckten sich nun endlose Reihen frisch aufgeworfener Gräber. Sarah's Herz hämmerte gegen ihre Rippen, als sie die schiere Anzahl der neuen Grabsteine realisierte. Was war hier geschehen?

Mit zitternden Fingern strich sie über die kalte Oberfläche eines Grabsteins. Der Name darauf war ihr bekannt - Martha Simmons, die freundliche alte Dame vom Gemischtwarenladen. Gestorben vor einer Woche. Sarah erinnerte sich, wie Martha sie noch vor kurzem angelächelt und ihr eine Tüte Bonbons zugesteckt hatte. Nun lag sie hier, kalt und steif in der Erde.

Neben Martha's Grab war das von Tom Baker, dem Postboten. Und daneben ruhte Emily Watson, die Grundschullehrerin. Namen um Namen, Gesichter die Sarah kannte, Menschen die das Städtchen mit Leben erfüllt hatten - alle verschwunden innerhalb weniger Tage.

Ein eisiger Wind fegte über den Friedhof und liess Sarah erschaudern. Sie zog ihren Mantel enger um sich, doch die Kälte schien von innen zu kommen, kroch durch ihre Knochen und liess ihr Blut in den Adern gefrieren.

Plötzlich blieb sie wie angewurzelt stehen. Etwas stimmte nicht mit den Gräbern vor ihr. Die Erde war aufgewühlt, als hätte jemand - oder etwas - versucht, sich einen Weg nach oben zu graben. Fetzen verrotteten Fleisches und Stofffetzen hingen an den Grabsteinen, vermischt mit Erde und geronnenem Blut.

Sarah's Magen rebellierte bei dem Anblick. Sie presste eine Hand auf ihren Mund, schmeckte Galle auf ihrer Zunge. Was zur Hölle ging hier vor?

Ein leises Wimmern liess sie zusammenzucken. Sarah drehte sich um, suchte nach der Quelle des Geräusches. Da war es wieder - ein klägliches Winseln, wie von einem verletzten Tier. Nein, korrigierte sie sich. Es klang eher wie... ein Kind?

Mit pochendem Herzen folgte sie dem Geräusch, das sie tiefer in den Friedhof lockte. Die Gräber hier waren älter, von Moos überwuchert und halb verfallen. Das Wimmern wurde lauter, vermischte sich mit anderen Stimmen zu einem gespenstischen Chor.

"Hilfe!", flüsterte eine Kinderstimme aus einem Grab zu ihrer Linken. "Bitte, lass uns raus!"

Sarah stolperte zurück, ihr Atem ging keuchend. Das konnte nicht sein. Sie musste halluzinieren, der Stress der letzten Wochen forderte seinen Tribut.

"Mama?", rief eine andere Stimme aus einem benachbarten Grab. "Mama, wo bist du? Es ist so dunkel hier unten!"

Tränen stiegen in Sarah's Augen. Sie wollte wegrennen, doch ihre Beine verweigerten ihre Befehle. Stattdessen taumelte sie vorwärts, getrieben von einem morbiden Zwang, näher an die Quelle der Stimmen heranzukommen.

"Hilf uns!", riefen die Kinder im Chor. "Bitte, lass uns nicht hier unten!"

Sarah fiel auf die Knie, begann mit blossen Händen an der feuchten Erde zu graben. Tränen und Rotz liefen ihr übers Gesicht, vermischten sich mit dem Dreck an ihren Fingern. Sie musste die Kinder befreien, musste sie aus ihren dunklen Gefängnissen holen.

Plötzlich spürte sie etwas unter ihren Fingern - etwas Weiches, Nachgiebiges. Mit einem Schrei zog sie ihre Hand zurück. Ein verfaulter Kinderfinger ragte aus der aufgewühlten Erde, Würmer krochen aus der schwammigen Haut.

Sarah kroch rückwärts weg von dem Grab, ihr Verstand drohte unter dem Grauen zu zersplittern. Erst jetzt bemerkte sie die absolute Stille, die sich über den Friedhof gelegt hatte. Die Kinderstimmen waren verstummt.

Mit zitternden Beinen erhob sie sich, wischte ihre schmutzigen Hände an ihrer Hose ab.

Ein frischer Grabstein erregte ihre Aufmerksamkeit. Das polierte Granit schimmerte im fahlen Mondlicht. Sarah trat näher, las die Inschrift - und erstarrte.

MAX JOHNSON
2003 - 2024

Sarah's Beine gaben unter ihr nach. Sie fiel vor dem Grabstein auf die Knie, unfähig den Blick von den eingemeisselten Worten abzuwenden. Das konnte nicht sein. Max lebte, er war bei ihr gewesen, erst gestern...

Ihre flatternden Finger strichen über das kalte Gestein, fuhren die Buchstaben nach. Das Todesdatum lag in der Zukunft - drei Tage von heute an.

"Nein", flüsterte Sarah. "Nein, nein, nein!"

Sie wollte schreien, wollte die Welt zusammenbrüllen, doch kein Laut kam über ihre Lippen. Stattdessen begann der Boden unter ihr zu beben. Risse bildeten sich im gefrorenen Erdreich, breiteten sich wie ein Spinnennetz aus.

Sie kroch rückwärts, weg von Max' Grab, doch die Risse folgten ihr, umzingelten sie. Sarahs Herz raste, während der Gestank von Verwesung und etwas Undefinierbarem die Luft erfüllte. Die Dunkelheit schien lebendig zu werden, pulsierte im Rhythmus eines kranken, verdorbenen Herzschlags.

Plötzlich brach der Boden unter ihr weg. Sarah schrie, als sie in die Tiefe stürzte, umgeben von kalter, feuchter Erde und dem Geflüster der Toten. Sie landete hart auf einem Knochenhaufen, der unter ihrem Gewicht knirschte und splitterte.

In der undurchdringlichen Finsternis tastete sie sich vorwärts, ihre Finger streiften feuchtes Gewebe und glitschige Substanzen, die sie nicht identifizieren wollte. Der Geruch von Fäulnis und Tod drohte sie zu ersticken.

"Max?", hauchte sie in die Dunkelheit, ihre Stimme kaum mehr als ein Flüstern. "Lisa? Ist da jemand?"

Als Antwort ertönte ein tiefes, grollendes Lachen, das die Wände der unterirdischen Kammer erzittern ließ. Sarah erstarrte, als sich plötzlich glühende Augen in der Dunkelheit öffneten - Dutzende, nein, Hunderte von ihnen.

"Willkommen im Reich der Toten, Sarah", dröhnte eine Stimme, die klang, als würde sie aus den Tiefen der Hölle selbst kommen. "Du hast uns lange warten lassen."

Panik erfasste Sarah. Sie versuchte zu fliehen, doch wohin? In der Dunkelheit konnte sie nichts erkennen, und das Geräusch von sich bewegenden Knochen und reißendem Fleisch umgab sie von allen Seiten.

Plötzlich spürte sie eine eiskalte Hand an ihrem Knöchel. "Sarah", flüsterte eine vertraute Stimme. "Warum hast du mich zurückgelassen?"

Mit einem Schrei der Verzweiflung riss sich Sarah los und rannte blindlings durch die Dunkelheit. Sie stolperte über Knochen und rutschte auf glitschigem Gewebe aus, doch sie kämpfte sich weiter voran, getrieben von nackter Angst.

Hinter ihr hörte sie das Kreischen und Heulen der Verdammten, spürte ihren fauligen Atem in ihrem Nacken. Die Wände schienen sich zu verengen, drohten sie zu zerquetschen.

Just als Sarah glaubte, dem Wahnsinn zu verfallen, sah sie einen schwachen Lichtschimmer. Mit letzter Kraft stürzte sie darauf zu, kroch durch einen engen Tunnel aus Erde und Wurzeln.

Mit einem Keuchen brach sie an der Oberfläche durch, fiel auf den kalten, taufeuchten Rasen des Friedhofs. Der Vollmond stand hoch am Himmel, tauchte die Szenerie in ein gespenstisches Licht.

Sarah rappelte sich auf, ihr Körper zitterte unkontrolliert. Sie blickte zurück zum Grab, aus dem sie gekrochen war, erwartete jeden Moment, dass die Kreaturen aus ihrem Albtraum ihr folgen würden.

Doch alles blieb still. Nur der Wind rauschte leise durch die Bäume.

War alles nur Einbildung gewesen? Ein makabrer Traum, geboren aus Schuld und Trauer?

Sarah wollte es glauben, doch als sie an sich herabblickte, sah sie die Erde an ihrer Kleidung, das

Blut an ihren aufgeschürften Händen. Und da war noch etwas - ein seltsames Symbol, in ihre Handfläche geritzt, pulsierend in einem unheimlichen, bläulichen Licht.

Mit einem letzten, panischen Blick auf den Friedhof drehte sich Sarah um und rannte. Sie rannte, als wäre der Teufel persönlich hinter ihr her, getrieben von der Gewissheit, dass der wahre Horror gerade erst begonnen hatte.

Max' mysteriöser Verfolger

Max, Sarah und Lisa sind nicht freiwillig in dieses verfluchte Archiv gekommen. Sie wurden hierher gelockt, wie Motten zum tödlichen Licht. Nachdem sie aus Blackwood Manor entkommen waren, versuchten sie verzweifelt, die grauenvollen Ereignisse zu verdrängen. Doch das Böse lässt seine Opfer niemals wirklich frei.

Eines Nachts erwachten sie alle drei gleichzeitig, ihre Körper bedeckt mit pulsierenden, fremdartigen Symbolen. Eine unwiderstehliche Kraft zog sie zu diesem vergessenen Archiv in den Kellergewölben der Stadtbibliothek. Die Tür öffnete sich wie von Geisterhand, als sie eintraten.

Nun stehen sie hier, gefangen zwischen modrigen Regalen voller verbotener Schriften. Die Luft ist schwer vom Gestank verrottenden Fleisches, der aus den Seiten der ältesten Bücher zu strömen scheint. In den Schatten bewegen sich Dinge, die kein menschliches Auge je erblicken sollte.

Max' Finger bluten, als er die Seiten umblättert, doch es ist nicht sein eigenes Blut. Mit jedem Umblättern quillt dunkelrote Flüssigkeit aus den Buchseiten, vermischt sich mit Tinte zu obszönen Mustern. Sarah und Lisa können die Augen nicht davon abwenden, hypnotisiert von dem grausigen Spektakel.

Sie wissen, dass sie hier sind, um eine schreckliche Wahrheit zu entdecken. Eine Wahrheit, die ihre Seelen für immer verdammen wird. Doch sie können nicht anders, als weiterzulesen, weiter in den Abgrund zu starren.

Es roch muffig nach vergilbtem Papier und Staub im Archiv. Max' Finger zitterten, als er vorsichtig die brüchigen Seiten eines uralten Buches umblätterte. Sarah und Lisa standen dicht bei ihm, ihre Gesichter bleich im schwachen Licht der flackernden Glühbirne.

"Hier", flüsterte Max heiser und deutete auf eine verblasste Passage. "Blackwood Manor... ein Ort des Schreckens seit Jahrhunderten."

Sarah beugte sich näher, ihre Augen weiteten sich vor Entsetzen, als sie die Worte las. "Verschwundene Kinder... grausame Rituale... Oh Gott, das geht schon so lange..."

Lisa schluckte schwer, ihr Blick huschte nervös durch den staubigen Raum. "Aber warum wir? Was haben wir damit zu tun?"

Max blätterte hastig weiter, seine Finger hinterliessen blutige Spuren auf dem brüchigen Papier. Plötzlich erstarrte er. "Seht euch das an..."

Vor ihnen lag eine Seite, bedeckt mit kryptischen Symbolen und einer Prophezeiung in einer fremdartigen Sprache. Sarah übersetzte mit zitternder Stimme:

"Alle hundert Jahre, wenn die Sterne richtig stehen,
Wird das Tor zur Hölle sich öffnen.
Vier Seelen, gezeichnet vom Schicksal,

Werden den Weg für den Herrn der Finsternis ebnen."

Max' Gesicht verlor jegliche Farbe. "Wir... wir sind Teil davon. Unsere Rückkehr war von Anfang an geplant."

Ein eisiger Schauer lief ihnen über den Rücken, als die grausame Erkenntnis einsickerte. Sie waren Marionetten in einem kosmischen Spiel, dessen Regeln sie nicht einmal ansatzweise verstanden.

Als sie das Archiv verliessen, ihre Köpfe schwer von düsteren Gedanken, bemerkte Max eine Gestalt am Rande seines Blickfeldes. Ein hochgewachsener Mann in einem makellosen schwarzen Anzug, sein Gesicht ein blasser Fleck unter einem breitkrempigen Hut.

Max blinzelte verwirrt, doch als er genauer hinsah, war die Gestalt verschwunden. Er schüttelte den Kopf, überzeugt, dass sein übermüdeter Verstand ihm einen Streich gespielt hatte.

Doch in den folgenden Tagen tauchte der Mann immer wieder auf. An Strassenecken, in verspiegelten Schaufenstern, als flüchtige Reflexion in Pfützen. Jedes Mal, wenn Max sich umdrehte, war er verschwunden, nur um Sekunden später an einem anderen Ort wieder aufzutauchen.

"Du bildest dir das nur ein", versuchte Sarah ihn zu beruhigen, doch der Zweifel in ihrer Stimme war unüberhörbar.

Max wusste es besser. Er spürte die Augen des Fremden auf sich, wie sie sich in seine Seele bohrten und seine dunkelsten Geheimnisse ans Licht zerrten.

Eines Nachts, als Max durch die verlassenen Strassen von Havenwood irrte, getrieben von Albträumen und Schlaflosigkeit, hörte er plötzlich Schritte hinter sich. Er wandte sich abrupt um und sah den Mann in Schwarz, der langsam auf ihn zukam.

"Wer sind Sie?", keuchte Max, seine Stimme brüchig vor Angst. "Was wollen Sie von mir?"

Der Fremde lächelte, ein grausames Verziehen der Lippen, das seine gelblichen Zähne entblösste. Als er sprach, klang seine Stimme wie das Kratzen von Fingernägeln auf einer Schiefertafel:

"Oh, Max... armer, verlorener Max. Weisst du denn nicht, wer du bist? Was du bist?"

Max wich zurück, sein Herz bebte wild in seiner Brust. "W-wovon reden Sie?"

Der Fremde kam näher, seine Augen glühten unnatürlich in der Dunkelheit. "Blackwood Manor ruft nach dir, Max. Es hungert nach deiner Seele. Und du wirst zurückkehren, ob du willst oder nicht."

Plötzlich verformte sich Max' Schatten, wuchs und verzerrte sich zu deformierten Gestalten. Tentakelartige Auswüchse peitschten durch die Luft, Fratzen bildeten sich im Asphalt zu seinen Füssen.

Max schrie auf, taumelte rückwärts. "Was zum Teufel-"

Der Fremde lachte, ein Klang so düster wie das Krächzen eines Raben in der Nacht. "Oh, der Teufel hat damit mehr zu tun, als du ahnst. Deine dunkelsten Ängste, deine geheimsten Sünden... ich kenne sie alle, Max. Ich war dabei, als du Tim sterben liesst. Ich habe deine Feigheit gesehen, und deine Schwäche."

Max' Gesicht verzerrte sich vor Entsetzen. "Nein... das ist nicht wahr! Ich wollte ihm helfen, ich-"

"Lügner!", zischte der Fremde. "Du hast zugesehen, wie er starb. Du hast seinen Schreien gelauscht und nichts getan. Und tief in deinem Inneren... hast du es genossen."

"NEIN!", brüllte Max und stürzte sich auf den Mann in Schwarz. Doch seine Fäuste griffen ins Leere, als sich der Körper des Fremden plötzlich in einen Schwarm fleischfressender Insekten auflöste.

Max schrie vor Schmerz auf, als die Käfer über ihn herfielen, sich in seine Haut bohrten und sein Fleisch zerrassen. Er schlug wild um sich, versuchte verzweifelt, die Biester abzuschütteln.

Und dann, so plötzlich wie es begonnen hatte, war es vorbei. Max lag keuchend auf dem Boden, sein Körper mit blutigen Kratzern übersät. Von dem Fremden und den Insekten war keine Spur zu sehen.

Zitternd rappelte er sich auf, sein Verstand raste vor Panik und Verwirrung. Was zum Teufel war gerade passiert?

Als er den Kopf hob, erstarrte er vor Schreck. Vor ihm stand Mr. Jenkins, der unheilige Totengräber von Havenwood, in einem makellosen schwarzen Anzug und einem typischen schwarzen, grossen Kalabreserhut.

"Willkommen zurück, Max", grinste Jenkins, seine Augen funkelten unheilvoll. "Blackwood erwartet dich schon. Es ist Zeit, dass du deine Bestimmung erfüllst."

Max wollte schreien, wollte weglaufen, doch sein Körper war wie erstarrt. Er konnte nur hilflos zusehen, wie Jenkins näher kam, ein grausames Lächeln auf den Lippen.

"Komm, Max", flüsterte der Totengräber. "Lass uns zusammen in die Dunkelheit gehen. Jeremiah wartet schon auf dich."

Und mit diesen Worten verschwamm die Welt um Max herum, löste sich auf in einen Strudel aus Schatten und Schrecken. Das Letzte, was er sah, bevor die Finsternis ihn verschlang, war Jenkins' grinsendes Gesicht - eine Maske des Wahnsinns und der Verdammnis.

Lisas Spiegelvisionen

Der Friedhof von Havenwood lag wie ein verfluchtes Königreich unter einem bleiernen Himmel. Nebelschwaden krochen über die verwitterten Grabsteine, als Sarah, Lisa und Max zögernd das schmiedeeiserne Tor durchschritten. Der Geruch von feuchter Erde und Verwesung hing in der Luft, vermischte sich mit dem bitteren Geschmack ihrer eigenen Angst.

Am Rande des Friedhofs stand Mr. Jenkins, der Totengräber, auf seine Schaufel gestützt. Ein unheimliches Lächeln umspielte seine dünnen Lippen, als er die drei erblickte. Seine Augen glitzerten wie polierte Obsidiansteine in seinem faltigen Gesicht.

"Ah, da seid ihr ja endlich", krächzte Jenkins mit einer Stimme, die klang, als hätte er Kieselsteine im Mund. "Ich wusste, dass ihr zurückkehren würdet. Das Schicksal lässt sich nicht betrügen, nicht wahr?"

Lisa erschauderte. Etwas an Jenkins' Blick liess ihr Blut in den Adern gefrieren. Es war, als würde er direkt in ihre Seele schauen, all ihre dunkelsten Geheimnisse ans Licht zerren.

"Was meinen Sie damit?", fragte Sarah mit zitternder Stimme. "Warum sind wir hier?"

Jenkins' Lächeln wurde breiter, entblösste gelbliche Zähne. "Oh, ihr wisst es noch nicht? Ihr seid Teil von etwas viel Grösserem, meine Lieben. Ein Grosses Erwachen steht bevor, und ihr werdet die Schlüssel sein, die das Tor öffnen."

Max ballte die Fäuste. "Hören Sie auf mit diesen Rätseln! Was hat das alles zu bedeuten?"

Der Totengräber lachte, ein Klang so bedrohlich wie das ferne Grollen eines Gewitters. "Geduld, junger Freund. Alles wird sich zu seiner Zeit offenbaren. Jeremiah hat grosse Pläne mit euch."

Bei der Erwähnung von Jeremiahs Namen schien sich die Luft um sie herum zu verdichten. Für einen kurzen, schrecklichen Moment wurden Jenkins' Augen pechschwarz, als hätte jemand Tinte in seine Augäpfel gegossen. Lisa keuchte erschrocken auf, doch als sie genauer hinsah, waren seine Augen wieder normal.

"Kommt", sagte Jenkins und deutete mit knochigen Fingern auf eine verfallene Kapelle am anderen Ende des Friedhofs. "Lasst uns drinnen weiterreden. Ihr wisst doch, dass die Toten Ohren haben. "

Widerwillig folgten die drei dem Totengräber über den Friedhof. Lisa spürte, wie sich ihr Magen verkrampfte. Mit jedem Schritt wurde das Gefühl stärker, beobachtet zu werden. Aus den Augenwinkeln meinte sie, Bewegungen zwischen den Grabsteinen wahrzunehmen, doch wenn sie genauer hinsah, war da nichts.

Die Kapelle war ein baufälliges Gebäude aus verwittertem Stein. Efeu rankte sich wie gierige Finger über die Mauern, schien das Gemäuer ersticken zu wollen. Jenkins öffnete quietschend die schwere Holztür und winkte sie herein.

Im Inneren der Kapelle herrschte ein Zwielicht, das von schmutzigen Buntglasfenstern nur spärlich erhellt wurde. Es roch nach Moder und Weihrauch. Lisa blinzelte, um ihre Augen an die Dunkelheit zu gewöhnen - und erstarrte vor Entsetzen.

In jeder reflektierenden Oberfläche - den staubigen Spiegeln an den Wänden, den polierten Messingkerzenhaltern, selbst in den Pfützen auf dem Steinboden - sah sie Tims Gesicht. Aber es war nicht der Tim, den sie kannte. Sein Antlitz war widerwärtig entstellt, die Haut blass und wächsern wie die einer Leiche. Seine Augen und sein Mund waren mit groben schwarzen Fäden zugenäht, doch trotzdem schien er sie anzustarren, verzweifelt und anklagend zugleich.

Lisa taumelte zurück, stiess einen erstickten Schrei aus. "Tim!", keuchte sie. "Oh Gott, Tim!"

Sarah und Max starrten sie verwirrt an. "Lisa, was ist los?", fragte Sarah besorgt.

Doch Lisa hörte sie kaum. Ihre Augen waren wie hypnotisiert auf die Spiegel gerichtet. Sie sah, wie Tim seine vernähten Lippen zu einem stummen Schrei öffnete. Seine Hände prasselten gegen die Innenseite der Spiegel, hinterliessen blutige Abdrücke auf dem Glas. Es war, als wäre er in einer anderen Dimension gefangen, nur Zentimeter von ihr entfernt und doch unerreichbar.

"Kannst du ihn nicht sehen?", flüsterte Lisa mit tränenerstickter Stimme. "Er ist überall. Er versucht, zu uns durchzudringen!"

Mr. Jenkins lachte leise. "Ah, die Schleier zwischen den Welten werden dünner. Interessant, sehr interessant."

Lisa stolperte vorwärts, die Augen weit aufgerissen und auf einen besonders grossen Spiegel gerichtet. Tims Gesicht füllte die gesamte Fläche aus, seine zugenähten Augen schienen sie anzuflehen. In einem Moment der Verzweiflung streckte Lisa ihre Hand aus, berührte die kalte Glasfläche.

"Tim", schluchzte sie. "Es tut mir so leid. Ich-"

Plötzlich durchbrach eine bleiche Hand die Oberfläche des Spiegels, packte Lisas Handgelenk mit eisernem Griff. Lisa schrie vor Schmerz und Entsetzen auf, als sich scharfe Zähne in ihr Fleisch gruben. Blut quoll zwischen den Fingern der Spiegelhand hervor, tropfte auf den Steinboden der Kapelle.

"Lisa!", brüllten Sarah und Max wie aus einem Mund. Sie stürzten vorwärts, um ihrer Freundin zu helfen, doch es war, als würden sie gegen eine unsichtbare Wand prallen.

Mr. Jenkins stand regungslos da, sein Lächeln breiter denn je. "Und so beginnt es", murmelte er. "Das Grosse Erwachen nimmt seinen Lauf."

Lisa wand sich in Todesangst, versuchte verzweifelt, sich aus dem Griff der Spiegelhand zu befreien. Mit letzter Kraft tastete sie blind um sich und ihre zittern-den Finger schlossen sich um den rauen Holzgriff eines Spatens, der in der düsteren Kapelle am Boden lag. In einem Anflug von Panik und Überlebenswillen holte sie aus und liess die rostige Klinge mit aller Macht auf das Handgelenk der grauenhaften Erscheinung niedersausen.

Ein widerliches Knirschen ertönte, als Metall auf Knochen und verdorbenes Fleisch traf. Schwarze, zähe Flüssigkeit spritzte aus der klaffenden Wunde, benetzte Lisas Gesicht mit einem ekelerregenden Schauer aus fauligem Schleim. Der abgetrennte Arm zuckte spastisch, die Finger krallten sich ein letztes Mal in Lisas Haut, bevor er leblos zu Boden fiel.

Keuchend sank Lisa auf die Knie, ihre Lungen brannten, als sie gierig nach Luft schnappte. Der metallische Geschmack von Blut vermischte sich mit dem fauligen Gestank der schwarzen Substanz, die an ihr heruntertropfte. Ihr Magen rebellierte und sie würgte, unfähig den Brechreiz zu unterdrücken.

Die abgehackte Hand zuckte noch immer auf dem Boden, die Finger bewegten sich in einem grotesken Tanz des Todes. Lisa starrte mit weit aufgerissenen Augen auf das abscheuliche Schauspiel, unfähig den Blick abzuwenden. Das Grauen hatte sie fest im Griff, selbst jetzt, da sie dem Tod so knapp entkommen war.

Mr. Jenkins' Warnung

Die abgetrennte Hand zuckte noch immer auf dem kalten Steinboden der Kapelle, ihre Finger krümmten sich in einem obszönen Todestanz. Schwarzes, zähflüssiges Blut sickerte aus dem abgetrennten Stumpf und bildete eine widerliche Lache. Der faulige Gestank von Verwesung erfüllte den Raum.

Lisa keuchte, ihr Atem ging stossweise. Ihre Hände zitterten unkontrolliert, während sie ungläubig auf das grauenhafte Schauspiel vor sich starrte. Das Grauen hatte sie fest im Griff, lähmte ihren Verstand und liess ihr Herz wie wild in ihrer Brust hämmern.

Sarah und Max standen wie erstarrt da, ihre Gesichter aschfahl vor Entsetzen. Die Luft um sie herum schien zu vibrieren, als hätte Lisas verzweifelter Akt der Selbstverteidigung ein uraltes Siegel gebrochen.

Mr. Jenkins trat einen Schritt vor, sein Gesicht eine Maske aus Faszination und Wahnsinn. "Oh, wie wunderbar", flüsterte er, seine Stimme rau vor Erregung. "Das Tor ist geöffnet. Könnt ihr es spüren? Die andere Seite ruft nach uns."

Er beugte sich hinab und hob die abgetrennte Hand auf, betrachtete sie mit einer Mischung aus Ehrfurcht und perverser Freude. Dann, zu ihrem Entsetzen, führte er sie an seinen Mund und leckte genüsslich das schwarze Blut von den leblosen Fingern.

"Mmh, der Geschmack der Verdammnis", murmelte er, seine Augen vor Ekstase verdreht. "Süss und bitter zugleich. Wie die verbotenen Früchte des Paradieses."

Lisa würgte, der Anblick war zu viel für sie. Sie spürte, wie sich ihr Magen zusammenzog, und kämpfte verzweifelt gegen den Brechreiz an. Sarah schluchzte leise, während Max seine Fäuste ballte, sein ganzer Körper vor unterdrückter Panik zitternd.

Mr. Jenkins' Blick fiel auf die drei, und ein grausames Lächeln verzerrte seine Züge. "Ah, meine lieben Kinder", sagte er, seine Stimme nun sanft wie die eines liebenden Vaters. "Ihr habt keine Ahnung, was für eine Ehre euch zuteil wird. Jeremiah hat euch auserwählt. Ihr werdet die Schlüssel sein, die das Tor endgültig öffnen."

Er trat näher, die abgetrennte Hand noch immer in seiner blutbesudelten Faust. Sein verbliebenes Auge fixierte die drei mit einem Blick, der gleichzeitig leer und doch voller Wahnsinn war "Ihr solltet nicht hier sein", zischte er, Speichel troff von seinen aufgeplatzten Lippen. "Das Manor wartet. Es hungert. Und ihr..." Er deutete mit einem verkrüppelten Finger auf sie. "Ihr seid das Festmahl."

Sarah spürte, wie sich ihr Magen zusammenzog. Die Worte des Totengräbers schienen die Luft um sie herum gefrieren zu lassen. "Was meinen Sie damit?", fragte sie mit zitternder Stimme.

Mr. Jenkins lachte, ein Geräusch wie brechendes Glas. "Oh, ihr wisst genau, was ich meine. Ich kann es in euren Augen sehen. Die Angst. Die Schuld." Er trat näher, sein Atem stank nach Fäulnis und Tod. "Ihr tragt das Zeichen. Blackwood hat euch auserwählt."

Lisa wich zurück, ihre Hände zitterten unkontrolliert. "Wir wollen nichts damit zu tun haben", flüsterte sie. "Wir wollen nur vergessen."

Der Totengräber schüttelte langsam den Kopf, ein grausames Lächeln verzerrte seine entstellten Züge. "Vergessen? Oh nein, meine Lieben. Man vergisst Blackwood Manor nicht. Es vergisst euch nicht." Er hob eine Hand an sein Gesicht, kratzte sich abwesend über die vernarbte Augenhöhle.

Max ballte die Fäuste, versuchte die Panik niederzukämpfen, die in ihm aufstieg. "Was wissen Sie über das Manor? Was ist dort passiert?"

Mr. Jenkins' Blick wurde für einen Moment glasig, als würde er in eine ferne Vergangenheit blicken. "Dinge, die kein sterbliches Auge je sehen sollte", murmelte er. "Rituale so alt wie die Zeit selbst. Blutopfer, um Mächte zu beschwören, die besser vergessen bleiben sollten." Er zuckte zusammen, als hätte ihn eine unsichtbare Peitsche getroffen. "Aber Jeremiah... oh, Jeremiah Blackwood. Er wollte mehr. Immer mehr."

Während er sprach, begann sein verbliebenes Auge zu bluten. Dicke, schwarze Tropfen rannen über seine Wange wie perverse Tränen. Mr. Jenkins schien es nicht einmal zu bemerken. "Er versprach uns Macht.

Unsterblichkeit." Ein bitteres Lachen entfuhr ihm. "Stattdessen gab er uns nur ewige Verdammnis."

Sarah, Lisa und Max starrten entsetzt auf das blutige Spektakel vor ihnen. Die Worte des Totengräbers bestätigten ihre schlimmsten Befürchtungen und liessen gleichzeitig neue, noch dunklere Ängste in ihnen aufkeimen.

"Ihr müsst umkehren", krächzte Mr. Jenkins, seine Stimme nun kaum mehr als ein Flüstern. "Geht, solange ihr noch könnt. Bevor das Manor euch verschlingt." Er griff sich an den Hals, seine Finger gruben sich tief in das vernarbe Fleisch. "Aber ich weiss... ihr werdet nicht auf mich hören. Niemand tut das. Der Ruf ist zu stark."

Mr. Jenkins taumelte, sein verbliebenes Auge glasig vor Schmerz und Ekstase. "Ich war dabei", keuchte er, Blut spritzte bei jedem Wort aus seinem verstümmelten Mund. "All die Jahre. All die Opfer. Ich habe sie begraben. Habe zugesehen, wie das Manor sie verschlang." Ein irres Kichern entfuhr ihm. "Und Jeremiah... oh, Jeremiah. Er versprach uns die Welt."

Der Totengräber fiel auf die Knie, seine Hände gruben sich in die feuchte Erde des Friedhofs. "Aber wir waren nur Werkzeuge. Spielzeuge." Er hob den Kopf, sein Blick bohrte sich in die entsetzten Gesichter vor ihm. "Und jetzt seid ihr an der Reihe. Das nächste Festmahl für den hungrigen Gott, der in den Mauern von Blackwood Manor lauert."

Mit zitternden Händen begann Mr. Jenkins, sich die Kleider vom Leib zu reissen. Zum Vorschein kam ein

Körper, der eine einzige Landkarte des Grauens war. Rituelle Narben bedeckten jeden Zentimeter seiner Haut, pulsierten und zuckten wie lebendige Wesen. "Seht ihr?", krächzte er. "Seht ihr, was er uns angetan hat? Was er euch antun wird?"

Sarah, Lisa und Max wichen entsetzt zurück, unfähig den Blick von dem Albtraumhaften Anblick abzuwenden. Mr. Jenkins' Körper schien sich zu verformen, als würden unsichtbare Kräfte an seinem Fleisch zerren.

"Lauft!", schrie er plötzlich, sein Gesicht eine Maske aus Blut und Wahnsinn. "Lauft, solange ihr noch könnt! Aber es wird euch nichts nützen. Das Manor ruft. Und ihr... ihr werdet kommen."

Mit einem letzten, gurgelnden Schrei brach Mr. Jenkins zusammen. Sein Körper zuckte und wand sich, als würde er von innen heraus zerrissen. Sarah, Lisa und Max starrten wie gelähmt auf das grauenvolle Schauspiel, unfähig sich zu bewegen.

Als der Totengräber schliesslich regungslos liegen blieb, schien die Welt für einen Moment stillzustehen. Dann, wie aus weiter Ferne, hörten sie es: Ein tiefes, pulsierendes Grollen, das die Erde unter ihren Füssen erzittern liess. Es klang wie der Herzschlag eines uralten, hungrigen Gottes.

Sarah, Lisa und Max tauschten einen Blick voller Entsetzen und unausgesprochener Furcht. Sie wussten, ohne es in Worte fassen zu müssen, dass Mr. Jenkins' Warnung wahr war. Blackwood Manor rief nach ihnen. Und egal wie sehr sie sich dagegen wehrten - ein Teil von ihnen sehnte sich danach, diesem Ruf zu folgen.

Mit zitternden Beinen und hämmernden Herzen verliessen sie den Friedhof, Mr. Jenkins' verstümmelten Körper als stummes Mahnmal zurücklassend. Die Nacht schien sich um sie zu schliessen wie ein Leichentuch, während in der Ferne die dunklen Umrisse von Blackwood Manor am Horizont aufragten - ein hungriges Maul, bereit sie zu verschlingen.

Kapitel 5: Am Rande des Abgrunds

Lisas Zusammenbruch

Die düstere Silhouette von Blackwood Manor ragte wie ein monströser Schatten vor ihnen auf, als die kleine Gruppe den verwilderten Pfad zum Haupteingang hinaufstieg. Sarah, Max und Lisa bewegten sich wie Schlafwandler, gezogen von einer unheilvollen Kraft, die sie zurück an diesen verfluchten Ort lockte.

Plötzlich blieb Lisa wie angewurzelt stehen. Ihr Körper begann unkontrolliert zu zittern, als würde eine unsichtbare Macht an ihren Gliedern zerren. "Nein", hauchte sie mit weit aufgerissenen Augen. "Nein, bitte nicht..."

Bevor Sarah oder Max reagieren konnten, sackte Lisa mit einem gurgelnden Laut zusammen. Ihr Körper wurde von heftigen Krämpfen geschüttelt, ihre Glieder zuckten in unnatürlichen Winkeln.

"Lisa!", schrie Sarah entsetzt und kniete sich neben ihre Freundin. Doch als sie Lisas Gesicht sah, wich sie erschrocken zurück.

Lisas Augen waren nach oben gerollt, nur das Weisse war noch zu sehen. Ihre Lippen hatten sich zu einem grotesken Grinsen verzogen, aus dem schwarzer Schaum quoll wie giftiges Öl. Der Anblick liess Sarah würgen, der Gestank von Verwesung und Schwefel stieg ihr in die Nase.

Max packte Sarah an den Schultern und zog sie von Lisa weg. "Pass auf!", warnte er mit zitternder Stimme. "Irgendetwas stimmt hier ganz und gar nicht."

Lisa wälzte sich wie von Sinnen auf dem Boden, ihre Fingernägel gruben sich tief in ihre eigene Haut. Blut quoll aus den selbst zugefügten Wunden, vermischte sich mit dem schwarzen Schaum zu einer widerlichen Paste. Doch unter der aufgerissenen Haut kam keine weitere Blutung zum Vorschein. Stattdessen schimmerte etwas Grünliches, Schuppiges durch die klaffenden Wunden.

"Oh Gott", keuchte Sarah und presste sich die Hand vor den Mund. "Was passiert mit ihr?"

Max schüttelte fassungslos den Kopf, unfähig den Blick von dem grauenhaften Schauspiel abzuwenden. "Ich weiss es nicht", flüsterte er. "Aber was auch immer es ist... es ist nicht von dieser Welt."

Lisas Körper bäumte sich in einem unmöglichen Winkel auf, ihre Wirbelsäule knackte wie morsches Holz. Dann begann sie zu sprechen, doch die Worte, die aus ihrem verzerrten Mund drangen, waren kein Englisch. Es war eine fremdartige, gurgelnde Sprache, die sich anhörte wie das Brodeln kochenden Schlamms.

Sarah zuckte zusammen, als sie plötzlich einzelne Worte zu verstehen glaubte. Bilder von unaussprechlichen Gräueln blitzten vor ihrem inneren Auge auf, Visionen von Welten jenseits menschlicher Vorstellungskraft. Sie sah eine gewaltige, amorphe Kreatur, die sich aus den Tiefen des Kosmos erhob, bereit die Erde mit endlosem Wahnsinn zu überziehen.

"Das Tor öffnet sich", krächzte Lisa mit einer Stimme, die nicht die ihre war. "Der Verschlinger der Welten erhebt sich aus seinem äonenlangen Schlummer. Sein Hunger wird die Sterne verschlingen und alles Leben in ewiger Dunkelheit ertränken."

Ein überwältigender Schrei entfuhr Lisa, als ihr Körper sich plötzlich zu verformen begann. Ihre Gliedmassen streckten sich wie Gummi, während ihr Torso anschwoll und pulsierte. Für einen kurzen, schrecklichen Moment nahm sie die Gestalt einer Albtraumhaften, nicht-menschlichen Kreatur an - ein wirres Durcheinander aus Tentakeln, Schuppen und glühenden Augen.

Sarah und Max wichen entsetzt zurück, unfähig zu begreifen, was sie da sahen. Die Luft um sie herum schien zu vibrieren, erfüllt von einem unheimlichen Summen, das direkt aus dem Herzen des Universums zu kommen schien.

Dann, so plötzlich wie es begonnen hatte, war alles vorbei. Lisas Körper erschlaffte und nahm wieder seine menschliche Form an. Das entstellte Grinsen verschwand von ihrem Gesicht, ersetzt durch einen Ausdruck völliger Erschöpfung.

Vorsichtig näherten sich Sarah und Max ihrer bewusstlosen Freundin. Die Wunden auf Lisas Haut waren verschwunden, als hätten sie nie existiert. Doch ein schwacher, grünlicher Schimmer pulsierte noch immer unter ihrer Haut, wie ein unheilvolles Versprechen dessen, was noch kommen würde.

"Was zum Teufel war das?", flüsterte Max mit bebender Stimme.

Sarah schüttelte den Kopf, Tränen brannten in ihren Augen. "Ich weiss es nicht", hauchte sie. "Aber ich fürchte, das war erst der Anfang."

Sie blickten hinauf zu den finsteren Umrissen von Blackwood Manor, das wie ein hungriges Maul vor ihnen aufragte. Sarah spürte, wie sich eisige Finger der Angst um ihr Herz legten. Was auch immer in diesem verfluchten Haus auf sie wartete - es war weit schlimmer, als sie sich in ihren dunkelsten Albträumen hätten ausmalen können.

Mit zitternden Händen hob Max Lisas reglosen Körper auf. "Wir müssen sie hier wegbringen", sagte er entschlossen. "Zurück in die Stadt, ins Krankenhaus."

Doch Sarah schüttelte langsam den Kopf. "Nein", flüsterte sie tonlos. "Es ist zu spät. Was auch immer mit Lisa geschehen ist... kein Arzt dieser Welt kann ihr jetzt noch helfen."

Sie warf einen letzten Blick auf das düstere Herrenhaus, das wie ein bösartiger Tumor in der Landschaft thronte. Sarah wusste, dass sie keine andere Wahl hatten. Um Lisa zu retten - um sie alle zu retten - mussten sie das Grauen an seiner Quelle bekämpfen.

Mit schweren Schritten setzten sie ihren Weg zum Eingang von Blackwood Manor fort. Das alte Holz der Veranda knarrte unter ihren Füssen wie ein Todesröcheln. Sarah legte zögernd ihre Hand auf die eiskalte Türklinke. Für einen Moment glaubte sie zu spüren, wie etwas im Inneren des Hauses erwachte - eine uralte, hungrige Präsenz, die nur darauf gewartet hatte, dass sie zurückkehrten.

Mit einem letzten tiefen Atemzug öffnete Sarah die Tür. Finstere Schatten quollen ihnen wie lebendige Tentakel entgegen, schienen sie in die Dunkelheit ziehen zu wollen. Sarah und Max tauschten einen letzten, angsterfüllten Blick, bevor sie die Schwelle überschritten.

Die Tür fiel hinter ihnen krachend ins Schloss, als hätte Blackwood Manor sie endgültig verschluckt. Was auch immer in den kommenden Stunden geschehen würde - Sarah wusste, dass keiner von ihnen je wieder derselbe sein würde.

Max hört Tims Stimme

Die Nacht lag wie ein Leichentuch über Havenwood, als Max sich dem verfallenen Anwesen von Blackwood Manor näherte. Ein eisiger Wind heulte durch die knorrigen Äste der uralten Bäume, die das Grundstück umgaben wie stumme Wächter. Mit jedem Schritt, den Max auf das düstere Gebäude zuging, wurde das Flüstern in seinem Kopf lauter, ein unheilvolles Summen, das langsam Gestalt annahm.

"Max... komm zu mir, Max..."

Die Stimme drang wie giftiger Nebel in seinen Verstand ein, vertraut und doch grauenvoll verzerrt. Max blieb wie angewurzelt stehen, sein Herz hämmerte wild in seiner Brust. "Tim?", flüsterte er ungläubig in die Dunkelheit.

"Ja, Max. Ich bin es." Tims Stimme klang nun deutlicher, ein verzweifeltes Wimmern voll unvorstellbarer Qualen. "Bitte... du musst mir helfen. Es tut so weh..."

Max' Hände begannen unkontrolliert zu zittern. Kalter Schweiss rann ihm den Rücken hinunter, während er versuchte, die Stimme seines toten grossen Bruders aus seinem Kopf zu verbannen. "Das kann nicht sein", murmelte er. "Du bist tot. Ich habe dich sterben sehen!"

Ein grausames Lachen hallte durch die Nacht, liess Max erschaudern. "Tot? Oh nein, mein kleiner Bruder. Der Tod wäre eine Erlösung im Vergleich zu dem, was ich hier durchleiden muss." Tims Worte wurden von einem schmerzhaften Schrei unterbrochen, gefolgt vom widerlichen Geräusch brechender Knochen.

Max presste die Hände auf seine Ohren, doch die Geräusche wurden nur lauter. Er konnte förmlich hören, wie Fleisch zerrissen und Sehnen zerfetzt wurden. Der metallische Geruch von Blut stieg ihm in die Nase, liess ihn würgen.

"Sieh mich an, Max", flehte Tim. "Sieh, was sie mir angetan haben."

Gegen seinen Willen öffnete Max die Augen. Vor ihm stand Tim, oder vielmehr das, was von ihm übrig war. Sein Körper war eine groteske Karikatur seiner selbst, Haut und Muskeln hingen in Fetzen von seinen gebrochenen Knochen. Eines seiner Augen baumelte lose aus der zerschmetterten Augenhöhle, während das andere Max mit einem Blick voller Qual und Anklage fixierte.

"Warum hast du mich im Stich gelassen?", kreischte Tim. Seine Stimme klang wie das Kratzen von Fingernägeln auf einer Schiefertafel. "Du hättest mich retten können!"

Max taumelte rückwärts, unfähig den Blick von dem Horrorbild seines Bruders abzuwenden. "Es tut mir leid", schluchzte er. "Ich wusste nicht... ich konnte nichts tun..."

Ein grausames Lächeln verzerrte Tims entstelltes Gesicht zu einer Fratze des Wahnsinns. "Oh, aber du kannst etwas tun, Max. Du kannst mich erlösen. Komm ins Haus. Jeremiah wird dir zeigen wie."

Bei der Erwähnung von Jeremiahs Namen durchfuhr Max ein eisiger Schauer. Er spürte, wie etwas Dunkles, Uraltes nach seiner Seele griff. "Nein", keuchte er. "Das ist eine Falle. Du bist nicht Tim!"

Die Illusion von Tim löste sich auf, zerfiel zu Staub der vom Wind davongetragen wurde. Doch seine Stimme blieb, vermischte sich mit zahllosen anderen zu einem Chor des Wahnsinns in Max' Kopf.

"Feigling!", zischten sie. "Verräter! Lass uns nicht allein in dieser Hölle!"

Max' Nase begann zu bluten, warme Tropfen rannen über seine Lippen und benetzten seine Zunge mit dem Geschmack von Kupfer und Verzweiflung. Er fiel auf die Knie, grub seine Finger in die feuchte Erde. "Aufhören!", schrie er. "Lasst mich in Ruhe!"

Doch die Stimmen wurden nur lauter, eine Mischung aus Schmerz und Wahnsinn, das ihn zu zerreissen drohte. Und über allem thronte Jeremiahs grausames Lachen, ergötzte sich an Max' Qualen.

"Du kannst ihnen nicht entkommen, Max", flüsterte Jeremiah in seinem Kopf. "Sie sind ein Teil von dir, genau wie du ein Teil von Blackwood Manor bist. Komm zu uns. Embrace the darkness."

Max wimmerte, unfähig dem Ansturm in seinem Kopf standzuhalten. Vor seinen Augen tanzten Bilder von unvorstellbaren Gräueln - zerfetzte Körper, brennendes Fleisch, Seelen die in ewiger Agonie gefangen waren.

"Hör auf!", flehte er. "Ich will das nicht sehen!"

"Oh, aber du willst es sehen", erwiderte Jeremiah mit einem Grinsen, das vor Boshaftigkeit triefte. Seine Augen funkelten vor perverser Vorfreude, als würde er sich an Max' Entsetzen weiden.

Sarahs Leichenvision

Sarah stand wie angewurzelt vor dem imposanten Eingangsportal von Blackwood Manor, Lisa und Max standen wie leblose Hüllen neben Sarah, ihre Augen leer und abwesend, als hätte das Haus ihre Seelen bereits verschlungen, bevor sie es überhaupt betreten hatten. Die Luft um sie herum schien plötzlich zäh und schwer, erfüllt von einem unheimlichen Flüstern, das nur sie zu hören vermochte.

Ihre Augen wanderten unwillkürlich zu einem der hohen, gotischen Fenster im ersten Stock. Was sie dort erblickte, liess ihr Herz für einen Moment aussetzen. Im trüben Glas spiegelte sich nicht ihr lebendiges Antlitz wider, sondern eine groteske Parodie ihrer selbst – ihre eigene verrottende Leiche.

Das Gesicht, einst von jugendlicher Schönheit geprägt, war nun eine Maske des Grauens. Die Haut hing in fauligen Fetzen von den hervorstehenden Wangenknochen, enthüllte darunter das gelblich-graue Fleisch, das sich bereits in verschiedenen Stadien der Verwesung befand. Die Augenhöhlen, einst von strahlenden grünen Augen erfüllt, waren nun leere, schwarze Löcher, in denen sich Maden wie perverse Perlen tummelten.

Sarah wollte schreien, doch kein Laut entwich ihrer Kehle. Stattdessen spürte sie, wie sich ihre eigenen Zähne zu lockern begannen. Ein Gefühl von Panik überkam sie, als sie mit ihrer Zunge über die Zahnreihen fuhr und jeder einzelne Zahn wie ein loser Stein in einem bröckelnden Fundament wackelte.

Die Leiche im Fenster hob langsam eine verwesende Hand und winkte ihr zu. Die Finger, mehr Knochen als Fleisch, bewegten sich in einer grotesken Parodie einer einladenden Geste. Das Grinsen auf dem verfaulten Gesicht wurde breiter, enthüllte eine Reihe verfärbter, faulender Zähne, zwischen denen sich Maden wie obszöne Zungenpiercings wanden.

Sarah spürte, wie sich ihr Magen umstülpte. Der Gestank von Verwesung, der plötzlich die Luft erfüllte, war überwältigend. Es war ein süsslicher, fauliger Geruch, der ihre Nasenlöcher füllte und sich wie eine dicke, ölige Schicht auf ihre Zunge legte. Mit Entsetzen realisierte sie, dass der Gestank von ihr selbst ausging.

Sie blickte an sich herunter und sah, wie ihre Haut an einigen Stellen abzufallen begann. Zuerst waren es nur kleine Flecken an ihren Händen, doch dann breitete sich die Fäulnis wie ein Lauffeuer über ihren gesamten Körper aus. Unter der sich ablösenden Haut kam verwesendes Fleisch zum Vorschein, das in verschiedenen Schattierungen von Grün und Schwarz schimmerte.

Sarah versuchte, sich zu bewegen, wegzulaufen von diesem Ort des Grauens, doch ihre eisige Furcht fesselte ihre Füsse an den Boden. Sie spürte, wie sich ihre Muskeln zu zersetzen begannen, wie ihre Knochen brüchig wurden und zu zerfallen drohten.

Das Flüstern in ihrem Kopf wurde lauter, verwandelte sich in ein vielstimmiges Wispern, das von den Wänden des Herrenhauses widerzuhallen schien. "Willkommen zu Hause, Sarah," zischelten die Stimmen in einer scheusslichen Symphonie. "Wir haben so lange auf dich gewartet."

Die Leiche im Fenster begann zu lachen, ein gurgelndes, feuchtes Geräusch, das klang, als würde jemand in einem Sumpf ertrinken. Sarah spürte, wie sich ihr eigener Mund zu einem unwillkürlichen Grinsen verzog, ihre Lippen rissen dabei auf und enthüllten das faulende Zahnfleisch darunter.

In einem letzten Aufbäumen ihres Verstandes versuchte Sarah, sich aus dieser Horrorvision zu befreien. Sie kniff die Augen zusammen, öffnete sie wieder, in der verzweifelten Hoffnung, dass alles nur eine Einbildung war. Doch das Grauen blieb.

Die Leiche im Fenster presste nun ihre verwesende Hand gegen die Scheibe, hinterliess dabei einen schmierigen Abdruck aus Fäulnis und Tod. Sarah spürte, wie sich ihre eigene Hand hob, als wäre sie an unsichtbaren Fäden befestigt, bereit, die Geste zu erwidern.

In diesem Moment der absoluten Verzweiflung und des Entsetzens hörte Sarah plötzlich Lisas Stimme wie aus weiter Ferne: "Sarah? Sarah, alles in Ordnung mit dir?"

Die Welt um sie herum begann zu flimmern, wie ein Fernsehbild bei schlechtem Empfang. Die Leiche im Fenster, ihr eigener verfaulender Körper, der Gestank des Todes – alles begann zu verblassen, löste sich auf wie ein Albtraum im Morgenlicht.

Sarah blinzelte mehrmals, ihr Atem ging keuchend. Sie stand noch immer vor dem Eingangsportal von Blackwood Manor, Lisa und Max an ihrer Seite. Doch das Echo des Grauens hallte noch immer in ihrem Inneren nach, ein stummes Versprechen dessen, was noch kommen mochte.

Mit zitternden Händen berührte Sarah ihr Gesicht, tastete nach Anzeichen von Verwesung, die sie gerade noch so deutlich gespürt hatte. Ihre Haut war intakt, ihre Zähne fest verankert. Doch in ihren Augen lag ein Ausdruck des Entsetzens, der ihre Begleiter erschaudern liess.

"Ich... ich bin okay," brachte Sarah schliesslich hervor, ihre Stimme kaum mehr als ein Flüstern. "Lasst uns... lasst uns einfach reingehen."

Kapitel 6: Schwelle zur Verdammnis

Das lebende Portal

Mit zitternden Beinen überschritten Sarah, Lisa und Max die Schwelle von Blackwood Manor. Kaum hatten sie einen Fuss in das düstere Innere gesetzt, als sich die massige Eingangstür hinter ihnen mit einem widerlichen, fleischigen Geräusch schloss. Es klang, als würde eine klaffende Wunde zugenäht werden.

Sarah drehte sich ruckartig und starrte entsetzt auf die Stelle, wo sich eben noch der Ausgang befunden hatte. Die hölzerne Tür war verschwunden, stattdessen pulsierte dort nun eine nahtlose, fleischfarbene Oberfläche. Sie streckte zögernd die Hand aus, um die monströse Wand zu berühren. Sofort zuckte sie mit einem erstickten Schrei zurück. Wo ihre Finger die lebendige Barriere berührt hatten, klafften nun winzige Schnitte, aus denen Blut sickerte.

"Was zum Teufel...?", keuchte Max und trat einen Schritt zurück. Lisa starrte wie hypnotisiert auf die pulsierende Wand. In ihren weit aufgerissenen Augen spiegelte sich blankes Entsetzen.

Ein tiefes, grollendes Stöhnen liess den Boden unter ihren Füssen erzittern. Es klang, als würde das Haus selbst vor Schmerz ächzen. Sarah spürte, wie sich ihr Magen zusammenzog. Ein Gestank, so intensiv und widerlich, dass er Brechreiz auslöst und sich wie ätzender Nebel in die Lungen frisst.

Plötzlich begann der Boden unter ihren Füssen zu atmen. Die Dielen hoben und senkten sich in einem unheimlichen Rhythmus, als stünden sie auf der Brust eines gigantischen, schlafenden Wesens. Mit jedem Atemzug des Hauses schienen die Wände näher zu rücken, als wollte Blackwood Manor sie verschlingen.

Lisa würgte und presste sich die Hand vor den Mund. "Ich kann es nicht ertragen", flüsterte sie mit tränenerstickter Stimme. "Es fühlt sich an, als wären wir in den Eingeweiden eines Monsters gelandet."

Sarah nickte stumm. Das pulsierende Fleisch der Wände erinnerte sie auf groteske Weise an die innere Auskleidung eines Magens. Würde das Haus sie verdauen, ihre Körper langsam aber sicher zersetzen?

Max ballte die Fäuste. "Wir müssen einen Ausweg finden", knurrte er. Mit grimmiger Entschlossenheit trat er an die Stelle, wo sich zuvor die Tür befunden hatte. Er holte aus und schlug mit aller Kraft gegen die wabernde Oberfläche.

Ein grollender Schrei hallte durch das Haus, als hätte Max ein lebendiges Wesen verletzt. Gleichzeitig schossen Dutzende nadelspitze Knochensplitter aus der Wand und bohrten sich tief in sein Fleisch.

Max taumelte zurück, das Gesicht schmerzverzerrt. Blut quoll zwischen seinen Fingern hervor, als er verzweifelt versuchte, die Splitter aus seinem Arm zu ziehen. Doch je mehr er daran zerrte, desto tiefer gruben sie sich in sein Fleisch.

"Hör auf!", rief Sarah entsetzt. "Du machst es nur noch schlimmer!"

Tränen der Qual rannen über Max' Wangen, während er zusah, wie sich die Knochensplitter wie Würmer unter seiner Haut bewegten. Sie schienen sich in seinem Körper auszubreiten, frassen sich durch Muskeln und Sehnen.

Lisa sank auf die Knie, unfähig den Anblick zu ertragen. Ihr Körper wurde von heftigen Würgereizen geschüttelt. Als sie sich erbrach, quoll eine schwarze, ölige Flüssigkeit aus ihrem Mund. Die Substanz begann auf dem Boden zu zischen und Blasen zu werfen, frass sich durch die lebendigen Dielen wie Säure.

Sarah kämpfte gegen den Impuls an, einfach die Augen zu schliessen und zu warten, bis der Albtraum vorüber war. Doch sie wusste, dass es diesmal kein Erwachen geben würde. Sie mussten einen Weg finden, Blackwood Manor zu verlassen, bevor es sie verschlang.

Mit zitternden Händen griff sie nach dem Türknauf, der wie ein grotesker Auswuchs aus der fleischigen Wand ragte. Sofort spürte sie, wie sich etwas um ihre Finger schloss. Feine Hautlappen hatten sich von der Oberfläche gelöst und begannen, sich um ihre Hand zu winden.

Sarah schrie auf und versuchte verzweifelt, sich loszureissen. Doch je mehr sie zerrte, desto fester wurde der Griff. Die lebendige Substanz kroch ihren Arm hinauf, hinterliess eine Spur aus brennendem Schmerz auf ihrer Haut.

"Hilfe!", kreischte sie panisch. "Es zieht mich hinein!"

Max und Lisa stürzten zu ihr, packten sie an den Schultern und versuchten, sie wegzuziehen. Doch das Haus gab seine Beute nicht so leicht her. Mit einem widerlichen Schmatzen öffnete sich ein klaffendes Maul in der Wand, gesäumt von Reihen nadelspitzer Zähne.

Sarah spürte den heissen, fauligen Atem des Hauses auf ihrer Haut. Tränen rannen über ihre Wangen, als sie erkannte, dass es kein Entkommen gab. Das Maul schloss sich langsam um ihren Arm, durchbohrte Haut und Fleisch mit messerscharfen Zähnen.

Ein gellender Schrei hallte durch das Haus, als Sarah vor Schmerz und Entsetzen den Verstand zu verlieren drohte. Blut quoll zwischen den Zähnen hervor, tropfte zu Boden und wurde gierig von den lebendigen Dielen aufgesogen.

In diesem Moment des puren Horrors wurde Sarah klar, dass Blackwood Manor mehr war als nur ein verfluchtes Haus. Es war ein hungriges, bösartiges Wesen, das sie mit Haut und Haaren verschlingen würde. Und dies war erst der Anfang ihres Albtraums...

Die pulsierende Schwelle unter ihren Füssen begann sich zu verformen. Fleischige Tentakel schossen aus dem Boden hervor und schlangen sich um ihre Knöchel. Sarah, Lisa und Max schrien vor Entsetzen, als sie spürten, wie sie langsam in die lebendige Masse des Hauses hineingezogen wurden.

Aus den Wänden quoll eine schleimige, rötliche Flüssigkeit. Der bestialische Gestank von faulendem Fleisch und gärenden Eingeweiden, der die Luft wie eine giftige Wolke erfüllt, wurde überwältigend. Schwarzer Schimmel breitete sich wie ein Lauffeuer aus und bedeckte jede Oberfläche mit einem Teppich aus pulsierenden Sporen.

Während sie tiefer in die Albtraumhafte Substanz des Hauses sanken, erkannten sie mit Grauen, dass Blackwood Manor sie nicht töten würde. Es würde sie verschlingen und fur alle Ewigkeit in seinen lebenden Eingeweiden gefangen halten.

Sarah schloss die Augen und betete um ein gnädiges Ende, das nie kommen würde. Der Albtraum hatte gerade erst begonnen...

Die organische Eingangshalle

Der dumpfe, metallische Schlag der Standuhr hallte durch die Eingangshalle von Blackwood Manor wie das Totengeläut einer verdammten Seele. Sarah, Lisa und Max zuckten zusammen, als der Klang ihre Knochen bis ins Mark erschütterte. Sie standen da, erstarrt vor Entsetzen, unfähig zu begreifen, wie sie wieder an diesem verfluchten Ort gelandet waren.

Der penetrante Gestank von Leichenfäulnis, der an faulige Eier und verdorbene Milch erinnerte, drang in ihre Nasen, so überwältigend, dass Lisa würgend in die Knie ging. Sarah presste sich die Hand vor Mund und Nase, doch es half nichts - der Gestank schien durch ihre Haut zu kriechen, sich in ihren Lungen festzusetzen wie ein bösartiger Parasit.

Max starrte mit weit aufgerissenen Augen auf die Wände der Eingangshalle, die sich vor seinen Augen zu verformen schienen. Was einst edles Holz und prachtvolle Tapeten gewesen waren, hatte sich in ein Albtraumhaftes Geflecht aus pulsierenden, organischen Wucherungen verwandelt. Die Wände schienen zu atmen, sich zu heben und zu senken wie die Brust eines schlafenden Monsters.

"Oh Gott", keuchte er, als sich tentakelartige Auswüchse von den Wänden lösten und tastend nach ihnen ausstreckten. Die schleimigen Tentakel bewegten sich mit unnatürlicher Geschmeidigkeit, ihre Spitzen glänzten feucht im schwachen Licht. Sarah schrie gellend auf, als einer der Tentakel ihr Bein streifte, eine

Spur aus ätzender Flüssigkeit auf ihrer Haut hinterlassend.

Lisa rappelte sich auf, nur um festzustellen, dass der Boden unter ihren Füssen weich und nachgiebig war, als würden sie auf Eingeweiden laufen. Bei jedem Schritt gab die fleischige Masse nach, ein widerliches Schmatzen begleitete ihre verzweifelten Versuche, Abstand zu den sich windenden Tentakeln zu gewinnen.

"Nicht schon wieder", schluchzte Sarah, Tränen der Verzweiflung rannen über ihre Wangen. "Wir können nicht wieder hier sein, das ist unmöglich!"

Doch die grausame Realität von Blackwood Manor spottete ihrer Ungläubigkeit. Aus den Wänden sickerte eine dickflüssige, schwarze Substanz, die wie Teer an der verfaulenden Tapete herablief. Der Gestank wurde noch intensiver, als die schwarze Masse den Boden erreichte und sich in kleinen Pfützen sammelte. Max starrte entsetzt auf seine Schuhe, die von der Flüssigkeit zerfressen wurden, als wäre es Säure.

In den Ecken der Halle wuchsen pilzartige Strukturen empor, groteske Gebilde aus Fleisch und Chitin. Mit einem zischenden Geräusch versprühten sie toxische Sporen, die wie winzige Glühwürmchen durch die Luft tanzten. Lisa hustete krampfhaft, als sie versehentlich einige der Sporen einatmete. Sofort spürte sie ein Brennen in ihrer Lunge, als würde sich das Gewebe von innen heraus zersetzen.

Sarah's Blick wanderte panisch durch den Raum, auf der Suche nach einem Ausweg aus diesem Albtraum.

Ihr Herz setzte für einen Schlag aus, als sie das pulsierende Porträt der Blackwood-Patriarchen erblickte, das mit glühenden Augen auf sie herabstarrte. Die gemalten Gesichter verzogen sich zu höhnischen Fratzen, ihre Münder öffneten sich zu einem stummen Schrei. Sarah konnte schwören, dass sich die Augen des Porträts bewegten, sie mit boshafter Belustigung verfolgten.

Eine eisige Kälte umhüllte die Freunde plötzlich, liess sie bis auf die Knochen erschaudern. Ihre Atemwolken kristallisierten in der Luft zu grotesken Formen, kleine Eisskulpturen des Grauens, die für einen Moment in der Luft schwebten, bevor sie zerbarsten. Die Kälte war so intensiv, dass Sarah spürte, wie sich Eiskristalle auf ihrer Haut bildeten, ihre Wimpern zu feinen Eiszapfen gefroren.

Max stolperte rückwärts, verzweifelt auf der Suche nach einem Ausweg. Seine Augen fixierten die massive Eichentür, die er noch aus ihrem ersten Aufenthalt in Erinnerung hatte. Die Tür, die sich damals nicht mehr zu öffnen schien, ihre letzte Hoffnung auf Flucht.

"Es gibt kein Entkommen", flüsterte eine Stimme in seinem Kopf, die verdächtig nach Jeremiah Blackwood klang. "Ihr seid zurückgekehrt, wo ihr hingehört. Willkommen zu Hause."

Lisa taumelte benommen durch den Raum, ihre Sinne überwältigt von den Schrecken um sie herum. Ihr Blick fiel auf einen grossen Spiegel an der gegenüberliegenden Wand, der einem völlig anderes vorspielte als die Realität. Statt des Horrors der organischen Halle zeigte der Spiegel ein Bild von Geborgenheit und Wärme - ein gemütliches Wohnzimmer, in dem Tim lebendig und lächelnd auf einem Sofa sass.

"Tim!", schrie Lisa und stürzte auf den Spiegel zu. Ihre Hände prallten gegen das kalte Glas, unfähig die Illusion zu durchbrechen. Tims Gesicht im Spiegel verzerrte sich zu einer Maske des Entsetzens, sein Mund öffnete sich zu einem stummen Schrei. Vor Lisas entsetzten Augen begann sein Fleisch zu schmelzen, tropfte in blutigen Klumpen von seinen Knochen.

Sarah zerrte Lisa vom Spiegel weg, gerade als dieser in tausend Scherben zerbarst. Die Splitter schwebten für einen Moment in der Luft, jeder einzelne ein Mikrokosmos des Grauens, bevor sie wie Geschosse auf die Freunde zurasten. Max warf sich schützend vor die Frauen, schrie vor Schmerz auf, als die Glassplitter sich tief in sein Fleisch bohrten.

Der Boden unter ihnen begann zu beben, pulsierte wie ein gigantisches Herz. Aus den Rissen im faulenden Fleisch quoll eine Flut von Maden und Würmern hervor, die sich gierig auf die frische Beute stürzten. Sarah kreischte hysterisch, als die Parasiten an ihren Beinen emporkrochen, sich durch ihre Kleidung frassen und in ihre Haut eindrangen.

Die tentakelartigen Auswüchse an den Wänden wurden immer aggressiver, peitschten durch die Luft und versuchten, die Eindringlinge zu packen. Lisa wurde von einem der Tentakel am Arm erwischt und mit unmenschlicher Kraft gegen die Wand geschleudert. Der Aufprall trieb ihr die Luft aus den Lungen, sie spürte, wie ihre Rippen unter der Wucht des Schlags brachen.

Max kämpfte verzweifelt gegen die Tentakel an, versuchte zu Lisa zu gelangen, die benommen am Boden lag. Doch mit jedem abgewehrten Angriff tauchten zwei neue Tentakel auf, umschlangen seine Gliedmassen und zogen ihn unerbittlich in Richtung der pulsierenden Wand. Er konnte fühlen, wie sich das lebende Gewebe der Mauer um ihn schloss, ihn zu verschlingen drohte.

Sarah stand wie gelähmt in der Mitte des Raumes, unfähig sich zu bewegen, zu denken, zu atmen. Die Standuhr schlug erneut, der Klang vibrierte durch ihren Körper wie eine unheilige Resonanz. Mit jedem Schlag schien sich die Realität weiter zu verzerren, die Grenzen zwischen Wirklichkeit und Albtraum verschwammen.

Und über allem thronte das grinsende Porträt der Blackwoods, ihre Augen glühten vor diabolischer Freude. Sarah konnte Jeremiah Blackwoods Stimme in ihrem Kopf hören, ein Flüstern voller Bosheit und Verheissung:

"Willkommen zurück in Blackwood Manor, meine Lieben. Euer Albtraum hat gerade erst begonnen."

Manifestation des Bösen

Die Luft um Blackwood Manor verdichtete sich zu einer fast greifbaren Masse aus Bosheit und Verderben. Ein unnatürlicher Nebel kroch aus dem Boden, schwarz wie Teer und stinkend nach Verwesung. Er wand sich um die Füsse der Anwesenden wie hungrige Tentakel, bereit, sie in die Tiefen der Hölle zu ziehen.

Sarah keuchte auf, als sie spürte, wie sich unsichtbare Krallen in ihr Fleisch gruben. Blut sickerte durch ihr Shirt, bildete abstrakte Muster auf dem weissen Stoff. "Es... es versucht in mich einzudringen!", schrie sie panisch. Ihre Augen weiteten sich vor Entsetzen, als sich unter ihrer Haut etwas zu bewegen begann, als würden Maden durch ihre Adern kriechen.

Max starrte wie hypnotisiert auf den Boden, der zu pulsieren begonnen hatte. Mit jedem Schlag schien das Haus zu atmen, ein lebendiger Organismus aus Holz und Stein. "Hört ihr das?", flüsterte er heiser. "Es... es flüstert meinen Namen." Seine Stimme brach, als er realisierte, dass die Stimmen aus seinem eigenen Kopf kamen.

Lisa klammerte sich zitternd an einen der Kerzenständer, ihre Knöchel traten weiss hervor. Plötzlich spürte sie etwas Warmes, Klebriges an ihren Händen. Als sie hinunterblickte, sah sie zu ihrem Entsetzen, dass der Kerzenständer zu schmelzen begann. Das flüssige Metall vermischte sich mit ihrem eigenen Blut zu einer schimmernden Substanz, die ihre Arme hinauflief wie ein lebendiger Organismus.

Ein Schrei zerriss die Luft, so durchdringend, dass Glas splitterte und Staub von der Decke rieselte. Es klang, als würde die Realität selbst auseinandergerissen werden. Sarah, Max und Lisa pressten sich die Hände auf die Ohren, doch der Schrei drang durch Mark und Bein, liess ihre Eingeweide vor Angst gefrieren.

Aus den Wänden begann Blut zu sickern, erst nur einzelne Tropfen, dann ganze Ströme. Es sammelte sich in Pfützen auf dem Boden, zog sich zu verzerrten Formen zusammen, die an entstellte Gesichter erinnerten. Sarah glaubte, Tims Züge in einer der Blutlachen zu erkennen, sein Mund zu einem stummen Schrei verzerrt.

Die Lichter im Raum begannen wie wild zu flackern, als würden sie gegen eine unsichtbare Kraft ankämpfen. Mit einem Zischen erloschen sie schliesslich, tauchten den Raum in undurchdringliche Finsternis.

In den Schatten huschten formlose Gestalten umher, zu schnell, um sie wirklich zu erfassen. Ihre Bewegungen waren abgehackt und unnatürlich, als würden sie sich zwischen den Realitäten bewegen. Flüsternde Stimmen drangen aus der Dunkelheit, sprachen in einer Sprache so alt und fremd, dass sie in den Ohren der Anwesenden wie Glasscherben kratzte.

"Seht, wie sie zittern", zischte eine der Stimmen, gefolgt von einem grausamen Lachen. "Ihre Angst nährt uns, macht uns stärker mit jedem Herzschlag."

"Bald werden ihre Seelen uns gehören", antwortete eine andere Stimme, tief und grollend wie Donner. "Für alle Ewigkeit werden sie in Qualen schmoren."

Max spürte, wie sich eisige Finger um seinen Hals legten, langsam zudrückten. Er rang nach Luft, versuchte die unsichtbaren Hände abzuschütteln, doch seine eigenen Arme fühlten sich an wie Blei. Schwarze Punkte tanzten vor seinen Augen, als der Sauerstoff knapp wurde.

Sarah schrie entsetzt auf, als sich der Boden unter ihren Füssen öffnete. Tentakel aus purem Schatten schossen hervor, umschlangen ihre Beine und zogen sie langsam aber unerbittlich in die Tiefe. Sie kratzte verzweifelt über den Holzboden, doch es gab kein Entkommen.

Lisa kauerte in einer Ecke, ihre Augen weit aufgerissen vor Entsetzen. Vor ihr materialisierte sich eine Gestalt aus Rauch und Schatten, formte sich zu einer abscheulich verzerrten Version von Tim. Sein Körper war übersät mit klaffenden Wunden, aus denen Maden krochen. Er streckte eine verwesende Hand nach ihr aus, sein Mund öffnete sich zu einem unmenschlichen Grinsen.

"Komm zu mir, Lisa", gurgelte er, schwarze Flüssigkeit quoll zwischen seinen faulenden Zähnen hervor. "Lass uns für immer vereint sein im ewigen Leid."

Ein diabolisches Lachen hallte durch den Raum, liess die Wände erzittern. Jeremiah Blackwood materialisierte sich inmitten des Chaos, eine schattenhafte Gestalt von solch unvorstellbarer Bösartigkeit, dass die Luft um ihn herum zu gefrieren schien.
"Willkommen zurück", donnerte seine Stimme, erfüllt von grausamer Vorfreude. "Ihr seid genau zur rechten Zeit gekommen".

Er breitete die Arme aus, sein Körper begann zu pulsieren und sich zu verformen. Knochen brachen und formten sich neu, Fleisch zerriss und wuchs wieder zusammen. Mit einem furchtbaren Brüllen platzte seine menschliche Hülle auf und gab den Blick frei auf etwas so Grauenerregendes, dass es den Verstand zu zerreissen drohte.

Sarah, Max und Lisa schrien in perfekter Harmonie, ihre Stimmen vermischten sich zu einer Mischung aus Angst und Verzweiflung. Sie spürten, wie die letzten Fäden ihrer Vernunft zu reissen begannen, unfähig das Grauen zu verarbeiten, das sich vor ihren Augen manifestierte.

Das Böse hatte Gestalt angenommen in Blackwood Manor, eine Präsenz so alt und mächtig, dass sie die Grenzen der Realität verbog. Und es hungerte nach den Seelen der drei Freunde, bereit sie zu verschlingen und für alle Ewigkeit zu verdammen.

Mit einem riesigen Knall implodierte die Realität um sie herum, riss sie in einen Strudel aus Wahnsinn und Finsternis. Das letzte, was sie sahen, bevor die Dunkelheit sie verschlang, war Jeremiahs triumphierendes Grinsen - das Grinsen eines Wesens, das den Tod selbst überlistet hatte.

Das Schmerzensschreien des Hauses

Sarah, Lisa und Max standen wie erstarrt in der Eingangshalle, ihre Herzen rasten vor Angst. Die Luft um sie herum schien zu vibrieren, erfüllt von einer unheilvollen Spannung, die jeden Moment zu zerreissen drohte.

Plötzlich durchschnitt ein lautes Kreischen die Stille, so durchdringend und grauenvoll, dass es den Freunden durch Mark und Bein fuhr. Es klang, als würde das Haus selbst vor unerträglichen Qualen schreien. Die Wände erzitterten unter der schieren Gewalt des Geräusches, Putz rieselte von der Decke wie faulige Schneeflocken.

Sarah presste die Hände auf ihre Ohren, doch es war zwecklos. Der Schrei drang durch jede Pore ihres Körpers, liess ihr Blut in den Adern gefrieren. Sie spürte, wie warme Flüssigkeit zwischen ihren Fingern hervorsickerte - Blut quoll aus ihren Ohren, vermischte sich mit dem Staub zu einer grotesk schimmernden Paste auf ihrer Haut.

Lisa sank auf die Knie, ihr Mund weit aufgerissen zu einem stummen Schrei der Qual. Vor ihren Augen verschwamm die Realität, löste sich auf in einem Wirbel aus Farben und unmöglichen Formen. Die Wände des Hauses schienen zu atmen, pulsierten im Rhythmus eines wahnsinnigen Herzschlags. In einem Anfall von Panik krallte sie ihre Fingernägel in den morschen Holzboden, bis ihre Fingerkuppen blutig und roh waren.

Max taumelte rückwärts, sein Rücken prallte hart gegen einen antiken Spiegel. Das Glas zersprang in tausend Scherben, die wie Rasierklingen über seinen Körper fuhren. Er spürte kaum den Schmerz, zu sehr war er gefangen in dem Grauen des Hauses. Jeder Nerv in seinem Körper schien in Flammen zu stehen, als würde sein Fleisch von innen heraus verglühen.

Der massive Kronleuchter über ihnen schwang wie ein groteskes Pendel hin und her, die Kristalle klirrten in einem wahnsinnigen Rhythmus. Mit einem unheimlich Krachen riss er schliesslich aus der Decke und stürzte zu Boden. Sarah warf sich gerade noch rechtzeitig zur Seite, spürte wie scharfkantige Splitter ihre Wange zerschnitten. Warmes Blut rann ihr Gesicht hinab, tropfte von ihrem Kinn auf den staubigen Boden.

Die Gemälde an den Wänden begannen zu schmelzen, die Farben zerflossen zu Albtraumhaften Gebilden. Sarah starrte mit weit aufgerissenen Augen auf das Porträt von Jeremiah Blackwood, dessen Züge sich zu einer Fratze des Wahnsinns verzerrten. Seine gemalten Augen fixierten sie, bohrten sich tief in ihre Seele. Aus seinem aufgerissenen Mund quoll schwarze Galle, die die Leinwand hinabfloss und auf dem Boden eine schleimige Pfütze bildete.

Lisa kroch auf allen Vieren über den Boden, Glassplitter schnitten tiefe Wunden in ihre Handflächen und Knie. Sie versuchte verzweifelt, dem Inferno zu entkommen, doch wohin sie auch kroch, der Schrei des Hauses folgte ihr, hallte in ihrem Kopf wider wie das Kreischen tausender verdammter Seelen. Aus den Ritzen zwischen den Holzdielen quoll eine ölige schwarze Substanz hervor, klebrig wie Teer. Der Gestank von Verwesung und Tod hing schwer in der Luft.

Max klammerte sich an einen wackligen Tisch, seine Beine drohten unter ihm nachzugeben. Sein Blick fiel auf einen zersprungenen Handspiegel, der auf der zerkratzten Oberfläche lag. Zu seinem Entsetzen sah er nicht sein eigenes Gesicht im Spiegelbild, sondern das von Tim - entstellt und verzerrt vor Schmerz. Tims Lippen bewegten sich lautlos, formten Worte die Max nicht verstehen konnte. Dann begann das Gesicht zu schmelzen, Haut und Fleisch lösten sich von den Knochen wie Wachs.

Die Wände des Hauses begannen sich zu verformen, bogen sich in unmöglichen Winkeln. Sarah hatte das Gefühl, in einem surrealen Albtraum gefangen zu sein. Die Decke über ihnen wölbte sich nach unten, als würde eine gewaltige Last von oben darauf drücken. Risse zogen sich durch Wände und Boden, aus denen ein schwefelfarbener Dunst quoll. Der beissende Geruch liess ihre Augen tränen und ihren Hals brennen.

Lisa stiess einen gellenden Schrei aus, als der Boden unter ihr nachgab. Sie klammerte sich verzweifelt an die Kante des klaffenden Lochs, ihre blutigen Finger rutschten auf dem glatten Holz ab. Unter ihr gähnte ein bodenloses schwarzes Nichts, aus dem eisige Kälte emporstieg. Sie spürte, wie unsichtbare Hände nach ihren Beinen griffen, versuchten sie in die Tiefe zu zerren.

Max kämpfte sich zu ihr hinüber, packte ihre Handgelenke und zog mit aller Kraft. Lisas Körper war schwer wie Blei, als würden hundert Hände an ihr zerren. Mit einem letzten verzweifelten Ruck gelang es ihm, sie aus dem Loch zu ziehen. Sie kollabierte keuchend in seine Arme, ihr ganzer Körper zitterte unkontrolliert.

Sarah starrte wie hypnotisiert auf die sich verformenden Wände. Für einen Moment glaubte sie, Gesichter in dem sich bewegenden Holz zu erkennen - verzerrte, schmerzerfüllte Gesichter, die stumm um Erlösung flehten. Der Anblick liess sie würgen, der säuerliche Geschmack von Galle stieg in ihrer Kehle auf.

Die Realität um sie herum schien zu zerfliessen und sich neu zu formen. Möbel veränderten ihre Position, als würden unsichtbare Hände sie verschieben. Türen öffneten und schlossen sich von selbst in einem wahnsinnigen Rhythmus. Sarah hatte das Gefühl, den Verstand zu verlieren. Sie kniff die Augen zusammen, betete dass alles nur ein böser Traum war.

Gerade als sie glaubte, den Verstand zu verlieren, verebbte der grauenvolle Schrei des Hauses. Die plötzliche Stille war fast noch unerträglicher als der Lärm zuvor. Schwer atmend sanken die drei Freunde zu Boden, ihre Körper zitterten vor Erschöpfung und Entsetzen.

Sarah öffnete vorsichtig die Augen. Die Eingangshalle sah aus, als hätte ein Tornado gewütet. Überall lagen Glassplitter und Trümmer verstreut. Die Wände waren übersät mit Rissen und Kratzern. Der Gestank von Schwefel und Verwesung hing noch immer in der Luft.

"Was... was war das?", flüsterte Lisa mit zitternder Stimme. Blut tropfte aus ihren Ohren, vermischte sich mit den Tränen auf ihren Wangen.

"Das Haus", krächzte Max. Seine Stimme klang rau und fremd in seinen eigenen Ohren. "Es hat geschrien. Als würde es leiden."

Sarah starrte mit leerem Blick auf ihre blutigen Hände. "Das ist erst der Anfang", murmelte sie tonlos. "Blackwood Manor wird nicht ruhen, bis es uns alle verschlungen hat."

Die drei Freunde tauschten einen Blick voller Furcht und Verzweiflung aus. Sie wussten, dass sie dem Grauen dieses Hauses nicht entkommen konnten. Was auch immer in den dunklen Hallen und verborgenen Kammern auf sie lauerte - es war hungrig. Und sie waren die Beute.

Kapitel 7: Korridor des Wahnsinns

Die atmenden Wände

Sarah's Herz hämmerte wie ein gefangenes Tier in ihrer Brust, als sie sich in einem Korridor befand. Die Luft war schwer und feucht, als würde sie in den Lungen eines gigantischen Monsters stehen. Mit jedem Schritt, den sie tiefer in den Flur wagte, verstärkte sich das Gefühl, beobachtet zu werden.

Plötzlich hörte sie es - ein leises, rhythmisches Pulsieren, das die Stille durchbrach. Sarah erstarrte, ihr Atem stockte. Die Wände um sie herum begannen sich zu bewegen, sich auszudehnen und zusammenzuziehen, als wären sie lebendig. Ein und aus, ein und aus - der gesamte Korridor atmete wie ein gewaltiger, fleischiger Organismus.

"Das kann nicht sein", flüsterte Sarah mit zitternder Stimme, während sie ungläubig die sich bewegenden Wände anstarrte. Doch was sie als Nächstes sah, liess ihr Blut in den Adern gefrieren.

Bei jedem "Ausatmen" der Wände quoll eine dickflüssige, dunkelrote Substanz aus den Ritzen und Fugen. Sarah's Magen rebellierte, als der Geruch von Blut ihre Nase füllte. Das Blut sickerte langsam die Wände hinunter, sammelte sich in kleinen Pfützen auf dem Boden. Mit jedem Atemzug des Korridors wurde es mehr, bis Sarah knöcheltief in der warmen, klebrigen Flüssigkeit stand.

Von Panik ergriffen, versuchte sie zurückzuweichen, doch ihre Füsse rutschten auf dem blutgetränkten Boden aus. Sie fiel hart auf den Rücken, und das Blut schwappte über ihr Gesicht. Sarah spuckte und würgte, der Geschmack von Eisen füllte ihren Mund.

Als sie sich aufrappelte, streifte ihre Hand versehentlich die pulsierende Wand. Sofort durchzuckte sie ein gleissender Schmerz, als würde ihr Gehirn in Flammen stehen. Bilder explodierten vor ihrem inneren Auge - grotesk verzerrte Gesichter, die vor Qual schrien, zerfetzte Körper, die sich in einem Meer aus Blut wanden. Sarah hörte sich selbst schreien, doch ihre Stimme klang fremd und verzerrt in ihren Ohren.

Die Halluzinationen wirbelten durch ihren Verstand wie ein Karussell des Grauens. Sie sah Tim, wie er von unsichtbaren Kräften in Stücke gerissen wurde, sein Fleisch zerfetzt und seine Knochen zu Staub zermahlen. Sie sah Lisa, deren Haut sich von ihrem Körper schälte wie die Rinde eines verfaulten Baumes, darunter ein Gewirr aus pulsierenden Adern und zuckenden Muskeln. Und sie sah sich selbst, gefangen in einem Kokon aus Spinnweben, während tausende giftiger Spinnen über ihren Körper krochen und sich in ihr Fleisch gruben.

Sarah taumelte vorwärts, verzweifelt bemüht, den Visionen zu entkommen. Doch wohin sie auch blickte, die Wände pulsierten und bluteten, ein nicht enden wollender Albtraum aus Fleisch und Flüssigkeit.

Plötzlich öffnete sich direkt vor ihr ein klaffender Riss in der Wand. Sarah starrte wie hypnotisiert in die Öffnung und wünschte sich sofort, sie hätte es nicht getan. Jenseits des Risses erstreckte sich eine Landschaft aus verbranntem Fleisch und zerbrochenen Knochen. Kreaturen, zu abscheulich um sie zu beschreiben, krochen über Berge aus verwesenden Körpern. Der Himmel war ein wirbelndes Chaos aus Feuer und Asche, durchzogen von den Schreien der Verdammten.

Sarah stolperte rückwärts, ihr Verstand drohte unter dem Ansturm des Grauens zu zerfallen. Sie presste die Hände auf ihre Ohren, versuchte verzweifelt, die Schreie auszublenden, die aus dem Riss drangen. Doch es war zwecklos - die Geräusche schienen direkt in ihrem Kopf zu entstehen, ein Chor des Wahnsinns, der sie zu verschlingen drohte.

Als sie glaubte, den Verstand zu verlieren, schloss sich der Riss so plötzlich, wie er erschienen war. Sarah sank auf die Knie, ihr Körper zitterte unkontrolliert. Sie wusste nicht, wie lange sie so verharrte, umgeben von den atmenden, blutenden Wänden des Korridors.

Langsam, mit schlotternden Händen, hob sie den Blick. Was sie sah, liess sie erneut erschaudern. Die Tapeten an den Wänden begannen sich abzulösen, rollten sich auf wie die vertrocknete Haut einer Schlange. Darunter kamen verzerrte, bizarre Gesichter zum Vorschein. Augen, die vor Qual und Wahnsinn geweitet waren, starrten Sarah aus jeder Faser des freigelegten Mauerwerks an. Münder, zu stummen Schreien verzerrt, schienen sich zu bewegen, formten Worte, die Sarah nicht verstehen konnte - oder wollte.

Ein besonders verzerrtes Gesicht schien sie direkt anzustarren. Seine Augen folgten jeder ihrer Bewegungen, während sich sein Mund zu einem grausamen Lächeln verzog. Zu Sarahs Entsetzen begann das Gesicht, sich aus der Wand zu lösen. Langsam, quälend langsam, schob es sich aus dem Mauerwerk hervor, Zentimeter um Zentimeter.

Sarah wollte wegrennen, doch der Schrecken hatte sie bewegungsunfähig gemacht. Sie konnte nur mit vor Grauen geweiteten Augen zusehen, wie das Gesicht sich immer weiter aus der Wand schälte. Haut und Fleisch dehnten sich unnatürlich, als das Wesen versuchte, sich vollständig zu befreien.

Mit einem widerlichen, reissenden Geräusch löste sich das Gesicht schliesslich ganz von der Wand. Es fiel zu Boden, eine formlose Masse aus Haut und Gewebe. Doch zu Sarah's Entsetzen begann es sich zu bewegen, kroch auf sie zu wie eine obszöne Parodie einer menschlichen Gestalt.

Sarah fand endlich die Kraft zu schreien. Ihr Schrei hallte durch den Korridor, vermischte sich mit dem Pulsieren der Wände zu einer Symphonie des Wahnsinns. Sie rappelte sich auf, rutschte im Blut aus, fiel erneut hin. Ihre Fingernägel gruben sich in den weichen Boden, als sie verzweifelt versuchte, von dem Ding wegzukommen, das unaufhaltsam auf sie zukroch.

In ihrer Panik bemerkte sie nicht, wie sich weitere Gesichter aus den Wänden zu lösen begannen. Erst als sie kalte, feuchte Berührungen an ihren Beinen spürte, wurde ihr das volle Ausmass des Horrors bewusst. Sie war umzingelt von diesen widernatürlichen Kreaturen, gefangen in einem Albtraum aus Fleisch und Blut.

Sarah's Verstand drohte unter der Last des Grauens zu zerbrechen. Sie schloss die Augen, betete um Erlösung, um ein Erwachen aus diesem Höllentrip. Doch als sie die Augen wieder öffnete, war der Horror noch immer da. Die atmenden Wände, das allgegenwärtige Blut, die kriechenden Gesichter - alles war real, zu real.

Mit letzter Kraft stemmte sie sich hoch, taumelte vorwärts. Sie musste hier raus, musste diesem Wahnsinn entkommen. Doch tief in ihrem Inneren wusste Sarah, dass es kein Entkommen gab. Der Korridor des Wahnsinns hatte sie fest in seinem Griff, und er würde sie nicht so leicht wieder loslassen.

Flüsternde Stimmen

Sarah taumelte benommen durch die endlosen Korridore, ihre Sinne überwältigt von dem Durcheinander flüsternder Stimmen, die direkt in ihrem Kopf zu sprechen schienen. Plötzlich prallte sie gegen etwas Weiches und zuckte erschrocken zurück. Vor ihr standen Lisa und Max, ihre Augen leer und glasig, als wären ihre Seelen bereits von den finsteren Mächten des Hauses verschlungen worden. Ein perverses Lächeln umspielte ihre Lippen, während schwarzer Schaum aus ihren Mundwinkeln quoll.

Sarah presste ihre Hände auf die Ohren, doch es half nichts. Die Worte drangen durch Haut und Knochen, brannten sich in ihr Bewusstsein wie glühende Nadeln. "Du hast ihn sterben lassen", zischte eine Stimme voller Hohn. "Du hast zugesehen, wie das Leben aus Tims Augen wich, und nichts getan. Du bist eine Mörderin, Sarah."

Ein Stöhnen entrang sich Sarahs Kehle. Vor ihrem inneren Auge sah sie Tim, wie er sich in seinem eigenen Blut wand, seine Eingeweide quollen aus klaffenden Wunden. Sie hatte die Hand nach ihm ausgestreckt, doch ihre Finger glitten durch ihn hindurch wie durch Nebel. "Es tut mir so leid", schluchzte sie. "Ich wollte dir helfen, ich schwöre es!"

"Lügnerin!", donnerte die Stimme. "Du hast dich an seinem Leid geweidet. Du hast seinen Tod genossen." Sarah schrie auf, als sich plötzlich unsichtbare Klauen in ihre Haut gruben. Blutige Striemen erschienen auf ihren Armen, als würde eine unsichtbare Bestie sie zerfleischen.

Lisa taumelte neben ihr, ihr Gesicht war eine Maske des Grauens. "Nein, nein, nein", murmelte sie unablässig. In ihrem Kopf hallten die Stimmen wider, enthüllten Erinnerungen, die sie tief in ihrem Unterbewusstsein vergraben hatte.

"Du weisst, was du getan hast", flüsterte eine süssliche Stimme. "Du erinnerst dich an den Geschmack von Tims Blut auf deinen Lippen, nicht wahr? An das Gefühl, als deine Zähne sein weiches Fleisch durchdrangen?"

Lisa würgte, der Geschmack von Eisen und Tod füllte ihren Mund. Sie sah sich selbst über Tims zerfetztem Körper knien, ihre Hände durchwühlten seine Eingeweide wie ein hungriges Tier. "Das war ich nicht!", kreischte sie. "Ich würde so etwas nie tun!"

"Oh doch, das warst du", kicherte die Stimme. "Und es hat dir gefallen. Du wolltest mehr, nicht wahr? Mehr Blut, mehr Schmerz, mehr Tod." Lisa fiel auf die Knie, Tränen und Rotz liefen ihr übers Gesicht. Sie kratzte sich die Haut blutig in dem verzweifelten Versuch, das Gefühl von Tims Blut abzuwaschen.

Max stolperte vorwärts, sein Verstand ein Schlachtfeld widerstreitender Stimmen. Manche lockten mit Versprechungen von Macht und Erlösung, andere drohten mit ewiger Qual. "Gib dich uns hin", raunte eine Stimme wie flüssiger Samt, "und wir werden dir Kräfte verleihen, von denen du nie zu träumen gewagt hättest."

Vor Max' innerem Auge erschienen Visionen unvorstellbarer Macht. Er sah sich selbst auf einem Thron aus Knochen sitzen, zu seinen Füssen knieten die gebrochenen Körper seiner Feinde. Blut regnete vom Himmel, tränkte die Erde rot. "Ja", hauchte Max, berauscht von der Aussicht auf Rache und Herrschaft.

Doch eine andere Stimme durchschnitt seine Machtfantasien wie eine Sense. "Narr!", brüllte sie. "Glaubst du wirklich, du könntest uns kontrollieren? Wir werden dich brechen, wieder und wieder, bis nichts mehr von dir übrig ist als eine leere Hülle."

Plötzlich durchzuckte Max ein grauenvoller Schmerz. Es fühlte sich an, als würden tausend glühende Messer seinen Körper durchbohren. Er schrie, bis seine Stimmbänder zu reissen drohten, doch der Schmerz hörte nicht auf. In seinem Kopf sah er sich selbst, gefesselt und hilflos, während dämonische Kreaturen sein Fleisch in Streifen von den Knochen rissen.

Die drei Freunde sanken zu Boden, überwältigt von dem Ansturm grauenhafter Visionen und Qualen. Ihre Schreie vermischten sich mit dem Chor flüsternder Stimmen zu einer Symphonie des Wahnsinns. Blut sickerte aus ihren Ohren, ihren Nasen und Mündern, als ob ihr Verstand die Torturen nicht mehr ertragen konnte.

Doch die Stimmen kannten keine Gnade. Sie gruben tiefer, rissen alte Wunden auf und enthüllten Geheimnisse, die besser verborgen geblieben wären. Sarah sah sich selbst als kleines Mädchen, wie sie mit zitternden Händen ein Streichholz an den Vorhang im Kinderzimmer ihrer kleinen Schwester hielt. Sie hörte die Schreie ihrer Familie, als das Feuer um sich griff, roch den beissenden Gestank verbrannten Fleisches.

Lisa durchlebte erneut den Moment, als sie ihren betrunkenen Vater die Kellertreppe hinunterstiess. Sie hörte das dumpfe Krachen seines Schädels auf dem Betonboden, sah wie sich eine Blutlache unter seinem reglosen Körper ausbreitete. Sie erinnerte sich an das Gefühl der Erleichterung, das sie in jenem Moment empfunden hatte.

Max wurde von Erinnerungen an eine Zeit im Gefängnis heimgesucht. Er sah die Gesichter der Männer, die er zum Schutz seiner eigenen Haut verraten hatte. Hörte ihre Schreie, als sie von den anderen Insassen gefoltert und vergewaltigt wurden. Er schmeckte die bittere Galle des Selbsthasses auf seiner Zunge.

"Ihr seid Monster", zischten die Stimmen im Chor. "Ihr gehört zu uns. Für immer."

Die Wände des Manors schienen zu pulsieren wie ein lebendiger Organismus. Schatten krochen über die Decke, formten monströse Gestalten die mit langen Klauen nach den am Boden Liegenden griffen. Der Boden unter ihnen wurde weich und nachgiebig, als würde er sie verschlingen wollen.

Sarah, Lisa und Max klammerten sich aneinander, unfähig dem Grauen zu entkommen das sie umgab. Ihre Körper zuckten unkontrolliert, Schaum trat vor ihre Münder. In ihren Köpfen tobte ein Sturm aus Schuld, Reue und unaussprechlichen Schrecken.

Und über allem thronte das grausame Lachen von Jeremiah Blackwood, eine Symphonie der Verdammnis die ihr Schicksal besiegelte. Sie waren Gefangene des Albtraums geworden, und Blackwood Manor würde sie nie wieder gehen lassen.

Die flüsternden Stimmen wurden lauter, verschmolzen zu einem seelenzerfetzendes Kreischen das die Grundfesten des Hauses erzittern liess. Glas barst, Holz splitterte. Für einen Moment schien die Realität selbst zu zerbrechen, als wäre der Schleier zwischen den Welten zerrissen.

Dann, genauso plötzlich wie es begonnen hatte, verstummten die Stimmen. Eine unnatürliche Stille legte sich über Blackwood Manor, nur unterbrochen vom leisen Wimmern der drei Freunde, die eng umschlungen am Boden kauerten.

Doch in der Ferne, kaum hörbar, erklang ein neues Flüstern. Eine Verheissung kommender Schrecken, die ihre schlimmsten Albträume in den Schatten stellen würden.

Tims pulsierendes Herz

Sarah, Lisa und Max betraten zögernd ein düsteres Zimmer im Herzen von Blackwood Manor. Der muffige Geruch von Verwesung und Tod schlug ihnen entgegen wie eine Welle aus Übelkeit. In der Mitte des Raumes stand ein alter Holztisch, bedeckt mit einem verrotteten Leinentuch. Darunter zeichnete sich eine unförmige Masse ab, die in einem unheimlichen Rhythmus zu bewegen schien.

Mit zitternden Händen zog Sarah das Tuch beiseite. Der Anblick, der sich ihnen bot, jagte eisige Schauer des Grauens durch ihre Körper. Auf einem Bett aus verwesenden Organen und Gewebefetzen lag Tims skelettiertes Herz. Doch es war kein lebloses Überbleibsel - nein, es schlug. Es schlug in einem perversen Takt des Lebens, umgeben von Tod und Verfall.

Das Herz selbst war eine widerwärtige Parodie dessen, was es einmal gewesen war. Die Muskulatur war grösstenteils verrottet, legte fremdartiges Gewebe und pechschwarze Adern frei. Bei jedem Schlag spritzte eine Fontäne dickflüssigen, schwarzen Blutes aus den klaffenden Wunden. Es war, als würde das Herz bei jedem Schlag aufs Neue sterben, nur um im nächsten Moment wieder zum Leben erweckt zu werden.

"Oh Gott", keuchte Lisa und presste sich eine Hand vor den Mund. Der Gestank war überwältigend - eine widerliche Mischung aus Fäulnis, Schwefel und etwas Undefinierbarem, das ihre Sinne betäubte.

Max trat einen Schritt näher, hypnotisiert von dem grotesken Schauspiel. "Es... es lebt noch", flüsterte er ungläubig. "Wie ist das möglich?"

Als hätte es ihn gehört, beschleunigte das Herz seinen Rhythmus. Das schwarze Blut spritzte in immer grösseren Bögen, benetzte den Boden und die Wände mit einer Schicht aus Dunkelheit. Sarah beobachtete mit wachsendem Entsetzen, wie sich in den Blutspritzern Gesichter zu formen schienen - verzerrte, schreiende Fratzen voller Qual und Verzweiflung.

"Wir müssen es zerstören", sagte Sarah mit bebender Stimme. "Das ist nicht natürlich. Das ist... falsch."

Doch als sie ihre Hand ausstreckte, um das pulsierende Organ zu berühren, durchzuckte sie ein Blitz aus purem Schmerz. Bilder fluteten ihren Geist, so intensiv und real, dass sie glaubte, den Verstand zu verlieren.

Sie sah Tim, gefesselt auf einem Altar aus menschlichen Knochen. Jeremiah Blackwood stand über ihm, ein grausames Lächeln auf den Lippen. In seiner Hand hielt er ein Messer aus obsidianschwarzer Klinge. "Dein Herz gehört jetzt mir", flüsterte Blackwood, bevor er die Klinge in Tims Brust rammte.

Sarah hörte Tims sinnesbetäubende Schreie, spürte seinen Todeskampf als wäre es ihr eigener. Sie sah, wie Blackwood das noch schlagende Herz aus Tims Körper riss und es in ein Gefäss aus verfluchtem Glas legte. Schwarze Tentakel aus purer Bosheit wanden sich um das Organ, durchdrangen es und erfüllten es mit unnatürlichem Leben.

Mit einem gellenden Schrei riss sich Sarah von der Vision los. Sie taumelte zurück, Tränen und Blut vermischten sich auf ihren Wangen. "Tim", schluchzte sie. "Oh Gott, Tim, was haben sie dir angetan?"

Das Herz pulsierte schneller, als hätte es sie gehört. Schwarzes Blut quoll nun in Strömen hervor, bildete eine sich windende Pfütze auf dem Boden. Aus den Tiefen dieser Finsternis formten sich Worte, geschrieben in einer Sprache jenseits menschlichen Verstehens.

Max starrte wie gebannt auf die sich bewegenden Symbole. "Es... es versucht mit uns zu kommunizieren", keuchte er.

Lisa, die bisher wie erstarrt dagestanden hatte, trat nun näher. Ihre Augen waren weit aufgerissen, erfüllt von einer Mischung aus Furcht und morbider Faszination. "Was will es uns sagen?", flüsterte sie.

Sarah konzentrierte sich auf die pulsierenden Schriftzeichen, versuchte einen Sinn in dem Chaos zu erkennen. Langsam, qualvoll langsam, begannen die Worte Gestalt anzunehmen in ihrem Geist.

"Hilfe", las sie mit zitternder Stimme. "Es fleht um Hilfe. Um... Erlösung."

Das Herz schlug nun so heftig, dass der ganze Tisch erzitterte. Schwarzes Blut spritzte in alle Richtungen, bedeckte die drei Freunde mit einer Schicht aus Dunkelheit und Verzweiflung. Sarah spürte, wie die Flüssigkeit auf ihrer Haut brannte, sich in ihr Fleisch zu fressen schien.

"Wir müssen etwas tun!", schrie Lisa über das unheimliche Pochen hinweg. "Wir können es nicht einfach so leiden lassen!"

Max nickte grimmig. "Aber wie? Wie können wir es erlösen, ohne zu wissen, was Blackwood ihm angetan hat?"

Sarah starrte auf das pulsierende Herz, hypnotisiert von seinem perversen Rhythmus. Sie spürte, wie sich etwas in ihrem Inneren veränderte, als würde eine uralte Kraft in ihr erwachen. Ohne nachzudenken streckte sie erneut ihre Hand aus.

"Sarah, nicht!", riefen Max und Lisa wie aus einem Mund. Doch es war zu spät.

Ihre Finger berührten die feuchte, ledrige Oberfläche des Herzens. Im selben Moment durchfuhr sie ein Schmerz, intensiver als alles, was sie je zuvor erlebt hatte. Es fühlte sich an, als würde ihr eigenes Herz aus der Brust gerissen und durch tausend Klingen zerfetzt.

Sarahs Schrei hallte durch die Hallen von Blackwood Manor, ein Klang so voller Qual und Verzweiflung, dass selbst die Schatten davor zurückwichen. Blut quoll aus ihren Augen, ihrer Nase, ihrem Mund - jede Pore ihres Körpers schien zu bluten.

Max und Lisa konnten nur hilflos zusehen, wie Sarah von einer unsichtbaren Kraft in die Luft gehoben wurde. Ihr Körper zuckte und krampfte sich, während das Herz auf dem Tisch immer schneller schlug. Die Dunkelheit im Raum schien lebendig zu werden, wand sich wie schwarzer Rauch um Sarahs schwebenden Körper.

Plötzlich, mit einem Knall, zerbarst das Herz in tausend Stücke. Eine Welle aus Finsternis und Kälte fegte durch den Raum, warf Max und Lisa zu Boden. Als sie sich aufrappelten, sahen sie Sarah regungslos am Boden liegen.

"Sarah!", schrie Lisa und stürzte zu ihrer Freundin. Sie drehte sie vorsichtig um und keuchte vor Entsetzen.

Sarahs Augen waren weit aufgerissen, starrten ins Leere. Doch anstelle ihrer normalen grünen Augen pulsierten nun zwei winzige, schwarze Herzen in ihren Augenhöhlen. Und tief in diesen abgründigen Tiefen glaubten Max und Lisa für einen Moment Tims gequältes Gesicht zu erkennen, gefangen in einem ewigen Schrei des Entsetzens.

Das pulsierende Herz war zerstört, doch der Schrecken war noch lange nicht vorbei. Denn in diesem Moment begriff Sarah, dass manche Dinge schlimmer sind als der Tod.

Kapitel 8: Zerbrochene Realität

Der Spiegelflügel

Sarah, Lisa und Max standen wie erstarrt vor dem neu erschienenen Flügel des Herrenhauses. Wo eben noch eine solide Wand gewesen war, erstreckte sich nun ein endloser Korridor, gesäumt von unzähligen Spiegeln in allen erdenklichen Formen und Grössen. Die Luft vibrierte vor unterdrückter Spannung, als würde das Haus selbst den Atem anhalten.

"Was zur Hölle?", flüsterte Max, seine Stimme kaum mehr als ein heiseres Krächzen. Er machte einen zögerlichen Schritt vorwärts, doch Lisa hielt ihn am Arm zurück.

"Warte", zischte sie, ihre Augen weit aufgerissen vor Entsetzen. "Siehst du das nicht? Die Spiegel... sie bewegen sich!"

Und tatsächlich – in den polierten Oberflächen tanzten Schatten und Reflexionen, die sich nicht mit den Bewegungen der drei Freunde deckten. Es war, als würden die Spiegel ein Eigenleben führen, gefangen zwischen Realität und Albtraum.

Sarah spürte, wie sich ihre Nackenhaare aufstellten. Eine eisige Kälte kroch ihre Wirbelsäule hinauf, als sie in den nächstgelegenen Spiegel blickte. Für einen Moment sah sie ihr eigenes verzerrtes Gesicht, bleich und mit vor Angst geweiteten Augen. Doch dann veränderte sich das Bild, wurde zu einer grausamen Parodie ihrer selbst.

Ihr Spiegelbild grinste sie mit spitzen, blutbefleckten Zähnen an, die Augen glühten in einem unnatürlichen Rot. Sarah wich zurück, unterdrückte einen Schrei, als ihr Ebenbild die Hand ausstreckte, als wollte es durch das Glas greifen.

"Wir müssen hier durch", sagte Max mit zitternder Stimme. "Es ist der einzige Weg weiter."

Lisa schüttelte heftig den Kopf. "Nein, das... das kann nicht dein Ernst sein! Hast du nicht gesehen, was gerade mit Sarah's Reflexion passiert ist?"

Doch Max hatte recht – der Korridor hinter ihnen hatte sich verschlossen, verschmolzen zu einer undurchdringlichen Wand aus verrotteter Holzvertäfelung. Der einzige Weg führte durch den Spiegelflügel.

Mit klopfenden Herzen und schweissnassen Händen betraten sie den Korridor. Sofort umgab sie eine unheiliges Konzert aus Flüstern und Wispern, als würden tausend Stimmen gleichzeitig auf sie einreden. Sarah presste die Hände auf die Ohren, doch die Geräusche kamen von innen, hallten in ihrem Schädel wider.

Je tiefer sie in den Flügel vordrangen, desto bizarrer wurden die Spiegelbilder. In einem ovalen Spiegel zu ihrer Linken sah Lisa sich selbst als Kind, doch anstelle ihres vertrauten Kinderzimmers war sie umgeben von verkohlten Leichen und brennenden Trümmern. Das Mädchen im Spiegel lachte, während Flammen an ihrem blutgetränkten Kleid leckten.

Max blieb wie angewurzelt vor einem mannshohen Spiegel stehen. Seine Reflexion zeigte ihn selbst, doch um Jahre gealtert. Tiefe Furchen durchzogen sein Gesicht, die Augen waren leer und tot. Langsam hob der alte Max im Spiegel die Hand, in der er ein Messer hielt. Ohne zu Zögern schnitt er sich die Kehle durch, warmes Blut quoll aus der klaffenden Wunde.

"Oh Gott", würgte Max und taumelte rückwärts. Er prallte gegen Sarah, die vor einem kunstvoll verzierten Spiegel stand.

Sarah konnte den Blick nicht von ihrem Spiegelbild abwenden. Sie sah sich selbst in einem weissen Hochzeitskleid, doch anstelle eines Bräutigams stand Jeremiah Blackwood neben ihr. Seine knochigen Finger umklammerten ihren Arm wie ein Schraubstock, während er ihr mit leichenblassem Gesicht zulächelte. Zu ihren Füssen lagen die leblosen Körper von Lisa und Max, ihre glasigen Augen starrten anklagend zu Sarah empor.

"Nein!", schrie Sarah und schlug mit der Faust gegen den Spiegel. Das Glas zersprang, zerschnitt ihre Knöchel. Doch anstelle von Scherben quoll schwarzes, klebriges Blut aus dem zerborstenen Rahmen.

Die Korridore schienen sich mit jedem Schritt zu verändern, zu verzerren wie in einem Fiebertraum. Wände verschoben sich, Türen erschienen und verschwanden wieder. Es war unmöglich zu sagen, wie lange sie schon durch dieses Labyrinth irrten.

Plötzlich blieb Lisa stehen, ihr Gesicht aschfahl. "Seht!", keuchte sie und deutete auf einen gewaltigen Spiegel, der die gesamte Wand vor ihnen einnahm.

Der Anblick brannte sich wie ätzende Säure in ihre Netzhäute ein. Der Spiegel zeigte keine Reflexion, sondern öffnete den Blick auf eine Welt jenseits jeglicher menschlicher Vorstellungskraft.

Gewaltige, amorphe Wesen aus pulsierendem Fleisch und zahllosen Augen wanden sich in einem Meer aus Sternen und kosmischem Staub. Tentakel von der Grösse von Galaxien peitschten durch die Leere, zerquetschten ganze Sonnensysteme wie reife Früchte. Und inmitten dieses Chaos thronte eine Entität von solch unbeschreiblicher Grausamkeit und Macht, dass der menschliche Verstand bei ihrem Anblick zu zerbrechen drohte.

Sarah, Lisa und Max spürten, wie ihre Sinne zu schwinden begannen. Ihre Körper fühlten sich plötzlich fremd an, als würden sie sich auflösen, Atom für Atom von dieser fremden Realität verschlungen.

"Lauft!", brüllte Max mit letzter Kraft. "Lauft, verdammt nochmal!"

Sie rannten los, stolperten durch endlose Korridore voller verzerrter Spiegelbilder. Hinter ihnen erklang ein unheilvolles Krachen, als würde die Realität selbst in Stücke brechen.

Keuchend und mit hämmernden Herzen erreichten sie schliesslich eine schwere Eichentür am Ende des Flügels. Max warf sich mit aller Kraft dagegen, einmal, zweimal. Beim dritten Mal gab das morsche Holz nach und sie stürzten in einen dunklen Raum.

Erschöpft sanken sie zu Boden, unfähig zu sprechen oder sich zu bewegen. Die Tür hinter ihnen verschmolz mit der Wand, als wäre sie nie da gewesen. Zurück blieb nur das Echo kosmischer Schrecken in ihren gequälten Gedanken und die beklemmende Gewissheit, dass sie gerade nur knapp dem Wahnsinn entronnen waren.

Verzerrte Selbstbilder

Der Raum erstreckte sich in ein Korridor wie ein endloser Schlund vor ihnen, gesäumt von unzähligen Spiegeln, deren Oberflächen im flackernden Kerzenlicht zu pulsieren schienen. Sarah, Max und Lisa schritten zögernd voran, ihre Schritte hallten unnatürlich laut in der beklemmenden Stille wider. Mit jedem Schritt wuchs das Gefühl, beobachtet zu werden - nicht nur von aussen, sondern auch von innen, als würde etwas Fremdes in ihren Köpfen lauern.

Sarah blieb wie angewurzelt stehen, als sie ihr Spiegelbild erblickte. Ein gellender Schrei blieb ihr in der Kehle stecken. Wo einst ihr jugendliches Antlitz gewesen war, starrte ihr nun das abnormal verzerrte Gesicht einer Leiche entgegen. Ihre Haut hing in fauligen Fetzen von den Wangenknochen, Maden krochen aus leeren Augenhöhlen und wanden sich zwischen verfaulten Zähnen hindurch. Der Verwesungsgeruch schien förmlich aus dem Spiegel zu kriechen, Sarah würgte und presste sich die Hand vor den Mund.

Doch das Grauen war noch nicht vorbei. Zu ihrem Entsetzen begann sich die Reflexion zu bewegen, unabhängig von Sarahs eigenen Bewegungen. Die verwesenden Lippen verzogen sich zu einem makaberen Grinsen, enthüllten eine schwarze, von Würmern durchzogene Zunge. Mit ruckartigen, puppenhaften Bewegungen hob die Spiegelkreatur ihre verfaulte Hand und presste sie gegen die Glasoberfläche. Sarah konnte schwören, dass sie das Kratzen von Fingernägel auf Glas hörte.

"Komm zu uns", flüsterte die Kreatur mit einer Stimme wie berstendes Holz. "Werde eins mit uns."

Sarah taumelte zurück, unfähig den Blick von diesem Albtraum abzuwenden. Sie spürte, wie etwas in ihrem Verstand zu zerbröckeln drohte, als würde die Grenze zwischen Realität und Wahnsinn verschwimmen.

Max starrte wie hypnotisiert in seinen eigenen Spiegel, sein Gesicht eine Maske des Entsetzens. Seine Reflexion zeigte eine verzerrte Version seiner selbst - ein Wesen mit multiplen Gliedmassen, die sich wie Schlangen wanden und ineinander verschlangen. Zusätzliche Augen wuchsen an unmöglichen Stellen aus seinem Körper, rollten wild in ihren Höhlen und fixierten Max mit einem hungrigen Blick.

Das Wesen im Spiegel riss seinen Kiefer auf, als würde es gleich zerspringen. Aus seinem klaffenden Schlund quollen endlose Reihen triefender, faulender Zähne hervor. Jeder einzelne Zahn pulsierte wie ein lebendes Wesen, bedeckt mit einer schleimigen Substanz, die langsam herabtropfte und den Boden unter dem Spiegel ätzend zersetzte. Die Zähne waren unnatürlich lang und scharf, wie geschliffene Knochen, die aus verrottendem Zahnfleisch hervorbrachen. Zwischen ihnen wanden sich wurmartige Gebilde, die aus der Tiefe des monströsen Rachens zu kommen schienen. Der Gestank von Verwesung und Tod strömte aus dem geöffneten Maul und erfüllte den Raum mit einer Wolke des Grauens.

Seine zahlreichen Arme streckten sich aus, als wollten sie durch das Glas greifen und Max in ihre grauenvolle

Umarmung ziehen. Max spürte, wie sich unsichtbare Tentakel um seinen Geist zu schlingen begannen, versuchten, ihn in den Wahnsinn zu zerren.

Lisa stand wie erstarrt vor ihrem Spiegelbild, unfähig zu begreifen, was sie sah. Ihr Körper schien eine monströse Metamorphose durchgemacht zu haben - halb Mensch, halb ausserirdische Kreatur. Ihre Haut schimmerte in einem unnatürlichen Blauton, durchzogen von pulsierenden Adern, die ein schwaches, phosphoreszierendes Licht ausstrahlten.

Wo einst ihre Augen gewesen waren, befanden sich nun facettierte Insektenaugen, die in allen Regenbogenfarben schillerten. Aus ihrem Rücken wuchsen chitinöse Auswüchse, die sich wie Flügel entfalteten und wieder zusammenzogen. Lisa hob zitternd ihre Hand und beobachtete mit einer Mischung aus Faszination und Ekel, wie sich ihre Finger in lange, segmentierte Glieder verwandelten, gekrönt von scharfen Klauen.

"Das bin nicht ich", flüsterte Lisa mit brüchiger Stimme. "Das kann nicht ich sein." Doch je länger sie in den Spiegel starrte, desto mehr begann sie zu zweifeln. War dies vielleicht ihr wahres Selbst, das all die Jahre unter einer menschlichen Maske verborgen gewesen war?

Plötzlich begannen die Spiegelbilder ein Eigenleben zu entwickeln. Sarahs verwesende Reflexion hämmerte mit verfaulten Fäusten gegen das Glas, hinterliess blutige Schmierer auf der Oberfläche. Max' vielarmiges Alter Ego streckte seine zahlreichen Gliedmassen aus, als wollte es die Barriere zwischen den Welten durchbrechen. Lisas ausserirdisches Spiegelbild begann, einen unheimlichen, vibrierenden Ton auszustossen, der die Luft zum Vibrieren brachte und in den Knochen der drei Freunde widerhallte.

Das Glas der Spiegel schien dünner zu werden, sich zu verformen wie eine elastische Membran. Sarah, Max und Lisa wichen entsetzt zurück, als ihre monströsen Reflexionen immer weiter in ihre Realität vordrangen. Der Geruch von Verwesung und ausserirdischem Sekret erfüllte die Luft, vermischte sich zu einem Cocktail des Grauens.

Inmitten dieses Chaos materialisierte sich plötzlich eine neue Gestalt in den Spiegeln - Mr. Jenkins, der Totengräber von Havenwood. Doch auch er war nicht mehr der Mann, den sie kannten. Seine Haut war aschfahl und von pulsierenden schwarzen Adern durchzogen. Seine Augen glühten in einem unnatürlichen Rot, während sich sein Mund zu einem Grinsen verzog, das viel zu breit für ein menschliches Gesicht war.

Mr. Jenkins begann, obszöne Rituale in den Spiegeln durchzuführen. Er tanzte einen wahnsinnigen Reigen, seine Bewegungen zu schnell und zu flüssig für einen menschlichen Körper. Schwarze Symbole erschienen auf seiner Haut, brannten sich in sein Fleisch und hinterliessen den Geruch von verkohltem Fleisch in der Luft.

"Willkommen zurück", krächzte Mr. Jenkins mit einer Stimme, die klang, als würden tausend Insekten gleichzeitig sprechen. "Der Meister erwartet euch schon."

Vor den entsetzten Augen von Sarah, Max und Lisa begann Mr. Jenkins' Körper, sich zu verformen. Seine Haut platzte auf wie eine überreife Frucht, enthüllte ein Wesen von solch albtraumhafter Gestalt, dass ihre Gehirne sich weigerten, es vollständig zu erfassen.

Tentakel, bedeckt mit Augen und Mündern, wanden sich aus seinem aufgeplatzten Brustkorb. Seine Beine verschmolzen zu einer schleimigen Masse, die über den Boden kroch und ätzende Spuren hinterliess. Sein Kopf teilte sich in drei separate Teile, jedes mit einem eigenen, hungrigen Maul voller nadelspitzer Zähne.

"Seht meine wahre Gestalt", grollte das Wesen, das einst Mr. Jenkins gewesen war. "Seht das Geschenk, das Jeremiah Blackwood mir gewährt hat. Bald werdet auch ihr diese Gnade erfahren."

Sarah, Max und Lisa pressten sich gegen die gegenüberliegende Wand, unfähig zu fliehen oder zu atmen, gefangen zwischen den Spiegeln und dem grotesken Wesen, das sich ihnen näherte. Der Geruch von Verwesung und ausserirdischem Sekret wurde überwältigend, vermischte sich mit dem metallischen Geschmack von Furcht auf ihren Zungen.

Die Spiegel begannen zu vibrieren, als würden sie jeden Moment zerbersten. Die verzerrten Reflexionen streckten ihre Arme aus, bereit, ihre lebenden Gegenstücke in eine Welt des Wahnsinns zu zerren. Mr. Jenkins' entstellte Form füllte den gesamten Korridor aus, seine zahllosen Münder öffneten sich zu einem vielstimmigen Schrei des Triumphes.

Sarah, Max und Lisa klammerten sich aneinander, ihre Schreie erstickten in ihren Kehlen.

Der Weg ins Ungewisse

In der Hölle aus Schatten und Wahnsinn, die sie umgab, tastete Lisa mit zitternden Fingern nach einem Ausweg. Ihre Hand streifte etwas Festes - eine Türklinke, kalt und real inmitten des albtraumhaften Chaos. Mit letzter Kraft umklammerte sie den metallenen Griff, spürte wie er nachgab unter ihrem verzweifelten Druck. "Sarah!", keuchte sie, ihre Stimme kaum mehr als ein Flüstern im Sturm des Grauens um sie herum. Sie zerrte an Sarahs Arm, riss sie aus dem Sog der schwarzen Tentakel, die nach ihr griffen. Sarah, noch benommen von den Schrecken, packte instinktiv Max' Hand.

Die Tür schwang auf und offenbarte einen Durchgang ins Ungewisse - vielleicht ihre letzte Chance zur Flucht vor dem unfassbaren Bösen, das sich manifestiert hatte. Lisa stolperte vorwärts, zog Sarah und Max mit sich in die Dunkelheit jenseits der Schwelle.

Die Tür fiel hinter ihnen ins Schloss, schnitt sie ab von dem Inferno aus Wahnsinn und kosmischem Schrecken. Für einen Moment herrschte absolute Stille, nur unterbrochen vom keuchenden Atem der drei Freunde.

Langsam gewöhnten sich ihre Augen an die Dunkelheit des neuen Raumes. Was sie sahen, liess ihre Herzen erneut vor Furcht erstarren...

Der abrupte Übergang von grenzenlosem Chaos zu beklemmender Stille war schockierend. Sarah, Lisa und Max standen eng beieinander, ihre Körper zitterten noch immer von den Nachwirkungen des Grauens, dem sie gerade entkommen waren.

Doch hatten sie wirklich Zuflucht gefunden? Oder waren sie vom Regen in die Traufe geraten? Die Dunkelheit um sie herum schien zu atmen, als wäre der Raum selbst ein lebendiger Organismus.

Mit jedem Atemzug spürten sie, wie sich eine neue Art von Furcht in ihnen ausbreitete. Was auch immer sie in diesem Zimmer erwartete, es konnte unmöglich schlimmer sein als das, was sie gerade erlebt hatten. Oder doch?

Sarah, Lisa und Max schwiegen, wagten kaum zu atmen. Sie wussten, dass sie weitergehen mussten, tiefer in die Geheimnisse von Blackwood Manor vordringen. Doch für einen Moment erlaubten sie sich, in der trügerischen Sicherheit der Dunkelheit zu verharren.

Schliesslich war es Sarah, die als erste einen Schritt nach vorn wagte...

Getrieben von einer unheilvollen Mischung aus Furcht und morbider Faszination hallten Ihre Schritte dumpf durch die staubigen Korridore, begleitet vom unheimlichen Knarzen der morschen Dielen unter ihren Füssen.

In einem abgelegenen Winkel des Herrenhauses stiessen sie auf eine verborgene Kammer, deren Wände mit uralten Symbolen und Hieroglyphen bedeckt waren. Im Zentrum des Raumes thronte ein massiver Schreibtisch aus dunklem Holz, auf dem ein ledergebundenes Buch lag. Mit fiebrigen Händen öffnete Sarah den schweren Einband und erkannte sofort Jeremiah Blackwoods geschwungene Handschrift.

Die Seiten des Tagebuchs offenbarten einen Abgrund an Grausamkeit und Wahnsinn, der ihre schlimmsten Befürchtungen bei weitem übertraf. Generationen von unschuldigen Opfern waren in diesen Mauern zu Tode gequält worden, ihre Schreie erstickt vom dicken Mauerwerk. Jeremiah hatte akribisch jedes Detail festgehalten - vom ersten Tropfen Blut bis zum letzten röchelnden Atemzug.

Lisa würgte, als sie die detaillierten Beschreibungen der Folterungen las. Ihre Augen weiteten sich vor Entsetzen, als sie von Ritualen las, bei denen lebenden Menschen bei vollem Bewusstsein die Haut abgezogen wurde. Sie sah die Opfer förmlich vor sich, wie sie gefesselt und geknebelt um Gnade flehten, während Jeremiah genüsslich Streifen ihrer Haut abtrennte.

Max' Gesicht war aschfahl geworden, als er von Experimenten las, bei denen Jeremiah die Eingeweide seiner Opfer neu angeordnet hatte, um obskure okkulte Muster zu formen. Er beschrieb detailliert, wie er Därme wie Girlanden drapiert und aus Lebern und Milzen scheussliche Skulpturen geformt hatte - alles im Namen einer dunklen, kosmischen Macht.

Sarah blätterte mit bebenden Fingern weiter und stiess auf eine Passage, bei der ihr der Atem stockte. Jeremiah hatte entdeckt, dass er sich vom Leid und Schmerz seiner Opfer ernähren konnte. Jeder Schrei, jede Träne, jeder Tropfen vergossenes Blut nährte eine finstere Kraft in ihm.

"Wir müssen diesen Wahnsinn beenden", flüsterte Sarah mit rauer Stimme.

Wie in Trance griff Max nach einem rostigen Messer, das auf dem Schreibtisch lag. Ohne zu zögern, schnitt er sich tief in das Handgelenk. Blut quoll aus der klaffenden Wunde und tropfte in eine verzierte Schale, die vor ihnen auf dem Tisch stand.

Lisa folgte seinem Beispiel, zog die scharfe Klinge über ihre blasse Haut und biss die Zähne zusammen, als der Schmerz durch ihren Arm schoss. Ihr Blut vermischte sich mit dem von Max, bildete wirre Muster auf dem Grund der Schale.

Zuletzt ergriff Sarah das Messer. Sie zögerte kurz, bevor sie die Klinge ansetzte und mit einem entschlossenen Ruck über ihr Handgelenk zog. Ein erstickter Schrei entfuhr ihr, als das Blut aus der tiefen Wunde strömte und sich zu dem ihrer Freunde gesellte.

Die Schale war nun bis zum Rand mit ihrem vermischten Blut gefüllt. Der Geruch von Blut stieg ihnen in die Nasen und liess die Welt um sie herum taumeln. Sarah hob zitternd die Schale an ihre Lippen und nahm einen tiefen Schluck. Die warme, salzige Flüssigkeit rann ihre Kehle hinab und hinterliess einen kupfernen Geschmack auf ihrer Zunge.

Sie reichte die Schale an Lisa weiter, die ebenfalls einen grossen Schluck nahm, bevor Max als letzter trank. Kaum hatte er die Schale abgesetzt, spürten sie, wie sich ihr Bewusstsein zu verändern begann. Die Welt um sie herum verschwamm, Farben und Formen zerflossen ineinander wie in einem surrealen Gemälde.

Sarah keuchte auf, als sie plötzlich das Gefühl hatte, ihre Haut würde sich ablösen. Sie starrte entsetzt auf ihre Arme, wo sich die Epidermis in grossen Fetzen zu lösen schien. Darunter kam eine neue Hautschicht zum Vorschein - schuppig und fremdfarben, wie die Haut einer Schlange. Sie wollte schreien, doch ihre Stimme versagte ihr den Dienst.

Lisa krümmte sich vor Schmerzen, als sich ihre Eingeweide zu verknoten und neu anzuordnen schienen. Sie spürte, wie sich Organe verschoben, Därme sich wie Schlangen wanden. Der Schmerz war unbeschreiblich, als würde ihr Körper von innen heraus umgekrempelt werden. Tränen strömten über ihr Gesicht, vermischten sich mit dem Blut aus ihrer Handgelenkwunde.

Max' Augen weiteten sich vor Entsetzen, als dicke Bluttropfen aus seinen Augenwinkeln zu quellen begannen. Sein Blickfeld verschwamm, wurde von grauenhaften Visionen überlagert. Er sah gewaltige, amorphe Wesen, die sich jenseits der Grenzen der Realität wanden. Tentakel und Augen, wo keine sein sollten. Fleisch, das sich auflöste und neu formte. Der Anblick dieser kosmischen Schrecken drohte seinen Verstand zu zerreissen.

Während die drei in ihren persönlichen Höllen gefangen waren, schien die Luft um sie herum zu vibrieren. Die Symbole an den Wänden pulsierten in einem unheimlichen Rhythmus, als würden sie zum Leben erwachen. Ein tiefes Grollen erfüllte den Raum, wie das zufriedene Schnurren einer gigantischen Bestie.

In diesem Moment wurde ihnen klar, dass sie einen Pakt besiegelt hatten, der weit über ihr Verständnis hinausging. Sie hatten sich einer Macht verschrieben, die älter und dunkler war als alles, was sie sich je hätten vorstellen können. Und tief in ihrem Inneren wussten sie, dass es kein Zurück mehr gab.

Als die Visionen langsam verblassten und sie wieder zu sich kamen, sahen sie einander mit neuen Augen an. Etwas hatte sich fundamental verändert. In ihren Blicken lag ein Hunger, eine Gier nach Macht und verbotenem Wissen, die sie vorher nicht gekannt hatten.

Sarah leckte sich über die Lippen, der Geschmack von Blut noch immer präsent. "Was auch immer uns erwartet", flüsterte sie heiser, "wir werden es gemeinsam durchstehen."

Lisa nickte grimmig, ihre Hände noch immer auf ihren Bauch gepresst, als fürchtete sie, ihre neu arrangierten Organe könnten herausfallen. "Wir haben keine Wahl mehr. Wir müssen es zu Ende bringen."

Max wischte sich das Blut aus den Augen, sein Blick hatte etwas Wahnsinniges. "Jeremiah hat uns den Weg gezeigt. Jetzt liegt es an uns, sein Vermächtnis fortzuführen und zu vollenden."

Mit zitternden Beinen erhoben sie sich, bereit, den nächsten Schritt auf ihrem dunklen Pfad zu gehen. Das Grauen, das sie bisher erlebt hatten, war nur ein Vorgeschmack auf das, was noch kommen würde. Doch nun, gezeichnet von Blut und unheiligen Visionen, waren sie entschlossen, sich ihrem Schicksal zu stellen - egal, welchen Preis sie dafür zahlen mussten.

Kapitel 9: Lisas Höllenqual

Die Fleischwelt

Lisa schlug die Augen auf und fand sich in einem Albtraum aus Fleisch und Knochen wieder. Der Boden unter ihren Füssen pulsierte wie ein gigantisches Herz, weich und nachgiebig, als würde sie auf lebenden Organen wandeln. Mit jedem Schritt spürte sie, wie sich die fleischige Masse unter ihr bewegte und zuckte, als würde sie Schmerzen empfinden.

Ein beissender Gestank nach Verwesung und Krankheit erfüllte die Luft, so intensiv, dass Lisa würgen musste. Der Geruch schien aus jeder Pore dieser lebenden Hölle zu dringen, eine Mischung aus verfaulendem Fleisch, Eiter und etwas Undefinierbarem, das ihre Sinne überforderte.

Die Wände um sie herum bestanden aus ineinander verwachsenen Gliedmassen und deformierten Gesichtern. Arme und Beine ragten aus der pulsierenden Masse hervor, zuckten und krümmten sich in stummer Verzweiflung. Gesichter, verzerrt von unvorstellbaren Qualen, schienen aus der lebenden Architektur hervorzubrechen. Ihre Münder öffneten und schlossen sich lautlos, als würden sie um Erlösung flehen.

Lisa zwang sich, einen Schritt nach dem anderen zu machen, während ihr Verstand verzweifelt versuchte, das Gesehene zu verarbeiten. Jeder ihrer Schritte verursachte schmerzhafte Zuckungen in der Umgebung. Das

Fleisch unter ihren Füssen wölbte sich und zog sich zusammen, als würde es versuchen, vor ihrer Berührung zurückzuweichen.

Plötzlich bewegte sich etwas in den Wänden. Lisa erstarrte vor Entsetzen, als sich direkt vor ihr ein Auge öffnete - riesig und blutunterlaufen. Es fixierte sie mit einem Blick voller Hunger und Wahnsinn. Aus einem klaffenden Riss darunter quoll eine dicke, schwarze Flüssigkeit hervor, die sich zäh über den Boden ergoss.

Lisa stolperte rückwärts, nur um mit etwas Welchem zusammenzustossen. Sie drehte sich und sah sich einem abscheulichen Gebilde aus verschmolzenen Körperteilen gegenüber. Arme, Beine und Torsos waren zu einer absurden Kreatur verwoben, gekrönt von mehreren Köpfen, die sich in verschiedene Richtungen drehten. Aus aufgerissenen Mündern und leeren Augenhöhlen sickerte eine Mischung aus Blut und einer schleimigen Substanz.

Die Kreatur streckte missgestaltete Gliedmassen nach Lisa aus, Finger mit zusätzlichen Gelenken griffen nach ihr. Lisa schrie auf und wich zurück, rutschte aber auf dem feuchten, pulsierenden Boden aus. Sie fiel hart auf den nachgiebigen Untergrund, der sich sofort um sie herum zusammenzog wie Treibsand aus Fleisch.

Panik erfasste Lisa, als sie spürte, wie sie langsam in die lebende Masse einzusinken begann. Sie kämpfte und strampelte, doch je mehr sie sich wehrte, desto schneller wurde sie hinabgezogen. Das Fleisch um sie herum pulsierte schneller, als würde es ihre Angst spüren und sich daran laben.

Warme, klebrige Flüssigkeit sickerte durch ihre Kleidung, während tentakelartige Ausläufer sich um ihre Arme und Beine schlangen. Lisa schrie aus Leibeskräften, doch ihr Schrei wurde von der organischen Umgebung verschluckt. Sie konnte förmlich spüren, wie die Fleischwelt versuchte, sie zu absorbieren, sie zu einem Teil dieses lebenden Albtraums zu machen.

In ihrer Verzweiflung grub Lisa ihre Fingernägel in das weiche Gewebe um sie herum. Zu ihrem Entsetzen spürte sie, wie etwas unter der Oberfläche zurückzuckte und sich wand. Dunkles, dickflüssiges Blut quoll aus den Wunden, die sie dem lebenden Boden zugefügt hatte. Der blutige Geruch vermischte sich mit dem allgegenwärtigen Gestank nach Verwesung.

Plötzlich öffnete sich direkt neben Lisas Kopf ein Maul voller scharfer Zähne. Speichelfäden zogen sich zwischen den gelblichen Hauern, während ein heisser, fauliger Atem ihr Gesicht streifte. Lisa wollte schreien, doch ihre Stimme versagte. Sie konnte nur mit weit aufgerissenen Augen zusehen, wie sich das monströse Maul langsam auf sie zubewegte.

In diesem Moment der absoluten Hilflosigkeit und des Grauens spürte Lisa, wie etwas in ihrem Inneren zu zerbrechen drohte. Ihr Verstand, unfähig die Schrecken um sie herum zu verarbeiten, begann sich in dunkle Winkel zurückzuziehen. Halluzinationen vermischten sich mit der ohnehin schon Albtraumhaften Realität.

Sie sah Tims zerfetzten Körper vor sich, wie er sich aus der Fleischwand schälte und anklagend den Arm nach ihr ausstreckte. Gleichzeitig hörte sie Jeremiahs grausames Lachen, das von überall und nirgendwo zugleich zu kommen schien. Die Grenzen zwischen Wirklichkeit und Wahn verschwammen, während Lisa immer tiefer in den lebenden Albtraum hinabgezogen wurde.

Das zuckende Fleisch um sie herum schien ihren Herzschlag zu imitieren, wurde schneller und schneller, bis Lisa das Gefühl hatte, ihr Herz würde jeden Moment zerspringen. Schwärze kroch an den Rändern ihres Sichtfeldes empor, während ihr Körper langsam von der lebenden Masse verschlungen wurde.

In einem letzten Aufbäumen ihrer Lebensgeister kämpfte Lisa gegen die Ohnmacht an. Sie wusste, wenn sie jetzt das Bewusstsein verlor, würde sie für immer in dieser Hölle aus Fleisch und Knochen gefangen sein. Mit übermenschlicher Anstrengung gelang es ihr, einen Arm aus der zähen Masse zu befreien.

Ihre Fingerspitzen ertasteten etwas Hartes inmitten der weichen Umgebung. Mit letzter Kraft umklammerte Lisa den Gegenstand und zog. Langsam, quälend langsam, gelang es ihr, sich Zentimeter um Zentimeter aus dem lebenden Morast zu ziehen.

Als sie endlich frei war, lag Lisa keuchend auf dem zuckenden Boden. In ihrer Hand hielt sie einen Knochen - lang und spitz wie ein primitiver Dolch. Sie wusste nicht, woher sie die Kraft nahm, aber sie zwang sich auf die Beine. Mit dem Knochen als improvisierter Waffe in der Hand, starrte sie in die Tiefen der Fleischwelt.

Tunnel des Grauens

Lisa keuchte vor Entsetzen, als sich vor ihr der Eingang zu einem engen, finsteren Tunnel auftat. Ein beissender Gestank schlug ihr entgegen wie eine toxische Wolke.

Sie tastete sich vorwärts, ihre Fingerspitzen berührten etwas Weiches, Nachgiebiges. Im schwachen Licht ihrer Taschenlampe erkannte sie zu ihrem Grauen, dass die Wände des Tunnels aus verwesenden Körpern bestanden - aufeinandergestapelte Leichen in verschiedenen Stadien der Zersetzung, deren glasige Augen sie anzustarren schienen.

"Oh Gott", flüsterte Lisa erstickt, würgte den Brechreiz hinunter, der in ihrer Kehle aufstieg. Sie wusste, dass sie keine andere Wahl hatte - der einzige Weg führte durch diesen Albtraum aus Fleisch und Knochen.

Sie zwängte sich in die enge Öffnung. Sofort umschloss sie die klamme Kälte des Todes, als wäre sie in einen gefrorenen See eingetaucht. Die Wände des Tunnels schienen sich zu bewegen, pulsierten wie ein lebendiger Organismus. Lisa unterdrückte einen Schrei, als sich plötzlich knochige Finger in ihren Arm krallten.

Eine der Leichen, deren Gesicht nur noch aus verfaultem Fleisch und freiliegenden Knochen bestand, drehte langsam den Kopf zu ihr. Sein Kiefer klappte auf und eine gurgelnde Stimme drang aus seiner vertrockneten Kehle: "Hilf mir... es tut so weh..."

Lisa riss sich mit einem erstickten Keuchen los, Panik drohte sie zu überwältigen. Sie kroch hastig weiter, ihre

Hände und Knie rutschten auf der glitschigen Masse verwesender Körper aus. Der Gestank wurde mit jedem Meter unerträglicher, eine Mischung aus Fäulnis, Exkrementen und dem Aroma des Todes.

Plötzlich spürte sie ein Kribbeln auf ihrer Haut. Sie sah zu ihrem Entsetzen, wie sich Schwärme fetter, weisser Maden über ihre Arme bewegten. Wie lebendige Bäche krochen sie aus den Augenhöhlen und Mündern der Toten, bedeckten den Boden des Tunnels mit einem wimmelnden Teppich.

Lisa schrie auf, als die Maden unter ihre Kleidung krochen, sich in ihre Haare verwickelten. Sie versuchte, sie abzuschütteln, doch für jede Made, die sie zerquetschte, schienen zehn neue nachzukommen. Ihr Magen verkrampfte sich, als sie den weichen Körper einer besonders fetten Made zwischen ihren Fingern zerdrückte.

Verzweifelt kroch sie weiter, während sich Käfer und andere Insekten zu den Maden gesellten. Sie spürte, wie etwas Grösseres - vielleicht eine Ratte - über ihren Rücken huschte. Das Geräusch kleiner Kiefer, die an verwesendem Fleisch nagten, erfüllte ihre Ohren wie eine bizarre Symphonie.

Je tiefer Lisa in den Tunnel vordrang, desto lauter wurde das Flüstern der Toten um sie herum. Hunderte von Stimmen, die sich zu einem chaotischen Chor vermischten, erzählten von ihren letzten, qualvollen Momenten;

"Ich konnte nicht atmen... sie haben mich lebendig begraben..."

"Das Feuer... oh Gott, das Feuer... ich kann immer noch meine Haut schmelzen fühlen..."

"Sie haben mich in Stücke geschnitten... Stück für Stück... ich war bei vollem Bewusstsein..."

Lisa presste die Hände auf ihre Ohren, doch die Stimmen drangen weiter in ihren Verstand ein, füllten jeden Winkel ihres Bewusstseins mit Bildern unvorstellbaren Grauens. Tränen strömten über ihre Wangen, vermischten sich mit dem Schmutz und den zerquetschten Insekten auf ihrer Haut.

Der Tunnel wurde enger, zwang Lisa, sich auf den Bauch zu legen und sich vorwärts zu schieben. Ihr Gesicht war nur Zentimeter von den verwesenden Körpern entfernt, deren aufgedunsene Zungen aus halb geöffneten Mündern hingen. Der Gestank war so intensiv, dass sie das Gefühl hatte, er würde sich wie Säure durch ihre Nasenschleimhaut fressen.

An einer besonders engen Stelle blieb Lisa stecken. Panisch versuchte sie, sich vorwärts zu ziehen, doch etwas hielt sie zurück. Als sie sich umdrehte, sah sie zu ihrem Entsetzen, dass sich Därme und andere Eingeweide um ihre Beine gewickelt hatten wie lebendige Tentakel.

Mit einem Aufschrei der Verzweiflung zerrte Lisa an den glitschigen Gedärmen, ihre Fingernägel gruben sich tief in das verfaulende Fleisch. Der Gestank von Fäkalien und halb verdauten Mahlzeiten stieg ihr in die Nase, liess sie würgen und husten. Endlich gelang es ihr, sich loszureissen. Ihre Hände und Arme waren nun bedeckt mit Fetzen verwesenden Fleisches und geronnenem Blut.

Lisa schluchzte vor Erschöpfung und Ekel, als sie sich weiter durch den Tunnel zwängte. Ihre Kleidung war durchtränkt von Körperflüssigkeiten und dem Sekret zerquetschter Insekten. Sie spürte, wie Maden in ihren Ohren krabbelten, wie sich Käfer unter ihrer Kleidung bewegten.

Das Flüstern der Toten wurde lauter, vermischte sich mit dem Geräusch brechender Knochen und reissenden Fleisches. Lisa glaubte, den Verstand zu verlieren, gefangen in dieser Hölle aus Verwesung und Tod.

Nach einer Ewigkeit, die sich anfühlte wie Tage endloser Qual, sah Lisa endlich einen schwachen Lichtschimmer am Ende des Tunnels. Mit letzter Kraft zog sie sich vorwärts, ihre blutverschmierten Hände gruben sich in den weichen Boden aus verwesenden Körpern.

Als sie schliesslich aus dem Tunnel kroch, brach Lisa zusammen. Ihr Körper zuckte unkontrolliert, während sie versuchte, die Bilder des Grauens aus ihrem Kopf zu verbannen. Der Gestank des Todes hing an ihr wie eine zweite Haut, würde sie für immer an diesen Albtraum erinnern.

Lisa wusste nicht, wie lange sie dort lag, unfähig sich zu bewegen oder einen klaren Gedanken zu fassen. Als sie endlich den Kopf hob, erstarrte sie vor Entsetzen. Der Albtraum war noch lange nicht vorbei - vor ihr erstreckte sich ein neuer Korridor des Schreckens, der nur darauf wartete, sie zu verschlingen...

Konfrontation mit dem Selbst

Lisa stolperte durch die dunklen, verwinkelten Gänge von Blackwood Manor, ihr Atem ging keuchend und ihr Herz hämmerte wild in ihrer Brust. Die Wände schienen sich um sie herum zu verengen, pulsierten wie ein lebendiger Organismus. Aus den Schatten drangen flüsternde Stimmen, lockten sie tiefer in die Eingeweide des verfluchten Hauses.

Plötzlich öffnete sich vor ihr eine Tür wie ein klaffendes Maul. Lisa taumelte hinein und fand sich in einem kreisrunden Raum wieder, dessen Wände mit unzähligen Spiegeln bedeckt waren. In jedem einzelnen sah sie ihr eigenes verzerrtes Abbild - doch etwas stimmte nicht. Die Reflexionen bewegten sich anders als sie selbst, grinsten mit zu vielen Zähnen und Augen voller Wahnsinn.

"Willkommen, Lisa", hallte eine Stimme durch den Raum, die zugleich vertraut und fremd klang. "Wir haben dich erwartet."

Aus den Spiegeln trat eine Gestalt hervor, die Lisa mit Entsetzen erfüllte. Es war sie selbst - und doch nicht. Die Kreatur war eine groteske Verschmelzung aus Lisas Zügen und den Schrecken des Hauses. Ihre Haut war von pulsierenden schwarzen Adern durchzogen, aus denen eine schwarze ölige Substanz sickerte. Statt Haaren wanden sich tentakelartige Gebilde um ihren Kopf. Ihre Augen waren leere schwarze Löcher, aus denen Schatten wie Rauch quollen.

"Was bist du?", flüsterte Lisa mit zitternder Stimme.

Das Wesen lächelte, enthüllte dabei Reihen spitzer Zähne. "Ich bin du, Lisa. Ich bin alles, was du sein könntest. All die Macht und das Wissen, nach dem du dich sehnst."

Die Kreatur streckte eine Hand aus, deren Finger in scharfe Klauen ausliefen. "Berühre mich und wir werden eins. Du wirst Geheimnisse erfahren, von denen du nicht einmal zu träumen wagtest."

Lisa spürte, wie etwas in ihr auf das Angebot reagierte. Ein dunkler Teil ihrer Seele lechzte danach, sich dem Wahnsinn hinzugeben und mit diesem Wesen zu verschmelzen. Ihre Hand zuckte unwillkürlich nach vorne.

In dem Moment, als ihre Fingerspitzen die Haut der Kreatur streiften, durchfuhr Lisa ein Schmerz, als würde ihr Fleisch von innen heraus verbrennen. Sie schrie auf, als ihre Haut zu schmelzen und sich neu zu formen begann. Schwarze Adern krochen wie Wurzeln über ihren Arm, breiteten sich rasend schnell aus.

"Ja", zischte das Wesen. "Lass es geschehen. Werde eins mit uns."

Lisa taumelte zurück, presste ihren entstellten Arm an die Brust. Ihr Verstand schrie in Panik, während ein anderer Teil von ihr die Veränderung willkommen hiess. Sie stand an der Schwelle zum Wahnsinn, zerrissen zwischen dem Wunsch nachzugeben und dem verzweifelten Kampf, sie selbst zu bleiben.

Aus den Augenwinkeln nahm sie eine schattenhafte Gestalt wahr. Jeremiah Blackwood materialisierte sich aus der Dunkelheit, seine Augen glühten vor perverser Freude. Er umkreiste Lisa und ihr groteskes Spiegelbild wie ein hungriges Raubtier.

"Du bist so nah dran, meine Liebe", raunte Blackwood. Seine Stimme drang direkt in Lisas Gedanken, umschmeichelte ihren Verstand wie giftiger Honig. "Gib dich hin und du wirst Macht erlangen, von der du nicht einmal zu träumen wagtest. Die Geheimnisse des Universums werden sich dir offenbaren."

Lisa presste die Hände auf die Ohren, doch Blackwoods Worte drangen weiter in ihren Geist ein. Bilder von unvorstellbarer Macht und verbotenem Wissen flackerten vor ihrem inneren Auge auf. Sie könnte Berge versetzen, Leben erschaffen und zerstören, die Gesetze der Realität nach ihrem Willen formen.

"Nein!", schrie Lisa. Sie fiel auf die Knie, Tränen rannen über ihre Wangen. "Ich will das nicht! Lasst mich in Ruhe!"

Doch die Versuchung nagte weiter an ihr. Das Wesen, das ihr groteskes Spiegelbild war, näherte sich mit ausgestreckten Armen. "Umarme dein wahres Selbst, Lisa", lockte es. "Lass uns eins werden."

Jeremiah Blackwood lachte, ein Geräusch wie brechendes Glas. Er nährte sich an Lisas Qualen und Verzweiflung, wuchs mit jedem Moment ihrer Pein. Seine Gestalt wurde solider, gewann an Macht.

Lisa schluchzte, gefangen zwischen Wahnsinn und Vernunft. Die schwarzen Adern hatten sich über die Hälfte ihres Körpers ausgebreitet, pulsierten im Rhythmus eines fremden Herzschlags. Sie spürte, wie ihr Verstand zu zerfasern begann, wie Teile von ihr in den Wahnsinn abdrifteten.

"Hilfe", wimmerte sie. "Bitte, irgendjemand..."

Doch niemand antwortete. Lisa war allein in diesem Albtraum, umgeben von Spiegeln, die nur Versionen ihrer selbst zeigten, die sie nicht sein wollte. Das monströse Wesen kam näher, Jeremiah Blackwood beobachtete genüsslich - und Lisa stand vor der schwersten Entscheidung ihres Lebens.

Würde sie dem Wahnsinn nachgeben und mit ihrem monströsen Spiegelbild verschmelzen? Oder konnte sie die Kraft finden, gegen die Versuchung anzukämpfen und sich selbst zu bleiben?

Die Antwort lag irgendwo in den Tiefen ihrer gequälten Seele. Doch egal, wie sie sich entschied - nichts würde je wieder so sein wie zuvor.

Kapitel 10: Suche im Labyrinth

Das sich verändernde Haus

Sarah und Max stolperten durch die düsteren Korridore von Blackwood Manor, ihre Schritte hallten unheimlich von den feuchten Wänden wider.

"Verdammt!", fluchte Max, als sich der Gang vor ihnen plötzlich wie ein lebendiger Organismus zu winden begann. Die Wände pulsierten, als würden sie atmen, und aus den Rissen in der Tapete sickerte eine zähflüssige, schwarze Substanz. "Das ist unmöglich!"

Sarah packte seinen Arm, ihre Fingernägel gruben sich tief in sein Fleisch. "Nichts ist unmöglich in diesem verdammten Haus", zischte sie, während ihr Blick panisch zwischen den sich verformenden Wänden hin und her huschte. "Wir müssen hier raus!"

Sie hasteten den Korridor entlang, doch mit jedem Schritt schien sich der Weg zu verlängern. Die Decke senkte sich bedrohlich, zwang sie in die Knie. Max keuchte vor Anstrengung, sein Atem bildete kleine Nebelwolken in der plötzlich eisigen Luft.

Eine Tür tauchte wie aus dem Nichts vor ihnen auf, ein Hoffnungsschimmer in diesem albtraumhaften Labyrinth. Sarah riss sie auf - und prallte entsetzt zurück. Statt in einen weiteren Raum zu führen, öffnete sich die Tür zu einem bodenlosen Abgrund. Aus der gähnenden Schwärze drangen Schreie und das Geräusch brechender Knochen.

"Scheisse!", Max schlug die Tür zu, doch als er sich umdrehte, war sie verschwunden. An ihrer Stelle erstreckte sich nun ein endloser Korridor, gesäumt von unzähligen identischen Türen. "Was zum Teufel geht hier vor?"

Sarah lachte hysterisch, ein schrilles Geräusch, das von den Wänden widerhallte. "Das Haus spielt mit uns", keuchte sie, Tränen liefen über ihre aschfahlen Wangen. "Es will uns in den Wahnsinn treiben!"

Sie zwangen sich weiter vorwärts, öffneten Tür um Tür in der verzweifelten Hoffnung auf einen Ausweg. Doch hinter jeder lauerte nur noch grösserer Schrecken:

Ein Raum voller verstümmelter Leichen, aufgehängt an Fleischerhaken wie Schlachtvieh. Ihr Blut tropfte stetig auf den Boden, bildete groteske Muster.

Ein endloser Abgrund, aus dem Hunderte knochiger Hände emporragten, bereit, jeden Eindringling in die Tiefe zu zerren.

Ein Zimmer, in dem die Zeit rückwärts zu laufen schien. Sie sahen sich selbst, wie sie rückwärts durch die Tür stolperten, ihre Bewegungen verzerrt und unnatürlich.

Mit jedem gescheiterten Versuch wuchs ihre Verzweiflung. Die Luft wurde dicker, schien sich in ihre Lungen zu pressen wie zähflüssiger Teer. Sarah spürte, wie sich unsichtbare Fäden um ihre Gliedmassen schlangen, sie zurückhalten wollten.

"Max!", schrie sie panisch, als der Boden unter ihren Füssen nachgab. Sie versank bis zu den Knien in einer gallertartigen Masse, die nach ihr zu greifen schien. "Hilf mir!"

Max packte ihre Hände, zerrte mit aller Kraft. Doch je mehr er zog, desto tiefer wurde Sarah in den Boden gezogen. Die schleimige Substanz kroch an ihrem Körper hoch, umschloss ihre Taille, ihre Brust.

"Lass mich nicht los!", flehte Sarah, Tränen und Schweiss vermischten sich auf ihrem verzerrten Gesicht. "Bitte, Max! Lass mich nicht allein!"

Mit einem letzten, verzweifelten Ruck gelang es Max, Sarah aus dem sich auflösenden Boden zu ziehen. Sie kollabierten keuchend an die gegenüberliegende Wand, ihre Körper zitterten unkontrolliert.

Doch sie hatten keine Zeit zum Verschnaufen. Ein furchtbares Krachen liess sie zusammenzucken. Die Wände begannen sich zu verformen, aus ihnen wuchsen Stacheln und Klauen. Der Gang verengte sich zusehends, drohte sie zu zerquetschen.

"Lauf!", brüllte Max und zerrte Sarah auf die Beine. Sie rannten um ihr Leben, sprangen über klaffende Löcher im Boden und duckten sich unter herabstürzenden Deckenbalken hinweg.

Am Ende des Korridors tauchte eine Treppe auf, die sich in unmöglichen Winkeln nach oben wand. Ohne zu zögern stürzten sie sich darauf, kletterten verzweifelt die sich bewegenden Stufen hinauf.

Die Treppe schien kein Ende zu nehmen, führte sie höher und höher in schwindelerregende Höhen. Die Luft wurde dünn, Sarah und Max keuchten vor Erschöpfung. Schweiss brannte in ihren Augen, vermischte sich mit Tränen der Verzweiflung.

Plötzlich endete die Treppe abrupt im Nichts. Vor ihnen gähnte ein bodenloses Loch, dahinter schwebte eine einzelne Tür im leeren Raum.

"Wir müssen springen!", rief Max über das Dröhnen in ihren Ohren hinweg.

Sarah schüttelte panisch den Kopf. "Das ist Wahnsinn! Wir werden sterben!"

"Wenn wir hier bleiben, sterben wir sowieso!", konterte Max. Er umklammerte ihre Hand. "Zusammen. Auf drei."

Sarah schluckte schwer, nickte dann. Sie stellten sich an den Rand der Treppe, starrten in die gähnende Leere vor ihnen.

"Eins..." Max' Stimme zitterte leicht.

"Zwei..." Sarah schloss die Augen, ihr Herz raste.

"DREI!"

Sie sprangen, schwebten für einen Moment schwerelos durch die Luft. Sarah schrie, als die Schwerkraft nach ihnen griff. Doch im letzten Moment erreichten ihre Finger den Türrahmen.

Keuchend zogen sie sich hoch, fielen durch die offene Tür - und landeten hart auf einem staubigen Holzboden.

Benommen rappelten sie sich auf, starrten ungläubig auf ihre Umgebung. Sie befanden sich in einem gewöhnlichen Schlafzimmer, wie es in jedem alten Haus zu finden war.

"Wo zum Teufel sind wir?", murmelte Sarah, während sie vorsichtig den Raum absuchte.

Max schüttelte verwirrt den Kopf. "Ich habe keine Ahnung. Aber eins ist sicher - wir sind noch lange nicht am Ende dieses Albtraums."

Er sollte Recht behalten. Denn als Sarah die Zimmertür öffnete, sahen sie sich einem endlosen Labyrinth aus Korridoren und Treppen gegenüber, das sich bis zum Horizont erstreckte.

Das Haus hatte sie fest im Griff, ein lebendiger Organismus aus Holz und Stein, der sich von ihrer Angst und Verzweiflung zu nähren schien. Und tief in seinem Inneren wartete etwas auf sie, hungrig und geduldig.

Sarah und Max tauschten einen Blick aus, in dem sich Entschlossenheit mit nackter Furcht mischte. Sie wussten, dass sie keine andere Wahl hatten, als sich tiefer in diesen Irrsinn zu begeben. Denn irgendwo in den Tiefen von Blackwood Manor lauerte die Wahrheit - und vielleicht auch ihre einzige Chance auf Erlösung.

Mit zitternden Beinen machten sie sich auf den Weg, nicht ahnend, welche Schrecken noch auf sie warteten. Das Haus beobachtete sie, lauerte in jeder Ecke und jedem Schatten. Und es war hungrig, so unendlich hungrig...

Kreaturen aus Albträumen

Sarah, Lisa und Max hasteten durch die dämmrigen Korridore von Blackwood Manor, ihre Schritte hallten unheimlich von den feuchten Steinwänden wider. Die Luft war erfüllt von einem fauligen Gestank, der ihnen den Atem raubte und ihre Sinne benebelte.

Plötzlich erstarrte Sarah mitten in der Bewegung, ihre Augen weiteten sich vor Entsetzen. Aus den Schatten am Ende des Ganges löste sich eine Gestalt aus der Wand. Der Anblick bohrte sich wie vergiftete Nadeln in ihre Eingeweide. Es war ein Wesen aus purer Dunkelheit, dessen Umrisse ständig zu verschwimmen schienen. Dort wo ein Gesicht hätte sein sollen, klafften dutzende rotglühende Augen, die sich unabhängig voneinander bewegten und in alle Richtungen starrten.

Aus dem amorphen Körper wuchsen zahllose Gliedmassen - dürre Arme mit klauenbesetzten Händen, die gierig nach ihnen griffen. Ein stummer Schrei blieb in Sarahs Kehle stecken. Wie gelähmt musste sie mit ansehen, wie sich das Schattenwesen mit unmenschlicher Geschwindigkeit auf sie zubewegte, eine Spur aus schwarzem öligem Schleim hinter sich herziehend.

"Lauft!", brüllte Max und riss Sarah aus ihrer Starre. Mit einer Geschwindigkeit, die ihre Halswirbel knacken liess, schoss ihr Kopf in die entgegengesetzte Richtung und rannte los, das Keuchen ihrer Freunde dicht hinter sich. Das Klicken unzähliger Krallen auf Stein folgte ihnen, wurde mit jedem Herzschlag lauter.

Sie bogen um eine Ecke und Lisa stiess einen wahnsinnigen Schrei aus. Aus den Wänden brachen plötzlich fleischige Tentakel hervor, dick wie Baumstämme und übersät mit pulsierenden Adern. Die schleimigen Auswüchse zuckten wie Schlangen durch die Luft, wickelten sich blitzschnell um Lisas Beine.

"Hilfe!", kreischte sie panisch, als die Tentakel sie mit unmenschlicher Kraft gegen die Wand schleuderten. Ein widerliches Knacken ertönte, als ihre Rippen brachen. Blut quoll aus ihrem Mund, während die Auswüchse ihren Körper wie eine Anakonda umschlangen und langsam zerquetschten.

Max stürzte vorwärts, ein rostiges Metallrohr in den Händen, das er von der Wand gerissen hatte. Mit aller Kraft hieb er auf die Tentakel ein, zerfetzte das wabbelige Fleisch. Ein furchtbar lautes Kreischen erfüllte den Gang, als sich die verletzten Auswüchse zurückzogen und Lisa zu Boden fiel.

Keuchend half Sarah ihrer Freundin auf die Beine. Lisas Gesicht war schmerzverzerrt, Blut sickerte aus zahllosen Wunden, wo sich die Saugnäpfe in ihre Haut gebohrt hatten. "Wir müssen weiter", drängte Max und zerrte die beiden Frauen vorwärts. Das wütende Fauchen der Schattenkreatur war wieder näher gekommen.

Sie stolperten einen gewundenen Gang entlang, passierten dutzende verschlossene Türen. Sarah wagte einen Blick zurück und bereute es sofort. Die Wände hinter ihnen schienen lebendig geworden zu sein, pulsierten wie ein gewaltiger Organismus. Aus dem Mauerwerk wuchsen immer neue Tentakel, die gierig nach ihnen tasteten.

Schweiss rann Sarah in die Augen, ihr Atem ging keuchend. Sie spürte, wie ihre Kräfte nachliessen. Jeden Moment erwartete sie, von den albtraumhaften Kreaturen eingeholt zu werden. Da entdeckte Max eine halb offenstehende Tür. "Da rein!", rief er.

Sie stürzten in den Raum dahinter und warfen sich mit vereinten Kräften gegen die morsche Holztür. Gerade als sie sie zugedrückt hatten, krachte etwas Schweres dagegen. Die Tür erzitterte in ihren Angeln, hielt aber stand.

Schwer atmend lehnten sie sich gegen das Holz, lauschten auf die unheimlichen Geräusche von der anderen Seite. Nach einer gefühlten Ewigkeit verklangen die Laute und eine unheimliche Stille kehrte ein.

"Was zur Hölle war das?", flüsterte Lisa mit zittriger Stimme. Ihre Haut hatte eine ungesunde graue Färbung angenommen, Schweiss stand ihr auf der Stirn.

"Ich weiss es nicht", antwortete Sarah. "Aber es scheint, als wären unsere schlimmsten Albträume hier Realität geworden." Sie erschauderte bei dem Gedanken. Was für Schrecken mochten noch auf sie warten?

Max tastete an der Wand entlang und fand einen alten Lichtschalter. Mit einem Klicken flammte eine einzelne Glühbirne an der Decke auf und tauchte den Raum in schummriges Licht. Sarah wünschte sofort, er hätte den Schalter nie betätigt.

Sie befanden sich in einer Art Laboratorium, die Wände gesäumt von verstaubten Regalen voller Einmachgläser. In der trüben Flüssigkeit schwammen entstellte Föten, deformierte Organe und Dinge, die Sarah nicht einmal identifizieren konnte. Es roch penetrant nach Formaldehyd und Verwesung.

In der Mitte des Raumes stand ein rostiger Operationstisch. Darauf lag etwas, das Sarah fast würgen liess. Es war eine Kreatur, die aussah wie eine grausame Verschmelzung aus Mensch und Tier. Der Oberkörper war eindeutig menschlich, wenn auch grausam entstellt. Dort wo die Beine hätten sein sollen, wuchsen vier pelzige Gliedmassen, die an einen Wolf erinnerten.

Der Kopf war eine Albtraumhafte Mischung aus menschlichen und animalischen Zügen. Ein einzelnes, trübes Auge starrte aus einer knochigen Augenhöhle, während die andere Hälfte des Gesichts von dichtem Fell bedeckt war. Aus dem aufgerissenen Maul ragten nadelspitze Reisszähne.

"Oh Gott", hauchte Lisa und presste sich eine Hand vor den Mund. "Was haben sie hier nur getan?"

Bevor jemand antworten konnte, zuckte der Körper auf dem Tisch plötzlich. Ein gurgelnder Laut drang aus seiner Kehle, dann öffnete sich das Auge und fixierte sie mit einem Blick voller Qual und Hass.

Sie wichen entsetzt zurück, als sich die Kreatur aufrichtete. Muskeln spannten sich unter der leichenblassen Haut, Knochen knackten, als sich der deformierte Körper streckte. Mit einem unmenschlichen Knurren schwang das Wesen die Beine über die Tischkante.

"Raus hier!", schrie Max und riss die Tür auf. Sie stürzten zurück auf den Flur, die wütenden Schreie der Chimäre in ihren Ohren. Sarah wagte einen Blick zurück und sah, wie das Mischwesen auf allen Vieren aus dem Labor hetzte, Schaum troff aus seinem Maul.

Sie rannten den Gang entlang, bogen wahllos um Ecken in dem Versuch, ihren Verfolger abzuschütteln. Das Tapsen pelziger Pfoten und das Kratzen scharfer Krallen auf Stein folgte ihnen unerbittlich. Der beissende Gestank von verwesendem Fleisch wurde stärker - die Kreatur holte auf.

Keuchend erreichten sie eine Abzweigung. Links führte eine schmale Treppe nach oben, rechts erstreckte sich ein weiterer finsterer Korridor. "Nach oben!", rief Sarah und deutete auf die Stufen. Sie hatten die erste Stufe kaum erreicht, als ein ohrenbetäubendes Brüllen hinter ihnen ertönte.

Die Chimäre war um die Ecke geschossen, ihre Muskeln spielten unter dem verfilzten Fell. Mit einem gewaltigen Satz sprang sie vorwärts, die Klauen nach Lisa ausgestreckt. Im letzten Moment stiess Max sie zur Seite, so dass die Kreatur an ihr vorbei schoss.

Doch der Schwung ihres Sprungs liess das Wesen gegen die Wand krachen. Putz bröckelte von der Decke, als der gesamte Gang erzitterte. Für einen Moment schien die Zeit stillzustehen. Dann barsten die morschen Dielen unter ihren Füssen.

Mit einem Schrei stürzten sie in die Tiefe, Holzsplitter regneten um sie herum. Sarah knallte hart auf den Boden, Sterne tanzten vor ihren Augen. Benommen richtete sie sich auf und sah sich um. Sie waren in einer Art Keller gelandet, die Luft war stickig und moderig.

Neben ihr stöhnten Max und Lisa, beiden schien der Sturz die Luft aus den Lungen gepresst zu haben. Von der Chimäre war nichts zu sehen, vermutlich war sie zu schwer gewesen um durch das morsche Holz zu brechen.

Sarah wollte gerade erleichtert aufatmen, als ihr Blick auf die gegenüberliegende Wand fiel. Ihr Herz setzte für einen Schlag aus. Die gesamte Mauer war mit mannshohen Spiegeln bedeckt, in denen sich das schwache Licht brach, das durch das Loch in der Decke fiel.

Doch der Anblick, der sich ihnen bot, jagte eisige Schauer des Grauens durch ihre Körper. Es waren nicht ihre Spiegelbilder, die ihnen aus dem Glas entgegenstarrten. Stattdessen erblickte sie entstellte Versionen ihrer selbst - ihre Gesichter abnormal verzerrt zu Fratzen des Wahnsinns, die Körper deformiert und entstellt.

Die Gestalt, die Sarah darstellte, grinste sie mit klingengleicher Beisser an. Ihre Haut war von eitrigen Geschwüren übersät, die Augen tief in den Höhlen versunken. Langsam hob die Spiegelversion eine Hand und winkte Sarah zu. Dann begann sie, sich zu bewegen, presste ihre Handflächen gegen das Glas, als wollte sie hindurchbrechen.

"Nein", hauchte Sarah entsetzt. "Das kann nicht sein." Doch auch die Abbilder von Max und Lisa erwachten zum Leben, verzerrten ihre Gesichter zu unmenschlichen Grimassen. Fingerknöchel knackten, als sie gegen die Scheiben hämmerten, immer heftiger, bis feine Risse das Glas überzogen.

"Sie kommen durch!", schrie Lisa panisch. Wie zur Bestätigung ihrer Worte splitterte der erste Spiegel. Eine bleiche, klauenbewehrte Hand schob sich durch den Spalt, gefolgt von einem Arm, der viel zu lang und verdreht war, um menschlich zu sein.

"Lauft!", brüllte Max. Er packte die beiden Frauen an den Armen und zerrte sie mit sich. Hinter ihnen barsten weitere Spiegel, ein vielstimmiges Kreischen erfüllte den Raum, als ihre albtraumhaften Ebenbilder sich aus ihren gläsernen Gefängnissen befreiten. Der Gestank von Schwefel und Verwesung schlug ihnen entgegen.

Sie stürzten durch die verfallenen Kellerräume, immer tiefer in die Eingeweide des verfluchten Hauses. Das Geräusch unzähliger Füsse folgte ihnen, begleitet von einem wahnsinnigen Kichern. Sarah wagte keinen Blick zurück aus Angst vor dem, was sie erblicken könnte.

Sie wussten nicht, wie lange sie schon rannten. Die Korridore schienen kein Ende zu nehmen, jeder Raum glich dem vorherigen. Ihre Lungen brannten, ihre Muskeln schmerzten. Doch die Angst trieb sie weiter voran, liess sie ihre Erschöpfung vergessen.

Irgendwann erreichten sie eine schwere Eisentür. Mit vereinten Kräften stemmten sie sich dagegen, bis sie sich quietschend öffnete. Sie schlüpften hindurch und warfen die Tür hinter sich ins Schloss, gerade als ihre Verfolger um die letzte Ecke bogen.

Schwer atmend lehnten sie sich gegen das kühle Metall, lauschten auf die wütenden Schreie und das Kratzen von der anderen Seite. Doch die Tür hielt stand. Langsam verebbten die Geräusche, bis wieder Stille einkehrte.

Zitternd sanken sie zu Boden, zu erschöpft um sich zu bewegen. "Was zur Hölle war das?", keuchte Max. "Es war, als wären unsere dunkelsten Seiten zum Leben erwacht."

Sarah schüttelte benommen den Kopf. "Ich weiss es nicht. Aber eines ist klar - dieses Haus ist verflucht. Es nährt sich von unseren Ängsten und Albträumen."

Sie blickte sich in dem Raum um, in dem sie gelandet waren. Ihr Herz sank. Sie befanden sich in einer Art Verliess, die Wände aus grobem Fels gehauen. In der Mitte stand ein steinerner Altar, überzogen mit fremdartigen Symbolen. Daneben lag ein altes Buch, dessen Einband mit menschlicher Haut überzogen zu sein schien.

Sarah erschauderte. Was auch immer in den Tiefen von Blackwood Manor auf sie lauerte - sie ahnten, dass die wahren Schrecken erst noch bevorstanden. Und ein Teil von ihr fragte sich, ob sie stark genug sein würden, um diese Nacht zu überleben.

Max' wachsender Wahnsinn

Die Dunkelheit in Max' Verstand verdichtete sich mit jedem verstreichenden Tag zu einem undurchdringlichen Nebel aus Paranoia und Wahnvorstellungen. Wie ein gefrässiger Parasit frass sich der Wahnsinn durch die letzten Bastionen seiner Vernunft, hinterliess nichts als zerrüttete Gedankenfetzen und groteske Halluzinationen.

In den wenigen Momenten der Klarheit, die ihm noch vergönnt waren, starrte Max mit blutunterlaufenen Augen auf seine zitternden Hände. Die Haut spannte sich über seine Knochen wie uraltes Pergament, durchzogen von einem Netz pulsierender schwarzer Adern. Er konnte förmlich spüren, wie das Böse durch seine Blutbahn kroch, sein Wesen vergiftete und seine Seele zersetzte.

"Du verlierst den Verstand, Max", flüsterte eine Stimme in seinem Kopf, die verdächtig nach Sarah klang. "Lass mich dir helfen."

Max drehte sich blitzschnell um, suchte verzweifelt nach der Quelle der Stimme. Doch er war allein in dem düsteren Zimmer, umgeben von flackernden Schatten, die wie hungrige Bestien an den Wänden lauerten.

"Sarah?", krächzte er mit rauer Stimme. "Wo bist du?"

Statt einer Antwort hörte er nur das höhnische Kichern Jeremiah Blackwoods, das wie giftiger Nebel durch die Ritzen seiner brüchigen Psyche sickerte.

"Sie ist nicht hier, mein Junge", raunte Blackwood in Max' Ohr, so nah, dass er seinen fauligen Atem auf seiner Haut zu spüren glaubte. "Sie hat dich verlassen. Dich verraten."

"Nein!", schrie Max und schlug wild um sich, traf aber nur leere Luft. "Das ist nicht wahr! Sarah würde mich nie im Stich lassen!"

Doch der Samen des Zweifels war gesät. Mit jedem Atemzug wuchs Max' Misstrauen gegenüber Sarah, nährte sich von seinen tiefsten Ängsten und Unsicherheiten. In seinen Fieberträumen sah er sie, wie sie sich in ein grässliches Monster verwandelte, mit klauenbewehrten Händen und einem Maul voller rasiermesserscharfer Zähne.

Die Realität um Max herum begann zu zerfliessen wie ein Aquarell im strömenden Regen. Die Wände pulsierten im Rhythmus seines rasenden Herzschlags, Schatten tanzten einen grotesken Reigen und formten immer wieder Sarahs Gesicht, verzerrt zu einer Fratze des Wahnsinns.

"Sie ist nicht echt", wisperten die Stimmen in seinem Kopf, ein vielstimmiger Chor aus Argwohn und Paranoia. "Die echte Sarah ist längst tot. Das Ding, das sich als sie ausgibt, ist eine Ausgeburt des Bösen. Es will dich vernichten, Max. Du musst es zuerst erwischen!"

Max presste die Hände auf seine Ohren, versuchte verzweifelt, die Stimmen zum Schweigen zu bringen. Doch sie wurden nur lauter, vereinten sich zu einem ohrenbetäubenden Crescendo aus Anschuldigungen und Warnungen.

In einem seltenen Moment der Klarheit erkannte Max, dass er den Verstand verlor. Er konnte spüren, wie sein Geist langsam aber sicher in den Abgrund der Geisteskrankheit glitt. Die Grenze zwischen Wahn und Wirklichkeit verschwamm zusehends, bis er nicht mehr unterscheiden konnte, was real war und was nur in seiner zerrütteten Fantasie existierte.

"Hilf mir, Sarah", flehte er in die Leere. "Ich weiss nicht mehr, was wirklich ist."

Doch statt Sarahs tröstender Stimme hörte er nur Jeremiah Blackwoods höhnisches Lachen, das von den Wänden widerhallte wie ein unheiliges Echo.

"Oh, armer, törichter Max", spottete Blackwood. "Glaubst du wirklich, sie könnte dir helfen? Sie ist der Grund für deinen Untergang. Aber ich kann dich retten. Alles, was du tun musst, ist sie zu opfern."

Max schüttelte wild den Kopf, Tränen rannen über seine eingefallenen Wangen. "Nein! Ich würde Sarah nie etwas antun!"

"Bist du dir da so sicher?", fragte Blackwood mit samtweicher Stimme. "Schau genau hin, mein Junge. Ist das wirklich deine geliebte Sarah?"

Wie auf Kommando materialisierte sich Sarah vor Max' Augen. Doch etwas stimmte nicht mit ihr. Ihre Haut war aschfahl, ihre Augen glühten in einem unnatürlichen Rot. Als sie lächelte, entblösste sie Reihen scharfer Reiszähne.

"Komm zu mir, Max", gurrte sie mit einer Stimme, die klang wie das Kratzen von Fingernägeln auf einer Schiefertafel. "Lass uns für immer vereint sein."

Panik überflutete Max' Sinne. Das war nicht Sarah! Das war ein Monster, das ihre Gestalt angenommen hatte! Mit einem animalischen Schrei stürzte er sich auf die Kreatur, entschlossen, die Bedrohung ein für alle Mal auszulöschen.

Seine Hände schlossen sich um ihren Hals, drückten zu, während er immer wieder schrie: "Du bist nicht Sarah! Was hast du mit ihr gemacht, du Monster?"

Sarahs - oder was auch immer es war - Augen weiteten sich vor Entsetzen. Sie versuchte zu sprechen, doch Max' Griff war zu fest. Langsam wich das Leben aus ihrem Körper, während Max blind vor Wut und Angst weiter zudrückte.

Erst als sie leblos zu Boden sank, löste sich der rote Schleier vor seinen Augen. Entsetzt starrte er auf seine zitternden Hände, dann auf den reglosen Körper zu seinen Füssen. Was hatte er getan?

"Hervorragend, mein Junge", flüsterte Blackwood anerkennend. "Du hast gerade den ersten Schritt zu deiner Erlösung getan. Bald wirst du frei sein von allem Leid."

Max sank auf die Knie, ein verzweifelter Schrei entrang sich seiner Kehle. Er hatte Sarah getötet. Oder war es wirklich Sarah gewesen? Er konnte es nicht mit Sicherheit sagen. Die Grenzen zwischen Realität und Wahnvorstellung waren endgültig verschwommen.

Während Max von Schluchzern geschüttelt wurde, ergötzte sich Jeremiah Blackwood genüsslich an dem Anblick des gebrochenen jungen Mannes. Max' Wahnsinn war wie ein köstlicher Wein, den er in vollen Zügen genoss. Bald, sehr bald, würde Max ihm ganz gehören - Körper, Geist und Seele.

Und dann würde das wahre Grauen erst beginnen.

Kapitel 11: Blutlinie des Bösen

Das verborgene Studlerzimmer

Sarah, Lisa und Max drängten sich zitternd im düsteren Flur von Blackwood Manor aneinander, ihre Augen weit aufgerissen vor Entsetzen. Die Tapete an den Wänden schien zu pulsieren, als würde sie atmen, und aus den Rissen sickerte eine zähflüssige, schwarze Substanz.

Mit zitternden Fingern tastete Sarah die Wand ab, auf der Suche nach einem verborgenen Mechanismus. Plötzlich wich die Tapete unter ihren Händen zurück, löste sich in Fetzen von der Wand und enthüllte dahinter eine geheime Tür. Ein Schwall fauligen Gestanks schlug ihnen entgegen, so intensiv, dass Lisa würgend zurücktaumelte.

"Oh Gott", keuchte Max, als er einen Blick in den verborgenen Raum warf. "Was zur Hölle ist das?"

Das Studierzimmer, das sich vor ihnen auftat, war ein Albtraum aus Fleisch und Papier. Die Wände waren bedeckt mit einer schleimigen Substanz, die sich langsam bewegte, als wäre sie lebendig. In den Ecken wuchsen pilzartige Gebilde, die bei jeder Bewegung der Eindringlinge zuckten und ächzten.

Der Gestank hier drinnen war überwältigend - eine widerliche Mischung aus Verwesung, altem Pergament und etwas Undefinierbarem, das ihre Nasen mit säureartiger Schärfe attackierte. Sarah presste sich ein Taschentuch vors Gesicht, doch es half kaum gegen den Ansturm auf ihre Sinne.

Die Regale, die die Wände säumten, bogen sich unter der Last uralter Bücher. Max trat näher heran und erkannte mit Entsetzen, dass die Bücher in Menschenhaut gebunden waren. Teilweise waren noch Gesichtszüge oder Tätowierungen zu erkennen, verzerrt über die Buchrücken gespannt.

"Das... das sind Menschen", flüsterte er entsetzt. "Die Bücher sind aus Menschen gemacht!"

Lisa würgte erneut, unfähig den Blick von den grausigen Bänden abzuwenden. Einige der Bücher schienen zu zucken, als würden sie versuchen, sich von den Regalen zu befreien.

In der Mitte des Raumes stand ein massiver Schreibtisch aus dunklem Holz, übersät mit Kratzern und eingebrannten Symbolen. Darauf lagen mehrere lederne Notizbücher, deren Seiten vergilbt und wellig waren. Sarah griff zögernd nach einem der Bücher und schlug es auf.

"Das sind Tagebücher", sagte sie mit bebender Stimme. "Die persönlichen Aufzeichnungen der Blackwood-Familie."

Ihre Augen huschten über die eng beschriebenen Seiten, voll von wirren Zeichnungen und kryptischen Notizen. Plötzlich erstarrte sie, ihr Gesicht wurde aschfahl.

"Hier steht etwas über ein Ritual", flüsterte sie. "Ein Blutopfer, um... um ein Kind zu zeugen. Ein Kind des Chaos."

Max wollte gerade etwas erwidern, als ein gurgelndes Geräusch seine Aufmerksamkeit auf sich zog. In einer dunklen Ecke des Raumes stand ein mannshoher Glaszylinder, gefüllt mit einer trüben Flüssigkeit. Darin schwebte etwas, das aussah wie ein deformierter Fötus.

Langsam näherten sie sich dem Zylinder, unfähig den Blick von dem abstossenden Inhalt abzuwenden. Der Fötus war grotesk verzerrt, mit zusätzlichen Gliedmassen und Auswüchsen, die pulsierten und zuckten. Seine Haut war durchscheinend, sodass man das schwarze Blut in seinen Adern pulsieren sehen konnte.

"Es lebt", keuchte Lisa entsetzt. "Das Ding lebt!"

Als hätte es sie gehört, öffnete der Fötus plötzlich seine Augen - pechschwarze, pupillenlose Kugeln, die sie direkt anzustarren schienen. Ein unmenschlicher Schrei hallte durch ihre Köpfe, liess sie vor Schmerz aufstöhnen.

Sarah taumelte zurück, stiess gegen den Schreibtisch und warf dabei eines der Tagebücher zu Boden. Es schlug auf und enthüllte eine Seite voller blutiger Fingerabdrücke. Zwischen den Abdrücken standen Worte in einer fremdartigen Sprache geschrieben, die sich vor ihren Augen zu bewegen schienen.

Max beugte sich hinunter, um das Buch aufzuheben, doch im selben Moment begann der Boden unter ihnen zu beben. Aus den Wänden drang ein tiefes Grollen, als würde das Haus selbst erwachen.

"Wir müssen hier raus!", schrie Sarah über den anschwellenden Lärm hinweg.

Sie packten hastig einige der Tagebücher und stürzten zur Tür. Doch diese hatte sich geschlossen, die blutige Tapete war wieder darüber gewachsen. Lisa schlug verzweifelt gegen die Wand, ihre Fäuste hinterliessen blutige Abdrücke auf dem pulsierenden Fleisch.

"Es lässt uns nicht gehen", wimmerte sie. "Das Haus will uns hier behalten!"

Der Gestank im Raum wurde überwältigend, vermischte sich mit dem Geschmack von Asche und Schwefel auf ihren Zungen. Die Bücher in den Regalen begannen zu kreischen, ein irrer Chor aus Qual und Wahnsinn.

Sarah spürte, wie etwas Feuchtes, Klebriges an ihren Beinen hochkroch. Als sie hinunterblickte, sah sie zu ihrem Entsetzen, dass der Boden sich in eine Art schwarzen Schlamm verwandelt hatte, der langsam an ihnen hochzukriechen begann.

"Nein!", schrie sie und versuchte verzweifelt, sich aus dem zähen Morast zu befreien. Doch je mehr sie sich wehrte, desto schneller schien er sie hinunterzuziehen.

Max kämpfte sich zum Schreibtisch vor, durchwühlte hektisch die verbliebenen Tagebücher. "Es muss einen Weg geben!", rief er. "Irgendeine Formel, um uns zu befreien!"

Lisa war inzwischen bis zur Hüfte im schwarzen Schlamm versunken, Panik verzerrte ihre Züge. "Hilfe!", kreischte sie. "Es zieht mich runter! Ich kann mich nicht bewegen!"

Der Fötus im Glaszylinder schien ihr Leid zu geniessen, sein deformierter Körper zuckte in einem perversen Tanz der Freude. Seine lautlosen Schreie bohrten sich wie Dolche in ihre Köpfe, liessen ihre Sicht verschwimmen.

Sarah klammerte sich verzweifelt an ein Regal, spürte wie das Holz unter ihren Fingern nachgab, sich in etwas Weiches, Pulsierendes verwandelte. Die Bücher schnappten nach ihr, ihre ledernen Einbände öffneten sich zu zahnbesetzten Mäulern.

"Max!", schrie sie. "Tu etwas! Irgendwas!"

Max blätterte wie von Sinnen durch die Tagebücher, seine Augen huschten über die blutigen Seiten. Plötzlich hielt er inne, sein Gesicht ein Ausdruck des Entsetzens.

"Oh Gott", flüsterte er. "Ich weiss, was wir tun müssen. Aber der Preis... der Preis ist zu hoch."

Der schwarze Schlamm hatte inzwischen Lisas Brust erreicht, zog sie unerbittlich in die Tiefe. Sarah konnte die Bücher nicht länger abwehren, ihre scharfen Zähne gruben sich in ihr Fleisch.

"Tu es!", schrie sie unter Qualen. "Was immer es ist, tu es!"

Max schloss für einen Moment die Augen, Tränen rannen über seine Wangen. Dann begann er, die Worte aus dem Tagebuch zu rezitieren. Seine Stimme klang fremd, verzerrt, als würden tausend Stimmen gleichzeitig aus seiner Kehle dringen.

Plötzlich verstummte alles. Der schwarze Schlamm erstarrte, die kreischenden Bücher fielen in sich zusammen, und selbst der groteske Fötus im Glaszylinder hörte auf zu zucken. Eine unheilvolle Stille senkte sich über den Raum, so dicht und erdrückend, dass Sarah das Gefühl hatte, nicht atmen zu können.

"Max", flüsterte sie heiser, "was... was hast du gesagt?"

Max drehte sich langsam zu ihr um, sein Gesicht eine ausdruckslose Maske. Als er sprach, war seine Stimme kalt und emotionslos:

"Ich habe uns geopfert", sagte er monoton. "Unsere Seelen gehören jetzt dem Namenlosen. Wir sind die Schlüssel zur Öffnung des Tores."

Ehe Sarah oder Lisa reagieren konnten, begannen ihre Körper zu zerfallen, lösten sich in Fetzen aus Fleisch und Schatten auf. Ihre Schreie erstarben, als ihre Kehlen sich in Rauch verwandelten.

Das letzte, was Sarah sah, bevor die Dunkelheit sie verschlang, war Max' Gesicht, das sich zu einem grotesken Grinsen verzerrte, seine Augen schwarz wie Tinte.

Dann herrschte Stille.

Enthüllungen der Tagebücher

Sarah erwachte mit einem erstickten Schrei, ihr Körper schweissgebadet und zitternd. Sie brauchte einen Moment, um zu begreifen, dass sie sich wieder im Studierzimmer befand, umgeben von den grauenvollen Relikten der Blackwood-Familie.

Mit zitternden Händen griff sie nach den Tagebüchern, die vor ihr auf dem massiven Schreibtisch lagen. Der muffige Geruch von altem Papier und verrottendem Leder stieg ihr in die Nase, vermischt mit einem subtilen, metallischen Hauch, der ihr einen Schauer über den Rücken jagte.

Als sie die erste Seite aufschlug, wurde ihr klar, dass das, was sie gerade erlebt hatte, nur der Anfang war. Die wahren Schrecken warteten in den vergilbten Seiten dieser unheiligen Aufzeichnungen.

Mit wachsendem Entsetzen begann Sarah zu lesen, unfähig den Blick von den grauenvollen Enthüllungen abzuwenden, die sich ihr offenbarten...

Die ersten Einträge stammten aus dem späten 18. Jahrhundert, geschrieben in einer verschnörkelten Handschrift, die von Wahnsinn und Besessenheit zeugte. Sarah las von nächtlichen Ritualen in den Wäldern um Blackwood Manor, bei denen Menschen geopfert wurden, um die Gunst dunkler Mächte zu erlangen. Die detaillierten Beschreibungen liessen ihr die Galle hochsteigen:

"Heute Nacht haben wir endlich das perfekte Opfer gefunden - ein junges Mädchen, unschuldig und rein. Ihr Blut floss wie süsser Wein, als wir ihr Herz aus der Brust rissen. Die Götter waren zufrieden, ich konnte ihre Präsenz spüren, als wir ihr Fleisch verzehrten."

Sarah würgte, zwang sich aber weiterzulesen. Die Einträge wurden mit jeder Generation grausamer und verstörender. Sie las von kannibalischen Orgien, bei denen die Blackwoods und ihre Anhänger sich in einem Rausch aus Blut und Ekstase verloren. Die Schilderungen waren so plastisch, dass Sarah den Geschmack von Blut auf ihrer Zunge zu schmecken glaubte.

Ein besonders verstörender Eintrag enthielt Rezepte für Tränke, die aus menschlichen Körperflüssigkeiten gebraut wurden. Sarah las mit wachsendem Entsetzen:

"Der Trank aus dem Knochenmark junger Männer verleiht übermenschliche Stärke. Doch für wahre Macht braucht es die Essenz ungeborenen Lebens. Das Blut schwangerer Frauen, vermischt mit dem Gehirn ihrer Föten, öffnet Tore zu anderen Dimensionen."

Sarah musste sich abwenden, unfähig die grauenvollen Details weiter zu ertragen. Doch als sie die Augen schloss, sah sie die Bilder der beschriebenen Gräueltaten vor ihrem inneren Auge. Sie zwang sich, weiterzulesen, in der Hoffnung, Antworten zu finden.

Die späteren Einträge sprachen von einem kosmischen Wesen jenseits menschlicher Vorstellungskraft, das die Familie Blackwood seit Generationen anbetete. Es wurde nur als "Der Namenlose" bezeichnet, ein Gott des Chaos und der Zerstörung, der seinen Anhängern unvorstellbare Macht versprach.

Sarah las von bizarren Ritualen, bei denen die Blackwoods versuchten, Kontakt zu diesem Wesen aufzunehmen. Die Beschreibungen liessen sie erschaudern:

"Wir haben einen Kreis aus den Knochen von Kindern gebildet und ihn mit dem Blut von Jungfrauen gefüllt. Als der Mond seinen Zenit erreichte, begannen wir zu singen. Die Luft vibrierte vor unheimlicher Energie. Für einen kurzen Moment öffnete sich ein Riss in der Realität und ich erhaschte einen Blick auf das, was dahinter lauert. Mein Verstand droht zu zerbrechen bei der blossen Erinnerung."

Je weiter Sarah las, desto deutlicher wurde, dass die Blackwoods auf ein grosses Ziel hinarbeiteten - das "Grosse Erwachen". Die Prophezeiungen sprachen von einer Zeit, in der die Grenzen zwischen den Welten fallen und Chaos die Erde überfluten würde. Sarah las mit wachsendem Grauen:

"Wenn die Sterne richtig stehen, wird Der Namenlose erwachen. Die Toten werden sich aus ihren Gräbern erheben, Wahnsinn wird die Geister der Lebenden vergiften. Blut wird in Strömen fliessen und aus dem Chaos wird eine neue Ordnung entstehen - mit uns als ihren Herren."

Die letzten Einträge stammten von Jeremiah Blackwood selbst. Seine Handschrift war wild und fahrig, zeugte von einem Geist am Rande des Wahnsinns. Er schrieb von Ritualen, die er durchführte, um das Grosse

Erwachen zu beschleunigen. Sarah las von Zeremonien, bei denen er lebende Opfer häutete und aus ihrer Haut entstellte Masken fertigte. Von Beschwörungen, die die Luft mit dem Gestank von Schwefel und Verwesung füllten.

Besonders verstörend waren die Einträge über Mr. Jenkins. Sarah hatte ihn immer für einen harmlosen, wenn auch etwas seltsamen alten Mann gehalten. Doch die Tagebücher enthüllten seine wahre Natur als Blackwoods treuer Diener und Helfer bei seinen abscheulichen Taten.

"Jenkins hat mir heute Nacht frische Leichen für Experimente geliefert. Seine Fähigkeit, unbemerkt Gräber zu schänden, ist von unschätzbarem Wert. Morgen werden wir gemeinsam das Ritual des Fleischwechsels durchführen. Er kann es kaum erwarten, wieder in einen jüngeren Körper zu schlüpfen."

Sarah las weiter, unfähig aufzuhören, obwohl sich ihr Magen vor Ekel zusammenzog. Der letzte Eintrag liess ihr das Blut in den Adern gefrieren:

"Ich kann sie hören, die Stimmen aus dem Jenseits. Sie rufen nach mir, versprechen mir grenzenlose Macht. Heute Nacht werde ich das letzte Ritual vollziehen. Mein Blut wird den Weg öffnen und Der Namenlose wird hindurchschreiten. Die Welt wird erzittern und eine neue Ära des Chaos wird anbrechen!"

Sarah schlug das Tagebuch zu, ihr Atem ging keuchend. Die Enthüllungen wirbelten durch ihren Kopf, liessen sie schwindelig und übel werden. Sie wusste nun, dass sie es mit etwas zu tun hatte, das weit über ihr Verständnis hinausging. Eine jahrhundertealte Verschwörung, die darauf abzielte, ein kosmisches Grauen zu entfesseln.

Mit zitternden Händen griff sie nach dem nächsten Tagebuch, entschlossen weiterzulesen, obwohl jede Faser ihres Körpers dagegen protestierte. Sie musste die Wahrheit kennen, egal wie grauenvoll sie sein mochte. Denn nur mit diesem Wissen hatte sie eine Chance, das drohende Unheil abzuwenden.

Als sie das nächste Buch öffnete, fiel ein vergilbter Zettel heraus. Sarah hob ihn auf und erstarrte, als sie die Worte las, die darauf geschrieben standen: "Der Schlüssel liegt in deinem Blut. Das Ritual muss vollendet werden."

Ein eisiger Schauer lief ihr über den Rücken, als die volle Bedeutung dieser Worte sie traf. Was immer die Blackwoods geplant hatten - sie spielte eine Rolle darin. Und plötzlich wurde ihr klar, dass sie vielleicht nicht nur eine Zeugin dieser Ereignisse war, sondern ein entscheidender Teil davon.

Der unheilige Pakt

Sarah, Lisa und Max starrten mit weit aufgerissenen Augen auf die vergilbten Seiten des uralten Tagebuchs, das sie in den Tiefen von Blackwood Manor gefunden hatten. Der modrige Geruch von Verwesung und Alter stieg ihnen in die Nase, während sie die krakelige Handschrift zu entziffern versuchten. Mit jedem Wort, das sie lasen, kroch eine eisige Kälte ihre Wirbelsäulen hinauf.

"Bei allen Höllenqualen", flüsterte Max mit zitternder Stimme. "Was haben die Blackwoods hier nur getan?"

Die Worte auf den brüchigen Seiten enthüllten ein Geheimnis so finster und grauenvoll, dass es ihren Verstand zu zerreissen drohte. Generation um Generation hatten die Blackwoods einen unheiligen Pakt mit einer Entität geschlossen, die jenseits menschlicher Vorstellungskraft existierte. Ein Wesen aus den dunkelsten Albträumen, das sich von Leid, Wahnsinn und Verzweiflung nährte.

Sarah las mit bebenden Lippen vor: "Wir müssen es füttern. Immer weiter füttern. Sonst wird es uns alle verschlingen."

Ihre Stimme brach, als sie die nächsten Zeilen las. Die Blackwoods hatten nicht nur Fremde geopfert - nein, sie hatten Generation um Generation ihre eigenen Kinder dem Hunger der Bestie überlassen. Sarah würgte, als sie die detaillierten Beschreibungen der Rituale las. Wie die schreienden Kinder auf dem Altar festgebunden wurden, wie ihre kleinen Körper sich verrenkten und zuckten, während das unsichtbare Wesen sich an ihren Qualen labte.

"Oh Gott", schluchzte Lisa und presste eine Hand auf ihren Mund. "Das kann nicht wahr sein. Das ist zu grauenvoll."

Doch es war wahr. Jede blutige Seite enthüllte neue Schrecken. Das Haus selbst, so stand es geschrieben, war kein gewöhnliches Gebäude. Es war ein lebendes, atmendes Portal zu der Dimension des Wesens. Die verschlungenen Gänge, die sich ständig verändernden Räume - alles diente nur einem Zweck: Die Grenzen zwischen den Welten zu verwischen und dem Hunger der Bestie Nahrung zu geben.

Max las mit heiserer Stimme weiter: "Die Wände weinen Blut. Ich höre ihre Schreie in der Nacht. Sie rufen nach mir, flehen um Erlösung. Aber ich kann sie nicht erlösen. Ich kann nur zusehen, wie sie langsam verwandelt werden."

Sarah, Lisa und Max tauschten entsetzte Blicke aus. Die Erkenntnis traf sie wie ein Schlag in die Magengrube. Jeder Bewohner des Hauses, jeder, der auch nur eine Nacht in seinen verfluchten Mauern verbrachte, wurde langsam aber sicher in einen Wirt verwandelt. Eine lebende Brutstätte für die Albtraumhaften Nachkommen der Entität.

"Deswegen konnten wir das Haus nicht verlassen", flüsterte Sarah. Ihr Gesicht war aschfahl. "Es hat uns infiziert. Es hat uns zu einem Teil von sich gemacht."

Lisa stiess einen erstickten Schrei aus und begann wie von Sinnen an ihren Armen zu kratzen. "Ich spüre es!", kreischte sie. "Es ist in mir drin! Holt es raus!"

Max packte ihre Hände, zwang sie, sich zu beruhigen. Doch in seinen Augen stand dasselbe nackte Entsetzen. Sie alle spürten es jetzt - ein Kribbeln unter der Haut, ein Pulsieren in ihren Adern, das nicht ihr eigener Herzschlag war.

Mit zitternden Händen blätterte Sarah zur letzten beschriebenen Seite des Tagebuchs. Die Schrift hier war hastig hingekritzelt, kaum leserlich. Blutspritzer verunstalteten das vergilbte Papier.

"Der letzte Eintrag", murmelte sie. Ihre Stimme war kaum mehr als ein Hauch. "Hört zu:

'Es ist soweit. Ein weiteres Ziel ist erreicht. All die Opfer, all das vergossene Blut - es war nur die Vorbereitung. Jetzt braucht Es ein weiteres Opfer. Einen Katalysator, um vollständig in unsere Welt überzutreten. Ich habe den Jungen auserwählt. Timothy. Seine Seele ist rein, sein Geist stark. Er wird der perfekte Wirt sein. Mögen die Götter uns allen gnädig sein.'"

Ein Schauer der Erkenntnis durchfuhr die drei Freunde. Tims grauenvoller Tod, die unerklärlichen Phänomene seitdem - alles ergab plötzlich einen schrecklichen Sinn.

"Tim war das Opfer", hauchte Max. Seine Stimme brach. "Wir... wir haben zugelassen, dass es geschieht. Wir haben es nicht verhindert."

Sarah schüttelte heftig den Kopf, Tränen rannen über ihre Wangen. "Nein! Wir konnten es nicht wissen! Wir..."

Ihre Worte erstarben, als ein tiefes, unheilvolles Grollen das Haus erzittern liess. Staub rieselte von der Decke. In den Wänden ertönte ein Geräusch wie das Knirschen gewaltiger Knochen.

"Es kommt", flüsterte Lisa mit weit aufgerissenen Augen. "Oh Gott, es manifestiert sich. Tim war der Schlüssel und jetzt... jetzt ist es hier."

Die Luft um sie herum schien zu flimmern, als würde die Realität selbst zerbrechen. Aus den Augenwinkeln nahmen sie unmögliche Geometrien wahr, Formen und Farben, die in dieser Welt nicht existieren durften.

"Wir müssen hier raus!", schrie Max. Er packte Sarah und Lisa an den Armen und zerrte sie in Richtung Tür.

Doch die massiven Holzportale schlugen vor ihrer Nase zu. Ein höllisches Kreischen erfüllte die Luft, als würden tausend Seelen gleichzeitig ihre Qualen hinausschreien.

Sarah, Lisa und Max kauerten sich zitternd aneinander. Das Grauen, dem sie entkommen zu sein glaubten, hatte sie eingeholt. Und dieses Mal gab es kein Entkommen.

Die Wände begannen zu vibrieren wie lebendiges Fleisch. Aus Rissen und Spalten quoll eine schleimige, schwarze Substanz. Der bestialische Gestank von Verwesung und Fäulnis füllte den Raum.

"Es ist hier", wimmerte Lisa. "Das Ding aus einer anderen Dimension. Es ist gekommen, um uns zu holen."

Die drei Freunde klammerten sich aneinander, während die Dunkelheit sie zu verschlingen drohte. Sie wussten, dass sie dem Grauen nicht entkommen konnten. Das Einzige, was ihnen blieb, war die verzweifelte Hoffnung, dem Wahnsinn zu widerstehen, der an den Rändern ihres Verstandes nagte.

Doch tief in ihrem Inneren ahnten sie, dass es ein aussichtsloser Kampf war. Der unheilige Pakt der Blackwoods hatte ein Tor geöffnet, das nie wieder geschlossen werden konnte. Und sie waren nichts weiter als Futter für den unstillbaren Hunger, der dahinter lauerte.

Kapitel 12: Abstieg in die Finsternis

Der Folterkerker

Sarah, Lisa und Max stolperten die feuchten Steinstufen hinab, die tiefer und tiefer ins Blackwood Manor führten. Der modrige Geruch von Verwesung und Verzweiflung wurde mit jedem Schritt intensiver, bis er ihre Sinne völlig benebelte. Als sie den Fuss der Treppe erreichten, bot sich ihnen ein Anblick, der ihre schlimmsten Albträume bei weitem übertraf.

Vor ihnen erstreckte sich ein gigantischer, labyrinthartiger Komplex aus düsteren Gängen und Kammern. Die Wände waren aus rohem, schwarzem Stein, der im flackernden Schein der spärlichen Fackeln zu pulsieren schien. Überall waren Kratzspuren zu sehen, manche oberflächlich, andere so tief, dass sie nur von Menschen stammen konnten, die in Todesangst verzweifelt versucht hatten, sich einen Weg in die Freiheit zu graben.

Sarah keuchte entsetzt auf, als sie die Schrift an den Wänden entdeckte. Mit zitternden Fingern fuhr sie über die eingetrockneten Buchstaben, die eindeutig mit Blut geschrieben worden waren. "Hilfe", "Gott, errette uns", "Tötet mich" - die Worte schienen vor ihren Augen zu tanzen, ein stummer Chor der Verdammten.

Max würgte, als der bestialische Gestank ihn mit voller Wucht traf. Es roch nach Verwesung, nach Exkrementen und dem metallischen Aroma von geronnenem Blut. Aber da war noch etwas anderes - ein süsslicher Unterton, der an verbranntes Fleisch erinnerte. Er presste sich die Hand vor den Mund, unfähig den Brechreiz zu unterdrücken.

Lisa starrte wie hypnotisiert auf einen Berg aus vergilbten Knochen in einer dunklen Ecke. Zwischen den menschlichen Überresten erkannte sie vertrocknete Körperteile - eine mumifizierte Hand, deren Finger sich noch im Tod um einen unsichtbaren Rettungsanker zu krallen schienen, oder ein halb verwester Fuss, an dem noch Fetzen verrotteten Leders klebten.

Mit zitternden Beinen betraten sie den ersten Raum des höllischen Labyrinths. Der Anblick liess ihnen das Blut in den Adern gefrieren. An den Wänden hingen Folterinstrumente aus den verschiedensten Epochen der Menschheitsgeschichte - von mittelalterlichen Streckbänken über eiserne Jungfrauen bis hin zu moderneren Elektroschockgeräten. Jedes einzelne Werkzeug zeigte deutliche Gebrauchsspuren.

In der Mitte des Raumes stand ein massiver Holztisch, übersät mit rostigen Fleischerhaken und chirurgischen Instrumenten. Dunkle Flecken auf der zerkratzten Oberfläche zeugten von ungezählten Gräueltaten. Sarah musste ein Würgen unterdrücken, als sie die tiefen Furchen im Holz sah - Spuren von Fingernägeln, die sich in Todesangst in das Holz gekrallt hatten.

Plötzlich hallte ein infernalisches Heulen durch die Gänge. Lisa zuckte zusammen und klammerte sich an Max' Arm. "Was war das?", flüsterte sie mit vor Angst erstickter Stimme.

Max schüttelte den Kopf, unfähig zu antworten. Der Schrei hatte etwas Unmenschliches an sich gehabt, eine Mischung aus Schmerz und Wahnsinn, die ihm bis ins Mark gedrungen war. Für einen Moment glaubte er, Schritte zu hören, die sich näherten, doch dann kehrte die unheimliche Stille zurück.

Sie zwangen sich weiterzugehen, vorbei an rostigen Käfigen, in denen noch Überreste ehemaliger Gefangener zu erkennen waren. In einem besonders grausigen Verlies entdeckten sie eine Art Amphitheater aus Stein. Auf den Rängen standen verstaubte Stühle, als hätte hier einst ein perverses Publikum den Folterungen beigewohnt.

Je tiefer sie in das Labyrinth vordrangen, desto deutlicher wurden die Spuren von Mr. Jenkins' grausamen Taten. In einer Ecke fanden sie ein improvisiertes Arbeitszimmer mit Notizen und Skizzen zu verschiedenen Foltermethoden. Die detaillierten Beschreibungen liessen Sarah schwindelig werden. Sie konnte förmlich Mr. Jenkins' wahnsinniges Grinsen vor sich sehen, während er seine Opfer Stück für Stück auseinandernahm.

Plötzlich stiessen sie auf einen verborgenen Durchgang, der in eine Art Kapelle führte. Der Raum war erstaunlich sauber und gut erhalten im Vergleich zum Rest des Kellers. In der Mitte stand ein Altar aus schwarzem Marmor, umgeben von flackernden Kerzen. Darüber hing ein lebensgrosses Porträt von Jeremiah Blackwood, dessen Augen sie zu verfolgen schienen.

Lisa trat näher an das Bild heran, wie hypnotisiert von Blackwoods durchdringendem Blick. Plötzlich glaubte sie, ein Flüstern zu hören, das direkt aus dem Gemälde zu kommen schien. "Willkommen zu Hause", wisperte die Stimme mit einem Unterton, der ihr das Blut in den Adern gefrieren liess.

Max zerrte Lisa hastig von dem Bild weg. "Wir müssen hier raus", keuchte er, doch als sie sich umdrehten, stellten sie mit Entsetzen fest, dass der Eingang verschwunden war. Sie waren gefangen in diesem Schrein des Wahnsinns, umgeben von den Echos vergangener Schreie und dem allgegenwärtigen Gestank des Todes.

Sarah sank auf die Knie, überwältigt von der Grausamkeit dieses Ortes. Sie spürte, wie die Dunkelheit nach ihr griff, bereit sie zu verschlingen. In diesem Moment wurde ihr klar, dass sie dem wahren Schrecken von Blackwood Manor noch gar nicht begegnet waren. Was auch immer sie hierher gelockt hatte - es war hungrig, und es wartete nur darauf, sich an ihren Qualen zu laben.

Mit zitternden Händen griffen Sarah, Lisa und Max nach einander, klammerten sich aneinander fest wie Ertrinkende. Sie wussten, dass sie diesem Albtraum nur gemeinsam entkommen konnten - wenn überhaupt. Doch tief in ihrem Inneren spürten sie, dass Blackwood Manor sie nie wieder gehen lassen würde. Sie waren nun Teil dieses verfluchten Ortes, gefangen in einem ewigen Kreislauf aus Schmerz und Wahnsinn.

Lebende Tote

Die schwere Eisentür knarrte unheilvoll, als Sarah, Lisa und Max sie mit vereinten Kräften aufstemmten. Ein Schwall fauligen Gestanks schlug ihnen entgegen, doch was ihre Augen erblickten, übertraf ihre schlimmsten Albträume bei Weitem.

Ein riesiger Gewölbekeller war ein Schlachthaus des Grauens. Von der gewölbten Decke hingen Dutzende verstümmelter Körper an rostigen Fleischerhaken, einige noch zuckend und wimmernd in ihren letzten Todeskrämpfen. Sarah unterdrückte einen Würgereiz, als sie einen Mann erblickte, dessen Eingeweide wie eine abscheuliche Girlande aus seinem aufgeschlitzten Bauch quollen. Seine glasigen Augen fixierten sie, während ein gurgelnder Laut aus seiner durchschnittenen Kehle drang.

"Oh Gott", keuchte Lisa und klammerte sich an Max' Arm. "Sie... sie leben noch!"

Tatsächlich bewegten sich viele der geschundenen Körper in verschiedenen Stadien der Verwesung. Eine Frau, deren Haut sich bereits in fauligen Fetzen von den Knochen löste, streckte ihnen flehend die Hand entgegen. Ihr Unterkiefer fehlte, doch aus ihrer offenen Kehle drangen unmenschliche Laute.

Max' Blick fiel auf eine Reihe abgetrennter Köpfe, die entlang der Wände auf Metallstäben aufgespiesst waren. Zu seinem Entsetzen folgten ihre Augen jeder ihrer Bewegungen, rollten in ihren Höhlen wie die einer grotesken Puppensammlung.

"Das... das ist unmöglich", stammelte er, unfähig den Blick abzuwenden.

Sarah zwang sich, tiefer in den Keller vorzudringen, auch wenn jede Faser ihres Körpers dagegen rebellierte. Der Boden war rutschig von geronnenem Blut und anderen Körperflüssigkeiten. In den Schatten bewegte sich etwas, ein leises Rascheln und Kratzen erfüllte die Luft.

Plötzlich stiess Lisa einen erschrockenen Schrei aus. Aus einer klaffenden Wunde im Brustkorb eines aufgehängten Kadavers quoll ein Schwarm fleischfressender Käfer hervor. Die schwarze Masse ergoss sich wie ein lebendiger Wasserfall zu Boden, wo sich die Insekten gierig über Fleischfetzen und Blutlachen hermachten.

"Wir müssen hier raus!", kreischte Lisa panisch und wandte sich zur Tür. Doch diese war wie von Geisterhand zugeschlagen.

Ein Wimmern aus der hinteren Ecke des Kellers liess sie innehalten. Dort standen mehrere massive Eisenkäfige, in denen sich entstellte Kreaturen drängten. Sarah erkannte mit Grauen, dass es sich einmal um Menschen gehandelt haben musste. Doch ihre Körper waren auf unvorstellbare Weise verdreht und mutiert.

Ein Wesen presste sein entstelltes Gesicht gegen die Gitterstäbe. Wo einst Augen gewesen waren, klafften nun leere, eiternde Höhlen. Sein Mund war zu einer schnabelartigen Öffnung deformiert, aus der eine lange, wurmartige Zunge hervorschnellte.

"Hilf... uns...", krächzte eine Stimme.

Max taumelte rückwärts, stiess gegen einen der aufgehängten Körper. Sofort ergoss sich ein Schwall dickflüssigen Blutes über ihn, vermischt mit Maden und verfaultem Gewebe. Er schrie auf, versuchte verzweifelt die Überreste abzuschütteln. Doch die Maden krochen bereits über seine Haut, gruben sich gierig in jede Pore.

Sarah packte ihn am Arm, zerrte ihn von dem tropfenden Kadaver weg. "Wir müssen einen Ausweg finden!", rief sie verzweifelt.

Doch in diesem Moment erklang ein durchdringendes Schreien. Die aufgespiessten Köpfe an den Wänden hatten ihre Münder geöffnet und stimmten einen unmenschlichen Chor an. Die aufgehängten Körper begannen wild zu zucken und sich zu winden, als würden unsichtbare Hände an ihren Fleischerhaken zerren.

Lisa sank schluchzend zu Boden, presste die Hände auf ihre Ohren. "Macht dass es aufhört!", wimmerte sie. "Bitte, macht dass es aufhört!"

Aus den Ritzen zwischen den Steinquadern quoll nun eine schleimige, pechschwarze Masse. Sie breitete sich wie lebendiger Teer über den Boden aus, verschlang die verstreuten Körperteile und Blutlachen. Wo die Substanz die Wände berührte, bildeten sich groteske Gesichter im Stein - verzerrte Fratzen voller Qual und Wahnsinn.

Sarah zerrte Max und Lisa auf die Füsse. "Wir müssen hier raus!", schrie sie gegen den infernalischen Lärm an. "SOFORT!"

Sie hasteten zur Tür zurück, rutschten immer wieder auf dem schlüpfrigen Boden aus. Die schwarze Masse folgte ihnen wie eine hungrige Flut, verschlang alles auf ihrem Weg. Sarah rammte ihre Schulter gegen das massive Holz, doch die Tür rührte sich keinen Millimeter.

"Sie geht nicht auf!", kreischte Lisa panisch. "Oh Gott, wir werden hier sterben!"

Max warf sich mit seinem ganzen Gewicht gegen die Tür, während der Chor der verdammten Seelen immer lauter anschwoll. Die Luft vibrierte förmlich vor grauenhaften Geräuschen - das Knacken brechender Knochen, das Reissen von Fleisch, unmenschliche Schmerzensschreie.

Sarah spürte, wie etwas Kaltes, Klebriges ihre Knöchel umschloss. Die schwarze Masse hatte sie erreicht, kroch an ihren Beinen empor. Panik erfasste sie, als sie sah, wie sich winzige Münder in der Substanz öffneten, gefüllt mit spitzen Zähnen.

"NEIN!", brüllte sie und trat wild um sich. Doch die Masse liess sich nicht abschütteln, kroch höher und höher.

Max' verzweifelte Schläge gegen die Tür wurden schwächer. Er sank erschöpft zu Boden, unfähig dem Grauen länger zu widerstehen. Lisa kauerte wimmernd daneben, ihr Gesicht verzerrt zu einer Maske des Wahnsinns.

Sarah spürte, wie die schwarze Masse an ihrem Hals emporkletterte, bereit, sie gänzlich zu verschlingen. Ihr Verstand drohte unter dem Ansturm des Grauens zu zerreissen. Doch in diesem Moment des absoluten Terrors geschah etwas Unerwartetes.

Ein lautes Krachen erfüllte den Raum, gefolgt von einem Geräusch, als würde Realität selbst zerreissen. Die Tür, die eben noch unüberwindbar schien, flog mit solcher Wucht auf, dass sie aus den Angeln gerissen wurde.

Ein Sog unvorstellbarer Kraft erfasste Sarah, Max und Lisa, riss sie von den Füssen und schleuderte sie durch die Öffnung. Sie wurden durch einen Wirbel aus Dunkelheit und grellen Lichtblitzen gezerrt, ihre Schreie verloren sich in dem Chaos um sie herum.

Mit einem dumpfen Aufprall landeten sie auf hartem Steinboden. Keuchend und zitternd rappelten sie sich auf, benommen von dem bizarren Übergang. Als sich ihre Augen an die Dunkelheit gewöhnten, erkannten sie, dass sie sich in einem völlig anderen Teil des Hauses befanden - einem modrigen Keller, der von einem schwachen, pulsierenden Licht erhellt wurde.

Plötzlich stiess Lisa einen erschrockenen Schrei aus. Sarah und Max folgten ihrem entsetzten Blick und erstarrten. Vor ihnen, im Zentrum des Kellers, thronte etwas so Abscheuliches, so jenseits jeglichen menschlichen Verständnisses, dass ihre Gehirne es kaum zu erfassen vermochten.

Das pulsierende Artefakt

Im Zentrum des modrigen Kellers von Blackwood Manor thronte es - ein Gebilde aus Albträumen und kosmischem Grauen. Sarah und Max starrten mit weit aufgerissenen Augen auf das pulsierende Artefakt, unfähig den Blick abzuwenden von diesem Ding, das jeder bekannten Logik zu spotten schien.

Es war eine grausame Verschmelzung aus menschlichem Fleisch und fremdartiger Materie, atmend und sich windend wie ein lebendes Wesen. Organe, die einst Menschen gehört haben mochten, waren zu bizarren neuen Formen verwoben. Herzen schlugen in einem unnatürlichen Rhythmus, Lungen blähten sich auf und fielen zusammen, während Gedärme sich wie Schlangen um kristalline Strukturen wanden, die in unmöglichen Winkeln zu wachsen schienen.

Es roch nach Verwesung und etwas Fremdartigem, das an verdorbene Eier erinnerte. Mit jedem Atemzug drohte er, Sarah und Max zu ersticken. Ihre Lungen brannten, als hätten sie ätzenden Nebel eingeatmet.

"Was zur Hölle ist das?", keuchte Max, seine Stimme kaum mehr als ein heiseres Flüstern.

Sarah schüttelte nur stumm den Kopf, zu erschüttert um zu antworten. Ihre Augen folgten den pulsierenden Adern, die sich durch das Artefakt zogen wie verdrehte Flüsse aus Blut und einer schimmernden, öligen Substanz.

Plötzlich zuckte ein Tentakel aus verschmolzenem Fleisch und Kristall hervor, tastete blindlings in ihre Richtung. Sarah unterdrückte einen Schrei, als die Spitze nur Zentimeter vor ihrem Gesicht zum Stillstand kam. Eine Stimme, gleichzeitig lockend und abstossend, drang in ihren Verstand:

"Komm näher, Sarah... Berühre mich und erfahre die Wahrheit des Kosmos..."

Die Worte hallten in ihrem Kopf wider, ein Versprechen von Macht und Wissen jenseits menschlicher Vorstellungskraft. Sarah spürte, wie sich ihr Arm wie von selbst hob, angezogen von einer unwiderstehlichen Kraft.

"Sarah, nicht!", rief Max und packte sie am Handgelenk. Doch auch er konnte seinen Blick nicht von dem pulsierenden Artefakt abwenden. In seinen Augen spiegelte sich eine Mischung aus Entsetzen und perverser Faszination.

Das Artefakt schien ihre Anwesenheit zu spüren. Es pulsierte schneller, Wellen von unheilvoller Energie durchströmten den Raum. Sarah und Max keuchten auf, als sie spürten, wie sich etwas in ihnen zu verändern begann.

Sarah starrte entsetzt auf ihre Hände. Ihre Fingernägel wurden länger, schärfer, während sich ihre Haut mit einem schuppigen Muster überzog. Sie konnte fühlen, wie sich ihre Knochen verschoben, ihre Muskeln sich neu formten. Ein stechender Schmerz durchzuckte ihren Rücken, als sich etwas Neues, Fremdartiges einen Weg durch ihre Wirbelsäule bahnte.

Max hingegen krümmte sich zusammen, als sich sein Schädel zu verformen begann. Seine Augen quollen hervor, während sich zusätzliche Sinnesorgane in seiner Stirn bildeten. Er schrie vor Qual, als sich sein Kiefer verschob und spitze Zähne durch sein Zahnfleisch brachen.

"Wir müssen hier raus!", keuchte Sarah zwischen zusammengebissenen Zähnen. Sie packte Max am Arm und zerrte ihn in Richtung Ausgang. Doch mit jedem Schritt schien sich der Raum zu verzerren, als würde die Realität selbst zerfliessen.

Das Artefakt pulsierte immer schneller, seine Lockrufe wurden lauter, drängender. Sarah spürte, wie ihr Verstand zu schwinden drohte, überwältigt von Bildern kosmischer Schrecken und Offenbarungen jenseits menschlichen Verstehens.

Sie sah fremde Welten, bevölkert von Wesen, die jeder Beschreibung spotteten. Uralte Städte aus schwarzem Stein, deren Geometrie den Verstand in den Wahnsinn zu treiben drohte. Und über allem thronte eine Präsenz von solch unfassbarer Boshaftigkeit, dass Sarah glaubte, ihr Herz müsse vor Grauen stillstehen.

Max stolperte, fiel auf die Knie. Seine Haut hatte einen ungesunden gräulichen Ton angenommen, durchzogen von schwarzen Adern. Er starrte Sarah aus Augen an, die nicht länger menschlich waren.

"Sarah", krächzte er mit einer Stimme, die klang, als käme sie aus den Tiefen eines verdorbenen Ozeans. "Ich kann es nicht länger zurückhalten. Es ruft mich..."

Sarah wollte schreien, wollte Max packen und aus diesem Albtraum zerren. Doch ihr eigener Körper gehorchte ihr nicht mehr. Sie spürte, wie sich etwas Fremdartiges in ihrem Verstand ausbreitete, ihre Gedanken mit einem süsslichen Gift infiltrierte.

Das Artefakt vibrierte nun so schnell, dass es wie ein einziger, gleissender Lichtpunkt erschien. Seine Energie erfüllte den Raum, liess die Luft vor Macht knistern. Sarah und Max wurden von einer unsichtbaren Kraft nach vorne gezogen, näher und näher an das grauenvolle Gebilde heran.

"Nein!", schrie Sarah, doch ihre Stimme war kaum mehr als ein Wispern. Sie kämpfte gegen den Sog an, versuchte verzweifelt, sich an irgendetwas festzuhalten. Doch ihre Finger, nun mehr Klauen als menschliche Hände, fanden keinen Halt.

Max hatte aufgehört sich zu wehren. Ein entrücktes Lächeln umspielte seine deformierten Lippen, während er dem Artefakt entgegenstrebte. "Ich sehe es, Sarah", flüsterte er in Ehrfurcht. "Die Wahrheit des Universums... Sie ist wunderschön und schrecklich zugleich."

Sarah wollte ihn anflehen aufzuhören, doch die Worte blieben ihr im Hals stecken. Ihr Verstand drohte unter der Last des kosmischen Wissens zu zerbrechen, das auf sie einströmte. Bilder von Welten jenseits der

Sterne, von Wesen so alt wie das Universum selbst, von Schrecken die darauf warteten, in unsere Realität einzudringen.

Mit letzter Kraft versuchte Sarah, sich auf die Erinnerungen an ihr altes Leben zu konzentrieren. An die Menschen, die sie liebte, an die Welt, die sie kannte. Doch diese Erinnerungen verblassten wie Schatten im Licht einer fremden Sonne.

Das Artefakt pulsierte ein letztes Mal, dann explodierte es in einem Sturm aus LIcht und Energie. Sarah und Max wurden von der Wucht zu Boden geworfen, ihre Körper von unvorstellbarer Macht durchströmt.

Als die Helligkeit verblasste und die Stille zurückkehrte, lagen Sarah und Max regungslos auf dem kalten Steinboden. Langsam öffneten sie die Augen - Augen, die nun Dinge sahen, die kein Mensch je erblicken sollte.

Das Artefakt war verschwunden, doch seine Essenz pulsierte nun in ihren Adern, veränderte sie auf einer Ebene, die tiefer ging als Fleisch und Knochen. Sie waren nicht länger nur Sarah und Max. Sie waren etwas Neues, etwas Anderes.

Und tief in ihrem Inneren wussten sie, dass dies erst der Anfang war. Das wahre Grauen, die kosmischen Schrecken, die Jeremiah Blackwood entfesselt hatte - sie warteten noch darauf, in unsere Welt einzudringen.

Sarah und Max erhoben sich, ihre Bewegungen nun von einer unheimlichen Grazie erfüllt. Sie blickten einander an, erkannten in den Augen des anderen das gleiche furchtbare Wissen, die gleiche grauenvolle Transformation.

"Was jetzt?", flüsterte Sarah mit einer Stimme, die nicht länger ganz die ihre war.

Max lächelte, ein Lächeln das zu viele Zähne enthüllte. "Jetzt", sagte er, "bereiten wir ihre Ankunft vor."

Hand in Hand verliessen sie den Keller, ihre Schritte hallten durch das alte Herrenhaus. Blackwood Manor hatte zwei neue Diener gefunden - Diener, die nun die Geheimnisse des Kosmos in sich trugen und bereit waren, diese Welt in ewige Dunkelheit zu stürzen.

Kapitel 13: Lisas Metamorphose

Lisas Rückkehr

Die Nacht umhüllte Havenwood wie ein Grabtuch, als plötzlich ein Kreischen, das die Grenzen des menschlichen Verstandes überschreitet, die Stille zerriss. Aus den Tiefen des Waldes, dort wo die Schatten am dunkelsten waren, taumelte eine Gestalt hervor, die nur noch entfernt an Lisa erinnerte.

Ihr Körper wirkte verzerrt, als hätte eine unsichtbare Kraft ihre Knochen gebrochen und neu zusammengesetzt. Unter ihrer leichenblassen Haut bebende leuchtende Adern in einem unnatürlichen, hypnotischen Rhythmus. Das fahle Licht, das von ihnen ausging, warf bizarre Schatten auf die umliegenden Bäume und liess deren Äste wie gierige Klauen erscheinen.

Mit ruckartigen, puppenhaften Bewegungen schleppte sich Lisa vorwärts. Ihre Gliedmassen zuckten und verrenkten sich in unmöglichen Winkeln, als würde eine unsichtbare, bösartige Präsenz ihren Körper wie eine Marionette steuern. Das Knacken ihrer Gelenke bei jeder Bewegung klang wie das Zerbersten morscher Knochen.

Hinter ihr zog sich eine Spur aus schleimiger, ätzender Substanz über den Waldboden. Wo die Flüssigkeit den Boden berührte, begann das Gras zu verwelken und zu verrotten. Kleine Tiere, die das Pech hatten, mit der Substanz in Berührung zu kommen, zerfielen binnen

Sekunden zu Staub, begleitet von einem grässlichen Zischen.

"Ich... bin... zurück", krächzte Lisa mit einer Stimme, die klang, als würden dutzende Kehlen gleichzeitig sprechen. Die Worte schienen die Luft selbst zum Vibrieren zu bringen, liessen Blätter von den Bäumen fallen und Vögel tot vom Himmel stürzen.

Mit jedem ihrer Schritte schien die Realität um sie herum zu flackern. Die Luft knisterte vor unnatürlicher Energie, während sich Risse in der Struktur des Universums bildeten. Durch diese Spalten konnte man für sekundenbruchteile Einblicke in albtraumhafte Dimensionen erhaschen - Welten voller unmöglicher Geometrien und blasphemischer Kreaturen, die das menschliche Verständnis sprengten.

Lisas Augen, einst von klarem Blau, glühten nun in einem pulsierenden, bösartigen Rot. In ihren Tiefen spiegelte sich ein Wissen wider, das kein Sterblicher je hätte erlangen sollen. Wer direkt in diese Augen blickte, riskierte, den letzten Rest seines Verstandes zu verlieren.

Als sie den Waldrand erreichte und das erste Haus von Havenwood in Sicht kam, verzog sich Lisas Gesicht zu einer grausamen Parodie eines Lächelns. Ihre Lippen teilten sich und enthüllten Reihen nadelspitzer Zähne, zwischen denen eine lange, pechschwarze Zunge hervorschnellte.

"Havenwood", flüsterte sie mit ihrer vielstimmigen Stimme, die Worte wie Gift aus ihrem Mund tropfend.

"Ich bin gekommen, um zu vollenden, was in Blackwood Manor begann."

Mit diesen Worten setzte sie ihren grotesken Marsch fort, unaufhaltsam auf die ahnungslose Stadt zuschreitend. Die Luft um sie herum verdichtete sich zu einem Nebel aus Verzweiflung und Wahnsinn, der alles zu verschlingen drohte.

In den Häusern am Stadtrand begannen Hunde wie von Sinnen zu bellen, während Säuglinge in ihren Wiegen vor Angst zu schreien anfingen. Selbst im Schlaf spürten die Bewohner von Havenwood, dass etwas Entsetzliches, etwas jenseits menschlichen Begreifens, in ihre Mitte zurückgekehrt war.

Lisa bewegte sich weiter vorwärts, eine Kreatur, die weder ganz Mensch noch ganz Monster war. Mit jedem ihrer unnatürlichen Schritte näherte sie sich ihrem Ziel, bereit, das Grauen zu entfesseln, das in den Tiefen von Blackwood Manor in sie eingedrungen war.

Die wenigen Nachtschwärmer, die ihren Weg kreuzten, erstarrten vor Entsetzen beim Anblick dieser monströsen Gestalt. Einige fielen auf die Knie, unfähig den Blick abzuwenden, während andere panisch die Flucht ergriffen. Doch Lisa nahm sie kaum wahr, ihr Geist fixiert auf eine Mission, deren wahres Ausmass nur sie kannte.

Als sie die Hauptstrasse von Havenwood erreichte, begannen die Strassenlaternen zu flackern und zu erlöschen. Glasscheiben zerbarsten in einem Regen aus tödlichen Splittern, während der Asphalt unter ihren

Füssen aufzureissen begann. Die Stadt selbst schien unter Lisas unheiliger Präsenz zu ächzen und zu leiden.

In der Ferne heulten die ersten Polizeisirenen auf, doch Lisa lächelte nur grausam. Sie wusste, dass keine irdische Macht sie aufhalten konnte. Was auch immer in Blackwood Manor von ihr Besitz ergriffen hatte, hatte sie zu etwas gemacht, das die Grenzen der menschlichen Vorstellungskraft sprengte.

Mit jedem Schritt wuchs ihre unheilige Aura, verschlang mehr und mehr von der Realität um sie herum. Die Luft knisterte vor dunkler Energie, während sich die Schatten zu verdichten und ein Eigenleben zu entwickeln schienen.

Lisa blieb stehen und hob langsam die Arme. Die leuchtenden Adern unter ihrer Haut pulsierten nun so stark, dass es aussah, als würde flüssiges Feuer durch sie fliessen. Aus ihrem Mund quoll ein unnatürliches, kehliges Lachen, das klang, als würden tausend gequälte Seelen gleichzeitig schreien.

"Jeremiah", flüsterte sie mit ihrer vielstimmigen Stimme in die Nacht hinein. "Ich bin bereit. Lass uns beginnen."

Mit diesen Worten ballte Lisa ihre Hände zu Fäusten, und eine Schockwelle purer, destruktiver Energie breitete sich von ihr aus. Fensterscheiben zerbarsten, Alarmanlagen heulten auf und Haustiere verfielen in panische Raserei.

Die erste Phase von Lisas grauenvoller Rückkehr war abgeschlossen. Nun würde Havenwood erfahren, was es bedeutete, wenn die Schrecken von Blackwood Manor in ihre Mitte zurückkehrten. Und dies war erst der Anfang des Albtraums, der über die Stadt hereinbrechen würde.

Körperliche Veränderungen

Lisa starrte entsetzt auf ihre Hände, die im fahlen Mondlicht beinahe durchscheinend wirkten. Ihre Haut war zu einem abscheulichen Schauspiel geworden - hauchdünn und nahezu transparent, als wäre sie aus filigranem Porzellan gefertigt. Durch die gespenstisch blasse Oberfläche konnte sie das pulsierende Netzwerk ihrer Adern erkennen, die sich wie dunkle Würmer unter ihrer Haut wanden.

Mit wachsendem Grauen beobachtete Lisa, wie sich ihre Eingeweide in einem bizarren Tanz neu anordneten. Ihr Magen zuckte und wand sich, als hätte er ein Eigenleben entwickelt. Die Därme verschlangen sich ineinander wie hungrige Schlangen. Selbst ihr Herz schien seinen angestammten Platz verlassen zu haben und pulsierte nun in einem fremdartigen, synkopischen Rhythmus irgendwo in ihrem Unterleib.

Ein stechender Schmerz durchfuhr ihren linken Arm. Lisa unterdrückte einen Schrei, als sich die Haut an ihrem Ellbogen wölbte und aufplatzte. Zu ihrem blanken Entsetzen brach ein zusätzlicher, missgestalteter Finger hervor - knochig und bleich, mit einem grotesken Nagel an der Spitze. Er zuckte und krümmte sich, als würde er nach etwas greifen wollen.

An anderen Stellen ihres gemarterten Körpers bildeten sich ähnliche Auswüchse. Ein drittes Ohr wuchs aus ihrer Schulter, übersät mit feinen Härchen und hypersensibel für jedes noch so leise Geräusch. Auf ihrem Rücken öffnete sich ein weiteres Auge, feucht glänzend und rastlos umherblickend. Lisa spürte, wie sich ihre Wahrnehmung veränderte, überfordert von den zusätzlichen Sinneseindrücken.

Doch das Schlimmste war ihr Gesicht. Als Lisa in die Fensterfront eines Geschäftes blickte, erkannte sie sich selbst kaum wieder. Ihre Züge schienen zu schmelzen und sich ständig neu zu formen, als würden verschiedene Persönlichkeiten unter ihrer Haut um die Vorherrschaft kämpfen. Für einen Moment glaubte sie, Tims gequältes Antlitz in ihren eigenen Gesichtszügen zu erkennen, im nächsten Augenblick war es Jeremiah Blackwoods grausames Grinsen, das ihr entgegenstarrte.

Ihre Augen waren zu schwarzen, bodenlosen Löchern geworden, die alles Licht zu verschlucken schienen. Aus ihren Augenwinkeln sickerte eine ölige, pechschwarze Flüssigkeit. Sie rann ihre Wangen hinab, hinterliess brennende Spuren auf ihrer Haut und tropfte auf den Boden, wo sie zischend kleine Löcher in den Asphalt frass.

Lisa krümmte sich vor Schmerz, als eine neue Welle der Transformation durch ihren Körper rollte. Ihre Rippen schienen sich zu weiten, durchbrachen beinahe ihre papierartige Haut. Sie konnte förmlich spüren, wie sich ihre Organe veränderten, sich zu etwas Fremdartigem und Unnatürlichem umformten.

Ein gurgelndes Geräusch drang aus ihrer Kehle, als sich zusätzliche Stimmbänder in ihrem Hals bildeten. Ihre Stimme klang nun vielschichtig und dissonant, als würden mehrere Personen gleichzeitig aus ihr sprechen. "Was geschieht mit mir?", wimmerte sie, doch die Worte kamen als ein unheilvolles Flüstern aus zahllosen Mündern.

Plötzlich durchzuckte sie ein gleissender Schmerz. Aus ihrem Rücken brachen knochige Auswüchse hervor, die sich zu missgestalteten Flügeln formten - ledrig und von pulsierenden Adern durchzogen. Sie zuckten unkontrolliert, als würden sie versuchen, Lisa in die Lüfte zu heben.

Die Luft um sie herum schien zu flimmern, erfüllt von einem unheimlichen Summen, das direkt aus ihrem Inneren zu kommen schien. Lisa spürte, wie die Grenzen zwischen ihr und ihrer Umgebung zu verschwimmen begannen. War sie noch ein Mensch oder hatte sie sich in etwas völlig anderes verwandelt?

In einem Anfall von Panik und Verzweiflung begann Lisa, mit ihren neuen, scharfen Fingernägeln über ihre veränderte Haut zu kratzen. Doch statt Blut quoll eine schleimige, grünliche Substanz aus den Wunden, die einen beissenden Gestank verströmte. Die Kratzer schlossen sich sofort wieder, als hätte ihr Körper plötzlich unheimliche Selbstheilungskräfte entwickelt.

Lisa sank auf die Knie, überwältigt von den Veränderungen, die ihren Körper heimsuchten. Sie konnte spüren, wie sich ihr Bewusstsein ausdehnte, sich mit etwas Grösserem, Älterem verband. Bilder von uralten, kosmischen Schrecken flackerten durch ihren Geist, zu fremd und furchtbar, um sie zu begreifen.

Als sie den Kopf hob und in das Fenster blickte, sah sie nicht mehr Lisa Evans. Stattdessen starrte ihr eine widernatürliche Kreatur entgegen - halb Mensch, halb etwas völlig Anderes. Ihre Haut schimmerte nun in einem unnatürlichen, phosphoreszierenden Glühen. Durch die durchscheinende Hülle konnte sie sehen, wie sich Tentakel und Fangarme in ihrem Inneren wanden, bereit hervorzubrechen.

Ein hysterisches Lachen stieg in ihrer Kehle auf, vermischt mit einem verzweifelten Schluchzen. Was war aus ihr geworden? War dies Jeremiahs grausame Rache oder hatte das Böse in Blackwood Manor sie für immer verändert?

Lisa wusste, dass sie nicht länger menschlich war. Ihre Verwandlung hatte sie zu etwas gemacht, das die Grenzen der Realität überschritt. Und tief in ihrem Inneren spürte sie, dass dies erst der Anfang war. Weitere Veränderungen warteten auf sie, Mutationen jenseits ihrer schlimmsten Albträume.

Mit zitternden Gliedmassen erhob sie sich, ihre neue Form kaum unter Kontrolle. Wohin sollte sie gehen? Wer konnte ihr noch helfen? Lisa wusste nur eines mit Sicherheit - sie musste zurück nach Blackwood Manor. Nur dort würde sie Antworten finden, egal wie schrecklich diese auch sein mochten.

Als sie ihre missgestalteten Flügel ausbreitete, hallte ihr vielstimmiges Wimmern durch die verlassenen Strassen von Havenwood. Ein neuer Schrecken war geboren worden, und nichts würde je wieder so sein wie zuvor.

Prophetin des Chaos

Die Luft im Raum vibrierte vor unheilvoller Spannung, als Lisa plötzlich in einen tranceähnlichen Zustand verfiel. Ihre Augen rollten nach hinten, so dass nur noch das Weisse zu sehen war, während ihr Körper unkontrolliert zu zucken begann. Sarah und Max starrten sie entsetzt an, unfähig sich zu bewegen oder den Blick abzuwenden.

Dann öffnete Lisa den Mund und ein unmenschlicher Laut entfuhr ihrer Kehle - ein Kreischen, das klang, als würde Metall über Glas kratzen. Die Fenster vibrierten bedrohlich in ihren Rahmen. Blutgefässe platzten in Sarahs und Max' Augen, als die Schallwellen durch ihre Körper fegten wie eine zerstörerische Welle.

"Das Ende naht!", krächzte Lisa mit einer Stimme, die nicht ihre eigene war. Es klang, als würden tausend Stimmen gleichzeitig aus ihr sprechen - ein verfluchter Chor aus den Tiefen der Hölle. "Eine neue Ära bricht an, geboren aus Blut und Wahnsinn!"

Sarah presste die Hände auf ihre Ohren, doch es half nichts. Lisas Worte drangen direkt in ihren Verstand ein, gruben sich wie glühende Dolche in ihr Gehirn. Sie schmeckte Blut auf ihrer Zunge und spürte, wie warme Flüssigkeit aus ihren Ohren sickerte.

Max ging stöhnend in die Knie, sein Gesicht war eine Maske aus Qual und Entsetzen. "Hör auf!", flehte er. "Bitte hör auf!"

Doch Lisa fuhr unerbittlich fort, ihre Augen nun pechschwarz wie Tinte. "Ich sehe sie kommen!", kreischte sie. "Die Grossen Alten erwachen aus ihrem Schlummer! Ihre gewaltigen Leiber werden die Sterne verdunkeln und das Firmament zerreissen!"

Mit jedem ihrer Worte schien sich die Realität zu verzerren. Die Wände des Raumes begannen zu pulsieren wie lebendiges Fleisch. Schatten tanzten an der Decke, formten sich zu albtraumhaften Fratzen. Der Boden unter ihren Füssen wurde weich und nachgiebig, als würde er sich in einen Sumpf aus Fleisch und Knochen verwandeln.

"Azathoth, der blinde Idiotengott, wird seinen Thron im Zentrum des Chaos einnehmen!", prophezeite Lisa mit schäumenden Lippen. "Yog-Sothoth wird die Tore zwischen den Welten aufreissen! Nyarlathotep wird als Bote des Wahnsinns durch die Strassen wandeln!"

Sarah schrie gequält auf, als sich die Worte wie Säure in ihr Gehirn ätzen. Vor ihrem inneren Auge sah sie gigantische, amorphe Wesen aus den Tiefen des Weltraums herabsteigen. Ihre blosse Anwesenheit liess die Gesetze der Physik zerfliessen wie Wachs in der Sonne.

Sie sah Städte brennen, während Kultisten in Ekstase durch die Strassen tanzten. Neugeborene mit zusätzlichen Gliedmassen und Augen an den unmöglichsten Stellen. Menschen, die sich in groteske Hybridwesen aus Fleisch und Maschinen verwandelten

"Die Grenzen zwischen Traum und Wirklichkeit werden fallen!", fuhr Lisa fort, Schaum vor dem Mund. "Was einst unmöglich war, wird zur neuen Normalität! Euer Verstand wird zerbrechen unter der Last der kosmischen Wahrheit!"

Max krümmte sich am Boden, Blut strömte aus Nase und Ohren. Er sah, wie sich seine Haut wellenförmig bewegte, als würden Maden darunter kriechen. Seine Knochen knackten und verschoben sich, formten unmögliche neue Strukturen.

Der Geruch von verwesendem Fleisch und Ozon erfüllte den Raum. Die Luft selbst schien zu Staub zu zerfallen, ersetzt durch eine dicke, schleimige Substanz, die in ihre Lungen kroch wie lebendiger Teer.

Lisa drehte ihren Kopf in einem unmöglichen Winkel zu Sarah und Max. Ihre Augen waren nun komplett schwarz, wie Löcher in der Realität. "Ihr habt die Wahl!", zischte sie. "Werdet Teil des Neuen Fleisches oder vergeht in den Flammen der kosmischen Apokalypse!"

Sie streckte ihre Arme aus, die Haut platzte auf und offenbarte pulsierende Tentakel darunter. "Kommt zu mir!", lockte sie mit hundert Stimmen gleichzeitig. "Lasst uns eins werden mit dem Chaos! Lasst uns tanzen am Rande des Abgrunds und in die Ewigkeit stürzen!"

Sarah und Max starrten mit weit aufgerissenen Augen auf das Wesen, das einst ihre Freundin gewesen war. Lisas Körper begann sich zu verformen, Knochen brachen und neu zusammen, Fleisch floss wie Wachs. Ihr Gesicht zerfiel und formte sich neu zu einer Kreatur jenseits menschlicher Vorstellungskraft.

"Entscheidet euch!", kreischte das Wesen, das einmal Lisa gewesen war. "Die Zeit läuft ab! Die Grossen Alten warten nicht!"

Sarahs und Max' Schreie vermischten sich zu einer Symphonie des Wahnsinns, als die Realität um sie herum weiter zerfiel. Die Wände lösten sich auf und offenbarten einen Abgrund aus wirbelndem Chaos dahinter. Tentakel und Augen manifestierten sich aus dem Nichts, beobachteten hungrig das Geschehen.

Lisa - oder was auch immer von ihr übrig war - lachte mit einer Stimme, die klang wie brechende Knochen und reissendes Fleisch. "Willkommen in der neuen Welt!", rief sie triumphierend. "Eine Welt des Chaos, des Wahnsinns und der grenzenlosen Möglichkeiten!"

Sarah und Max klammerten sich aneinander, unfähig zu fliehen oder auch nur einen klaren Gedanken zu fassen. Sie spürten, wie ihre Körper und Geister unter dem Ansturm kosmischer Kräfte zu zerbrechen drohten. Die Entscheidung, die Lisa ihnen aufzwang, hing wie ein Damoklesschwert über ihnen.

Würden sie dem Wahnsinn nachgeben und Teil dieser neuen, schrecklichen Realität werden? Oder würden sie bis zum bitteren Ende gegen das Chaos ankämpfen, selbst wenn es ihre Vernichtung bedeutete?

Die Antwort darauf lag jenseits der Grenzen dieses Kapitels, verborgen in den Tiefen einer Zukunft, die selbst für eine Prophetin des Chaos zu furchtbar war, um sie vollständig zu enthüllen.

Kapitel 14: Das lebende Haus

Lebendige Architektur

Sarah, Lisa und Max starrten mit weit aufgerissenen Augen auf die sich verändernden Wände von Blackwood Manor. Was eben noch solides Mauerwerk gewesen war, begann nun vor ihren Augen zu pulsieren und sich zu bewegen, als hätte das Haus plötzlich ein eigenes, grauenhaftes Leben entwickelt.

"Oh Gott", keuchte Sarah entsetzt, als sich die Wände langsam auf sie zubewegten. Es war, als würden sich riesige Kiefern um sie schliessen, bereit sie zu zermalmen. Die Luft wurde dünn, erfüllt vom Gestank nach Verwesung und Fäulnis.

Max versuchte verzweifelt, sich gegen die herannahenden Wände zu stemmen, doch seine Hände versanken in der nun weichen, nachgebenden Oberfläche. "Es ist, als wäre alles lebendig", stiess er panisch hervor. Unter seinen Fingern fühlte er ein schwaches Pulsieren, als hätte das Haus einen eigenen Herzschlag entwickelt.

Lisa schrie gellend auf, als sich der Boden unter ihren Füssen veränderte. Was eben noch Holzdielen gewesen waren, wurde nun zu einer weichen, nachgiebigen Masse. Bei jedem Schritt versanken ihre Füsse tiefer, als würden sie auf lebenden Organen laufen. Ein widerliches Schmatzen begleitete jede ihrer Bewegungen.

"Wir müssen hier raus!", rief Sarah verzweifelt und zerrte an der nächsten Tür. Doch zu ihrem Entsetzen hatte sich das Holz in eine fleischige Membran verwandelt, die sich unter ihren Fingern wand. Mit unruhigen Händen zog sie ihr Taschenmesser hervor und begann, auf die pulsierende Masse einzustechen. Dickflüssiges, schwarzes Blut quoll aus den Schnitten, während ein unmenschlicher Schrei das ganze Haus erbeben liess.

Max keuchte vor Schmerz auf, als etwas Ätzendes auf seine Haut tropfte. Er blickte nach oben und sah zu seinem Entsetzen, dass die Decke eine grünliche Flüssigkeit absonderte. Wo die Tropfen seine Haut berührten, bildeten sich sofort Blasen und das Gewebe begann sich aufzulösen. "Passt auf!", warnte er die anderen. "Die Decke... sie greift uns an!"

Die drei drängten sich eng zusammen, versuchten den ätzenden Tropfen auszuweichen, während sich die Wände immer weiter auf sie zuschoben. Der Geruch nach Blut und Eingeweiden wurde überwältigend. Sarah spürte, wie sich ihr Magen umstülpte, doch sie kämpfte gegen den Würgereflex an.

Plötzlich öffnete sich vor ihnen ein schmaler Durchgang. Ohne zu zögern stürzten sie hindurch, nur um sich in einem albtraumhaften Labyrinth aus bewegenden Korridoren wiederzufinden. Die Gänge dehnten und verengten sich wie riesige Adern, pumpten eine unbekannte Flüssigkeit durch das lebende Gebäude.

"Da lang!", rief Lisa und deutete auf einen sich weitenden Gang. Doch kaum hatten sie ein paar Schritte in diese Richtung gemacht, zog sich der Korridor wie eine Speiseröhre zusammen und drohte sie zu verschlucken.

Max' Fuss verfing sich in einer zähen Masse am Boden. Als er hinunterblickte, sah er zu seinem Entsetzen, dass sich tentakelartige Auswüchse um sein Bein geschlungen hatten. Er schrie vor Panik und Schmerz, als sich die Tentakel tiefer in sein Fleisch gruben.

Sarah griff nach seinem Arm und versuchte, ihn loszureissen, während Lisa hastig nach einer großen Glasscherbe griff, die neben ihr auf dem Boden lag - ein Überbleibsel eines zerborstenen Spiegels. Mit der scharfkantigen Scherbe hackte sie auf die Tentakel ein. Schwarzes Blut spritzte in alle Richtungen, vermischte sich mit Max' rotem Blut zu einer grauenhaften Lache auf dem pulsierenden Boden.

Mit einem widerlichen Reissen gaben die Tentakel schliesslich nach. Max taumelte vorwärts, sein Bein eine blutige Masse aus aufgerissenem Fleisch und Sehnen. Sarah und Lisa stützten ihn, während sie weiter durch die sich windenden Korridore stolperten.

Jeder Atemzug war eine Qual. Die Luft war erfüllt von mikroskopisch kleinen Partikeln, die in ihren Lungen brannten und ihre Sicht verschleierten. Es fühlte sich an, als würden sie lebendige Asche einatmen, die sich in ihren Körpern festsetzte und sie von innen heraus zersetzte.

Eine weitere Tür versperrte ihnen den Weg. Diese sah aus wie eine riesige Membran, die sich rhythmisch hob und senkte. In der Mitte pulsierte etwas, das verdächtig an ein schlagendes Herz erinnerte.

"Wir müssen da durch", keuchte Sarah. Mit zitternden Händen begann sie, die Membran aufzuschneiden. Sofort quoll ihnen eine Flut von Körperflüssigkeiten entgegen. Der Gestank war unbeschreiblich, eine Mischung aus Blut, Eiter und Verwesung.

Würgend kämpften sie sich durch die Öffnung. Auf der anderen Seite erwartete sie ein Anblick, der ihre schlimmsten Albträume übertraf. Sie standen in einer riesigen Höhle, deren Wände aus lebendigem Fleisch bestanden. Überall wuchsen Organe in scheusslicher Verzerrung - Lungen, die keuchend Luft einsogen, Lebern, die eine grünliche Galle absonderten, Gehirne, deren elektrische Impulse wie Blitze durch den Raum zuckten.

In der Mitte des Raumes thronte ein gigantisches Herz, das mit jedem Schlag das ganze Haus erbeben liess. Und dort, eingebettet in das lebende Gewebe, erkannten sie zu ihrem Entsetzen ein vertrautes Gesicht: Tim.

Sein Körper war grotesk mit dem Haus verschmolzen, Adern und Nervenbahnen verbanden ihn mit der pulsierenden Architektur. Seine einst freundlichen Augen öffneten sich, nun glühend vor bösartiger Intelligenz. Ein unmenschliches Grinsen verzerrte sein Gesicht, als er die Eindringlinge erblickte.

"Endlich... ihr seid zurückgekommen", krächzte er mit einer Stimme, die klang wie berstendes Holz. "Ich hatte solche Angst... so allein..."

Plötzlich durchzuckte ein Beben das gesamte Haus. Die Wände begannen zu pulsieren, als würden sie von einem unsichtbaren Herzschlag angetrieben. Aus Rissen in der Decke tropfte eine dickflüssige, schwarze Substanz.

"Oh Gott", keuchte Sarah entsetzt. "Was passiert hier?"

Tim's Augen weiteten sich vor Panik. "Nein, nein, nein! Es beginnt wieder!", schrie er. Sein Körper zuckte und verzerrte sich, als würde er von unsichtbaren Kräften zerrissen.

Tentakel schossen aus den Wänden hervor, griffen nach der Gruppe. Lisa schrie gellend auf, als sich eine um ihr Bein wickelte. Max versuchte verzweifelt, sie loszureissen, doch die Kraft war übermächtig.

"Lauft!", brüllte Tim mit schmerzverzerrtem Gesicht. "Ihr müsst hier raus, bevor es zu spät ist!"

Sarah zögerte, ihre Augen voller Tränen. "Aber Tim..."

"GEHT!", donnerte Tims Stimme durch den Raum, begleitet von einem unmenschlichen Heulen, das durch Mark und Bein ging.

Die Gruppe stolperte rückwärts, zerrissen zwischen dem Drang zu fliehen und dem Wunsch, Tim zu helfen. Doch als sich der Boden unter ihren Füssen in eine klebrige, pulsierende Masse verwandelte, siegte der Überlebensinstinkt.

Mit einem letzten, verzweifelten Blick auf Tim stürzten sie aus dem Raum, verfolgt vom Geräusch reissenden Fleisches und dem fürchterlichen Schreien ihres Freundes.

Als sie die Tür hinter sich zuschlugen, brach Sarah in Tränen aus. "Wir haben ihn wieder allein gelassen", schluchzte sie.

Max starrte mit leerem Blick die zitternde Tür an. "Was zum Teufel ist da drin?", flüsterte er heiser.

Lisa zitterte am ganzen Körper. "Wir müssen zurück... wir müssen ihm helfen!"

Doch in diesem Moment ertönte ein ohrenbetäubender Knall, der das gesamte Haus erbeben liess. Die Wände um sie herum begannen sich zu verformen, als würden sie von innen heraus aufgerissen.

"Raus hier!", schrie Max und zerrte die beiden Frauen mit sich.

Während sie durch die sich windenden Korridore des lebenden Hauses flohen, hallte Tims verzweifelter Schrei in ihren Ohren nach - ein Vorwurf, der sich tief in ihre Seelen brannte und sie mit einer Schuld belastete, die sie für den Rest ihres Lebens verfolgen würde.

Unmögliche Geometrie

Sarah, Lisa und Max standen am Fusse einer bizarren Treppe, die sich vor ihnen auftat wie der Rachen eines kosmischen Ungeheuers. Die Stufen schienen aus wucherndem Fleisch zu bestehen, das bei jedem Schritt nachgab und sich wieder zusammenzog. Ein fauliger Gestank stieg ihnen in die Nase, als würden sie den Atem eines verwesenden Gottes einatmen.

"Wir müssen da hoch", flüsterte Sarah mit zitternder Stimme. Ihre Augen waren weit aufgerissen vor Entsetzen, als sie die unmöglichen Windungen der Treppe verfolgte. Sie schien sich in Dimensionen zu erstrecken, die das menschliche Gehirn nicht begreifen konnte.

Max machte den ersten Schritt. Sofort spürte er, wie sich die Stufe unter seinem Fuss bewegte, als würde sie versuchen, ihn zu verschlingen. Ein leises Stöhnen drang aus dem Inneren der Treppe, als hätte er einen schlafenden Organismus geweckt. "Es fühlt sich an, als würden wir auf lebendigen Eingeweiden laufen", keuchte er und unterdrückte den Drang, sich zu übergeben.

Je höher sie stiegen, desto surrealer wurde ihre Umgebung. Die Wände um sie herum begannen zu pulsieren und zu atmen. Adern aus schwarzem Blut krochen wie Würmer über die Oberfläche. Lisa schrie auf, als eine der Adern platzte und eine ätzende Flüssigkeit auf ihre Haut spritzte. Der Schmerz war unbeschreiblich, als würde ihr Fleisch von innen heraus verbrannt werden.

Plötzlich öffnete sich neben ihnen ein Fenster zu einer albtraumhaften Landschaft. Sie sahen eine Welt aus verrottenden Kadavern, über der ein blutroter Himmel hing. Riesige, insektenartige Kreaturen krochen über Berge aus Knochen und Fleisch. Der Anblick liess ihre Sinne rebellieren, als würde ihr Verstand versuchen, diese Realität zu leugnen.

"Seht nicht hin!", schrie Sarah und zerrte ihre Freunde weiter die Treppe hinauf. Doch wohin sie auch blickten, neue Schrecken erwarteten sie. Ein weiteres Fenster öffnete sich zu einer Szene, die ihre Sinne bis aufs Äusserste strapazierte. Sie sahen Tim - oder vielmehr das, was von ihm übrig geblieben war. Sein Körper war auf abscheuliche Weise verändert, kaum noch als menschlich zu erkennen. Seine Haut war aufgeplatzt und darunter quoll schwarzes Fleisch hervor. Wo einst seine Augen waren, glühte nun ein einzelner, unheilvoller Orb. Aus seinem Rücken wuchsen knochige Auswüchse, die sich zu grotesken Flügeln formten.

Das Ding, das einmal Tim gewesen war, wandte sich ihnen zu. Seine Stimme war ein Chor aus Qual und Wahnsinn, als es zischte: "Helft... mir..." Blut und eine ölige, schwarze Substanz quollen zwischen seinen Lippen hervor, hinterliessen rauchende Spuren auf der Wand.

Sarah schluchzte auf, ihr Gesicht eine Maske des Entsetzens. Max taumelte zurück, unfähig den Blick von dem Grauen abzuwenden. Lisa presste die Hände auf ihre Ohren, als könnte sie dadurch die Realität des Gesehenen ausblenden.

Doch das Bild veränderte sich erneut. Nun sahen sie sich selbst, wie sie verzweifelt versuchten, Tim zu erreichen. Ihre Körper begannen sich zu verformen, Fleisch und Knochen schmolzen wie Wachs. Sie wurden eins mit den Wänden von Blackwood Manor, ihre Schreie vermischten sich mit dem unheiligen Chor verdammter Seelen.

Das Fenster schloss sich abrupt, doch das Grauen des Gesehenen brannte sich unauslöschlich in ihre Gedanken. Sie wussten nun mit grausamer Gewissheit, welches Schicksal sie erwartete, sollten sie es nicht schaffen, dem Haus zu entkommen.

Die Treppe schien kein Ende zu nehmen. Mit jedem Schritt verloren sie mehr das Gefühl für oben und unten. Die Schwerkraft spielte verrückt, zog sie mal in die eine, mal in die andere Richtung. Max stolperte und fiel - doch anstatt hinunterzustürzen, fiel er nach oben, wurde von einer unsichtbaren Kraft an die Decke gezogen.

"Max!", schrie Lisa und griff nach seiner Hand. Doch in dem Moment, als sich ihre Finger berührten, faltete sich der Raum um sie herum. Die Wände krachten ineinander, verschmolzen zu unmöglichen Mustern. Lisa fand sich plötzlich in einem Korridor wieder, der gleichzeitig über, unter und neben ihr zu sein schien.

Sarah kämpfte gegen die Übelkeit an, als sich ihr Gehirn weigerte, das Gesehene zu verarbeiten. Die Gesetze der Physik hatten hier keine Bedeutung mehr. Sie sah, wie sich Türen öffneten und wieder schlossen, ohne dass sich die Türblätter bewegten. Treppen führten ins Nichts oder kehrten zu ihrem Ausgangspunkt zurück, ohne dass man sie erklommen hatte.

In einem der verzerrten Spiegel an den Wänden erblickte Sarah ihr eigenes Gesicht - doch es war um Jahrzehnte gealtert, die Haut verrottet und von Maden zerfressen. Sie schrie und schlug mit der Faust gegen das Glas. Es zersplitterte, doch anstelle von Scherben quoll schwarzes Blut aus dem Rahmen und formte fratzenartige Gesichter, die sie verhöhnten und auslachten.

Die Zeit selbst schien hier keine Bedeutung mehr zu haben. In einem Moment fühlte es sich an, als wären sie erst Sekunden auf dieser albtraumhaften Treppe, im nächsten, als hätten sie bereits Jahrtausende hier verbracht. Lisa spürte, wie ihr Verstand unter der Last des Unmöglichen aufzulösen drohte.

"Wir müssen hier raus!", keuchte Max, der wieder zu ihnen gestossen war. Sein Gesicht war aschfahl, Blut sickerte aus seinen Ohren. "Dieses Haus wird uns den Verstand rauben!"

Doch es gab kein Entkommen. Jeder Versuch, umzukehren, führte sie nur tiefer in das Labyrinth der unmöglichen Geometrie. Türen öffneten sich zu Abgründen voller kreischender Schatten. Korridore wanden sich wie die Eingeweide eines kosmischen Monsters.

In einem Moment gespenstischer Klarheit erkannte Sarah die grausame Wahrheit: Sie waren gefangen in der verdrehten Architektur von Blackwood Manor, einem Ort, an dem die Grenzen zwischen Realität und Wahnsinn, zwischen Leben und Tod, völlig verwischt waren.

Und irgendwo in den Tiefen dieses albtraumhaften Labyrinths wartete Jeremiah Blackwood auf sie, bereit, sie mit offenen Armen in den Wahnsinn zu ziehen.

Mit zitternden Beinen setzten sie ihren Weg fort, jeder Schritt eine Qual für Körper und Geist. Die unmögliche Geometrie von Blackwood Manor hatte sie fest in ihrem Griff - und sie würde sie nicht so leicht wieder loslassen.

Angriff des Hauses

Das Haus erzitterte wie ein erwachendes Ungeheuer. Sarah, Lisa und Max erstarrten vor Entsetzen, als sich die Wände um sie herum zu verformen begannen. Mit einem widerwärtigen, feuchten Geräusch brachen bleiche, knochige Gliedmassen aus Tapeten und Holzvertäfelungen hervor. Lange, spinnenartige Finger mit scharfen Krallen griffen gierig nach den Freunden.

Sarah schrie gellend auf, als eine Hand sich um ihr Fussgelenk schloss. Sie spürte, wie sich die eiskalten Finger in ihr Fleisch bohrten, Blut quoll zwischen den Fingern hervor. Mit einem verzweifelten Ruck riss sie sich los, doch die abgerissenen Finger blieben in ihrer Wade stecken wie makabre Parasiten.

Der Teppich unter ihren Füssen begann plötzlich zu wallen wie lebendes Gewebe. Faserige Tentakel schossen hervor und wickelten sich um Max' Beine. Er schrie vor Schmerz auf, als sich die Fasern wie Rasierklingen in seine Haut schnitten. Blut sickerte in den gierigen Teppich, der es mit einem widerlichen Schlürfen aufsog.

Lisa stolperte rückwärts, stiess gegen eine Stehlampe. Als sie sich umdrehte, blickte sie direkt in ein riesiges, blutunterlaufenes Auge, das aus dem Lampenschirm hervorquoll. Die Pupille fixierte sie, zuckte hin und her wie die eines Raubtiers kurz vor dem Angriff. Lisa keuchte entsetzt auf und wich zurück, nur um in die Arme eines mutierenden Sessels zu taumeln.

Der Sessel hatte sich in eine albtraumhafte Kreatur verwandelt, Polster zu Chitin erstarrt, Holzbeine zu spinnenartigen Gliedmassen verformt. Mit einem schrillen Kreischen packte das Ding Lisa mit seinen Klauen. Sie spürte, wie sich die messerscharfen Auswüchse in ihren Rücken bohrten, Blut und Gewebefetzen mit sich rissen.

Sarah versuchte verzweifelt, zu Lisa zu gelangen, doch der Boden unter ihren Füssen hatte sich in eine zähe, schleimige Masse verwandelt. Bei jedem Schritt sank sie tiefer ein, das Haus schien sie regelrecht verschlingen zu wollen.

Max kämpfte wie von Sinnen gegen die Tentakel des Teppichs an. Mit blossen Händen riss er an den Fasern, ignorierte den brennenden Schmerz, als sich seine Handflächen zerschnitten. Blut tropfte von seinen Fingern, während er versuchte, zu seinen Freundinnen zu gelangen.

Plötzlich erstarrte die Zeit. Eine geisterhafte Erscheinung materialisierte sich inmitten des Chaos - Jeremiah Blackwood, oder vielmehr eine groteske Parodie seiner selbst. Sein Gesicht war eine Maske des Wahnsinns, Augen glühend vor perverser Freude. Er schwebte über dem Boden, umgeben von wirbelnden Schatten.

"Willkommen zurück", krächzte Blackwood mit einer Stimme wie berstendes Glas. "Mein Haus hat euch vermisst. Es hungert nach eurem Fleisch, eurem Blut, euren Seelen."

Sarah zwang sich, dem Geist in die Augen zu blicken. "Was willst du von uns?", schrie sie verzweifelt.

Blackwoods Lachen hallte durch die Räume wie der Schrei eines sterbenden Tiers. "Ich will, dass ihr Teil dieses Ortes werdet. Für immer."

Aus den Augenwinkeln nahm Sarah eine Bewegung wahr. Mr. Jenkins, der Totengräber, schlich wie ein lauerndes Raubtier durch die Schatten. Sein Gesicht war zu einer Fratze des Wahnsinns verzerrt, Speichel troff aus seinem aufgerissenen Mund. In seinen Händen hielt er eine rostige Schaufel, bereit zuzuschlagen.

Das Haus um sie herum pochte wie ein gewaltiges Herz. Wände schmolzen ineinander, Böden wölbten sich wie Wellen auf einem sturmgepeitschten Meer. Sarah, Lisa und Max klammerten sich aneinander, unfähig zu fliehen, während das Gebäude sich in einen albtraumhaften Organismus verwandelte.

Blackwoods Lachen wurde lauter, vermischte sich mit dem Kreischen des mutierenden Hauses zu einer Dissonanz des Wahnsinns. Die Freunde spürten, wie ihre Kräfte schwanden, überwältigt von dem Grauen um sie herum.

Doch in diesem Moment der tiefsten Verzweiflung keimte ein Funken Hoffnung in Sarah auf. Sie erinnerte sich an etwas, das sie gelesen hatte, ein uraltes Symbol des Schutzes. Mit zitternden Fingern begann sie, das Zeichen in die Luft zu zeichnen, betete, dass es stark genug sein würde, um sie zu retten.

Als ihre Hand die letzte Linie vollendete, durchzuckte ein greller Lichtblitz den Raum. Für einen Moment erstarrte alles - die greifenden Hände, der lebendige Teppich, selbst Blackwoods geisterhafte Erscheinung.

Sarah packte ihre Freunde an den Händen. "Jetzt!", schrie sie. "Wir müssen hier raus!"

Gemeinsam stolperten sie durch die kurzzeitig erstarrte Hölle, ihre Körper übersät mit blutenden Wunden und blauen Flecken. Hinter ihnen begann das Haus bereits wieder zu erwachen, gierig nach ihrem Fleisch lechzend.

Sie erreichten die Haustür, rissen sie auf und stürzten in die kühle Nachtluft. Erst als sie die Grenzen des verfluchten Grundstücks überschritten hatten, wagten sie es, sich umzudrehen.

Blackwood Manor ragte vor ihnen auf wie ein lauerndes Ungeheuer. Für einen Moment glaubten sie, Jeremiah Blackwoods höhnisches Grinsen in einem der oberen Fenster zu erkennen. Dann war es verschwunden, als hätte es nie existiert.

Keuchend und zitternd sanken die Freunde zu Boden, ihre Körper schmerzten von den zahllosen Wunden. Sie wussten, dass sie dem Tod nur knapp entkommen waren.

Gerade als Sarah, Lisa und Max dachten, sie wären dem Grauen entkommen, ertönte hinter ihnen ein ohrenbetäubendes Krachen. Die massive Eichentür von

Blackwood Manor schlug mit solcher Wucht auf, dass die Erde unter ihren Füssen erzitterte.

Ein unmenschlicher Schrei, der Triumph und unendliche Qual zugleich in sich trug, hallte durch die Nacht. Die Luft um sie herum begann zu vibrieren, als würde die Realität selbst zerrissen.

Plötzlich spürten sie einen gewaltigen Sog, der an ihren Körpern zerrte. Sarah schrie auf, als ihre Füsse den Boden verliessen. Sie versuchte verzweifelt, sich an einem Ast festzuklammern, doch ihre blutigen Finger rutschten ab.

Lisa und Max wurden bereits rückwärts durch die Luft gewirbelt, ihre Gliedmassen verdreht wie die hilfloser Puppen. Ihre Schreie wurden vom Heulen des Windes verschluckt.

Mit einem letzten verzweifelten Blick in die Freiheit wurde Sarah in die klaffende Dunkelheit des Hauses gesogen. Die Tür schlug hinter ihnen zu, ein dumpfes, fleischiges Geräusch, das jede Hoffnung auf Rettung zunichte machte.

Für einen Moment herrschte absolute Finsternis und Stille. Dann fanden sie sich in der Eingangshalle wieder, wo der dumpfe, metallische Schlag der Standuhr wie das Totengeläut einer verdammten Seele durch den Raum hallte.

Sarah, Lisa und Max zuckten zusammen, als der Klang ihre Knochen durchdrang. Sie waren zurück im Herzen des Albtraums, gefangen in der verdrehten Architektur von Blackwood Manor. Und irgendwo in den Tiefen dieses wahnhaften Labyrinths wartete Jeremiah Blackwood auf sie, bereit, sie mit offenen Armen in den Wahnsinn zu ziehen.

Die organische Substanz des Hauses begann bereits, sich um ihre Füssen zu winden. Mit Entsetzen erkannten sie, dass Blackwood Manor sie nicht töten würde. Es würde sie verschlingen und für alle Ewigkeit in seinen lebenden Eingeweiden gefangen halten.

Kapitel 15: Geister der Vergangenheit

Manifestation der Opfer

Sarah und Max starrten mit weit aufgerissenen Augen in die düstere Leere des Korridors, als sich plötzlich die Luft um sie herum verdichtete. Ein eisiger Hauch kroch über ihre Haut, liess ihre Körper erzittern und ihren Atem in kristallinen Wölkchen gefrieren. Die Dunkelheit schien zu pulsieren, als würde sie von einem unsichtbaren, bösartigen Herzen durchdrungen.

Aus den Schatten materialisierten sich geisterhafte Gestalten, manche ätherisch und durchscheinend, andere grotesk verstümmelt und blutverschmiert. Sarah unterdrückte einen Schrei, als sie die gequälten Züge der Erscheinungen erkannte - es waren die Opfer von Blackwood Manor, gefangen zwischen den Welten, verdammt dazu, ihre letzten Momente des Schreckens immer und immer wieder zu durchleben.

Eine junge Frau mit langen, dunklen Haaren schwebte auf Sarah zu, ihr Gesicht eine Maske des Entsetzens. Wo einst ihre Augen gewesen waren, klafften nun leere, blutende Höhlen. Ihre Hände, entstellt von Verbrennungen, streckten sich flehend nach Sarah aus. "Hilf uns", flüsterte sie mit einer Stimme wie das unheilvolle Summen eines Bienenschwarms "Befreie uns aus diesem Albtraum."

Max kämpfte gegen den Drang an, sich zu übergeben, als ein Mann mit aufgeschlitzter Kehle vor ihm materialisierte. Blut sickerte aus der klaffenden Wunde, tropfte lautlos auf den Boden, wo es sich zu schimmernden Pfütze sammelte. Der Geist öffnete seinen Mund zu einem stummen Schrei, und Max konnte sehen, dass seine Zunge fehlte - herausgeschnitten in einem Akt unvorstellbarer Grausamkeit.

Die Wände begannen zu pulsieren, als würden sie atmen. Aus unsichtbaren Rissen sickerte eine schleimige, grünlich schimmernde Substanz - Ektoplasma, die physische Manifestation des Übernatürlichen. Die zähflüssige Masse formte sich zu schwebenden Gesichtern, deren Züge sich in stummen Schreien verzerrten. Sarah glaubte, unter ihnen das Antlitz von Tim zu erkennen, und ihr Herz zog sich schmerzhaft zusammen.

Immer mehr Geister erschienen, bis Sarah und Max von einem Meer aus gequälten Seelen umgeben waren. Die Luft vibrierte vor übernatürlicher Energie, geladen mit dem Leid und der Verzweiflung unzähliger Opfer. Eisige Finger strichen über ihre Haut, hinterliessen brennende Spuren wie Frostbrand. Sarah keuchte vor Schmerz, als eine besonders kalte Berührung ihren Arm streifte und ihre Haut augenblicklich Blasen warf.

Unter den Erscheinungen erkannten sie auch Opfer, deren grausames Schicksal sie bereits kannten - Menschen, die Blackwood und Jenkins auf dem Gewissen hatten. Da war das kleine Mädchen, dessen Verschwinden vor Jahren die Stadt erschüttert hatte. Ihr Körper war nie gefunden worden, doch nun schwebte sie vor ihnen, bleich und mit leeren Augen. Ihre Kleider waren zerrissen und blutverschmiert, ein stummes Zeugnis des Horrors, den sie hatte erleiden müssen.

Ein älterer Mann, dessen Gesicht von Narben entstellt war, drängte sich nach vorne. Sarah erkannte in ihm den verschwundenen Bibliothekar, der vor Jahren spurlos verschwunden war. Seine Haut hing in Fetzen von seinem Körper, als wäre sie ihm bei lebendigem Leib abgezogen worden. In seinen Augen lag ein Ausdruck unendlicher Qual, als er versuchte, ihnen etwas mitzuteilen. Doch statt Worten kam nur ein gurgelndes Geräusch aus seiner Kehle, begleitet von einem Schwall schwarzen Blutes.

Plötzlich wurden Sarah und Max von einer Welle übernatürlicher Energie erfasst. Vor ihren Augen entfalteten sich grauenvolle Visionen - Jeremiah Blackwood, wie er dunkle Rituale durchführte, umgeben von Kerzen aus Menschenfett und Büchern, deren Seiten aus menschlicher Haut gefertigt waren. Sie sahen, wie er lachend das noch schlagende Herz eines Opfers verschlang, wie er aus Schädeln trank und sich in Blut badete.

Die Visionen wurden intensiver, überfluteten ihre Sinne mit Bildern unvorstellbarer Grausamkeit. Sarah sah, wie Blackwood eine schwangere Frau auf einem Altar fesselte, ihr den Bauch aufschlitzte und das ungeborene Kind herausriss, um es einem finsteren Gott zu opfern. Max erlebte, wie Jenkins einen Mann bei lebendigem Leib häutete, dessen Schreie sich mit dem irren Gelächter des Totengräbers vermischten.

Die Geister drängten sich enger um sie, ihre eisigen Berührungen wurden zu einem ununterbrochenen Ansturm auf ihre Sinne. Sarah spürte, wie die Kälte in ihre Knochen kroch, ihr Blut zu gefrieren drohte. Max kämpfte gegen die Übelkeit an, die in ihm aufstieg, als der Gestank von Verwesung und Tod die Luft erfüllte.

Inmitten des Chaos aus gequälten Seelen und grauenvollen Visionen erkannten Sarah und Max die schreckliche Wahrheit - sie waren nicht nur Zeugen des Horrors, sie waren Teil davon geworden. Die Geister der Vergangenheit hatten sie in ihre Welt gezogen, eine Welt des ewigen Leids und der nie endenden Qualen.

Ein seelenzerfetzender Chor aus Schreien, Schluchzen und Wehklagen erfüllte den Raum, als die Geister ihre gesammelten Traumata in die Köpfe von Sarah und Max projizierten. Bilder von Folter, Verstümmelung und unaussprechlichen Grausamkeiten flackerten vor ihren Augen, zu schnell, um sie vollständig zu erfassen, aber langsam genug, um sich für immer in ihr Gedächtnis zu brennen.

Sarah fiel auf die Knie, unfähig, die Flut des Horrors länger zu ertragen. Sie presste ihre Hände auf die Ohren, doch die Schreie der Verdammten drangen ungehindert in ihren Verstand ein. Max stand wie versteinert da, sein Gesicht eine Maske des blanken Entsetzens, als er zusah, wie sich die Geister um sie herum zu einer wirbelnden Masse aus Leid und Verzweiflung verdichteten.

Die Manifestation der Opfer erreichte ihren grausamen Höhepunkt, als sich der Boden unter ihren Füssen in einen See aus Blut und zerfledderten Körperteilen verwandelte. Sarah und Max versanken bis zu den Knien in der warmen, klebrigen Masse, unfähig zu entkommen, gefangen in einem Albtraum, der Realität geworden war.

In diesem Moment der absoluten Hoffnungslosigkeit wurde ihnen klar, dass sie mehr waren als nur Besucher in Blackwood Manor. Sie waren Teil seiner düsteren Geschichte geworden, verwoben mit dem Schicksal all jener, die vor ihnen gelitten hatten.

Visionen des Todes

Die Geister umringten Sarah, Max und Lisa, ihre durchscheinenden Körper pulsierten in einem unheimlichen Rhythmus. Mit weit aufgerissenen Augen und starren Blicken starrten sie die drei an, als würden sie tief in ihre Seelen blicken. Plötzlich durchzuckte ein greller Blitz die Dunkelheit und die Welt um sie herum verschwamm.

Sarah keuchte erschrocken auf, als sie sich in einem finsteren Keller wiederfand. Es roch beissend nach Blut und Verwesung. Panik stieg in ihr auf, als sie spürte, wie unsichtbare Hände sie packten und auf einen rostigen Operationstisch zerrten. Verzweifelt versuchte sie sich zu befreien, doch ihre Gliedmassen gehorchten ihr nicht mehr.

Ein maskierter Mann trat aus den Schatten, in seiner Hand blitzte ein scharfes Skalpell. Mit chirurgischer Präzision setzte er die Klinge an Sarahs Hals an. Ihr Mund formte einen lautlosen Schrei, während die Angst ihre Stimme lähmte. Langsam, quälend langsam, zog der Mann das Skalpell über ihre Haut. Sarah spürte, wie sich ihre Haut von ihrem Fleisch löste, Zentimeter für Zentimeter. Der Schmerz war unbeschreiblich. Warmes Blut rann an ihrem Körper hinab, während der Wahnsinnige methodisch fortfuhr, sie bei lebendigem Leib zu häuten.

Sarah konnte nichts tun, als die Prozedur über sich ergehen zu lassen. Sie fühlte, wie die Luft ihre rohen Nervenbahnen berührte, jeder Atemzug eine neue Welle der Qual. In einem Moment grausamer Klarheit erkannte sie das Gesicht hinter der Maske - es war Jeremiah Blackwood, der sie mit einem irren Grinsen anstarrte.

Gleichzeitig fand sich Max in einem dunklen Raum wieder, gefesselt an einen Stuhl. Vor ihm stand eine Gestalt in einer blutbefleckten Kutte, das Gesicht verborgen unter einer Kapuze. Mit mechanischer Präzision griff die Figur nach einem schweren Vorschlaghammer.

Max' Augen weiteten sich vor Entsetzen, als der Hammer auf sein rechtes Bein niedersauste. Er hörte das widerliche Knirschen brechender Knochen, spürte wie sein Schienbein zersplitterte. Ein gellender Schrei entfuhr seiner Kehle. Doch die Gestalt machte unbarmherzig weiter. Schlag um Schlag zertrümmerte sie Max' Knochen - Arme, Beine, Rippen. Jeder Treffer sandte Wellen unerträglichen Schmerzes durch seinen Körper.

Als seine Gliedmassen nur noch aus einem Brei aus Knochensplittern und zerquetschtem Fleisch bestanden, griff die Gestalt zu einem rostigen Messer. Mit geübten Bewegungen schnitt sie Max' Bauch auf. Er konnte nur hilflos zusehen, wie seine Eingeweide freigelegt wurden. Langsam, als hätte sie alle Zeit der Welt, begann die Gestalt, Organ um Organ zu entfernen. Max spürte, wie das Leben aus ihm wich, während sein Körper Stück für Stück ausgeweidet wurde.

Lisa fand sich inmitten eines düsteren Waldes wieder. Tief in ihrem Inneren wusste sie, dass dies kein gewöhnlicher Wald war. Die Bäume schienen lebendig zu sein, ihre knorrigen Äste griffen nach ihr wie hungrige Finger. Ein unheilvolles Flüstern drang aus dem Dickicht, lockend und bedrohlich zugleich.

Plötzlich lichteten sich die Bäume und gaben den Blick auf eine Lichtung frei. Lisa erstarrte vor Entsetzen. In der Mitte der Lichtung stand ein gewaltiger Steinaltar, umringt von vermummten Gestalten. Auf dem Altar lag ein nackter Körper - zu ihrem Schrecken erkannte Lisa, dass es ihr eigener war.

Die Kapuzenträger begannen einen monotonen Singsang, der die Luft mit dunkler Magie erfüllte. Lisa spürte, wie eine unsichtbare Kraft sie vorwärts zog. Sie versuchte sich zu wehren, doch ihre Füsse bewegten sich wie von selbst. Als sie den Altar erreichte, packten starke Hände sie und zwangen sie auf den kalten Stein.

Eine hochgewachsene Gestalt trat vor, in den Händen ein gewaltiges Ritualmesser. Lisa erkannte die stechenden Augen von Jeremiah Blackwood. Mit einer fliessenden Bewegung schnitt er ihr die Kehle durch. Warmes Blut ergoss sich über den Altar, während Blackwood triumphierend seine Arme erhob.

Doch der Tod war nur der Anfang des Grauens. Lisa spürte, wie ihr Geist den Körper verliess, doch statt ins Jenseits überzugehen, wurde sie in einen Strudel aus Wahnsinn und Qual gerissen. Sie erlebte tausende Tode, jeder grausamer als der vorherige. Sie wurde gevierteilt, verbrannt, ertränkt, langsam zu Tode gefoltert.

Irgendwann verschwammen die Grenzen zwischen den einzelnen Visionen. Sarah glaubte Max' gebrochene Knochen in ihrem eigenen Körper zu spüren. Max meinte, den Geschmack von Lisas Blut auf seiner Zunge zu schmecken. Und Lisa sah, wie ihre Haut sich von ihrem Fleisch löste, genau wie bei Sarah.

Die Qualen schienen eine Ewigkeit anzudauern. Immer neue Schrecken prasselten auf sie ein, vermischten sich mit ihren dunkelsten Erinnerungen und Ängsten. Sie sahen Tim, wie er von unsichtbaren Klauen in Stücke gerissen wurde. Sie erlebten den Moment, als das Grauen in Blackwood Manor seinen Lauf nahm, wieder und wieder.

Schliesslich, als ihre Sinne völlig überreizt waren und ihre Psyche kurz vor dem Zusammenbruch stand, ebbten die Visionen ab. Sarah, Max und Lisa fanden sich zitternd und schweissgebadet auf dem Boden des Spiegelzimmers wieder. Ihre Körper waren unversehrt, doch in ihren Köpfen hallten die Schreie der Verdammten nach.

Sie starrten einander mit leeren Blicken an, unfähig das Grauen in Worte zu fassen.

Mit zitternden Gliedern rappelten sie sich auf. Sie wussten, dass sie weitergehen mussten, tiefer in die Finsternis des Herrenhauses. Doch die Visionen des Todes hatten tiefe Narben in ihren Seelen hinterlassen. Von nun an würden sie bei jedem Schritt das Echo ihrer eigenen Schreie hören.

Tims Schicksal

Die Dunkelheit im Herzen von Blackwood Manor pulsierte wie ein lebendiger Organismus, als Sarah, Lisa und Max tiefer in die verborgenen Eingeweide des verfluchten Hauses vordrangen. Ihre Schritte hallten unheimlich durch die gewundenen Korridore, begleitet vom leisen Knacken altersschwachen Holzes und dem gelegentlichen Rascheln unsichtbarer Kreaturen in den Wänden.

Plötzlich durchzuckte ein greller Schmerz Sarahs Schläfen. Sie keuchte auf, als eine Flut von Bildern ihren Verstand überflutete. Vor ihrem inneren Auge sah sie Tim - oder vielmehr das, was von ihm übrig geblieben war. Sein Körper war auf scheussliche Weise verändert, kaum noch als menschlich zu erkennen. Hautfetzen hingen in blutigen Streifen von seinen Gliedmassen, enthüllten darunter pulsierende Muskeln und blanke Knochen.

"Oh Gott", würgte Sarah hervor, als die Vision an Intensität zunahm. Sie sah Tim auf einem rostigen Operationstisch liegen, umgeben von flackerndem Kerzenlicht. Schatten huschten um ihn herum, bizarre Gestalten mit verzerrten Gesichtern und klauenartigen Händen. Sie beugten sich über Tims zuckenden Körper, Skalpelle und andere, noch grausamere Instrumente in ihren Fängen.

Ein fürchterlicher Schrei hallte durch Sarahs Kopf, als sie mitansehen musste, wie die Schatten begannen, Tims Fleisch aufzuschneiden. Blut quoll aus den klaffenden Wunden, während die Kreaturen Teile seines Körpers entfernten und durch fremdartige, zuckende Gebilde ersetzten. Tims Augen waren weit aufgerissen vor Qualen, doch er konnte sich nicht bewegen, gefangen in einem Zustand zwischen Leben und Tod.

Lisa und Max starrten entsetzt auf Sarah, die zitternd und kreidebleich gegen die Wand gesunken war. "Was ist los?", fragte Max mit zitternder Stimme, doch bevor Sarah antworten konnte, wurden auch sie von der grausamen Vision erfasst.

Sie sahen, wie Tims Körper sich langsam, aber unaufhaltsam veränderte. Seine Haut nahm die Textur von verwittertem Holz an, Adern und Sehnen verschmolzen zu gewundenen Kabeln. An manchen Stellen brach seine Haut auf wie morsche Tapete, enthüllte darunter schimmerndes Metall und pulsierendes Fleisch.

Die Schatten wichen zurück und enthüllten eine weitere Gestalt - Jeremiah Blackwood selbst. Sein Gesicht war eine Maske aus purer Boshaftigkeit, als er seine knochigen Finger auf Tims Stirn legte. "Willkommen zuhause, mein Sohn", zischte er mit einer Stimme wie bröckelnder Stein. "Du wirst Teil von etwas viel Grösserem sein."

Tims Augen weiteten sich vor Entsetzen, als sein Körper begann, mit der Umgebung zu verschmelzen. Seine Beine sanken in den Boden ein, wurden eins mit den Dielen. Seine Arme streckten sich wie verdorrte Äste zur Decke, wo sie sich in Kronleuchter und Stuckornamente verwandelten. Sein Torso verschmolz mit der Wand, Rippen und Wirbel wurden zum abnormalen Fachwerk.

Sarah, Lisa und Max keuchten synchron auf, als die Vision verblasste und sie in die grausame Realität von Blackwood Manor zurückkehrten. Tränen rannen über ihre Wangen, während sie versuchten, das Gesehene zu verarbeiten.

"Er... er lebt noch", flüsterte Sarah mit gebrochener Stimme. "Aber... oh Gott, was haben sie ihm angetan?"

Lisa schluchzte leise, ihre Schultern bebten. "Das ist unmöglich. Niemand könnte so etwas überleben."

Max starrte mit leerem Blick die Wand an, seine Hände zitterten unkontrolliert. "Vielleicht wäre der Tod gnädiger gewesen", murmelte er.

Kaum hatte er die Worte ausgesprochen, als ein unheimliches Ächzen durch das Haus hallte. Die Wände um sie herum schienen zu pulsieren, als würden sie atmen. Feine Risse bildeten sich im Putz, aus denen eine dickflüssige, rötliche Substanz sickerte.

"Tim?", rief Sarah zögernd, ihre Stimme kaum mehr als ein Flüstern.

Als Antwort ertönte ein grauenvolles Stöhnen, das aus den Tiefen des Hauses selbst zu kommen schien. Die Luft um sie herum wurde dick und schwer, erfüllt von einem süsslichen Verwesungsgeruch

Plötzlich begann sich die Wand vor ihnen zu verformen. Holz und Tapete wölbten sich nach aussen, formten langsam die Konturen eines menschlichen Gesichts. Mit einem Geräusch wie reissendes Fleisch brachen Augen und Mund durch die Oberfläche.

Sarah, Lisa und Max wichen entsetzt zurück, als sie Tims entstellte Züge erkannten. Seine einst lebendigen Augen waren nun trüb und leer, starrten anklagend auf seine ehemaligen Freunde. Sein Mund öffnete sich zu einem stummen Schrei, enthüllte Zähne aus splitterigem Holz und eine Zunge aus rostigem Metall.

"Helft... mir...", ächzte Tim mit einer Stimme wie knarrendes Gebälk. Blut und eine ölige, schwarze Substanz quollen zwischen seinen Lippen hervor, rannen die Wand hinab und hinterliessen rauchende Spuren im Holz.

"Oh Gott, Tim!", schluchzte Sarah und machte einen Schritt auf ihn zu, doch Lisa hielt sie zurück.

"Das ist eine Falle", zischte sie. "Siehst du nicht, was aus ihm geworden ist?"

Tims Augen fixierten Sarah, ein Funken Erkennen flackerte in ihren Tiefen auf. "Sarah...", keuchte er. "Bitte... erlöse mich..."

Doch noch während er sprach, begannen sich seine Gesichtszüge zu verzerren. Die Haut spannte sich über die Knochen, riss an mehreren Stellen auf und enthüllte darunter pulsierendes Fleisch und glänzendes Metall.

Seine Augen rollten wild in ihren Höhlen, während sich Holzsplitter wie Dornen aus seiner Stirn bohrten.

"Lauft!", schrie Max plötzlich. "Es ist nicht mehr Tim! Es wird uns alle töten!"

Kaum hatte er die Worte ausgesprochen, als Tims Mund sich zu einem unmenschlichen Grinsen verzog. Seine Zähne wuchsen zu scharfen Reisszähnen heran, während sich sein Kiefer auf groteske Weise ausdehnte. Mit einem lauten Krachen brach sein Kopf vollständig aus der Wand hervor, gefolgt von einem massigen, deformierten Körper.

Sarah, Lisa und Max wichen entsetzt zurück, als die Kreatur, die einst ihr Freund und Bruder gewesen war, sich auf sie zubewegte. Tims Gliedmassen waren zu langen, spinnenartigen Auswüchsen mutiert, an deren Enden sich Klauen aus Metall und Holz befanden. Sein Torso war eine albtraumhafte Verschmelzung aus Fleisch, Holz und Metall, pulsierend und sich windend wie ein eigenständiger Organismus.

"Kommt zu mir", grollte das Wesen mit Tims Stimme, doch jedes Wort triefte vor Bosheit und Hunger. "Werdet eins mit dem Haus. Werdet eins mit mir."

Die drei Freunde stolperten rückwärts, ihre Herzen rasten vor Panik. Sie wussten, dass sie Tim nicht mehr helfen konnten - falls überhaupt noch etwas von ihm in dieser Kreatur übrig war. Alles, was sie jetzt noch tun konnten, war zu fliehen und zu überleben

Mit einem letzten, sehnsüchtigen Blick auf das, was einst ihr Freund gewesen war, drehten sie sich um und rannten um ihr Leben. Tims unmenschliche Schreie hallten hinter ihnen her, eine grausame Mischung aus Wut, Schmerz und unstillbarem Hunger.

Während sie durch die düsteren Korridore von Blackwood Manor flohen, wussten Sarah, Lisa und Max, dass sie Tim für immer verloren hatten. Sein Schicksal war ein grausames Mahnmal für die Schrecken, die in diesem verfluchten Haus lauerten - und eine düstere Vorahnung dessen, was auch ihnen blühen könnte, wenn sie nicht entkamen.

Kapitel 16: Kosmischer Schrecken

Das organische Portal

Als die drei Freunde eine massive Eichentür am Ende des Ganges aufstiessen, erstarrten sie vor Entsetzen. Der Raum dahinter pulsierte in einem unnatürlichen Rhythmus, als würden sie sich im Inneren eines gigantischen, kranken Herzens befinden.

In der Mitte des Raumes wand sich eine abscheuliche Masse aus Fleisch und Knorpel, die sich in unmöglichen Winkeln bog und wand. Es war, als hätte jemand Dutzende menschliche Körper zu einer grässlichen Skulptur verschmolzen. Arme und Beine ragten aus der zuckenden Masse hervor, Finger krümmten sich in stummer Agonie.

"Oh Gott", keuchte Lisa und würgte, als ihr Blick auf ein Gesicht fiel, das aus der Fleischmasse hervorquoll, die Augen weit aufgerissen in ewigem Entsetzen.

Sarah starrte wie hypnotisiert auf das pulsierende Gebilde. Bei jeder Kontraktion öffnete sich in der Mitte ein Riss, durch den für Sekundenbruchteile eine andere Welt sichtbar wurde. Eine Welt aus unmöglichen Farben und nicht-euklidischer Geometrie, die den Verstand zu zerreissen drohte.

Max taumelte zurück, als sein Gehirn verzweifelt versuchte, das Gesehene zu verarbeiten. "Das... das ist kein Portal", stammelte er. "Das ist ein Tumor in der Realität selbst!"

Um die zuckende Fleischmasse herum wimmelte es von albtraumhaften Kreaturen. Käferartige Wesen mit verzerrten menschlichen Gesichtern krabbelten über Wände und Boden. Ihre Fühler zuckten, als würden sie nach der Essenz ihrer Opfer tasten.

Sarah schrie erschrocken auf, als eines der Insekten über ihren Fuss krabbelte. Sie konnte spüren, wie seine kleinen Klauen ihre Haut aufrissen und eine Spur aus Blut und Eiter hinterliessen.

Die Luft vibrierte von einem tiefen, pulsierenden Summen, das direkt in ihre Köpfe einzudringen schien. Es fühlte sich an, als würden unsichtbare Finger durch ihre Gehirne wühlen, nach Erinnerungen und Gedanken tastend.

Lisa presste die Hände auf die Ohren, doch das Geräusch drang durch Haut und Knochen. "Es soll aufhören!", schluchzte sie. "Bitte macht dass es aufhört!"

Aus den Augenwinkeln nahmen sie eine Bewegung wahr. Mr. Jenkins trat aus den Schatten, sein Gesicht zu einer Maske des Wahnsinns verzerrt. In seiner Hand hielt er eine rostige Sense, von deren Klinge dicke Tropfen einer schwarzen, öligen Flüssigkeit rannen.

"Willkommen", tropften die Worte wie ätzendes Gift von seinen Lippen. "Willkommen im Herzen von Blackwood Manor. Jeremiah erwartet euch bereits."

Sarah starrte entsetzt auf den Totengräber. Seine Haut schien sich zu bewegen, als würden Maden darunter kriechen. Aus seinem Mund quoll ein Schwarm winziger Fliegen, die wie eine lebende Wolke um seinen Kopf schwirrten.

"Was ist das hier?", keuchte Max, unfähig den Blick von dem Portal abzuwenden. "Was hat Blackwood getan?"

Mr. Jenkins lachte, ein Geräusch wie berstendes Holz. "Oh, er hat Grosses vollbracht! Er hat die Tür geöffnet zu Welten jenseits eurer wildesten Albträume. Und ihr... ihr werdet die ersten sein, die hindurchtreten."

Mit einer fliessenden Bewegung schwang er die Sense. Die Klinge zischte durch die Luft und hinterliess einen Schweif aus glühenden Symbolen. Max schrie vor Schmerz auf, als sich die fremdartigen Zeichen in seine Haut brannten.

Lisa stürzte vorwärts, getrieben von Verzweiflung und Wahnsinn. "Nein!", brüllte sie. "Ich gehe nicht zurück! Ich kann nicht!"

Doch Mr. Jenkins packte sie mit unmenschlicher Kraft. Seine Finger gruben sich tief in ihr Fleisch, hinterliessen blutende Male. "Oh doch, meine Liebe", zischte er. "Ihr gehört jetzt alle Jeremiah. Für immer."

Er zerrte Lisa näher an das Portal heran. Die Fleischmasse begann wild zu zucken, als würde sie die Nähe eines neuen Opfers spüren. Tentakel aus rohem Muskelgewebe schossen hervor und umschlangen Lisas Beine.

Sarah und Max stürzten vor, um ihrer Freundin zu helfen, doch ihre Füsse sanken in den Boden ein, als hätte sich der Steinboden in zähen Schlamm verwandelt. Je mehr sie sich bewegten, desto tiefer sanken sie.

Lisa kreischte in Todesangst, als die Tentakel sie Stück für Stück in das Portal zogen. Ihre Haut begann sich aufzulösen, als würde sie von unsichtbarer Säure zerfressen. Knochen und Muskeln wurden sichtbar, während ihr Körper langsam mit der pulsierenden Masse verschmolz.

"Bitte!", flehte sie mit letzter Kraft. "Helft mir! Ich will nicht sterben!"

Doch ihre Worte gingen unter in einem lauten Summen, das den Raum erfüllte. Sarah und Max konnten nur hilflos zusehen, wie ihre Freundin Stück für Stück verschwand, bis nur noch ein Arm aus der zuckenden Fleischmasse ragte.

Mr. Jenkins drehte sich zu ihnen um, sein Grinsen breiter als anatomisch möglich. "Wer möchte als Nächstes?"

Sarah spürte, wie etwas an ihrem Verstand zerrte. Fremdartige Bilder blitzten vor ihrem inneren Auge auf - unmögliche Städte aus wucherndem Fleisch, Wesen so gross wie Planeten, die sich durch den Weltraum wanden. Sie konnte fühlen, wie ihr Verstand unter der Last dieser kosmischen Schrecken erzitterte.

Max kämpfte verzweifelt gegen den Sog an, der ihn näher an das Portal zog. "Sarah!", schrie er. "Wir müssen hier raus! Wir müssen-"

Seine Worte wurden abgeschnitten, als sich ein Tentakel um seinen Hals schlang und ihn ruckartig nach hinten riss. Sarah konnte nur noch seine weit aufgerissenen Augen sehen, bevor er in der zuckenden Masse verschwand.

Mr. Jenkins trat näher an Sarah heran, sein fauliger Atem streifte ihr Gesicht. "Siehst du jetzt, wie sinnlos euer Widerstand ist? Jeremiah wird euch alle verschlingen. Eure Körper, eure Seelen - alles wird Teil von etwas viel Grösserem werden."

Sarah zitterte am ganzen Körper, Tränen und Blut vermischten sich auf ihren Wangen. Sie wusste, dass sie dem Grauen nicht entkommen konnte. Das Portal pulsierte schneller, als würde es ungeduldig auf sein letztes Opfer warten.

Als sich die ersten Tentakel um ihre Beine schlangen, gab Sarah jeden Widerstand auf. Sie schloss die Augen und liess sich in die albtraumhafte Umarmung des Portals ziehen, während Mr. Jenkins' wahnsinniges Lachen in ihren Ohren nachhallte.

Das letzte, was sie spürte, war ein Reissen, als sich ihr Körper und Geist auflösten und mit dem kosmischen Schrecken verschmolzen, den Jeremiah Blackwood entfesselt hatte

Visionen des Unaussprechlichen

Die Sinne von Sarah, Lisa und Max waren überfordert von dem kosmischen Grauen, das sich vor ihnen entfaltete. Die Wände pulsierten wie lebendiges Fleisch, durchzogen von pulsierenden Adern, die eine schwarze, ölige Substanz transportierten. Der Boden unter ihren Füssen verflüssigte sich zu einem wirbelnden Strudel aus Farben, die ihre Augen schmerzten und ihren Verstand zu zerreissen drohten.

Plötzlich riss die Realität wie morscher Stoff auseinander, und sie fanden sich in einem Abgrund jenseits von Zeit und Raum wieder. Titanische Wesen von unvorstellbarer Grösse und Fremdartigkeit erhoben sich vor ihnen, ihre Körper eine groteske Verschmelzung von Fleisch, Metall und etwas völlig Unbekanntem.

Sarah schrie stumm, als ihr Blick auf eine Kreatur fiel, die jeder Beschreibung spottete. Ihr Körper schien aus unzähligen ineinander verschlungenen Tentakeln zu bestehen, die sich in unmöglichen Winkeln bogen und krümmten. Augen von der Grösse von Planeten öffneten und schlossen sich in asynkopischem Rhythmus, jedes gefüllt mit einem Universum voller Sternen und Galaxien. Der blosse Anblick dieses Wesens liess Sarahs Geist erzittern, als würde er jeden Moment in Millionen Splitter zerbersten.

Lisa keuchte vor Entsetzen, als sich vor ihr eine Entität manifestierte, die wie ein Berg aus pulsierendem Fleisch und Knochen wirkte. Gesichter, menschliche und unmenschliche, bildeten sich auf seiner

Oberfläche, verzerrten sich in stummen Schreien des Wahnsinns, bevor sie wieder in der amorphen Masse versanken. Der Gestank von Verwesung und etwas Älterem, Verdorbenem erfüllte ihre Lungen, liess sie würgen und husten.

Max starrte mit weit aufgerissenen Augen auf ein Wesen, das wie ein lebender Sturm aus Zähnen und Klauen wirkte. Es schwebte über ihnen, sein Körper eine wirbelnde Masse aus Dunkelheit und Blitzen. Jedes Mal, wenn es sich bewegte, zerriss es die Realität um sich herum, hinterliess klaffende Wunden im Gefüge des Universums. Max spürte, wie sein Verstand unter dem Anblick zu zerbrechen drohte, unfähig, das Gesehene zu verarbeiten.

Die drei Freunde klammerten sich aneinander, während um sie herum Realitäten kollidierten und zerschmolzen. Sie sahen Welten entstehen und vergehen in Sekundenbruchteilen, Zivilisationen, die sich über Äonen erstreckten, nur um in einem Augenblick ausgelöscht zu werden. Zeit und Raum verloren jede Bedeutung, als sie Zeuge wurden, wie das Universum sich selbst verschlang und neu erschuf in einem endlosen Zyklus kosmischen Wahnsinns.

Geometrien, die der menschliche Verstand nicht begreifen konnte, falteten und entfalteten sich vor ihren Augen. Würfel mit mehr als sechs Seiten, Spiralen, die in sich selbst mündeten, ohne je zu enden, und Formen, die gleichzeitig dreidimensional und flach waren, peinigten ihre Sinne. Sarah versuchte wegzusehen, doch die unmöglichen Winkel und Kurven schienen direkt in ihr Gehirn gebrannt zu sein.

Farben, die keinen Namen hatten und ausserhalb des menschlichen Spektrums lagen, flackerten und pulsierten um sie herum. Lisa fühlte, wie diese Farben in ihren Verstand eindrangen, Erinnerungen und Gedanken verzerrten und umformten. Sie sah ihr ganzes Leben vor sich ablaufen, doch jede Erinnerung war nun durchtränkt von einem Gefühl kosmischen Grauens und der Erkenntnis der eigenen Bedeutungslosigkeit.

In einem Moment erschreckender Klarheit erhaschten sie einen flüchtigen Blick auf das wahre Gesicht des Universums. Es war eine Offenbarung von solch vernichtender Kraft, dass ihre Gehirne sich weigerten, das Gesehene zu verarbeiten. Sie erkannten die absolute Gleichgültigkeit des Kosmos, die völlige Abwesenheit von Sinn oder Zweck in der unendlichen Leere des Alls.

Das Universum starrte zurück, kalt und unbarmherzig, völlig unberührt von den winzigen Wesen, die es zu begreifen versuchten. In diesem Moment verstanden sie die wahre Bedeutung von Wahnsinn - die Erkenntnis der eigenen Nichtigkeit angesichts der unendlichen, gnadenlosen Weiten des Kosmos.

Sarah, Lisa und Max fielen auf die Knie, überwältigt von der schieren Unmöglichkeit dessen, was sie sahen. Ihre Münder öffneten sich zu stummen Schreien, während Tränen über ihre Wangen liefen. Sie spürten, wie ihr Verstand unter der Last dieser kosmischen Offenbarung zu zermahlen drohte.

Die Wände von Blackwood Manor bebten und verzerrten sich, als würden sie die Grenze zwischen Realität und Wahnsinn widerspiegeln. Schatten tanzten an den Wänden, formten sich zu grotesken Abbildern der Wesen, die sie gerade gesehen hatten. Der Boden unter ihnen pulsierte wie ein gigantisches Herz, jeder Schlag eine Erinnerung an die unfassbare Fremdartigkeit des Universums.

Als die Vision langsam verblasste, fanden sich Sarah, Lisa und Max zitternd und schluchzend auf dem Boden wieder. Ihre Augen waren weit aufgerissen, erfüllt von dem Grauen, das sie gesehen hatten. Sie wussten, dass sie nie wieder die gleichen sein würden. Der Schleier der Unwissenheit war gelüftet worden, und sie hatten einen Blick in Abgründe geworfen, die nie für menschliche Augen bestimmt waren.

Die Erkenntnis ihrer eigenen Bedeutungslosigkeit im Angesicht des kosmischen Horrors lastete schwer auf ihnen. Sie spürten, wie ein Teil ihres Verstandes für immer in jenen unaussprechlichen Weiten verloren gegangen war, zerrieben zwischen den Zahnrädern einer Realität, die jenseits menschlichen Verstehens lag.

Langsam, mit zitternden Gliedern, erhoben sie sich. Die Wände von Blackwood Manor schienen sie höhnisch anzugrinsen, als wüssten sie um die schreckliche Wahrheit, die sich hinter der dünnen Fassade der Realität verbarg. Sarah, Lisa und Max tauschten Blicke aus, in denen sich das geteilte Trauma dieser Erfahrung widerspiegelte. Sie wussten, dass sie von nun an für immer durch dieses unaussprechliche Wissen verbunden sein würden - Gefangene einer Wahrheit, die zu schrecklich war, um sie in Worte zu fassen.

Mit schwankenden Schritten setzten sie ihren Weg durch das Haus fort, jeder Schatten, jede Ecke nun erfüllt von der Erinnerung an das, was sie gesehen hatten. Die Grenzen zwischen Wirklichkeit und Wahnsinn waren verschwommen, und sie wussten nicht, ob sie je wieder einen festen Halt in der Welt finden würden, die sie einst für real gehalten hatten.

Max' Entführung

Sarah, Lisa und Max stolperten durch die albtraumhaften Korridore von Blackwood Manor, ihre Sinne betäubt von den kosmischen Schrecken, die sie gerade erlebt hatten. Die Wände schienen zu atmen, pulsierten im Rhythmus eines fremdartigen Herzschlags.

Plötzlich blieb Lisa stehen, ihre Augen glasig und leer. "Ich... ich höre sie", flüsterte sie mit einer Stimme, die nicht mehr ganz die ihre war. "Sie rufen mich."

Bevor Sarah oder Max reagieren konnten, drehte sich Lisa um und rannte in einen dunklen Seitengang. Der Schatten verschluckte sie, als wäre sie nie da gewesen.

"Lisa!", schrie Sarah und wollte ihr hinterherlaufen. Doch Max packte ihren Arm, seine Finger gruben sich schmerzhaft in ihr Fleisch.

"Warte", zischte er. "Hörst du das?"

Ein leises Wimmern drang aus der Dunkelheit, gefolgt von einem Geräusch, das klang wie reissendes Fleisch. Dann Stille. Absolute, ohrenbetäubende Stille.

Sarah und Max starrten einander an, Entsetzen in ihren Augen. Sie wussten, dass sie Lisa verloren hatten – an was auch immer in den Schatten lauerte.

"Wir müssen weiter", keuchte Max. Seine Stimme zitterte vor unterdrückter Panik.

Mit einem letzten Blick in die Dunkelheit, die ihre Freundin verschluckt hatte, setzten sie ihren Weg fort. Die Korridore schienen sich zu verengen, die Luft wurde dick und schwer. Und irgendwo in der Ferne hörten sie ein Geräusch, das ihre Seelen gefrieren liess – das Kreischen eines sich öffnenden Portals.

Ein Schwall fauliger Luft, durchsetzt mit dem Gestank von Verwesung und Schwefel, schlug ihnen entgegen. Sarah keuchte und würgte, während Max wie hypnotisiert auf den pulsierenden Abgrund starrte.

Plötzlich schossen tentakelartige Auswüchse aus der Öffnung hervor, glitschig und mit Saugnäpfen übersät. Sie wanden sich durch die Luft wie lebendige Peitschen, suchend, hungernd. Sarah schrie entsetzt auf, als einer der Tentakel sich blitzschnell um Max' Bein wickelte.

"Max! Nein!", brüllte sie und griff nach seiner Hand. Doch es war zu spät.

Mit unmenschlicher Kraft zerrten die Tentakel an Max, zogen ihn unaufhaltsam auf das Portal zu. Seine Fingernägel hinterliessen blutige Furchen auf dem Boden, als er verzweifelt versuchte, sich festzuhalten. Sarah packte seinen Arm, stemmte sich mit aller Kraft gegen die ziehende Gewalt.

"Lass mich nicht los!", flehte Max. Seine Augen waren weit aufgerissen vor Panik. "Bitte, Sarah!"

Doch die Tentakel vermehrten sich, umschlangen Max' Körper wie hungrige Schlangen. Sarah spürte, wie ihre Finger langsam abrutschten. Sie konnte nur hilflos zusehen, wie Max Zentimeter um Zentimeter in Richtung Portal gezogen wurde.

Als Max' Unterkörper die schimmernde Grenze zwischen den Dimensionen berührte, entrang sich seiner Kehle ein schmerzerfüllter Schrei. Sarah sah mit Entsetzen, wie sich sein Fleisch zu verformen begann. Seine Beine verdrehten sich in unmöglichen Winkeln, Knochen brachen mit einem widerlichen Knacken.

"Sarah!", kreischte Max. Blut quoll aus seinem Mund, vermischte sich mit seinen Tränen zu einer grausigen Maske. "Hilf mir!"

Sarah klammerte sich mit letzter Kraft an Max' Hand. Doch je weiter er in das Portal gezogen wurde, desto mehr spürte sie, wie ihre eigene Realität zu zerfliessen begann. Die Welt um sie herum verschwamm, Farben und Formen lösten sich auf wie in einem Albtraum.

Max' Körper begann zu mutieren, sein Fleisch zu pulsieren und sich zu verschieben. Knochen durchbrachen die Haut, formten abnormale Auswüchse. Seine Schreie wurden unmenschlich, ein Kreischen aus tausend gequälten Kehlen.

Mit einem letzten verzweifelten Ruck riss sich Max aus Sarahs Griff. Sie konnte nur noch hilflos zusehen, wie sein verzerrter Körper vollständig in dem Portal verschwand. Für einen Moment sah sie seinen Blick, erfüllt von unendlichem Grauen und Schmerz. Dann schloss sich das Portal mit einem übernatürlichen Knall

Sarah fiel nach vorne, ihre Hände gruben sich in den kalten Boden. Tränen strömten über ihr Gesicht, vermischten sich mit dem Staub zu einer schmutzigen Paste. In ihren Ohren hallte noch immer Max' letzter, gequälter Schrei nach.

Die Stille, die nun herrschte, war unerträglich. Sarah zitterte am ganzen Körper, unfähig sich zu bewegen. Ein Geruch von Ozon und verbranntem Fleisch hing in der Luft. Langsam hob sie den Kopf, starrte auf die Stelle, wo sich eben noch das Portal befunden hatte.

Dort, wo Max verschwunden war, pulsierte nun ein schwacher, unnatürlicher Lichtschein. Sarah kroch zitternd näher, ihre Finger tasteten über den Boden. Sie berührte etwas Feuchtes, Warmes. Als sie ihre Hand hob, waren ihre Finger mit Blut verschmiert. Max' Blut.

Ein Schluchzen entrang sich ihrer Kehle, wurde zu einem verzweifelten Schrei. "Max!", brüllte sie in die Leere. "Max!"

Doch nur das Echo ihrer eigenen, gebrochenen Stimme antwortete ihr.

Sarah wusste nicht, wie lange sie dort kauerte, umgeben von den Überresten dessen, was einmal Tim gewesen war. Minuten oder Stunden mochten vergangen sein. Die Zeit hatte jede Bedeutung verloren.

Schliesslich zwang sie sich auf die Beine. Ihre Knie zitterten, drohten unter ihr nachzugeben. Mit unsicheren Schritten taumelte sie durch den Raum, ihre

Augen suchten verzweifelt nach irgendeinem Zeichen von Max. Doch da war nichts. Keine Spur mehr von dem grauenvollen Portal, das ihn verschlungen hatte.

Sarah presste die Hände auf ihre Ohren, versuchte Max' Todesschrei aus ihrem Kopf zu verbannen. Doch das Geräusch hallte weiter in ihrem Verstand nach, vermischte sich mit dem Flüstern unheimlicher Stimmen. Sie spürte, wie etwas an den Grenzen ihrer Wahrnehmung kratzte, eine Präsenz so alt und böse, dass ihr Verstand sich weigerte, sie zu begreifen.

"Nein", murmelte sie. "Nein, nein, nein..."

Sie musste hier raus. Musste fliehen, bevor dieses DING zurückkam und auch sie holte. Mit zitternden Händen tastete sie nach der Tür, riss sie auf und stolperte in den dunklen Flur hinaus.

Sarah rannte, ihr Atem ging keuchend. Hinter sich hörte sie ein unheilvolles Knacken und Knirschen, als würden sich die Wände verformen. Schatten huschten am Rande ihres Blickfelds vorbei, formten unnatürliche Gestalten.

Als sie die Treppe erreichte, verloren ihre Beine den Halt. Sie stürzte, überschlug sich und prallte hart auf dem Boden auf. Schmerz explodierte in ihrem Körper, raubte ihr für einen Moment den Atem.

Benommen blieb Sarah liegen, Tränen verschleierten ihren Blick. Sie wollte aufgeben, sich einfach zusammenrollen und darauf warten, dass die Dunkelheit sie holte. Doch dann sah sie wieder Max' verzerrtes Gesicht vor sich, hörte seinen verzweifelten Schrei.

Mit einem Stöhnen kämpfte sie sich auf die Füsse. Sie konnte Max nicht retten. Aber sie konnte dafür sorgen, dass sein Opfer nicht umsonst war. Sie musste überleben, musste einen Weg finden, diesen Albtraum zu beenden.

Mit wackeligen Schritten setzte Sarah ihren Weg fort. Ihr Körper schmerzte, doch die Angst trieb sie voran. Sie wusste nicht, wohin sie ging oder was sie tun sollte. Aber eines war ihr klar: Sie würde nicht ruhen, bis sie einen Weg gefunden hatte, Max zu rächen und diesen Ort des Grauens für immer zu zerstören.

Hinter ihr schlossen sich die Schatten wie ein hungriges Maul. Blackwood Manor hatte ein weiteres Opfer verschlungen. Und es dürstete nach mehr.

Kapitel 17: Max' Verderbnis

Körperliche Transformation

Max lag zitternd auf dem kalten Steinboden von Blackwood Manor, sein Körper von Krämpfen geschüttelt. Ein Schrei hallte durch die düsteren Hallen, als er spürte, wie sich etwas in seinem Inneren zu regen begann. Es fühlte sich an, als würden tausend rasiermesserscharfe Klingen gleichzeitig durch sein Fleisch schneiden.

Plötzlich brach sein linker Arm mit einem widerlichen Knacken. Max starrte ungläubig auf die verbogene Gliedmasse, unfähig zu begreifen, was mit ihm geschah. Doch es war erst der Anfang des Horrors.

Ein weiteres Krachen ertönte, als sich sein Brustkorb nach aussen wölbte. Rippen brachen wie morsche Zweige, durchstiessen von innen seine Haut. Blut quoll aus den klaffenden Wunden, sammelte sich in einer scharlachroten Lache um seinen sich windenden Körper.

Max versuchte zu schreien, doch aus seiner Kehle drang nur ein gurgelndes Röcheln. Seine Lungen füllten sich mit einer dickflüssigen, schwarzen Substanz. Er hustete und würgte, spuckte Klumpen von geronnenem Blut und abgestorbenen Gewebefetzen aus.

Mit einem widerlichen Reissgeräusch platzte die Haut an seinem Rücken auf. Etwas Fremdartiges drängte von innen nach aussen, pulsierend und schleimig. Es waren zusätzliche Organe, deren Funktion kein menschlicher Verstand je begreifen könnte. Sie wuchsen wie Tumore aus seinem geschundenen Fleisch, verbanden sich mit seinem Nervensystem und sandten Wellen unerträglichen Schmerzes durch seinen Körper.

Max' Gliedmassen begannen wild zu zucken, als sich Knochen und Muskeln neu anordneten. Seine Finger verschmolzen zu klauenartigen Auswüchsen, während sich an seinen Unterarmen zusätzliche Gelenke bildeten. Die Haut an seinen Beinen riss auf und enthüllte peitschende Tentakel, die sich aus seinem Fleisch wanden.

Aus seinen Schultern brachen zusätzliche Arme hervor, zuerst klein und verkümmert, dann schnell zu voller Grösse heranwachsend. Jede neue Gliedmasse brachte eine Flut von Sinneseindrücken mit sich, die Max' Gehirn zu überfordern drohten.

Sein Gesicht war eine Maske des Grauens. Die Haut löste sich in Fetzen, offenbarte darunter pulsierende Muskeln und blanke Knochen. Seine Augen quollen aus ihren Höhlen, zerplatzten wie überreife Früchte und hinterliessen leere, blutende Löcher.

Doch das Grauen war noch nicht vorbei. Neue Augen sprossen an verschiedenen Stellen seines Körpers - auf seiner Stirn, seinen Wangen, sogar auf seinem Rücken. Jedes einzelne rollte wild umher, nahm Dinge wahr, die kein Mensch je sehen sollte.

Max' Mund öffnete sich zu einem stummen Schrei, während sich sein Kiefer verschob und elongierte.

Reihen spitzer Zähne durchbrachen sein Zahnfleisch, Speichel und Blut vermischten sich zu einer schaumigen Masse, die aus seinen Mundwinkeln tropfte.

Seine Ohren schmolzen wie Wachs, formten sich zu empfindlichen Membranen, die jedes noch so leise Geräusch zu einem ohrenzerreissenden Donnern verstärkten. Max hörte das Pochen seines eigenen Herzens, das Rauschen des Blutes in seinen Adern, das Knacken und Brechen seiner sich verformenden Knochen - ein Chaos des Wahnsinns, die ihn an den Rand des Irrsinns trieb.

Die Luft um ihn herum schien zu vibrieren, erfüllt von einem unheimlichen Summen, das direkt aus den Tiefen der Hölle zu kommen schien. Max spürte, wie sich etwas Uraltes und unfassbar Böses in sein Bewusstsein drängte, versuchte die Kontrolle über seinen sich transformierenden Körper zu übernehmen.

Er wollte fliehen, wollte schreien, wollte sterben - doch nichts davon war ihm vergönnt. Stattdessen war er gezwungen, jeden Moment dieser grauenvollen Metamorphose bei vollem Bewusstsein zu erleben. Jeder Nerv in seinem Körper stand in Flammen, jede Zelle schrie vor Qual.

Als die Transformation ihren Höhepunkt erreichte, fühlte Max, wie sein Verstand fast zerbrach. Seine Erinnerungen, seine Persönlichkeit, alles was ihn ausmachte, wurde in einen Strudel aus Wahnsinn und Chaos gerissen. Er klammerte sich verzweifelt an die letzten Fetzen seiner Menschlichkeit, während sein

Körper zu etwas wurde, das jenseits aller Vorstellungskraft lag.

Die Welt um ihn herum verschwamm, Realität und Albtraum verschmolzen zu einem grotesken Ganzen. Max' Wahrnehmung erweiterte sich, er sah Dinge, die kein sterbliches Auge je erblicken sollte. Dimensionen jenseits unserer dreidimensionalen Welt öffneten sich vor ihm, enthüllten Schrecken, die seinen ohnehin schon fragilen Verstand weiter zerrütteten.

Schliesslich, nach einer Ewigkeit der Qual, ebbten die Schmerzen langsam ab. Max lag zitternd und keuchend auf dem Boden, umgeben von einer Lache aus Blut, Körperflüssigkeiten und abgestossenem Gewebe. Sein Körper fühlte sich fremd an, als gehöre er nicht mehr zu ihm.

Mit zitternden Gliedmassen versuchte er sich aufzurichten, nur um festzustellen, dass seine Bewegungen nicht mehr seinem Willen gehorchten. Etwas anderes hatte die Kontrolle übernommen, etwas Dunkles und Grausames.

Als Max in eine zerbrochene Fensterscheibe blickte, erkannte er sich selbst nicht wieder. Das Wesen, das ihm aus dem Spiegelbild entgegenstarrte, war eine albtraumhafte Verschmelzung aus Mensch und etwas völlig Fremdartigem. Seine vielen Augen blickten wild umher, während sich Tentakel und zusätzliche Gliedmassen wie von selbst bewegten.

Max öffnete den Mund, wollte schreien, doch was aus seiner Kehle drang, war kein menschlicher Laut mehr.

Es war das Heulen einer verdammten Seele, gefangen in einem Körper, der nicht länger sein eigener war.

Mentale Überflutung

Max' Schädel fühlte sich an, als würde er jeden Moment unter dem Druck explodieren. Ein grausamer Strudel aus Bildern und Eindrücken raste durch seinen Geist, zerriss die Grenzen seines Verstandes und drohte, ihn in den Wahnsinn zu treiben.

Es begann mit einem leisen Flüstern, kaum wahrnehmbar, doch binnen Sekunden schwoll es zu einem irren Crescendo an. Tausende, nein Millionen fremder Stimmen schrien gleichzeitig in seinem Kopf, jede einzelne in einer anderen unverständlichen Sprache. Die Mischung drohte sein Trommelfell zum Platzen zu bringen, während sich sein Gehirn anfühlte, als würde es von innen heraus zerrissen.

Plötzlich explodierte eine Supernova hinter seinen Augenlidern. Gleissend helles Licht blendete ihn, während sich vor seinem inneren Auge Bilder von der Geburt und dem Tod ganzer Galaxien abspielten. Er sah, wie Sterne zu Staub zerfielen und aus ihrer Asche neue Welten entstanden. Äonen kosmischer Geschichte rasten in Sekundenbruchteilen an ihm vorbei, liessen ihn die Unendlichkeit des Universums in all seiner grausamen Schönheit erleben.

Max' Bewusstsein dehnte sich aus, wuchs über die Grenzen seines sterblichen Körpers hinaus. Er fühlte sich, als würde er durch Zeit und Raum schweben, ein körperloses Wesen, das Zeuge der Geheimnisse des Kosmos wurde. Doch mit jedem neuen Eindruck, jeder fremden Erinnerung die seinen Geist überflutete, spürte er wie ein Teil von ihm zersplitterte, sich auflöste im Angesicht unvorstellbaren Wissens.

Bilder von fremdartigen Wesen und unaussprechlichen Schrecken brannten sich in sein Gedächtnis. Er sah Kreaturen so alt wie das Universum selbst, deren blosser Anblick den menschlichen Verstand in den Wahnsinn treiben würde. Tentakel, Klauen und Augen verschmolzen zu albtraumhaften Formen, die jeder Beschreibung spotteten. Max wollte schreien, doch der Schrei verliess seine Kehle nicht.

In einem Moment fühlte er sich omnipotent, als könnte er mit einem Gedanken Sterne erschaffen und ganze Galaxien vernichten. Im nächsten Augenblick wurde er von einer Welle kosmischen Grauens überrollt, die ihn seine eigene Bedeutungslosigkeit im Angesicht der unendlichen Weiten des Universums spüren liess. Er war weniger als ein Staubkorn, weniger als ein Atom im Vergleich zur gewaltigen Maschinerie des Kosmos.

Die Grenzen zwischen seinem Selbst und dem Universum begannen zu verschwimmen. Max spürte, wie sich sein Bewusstsein auflöste, zerfaserte an den Rändern und mit etwas Grösserem, Fremdartigem verschmolz. Panik ergriff ihn, als er zu begreifen begann, dass er dabei war sich selbst zu verlieren. Er klammerte sich verzweifelt an die Fetzen seiner Identität, versuchte sich an seinen Namen zu erinnern, an sein Leben vor diesem Moment. Doch die Flut fremdartiger Gedanken und Erinnerungen drohte alles fortzuspülen, was ihn ausmachte.

Vor seinem geistigen Auge manifestierten sich Visionen von Orten jenseits menschlicher Vorstellungskraft. Er sah eine Stadt aus pulsierendem Fleisch und lebenden Steinen, deren Türme sich in unmöglichen Winkeln gen Himmel reckten. In ihren Strassen wimmelte es von Wesen, die wie eine verzerrte Parodie auf menschliches Leben wirkten. Ihre Körper schienen ständig in Bewegung zu sein, verformten sich und verschmolzen miteinander zu bizarren neuen Kreaturen.

Max' Magen rebellierte, als er den Gestank von Verwesung und Verderbnis wahrnahm, der von dieser albtraumhaften Metropole ausging. Er schmeckte Galle auf seiner Zunge, während sich sein Geist weiter ausdehnte und er Zeuge wurde, wie ganze Zivilisationen aufblühten und wieder vergingen. Er sah, wie Rassen, die älter waren als die Menschheit selbst, grausame Kriege über Äonen hinweg führten, nur um am Ende von etwas noch Ältererem, noch Schrecklicherem verschlungen zu werden.

Die Last dieses Wissens drohte seinen Verstand zu zermalmen. Max fühlte, wie etwas in seinem Kopf nachgab, ein fast hörbares Reissen, als würden die Synapsen in seinem Gehirn unter der schieren Menge an Informationen kollabieren. Blut rann aus seiner Nase und seinen Ohren, während sein Körper krampfte und zuckte.

In einem Moment kristallklarer Erkenntnis begriff Max die wahre Natur des Universums - und wünschte sich sofort, er könnte es wieder vergessen. Die kosmische Wahrheit war zu gewaltig, zu schrecklich für seinen sterblichen Geist. Er sah die Gleichgültigkeit des Kosmos, die absolute Bedeutungslosigkeit der Menschheit angesichts der unendlichen Weiten von Raum und Zeit.

Und inmitten dieses Chaos aus Bildern und Eindrücken hörte er ein Lachen. Ein kaltes, grausames Lachen, das die Grundfesten der Realität selbst zu erschüttern schien. Max erkannte die Stimme sofort - es war Jeremiah Blackwood. Doch es war nicht mehr der Jeremiah, den er gekannt hatte. Diese Stimme gehörte zu etwas Uraltem, etwas unsagbar Bösem, das nur die Form eines Menschen angenommen hatte.

"Willkommen in der Wahrheit, Max", hallte Blackwoods Stimme durch sein Bewusstsein. "Ist sie nicht wunderschön in all ihrem Schrecken?"

Max wollte antworten, wollte schreien, doch er hatte keine Kontrolle mehr über seinen Körper oder seinen Geist. Er war gefangen in einem Sturm aus kosmischem Wissen und unaussprechlichen Schrecken, unfähig zu entkommen.

Die Flut fremder Gedanken und Erinnerungen ebbte nicht ab. Stattdessen wurde sie stärker, drohte alles zu verschlingen, was Max ausmachte. Er spürte, wie sein Selbst sich auflöste, wie er zu einem Teil von etwas Grösserem wurde. Etwas, das älter war als die Zeit selbst.

In einem letzten verzweifelten Akt des Widerstands klammerte sich Max an die wenigen Erinnerungen, die noch ihm gehörten. Das Lachen seiner Mutter, der

Geruch von frisch gemähtem Gras, die Wärme der Sonne auf seiner Haut. Doch selbst diese vertrauten Eindrücke begannen zu verblassen, wurden übertönt von dem Rauschen des Universums in seinen Ohren.

Max' Körper zuckte und krampfte, während Schaum vor seinen Mund trat. Seine Augen rollten nach hinten, zeigten nur noch das Weisse. Blutgefässe platzten unter seiner Haut, hinterliessen ein Netz aus roten Linien auf seinem leichenblassen Gesicht.

Und während sein Verstand weiter expandierte und gleichzeitig implodierte unter der Last unvorstellbaren Wissens, begann Max zu begreifen, dass dies erst der Anfang war. Die wahren Schrecken warteten noch auf ihn, verborgen in den Tiefen des Kosmos und in den dunklen Winkeln seiner eigenen Seele.

Die mentale Überflutung hielt an, eine nicht enden wollende Tortur, die Max' Geist bis an seine Grenzen und darüber hinaus trieb. Er war gefangen in einem Limbo zwischen Wissen und Wahnsinn, Omnipotenz und völliger Machtlosigkeit. Und irgendwo in den Tiefen seines zersplitterten Bewusstseins wusste er, dass dies erst der Beginn seiner Reise in die Abgründe kosmischen Grauens war.

Sarah's grausame Entscheidung

Sarah stolperte durch die düsteren Korridore von Blackwood Manor, ihr Herz raste vor Angst und Erschöpfung. Der Gestank von Verwesung und etwas Undefinierbarem durchtränkte die Luft. Als sie eine schwere Holztür aufstiess, erstarrte sie. Dort, in der Ecke des schummrigen Zimmers, kauerte Lisa. Ihre Augen waren leer, ihr Blick in die Ferne gerichtet. Doch bevor Sarah reagieren konnte, hörte sie ein unmenschliches Gurgeln hinter sich. Sie wirbelte herum und ihr Atem stockte. In der Tür stand Max - oder vielmehr das, was einst Max gewesen war. Sein Körper war abnormal verformt, zusätzliche Gliedmassen wuchsen aus seinem Torso, während seine Haut wie überreife Früchte aufplatzte und darunter pulsierendes, schwarzes Gewebe zum Vorschein kam. Seine Augen - nun zahlreich über seinen Körper verteilt - fixierten Sarah mit einem Hunger, der ihr Angst machte. Der Geruch von verwesendem Fleisch und brodelndem Blut erfüllte den Raum, als das Wesen, langsam auf sie und die apathische Lisa zukroch.

"Helft mir!", kreischte Max mit einer Stimme, die klang, als würde Glas in seinen Eingeweiden zersplittern. Seine Augen, nun glühende Kohlen in einem entstellten Gesicht, flehten Sarah an. Doch im nächsten Moment verzerrten sich seine Züge zu einer Fratze des Wahnsinns. "Ich werde euch alle zerfetzen!", brüllte er mit unmenschlicher Wut. Speichel und Blut spritzten aus seinem sich deformierenden Mund.

Sarah's Herz raste, während Übelkeit in ihr aufstieg. Der Gedanke, Max zu töten, bohrte sich wie ein rostiger Nagel in ihr Gehirn. Sie umklammerte das Messer in ihrer Hand so fest, dass ihre Knöchel weiss hervortraten. "Vielleicht... vielleicht können wir ihn erlösen", flüsterte sie mit zitternder Stimme.

Plötzlich packte Lisa Sarah's Arm, ihre Fingernägel gruben sich schmerzhaft in deren Fleisch. "Bist du wahnsinnig?", zischte sie panisch. "Wir müssen hier raus, sofort!"

In diesem Moment bäumte sich Max' Körper auf, Knochen durchbrachen seine Haut wie Speere aus Elfenbein. Ein furchtbarer Schrei hallte durch das Haus, liess die Wände erzittern. Risse bildeten sich im Mauerwerk, aus denen eine schwarze, ölige Substanz zu sickern begann.

"Oh Gott", keuchte Sarah. "Es breitet sich aus. Das ganze verdammte Haus wird von dieser... Sache verschlungen!"

Max' Körper begann sich zu verflüssigen, schmolz zu einer amorphen Masse aus Fleisch und Knochen. Tentakel schossen aus der wabernden Masse hervor, schlugen wild um sich und hinterliessen tiefe Furchen in Wänden und Boden.

"Sarah!", gellte Lisa's Stimme über den infernalischen Lärm hinweg. "Wir müssen jetzt gehen! Es ist zu spät für ihn!"

Doch Sarah konnte den Blick nicht von dem abwenden. In den Tiefen dieses Albtraums glaubte sie für einen

Moment Max' Gesicht zu erkennen, verzerrt vor Schmerz und Qual.

"Max", flüsterte sie unter Tränen. "Es tut mir so leid."

Mit zitternden Händen hob sie das Messer. Vielleicht, so dachte sie in einem Anfall von Wahnsinn, könnte sie ihn noch retten. Ihn von diesem grauenvollen Schicksal erlösen.

Lisa zerrte an ihrem Arm. "Bist du von allen guten Geistern verlassen? Das ist Selbstmord!"

In diesem Moment schoss ein Tentakel auf sie zu, verfehlte Sarah's Gesicht nur um Haaresbreite. Der Gestank von ätzender Säure brannte in ihrer Nase, als die schleimige Auswuchserung die Tapete neben ihr wegätzte.

"Lauf!", schrie Lisa und zog Sarah mit sich.

Sie stolperten den Gang entlang, während hinter ihnen das Haus zu beben begann. Wände barsten, Möbel zersprangen zu Staub. Aus jeder Ritze quoll nun diese schwarze, ölige Substanz, die alles zu verschlingen drohte.

Sarah's Gedanken rasten. Sie hatte Max im Stich gelassen. Ihn seinem Schicksal überlassen. War sie ein Monster? Hätte sie versuchen sollen, ihn zu retten?

Ein weiteres Krachen riss sie aus ihren Gedanken. Der Boden unter ihren Füssen begann nachzugeben.

"Schneller!", keuchte Lisa.

Ein unmenschlicher Schrei gellte durch die Nacht, erfüllt von Schmerz, Wut und etwas, das Sarah bis ins Mark erschaudern liess - Hunger.

Sie rannten weiter, ihre Lungen brannten, während hinter ihnen das Grauen in Blackwood Manor weiter wütete. Die Wände pulsierten wie ein lebendiger Organismus, schwarze Adern breiteten sich über die Tapeten aus.

Sarah's Beine gaben nach und sie fiel auf die Knie, würgte und erbrach sich. Das Messer, noch immer in ihrer Hand, glänzte im fahlen Licht der flackernden Wandleuchten. Sie starrte auf die Klinge, auf der sich das Blut ihrer aufgeplatzten Handfläche mit Staub und Tränen vermischte.

"Ich hätte es tun sollen", schluchzte sie. "Ich hätte ihn erlösen sollen."

Lisa kniete sich neben sie, legte eine Hand auf ihre Schulter. "Du hättest nichts tun können", flüsterte sie mit rauer Stimme. "Es war zu spät für ihn. Schon lange bevor wir es erkannt haben."

Sarah blickte auf, ihre Augen rot und verquollen. "Und was ist mit uns?", fragte sie mit zitternder Stimme. "Ist es auch für uns zu spät?"

Lisa schwieg einen Moment, ihr Blick wanderte den düsteren Korridor entlang. Ein unnatürlicher Nebel begann sich am Ende des Ganges zu bilden, pulsierend und lebendig.

"Ich weiss es nicht", antwortete sie schliesslich. "Aber wir müssen weiter. Was auch immer hier drin ist... es ist noch nicht vorbei."

Mit wackeligen Beinen standen sie auf. Sarah warf einen letzten Blick zurück in die Richtung, aus der sie gekommen waren. Für einen Moment glaubte sie, eine Gestalt im Nebel zu erkennen. Gross, verzerrt, mit glühenden Augen, die direkt in ihre Seele zu blicken schienen.

"Max?", hauchte sie.

Doch als sie genauer hinsah, war die Gestalt verschwunden. Nur der pulsierende Nebel blieb zurück, der sich langsam aber stetig auszubreiten schien.

"Komm", drängte Lisa und zog Sarah mit sich. "Wir müssen einen Ausweg finden."

Sie erreichten eine Gabelung im Korridor. Rechts führte ein schmaler Gang in die Dunkelheit, links öffnete sich eine breite Treppe, die nach unten führte.

"Wir sollten uns trennen", keuchte Sarah, ihr Blick gehetzt zwischen den beiden Optionen hin und her springend. "Vielleicht finden wir so schneller einen Weg nach draussen."

Lisa schüttelte energisch den Kopf. "Bist du wahnsinnig? Wir müssen zusammenbleiben!"

Doch bevor sie weiter diskutieren konnten, ertönte hinter ihnen ein unheimliches Krachen. Die Wand am Ende des Korridors barst, schwarze Tentakel schossen hervor, tasteten gierig nach ihnen.

"Lauf!", schrie Lisa und stiess Sarah in Richtung des schmalen Ganges. "Ich nehme die Treppe! Wir treffen uns im Erdgeschoss!"

Bevor Sarah protestieren konnte, war Lisa bereits die Treppe hinuntergestürmt. Mit pochendem Herzen rannte Sarah in den dunklen Gang, das Geräusch der sich windenden Tentakel dicht hinter ihr.

Während sie tiefer in die Eingeweide von Blackwood Manor vordrang, konnte Sarah das Gefühl nicht abschütteln, dass etwas sie verfolgte. Etwas Hungriges, Unersättliches. Und tief in ihrem Inneren wusste sie, dass ihre Entscheidung, Max zurückzulassen, sie für den Rest ihres Lebens verfolgen würde.

Die Dunkelheit verschlang sie, während das Haus um sie herum zu leben schien. Wände atmeten, Böden pulsierten, und aus jeder Ritze sickerte diese schwarze, ölige Substanz. Sarah rannte weiter, getrieben von der Angst vor dem Unbekannten und dem Wissen, dass der wahre Albtraum vielleicht gerade erst begonnen hatte.

Kapitel 18: Teuflischer Handel

Mr. Jenkins' Erscheinung

Die Luft um Sarah, Lisa und Max wurde plötzlich eisig kalt, als würde jegliche Wärme aus der Welt gesaugt. Ein widerlicher Gestank nach Verwesung und Schwefel breitete sich aus.

Aus den Schatten materialisierte sich eine Gestalt - Mr. Jenkins, der Totengräber von Havenwood. Doch dies war nicht mehr der Mann, den sie einst gekannt hatten. Sein Körper glich einem albtraumhaften Hybrid aus Verwesung und dämonischer Transformation.

Seine Haut hing in fauligen Fetzen von seinem Fleisch, durchzogen von pulsierenden schwarzen Adern, die sich wie Würmer unter der Oberfläche bewegten. An manchen Stellen war die Haut komplett weggefault und entblösste verfärbte Knochen und eiterndes Gewebe.

Aus seinem Rücken wuchsen verdrehte, knochige Auswüchse - perverse Flügel aus splittrigen Knochen und verrottetem Fleisch. Sie zuckten und bebten, als hätten sie ein eigenes, krankes Leben. Klumpen von geronnenem Blut und Eiter tropften von den Spitzen auf den Boden.

Jenkins' Augen waren tief in ihre Höhlen eingesunken, doch sie glühten mit einem unnatürlichen, inneren Feuer. Ein bösartiges Leuchten pulsierte darin im Rhythmus eines verdorbenen Herzschlags. Sein Blick bohrte sich in die Seelen der drei Freunde und schien direkt in den Abgrund zu starren.

Ein groteskes Lächeln verzerrte Jenkins' Gesicht zu einer Fratze des Wahnsinns. Als er zu sprechen begann, quoll schwarzes Blut aus seinem Mund, floss seinen Hals hinunter und hinterliess rauchende Spuren auf seiner verfaulenden Haut.

"Willkommen zurück", gurgelte Jenkins mit einer Stimme, die klang, als käme sie direkt aus den Tiefen der Hölle. "Mein Meister hat euch schon sehnsüchtig erwartet."

Sarah, Lisa und Max wichen entsetzt zurück, unfähig den Blick von diesem Zerrbild eines Menschen abzuwenden. Der Gestank von Verwesung wurde überwältigend.

Jenkins' entstellter Körper zuckte und verzerrte sich, als würden unsichtbare Kräfte an ihm zerren. Knochen knackten und verschoben sich unter seiner Haut, formten groteske neue Auswüchse.

"Ihr hättet nie fliehen sollen", fuhr er fort, schwarze Flüssigkeit quoll aus seinen Mundwinkeln. "Blackwood Manor ist euer Zuhause. Euer Schicksal. Jeremiah wird nicht ruhen, bis ihr ihm gehört."

Bei der Erwähnung von Jeremiah Blackwood durchlief ein Zittern Jenkins' Körper, eine Mischung aus Ehrfurcht und nackter Angst. Seine glühenden Augen weiteten sich, als würde er einen furchteinflössenden Gott anbeten.

"Mein Meister hat mir Macht geschenkt, wie ihr seht", krächzte Jenkins und breitete seine verdrehten Flügel aus. Fetzen von verwestem Fleisch lösten sich dabei und fielen zu Boden, wo sie zischend zergingen. "Aber der Preis... oh, der Preis war hoch."

Er lachte, ein irrsinniges Kichern, das in ein gurgelndes Röcheln überging. Schwarzes Blut quoll nun in Strömen aus seinem Mund, seinem Rachen und sogar aus seinen Augen. Es sammelte sich zu seinen Füssen in einer brodelnden Lache, aus der sich winzige tentakelartige Gebilde zu formen begannen.

"Seht ihr es nicht?", keuchte Jenkins zwischen Anfällen von wahnsinnigem Gelächter. "Die Herrlichkeit dessen, was Jeremiah erschaffen wird? Eine neue Welt, geformt aus Fleisch und Blut und endlosem Leid!"

Seine Worte liessen die Luft vibrieren, als würden sie die Grenzen der Realität selbst erschüttern. Sarah spürte, wie sich ihr Magen umstülpte, während Lisa verzweifelt versuchte, nicht in Ohnmacht zu fallen. Max ballte die Fäuste so fest, dass seine Fingernägel blutige Halbmonde in seine Handflächen gruben.

Jenkins taumelte auf sie zu, eine verzerrte Parodie menschlicher Bewegung. Jeder seiner Schritte hinterliess eine Spur aus schwarzem Schleim und verwesendem Fleisch.

"Er ruft nach euch", zischte der untote Totengräber. "Könnt ihr es nicht hören? Das Flüstern in euren Köpfen, das Ziehen in euren Seelen?"

Zu ihrem Entsetzen konnten sie es tatsächlich spüren - ein dunkles Wispern am Rande ihres Bewusstseins, ein unwiderstehliches Zerren, das sie zurück nach Blackwood Manor zu locken schien.

Jenkins streckte eine verwesende Hand nach ihnen aus, Maden krochen zwischen seinen Fingern hervor. "Kommt", gurgelte er. "Lasst uns gemeinsam in die Herrlichkeit des Wahnsinns eintauchen. Jeremiah wartet!"

Plötzlich bäumte sich Jenkins' Körper auf, als würde er von innen heraus zerrissen. Seine Haut platzte an mehreren Stellen auf und entblösste pulsierendes, schwarzes Gewebe darunter. Ein schriller Schrei entfuhr ihm, halb Ekstase, halb Qual.

"ER KOMMT!", brüllte Jenkins mit einer Stimme, die nicht länger menschlich klang. "JEREMIAH ERHEBT SICH! DIE WELT WIRD ERZITTERN!"

Sarah, Lisa und Max standen wie versteinert da, unfähig zu begreifen, was sie gerade gehört und gesehen hatten.

Das Angebot

Der eisige Atem des Todes schien durch die verfallenen Hallen von Blackwood Manor zu wehen, als Mr. Jenkins mit einem diabolischen Grinsen vor Sarah, Lisa erschien. Seine Augen glühten unheilvoll in der Dunkelheit, während er langsam näher trat.

"Ihr armen, verlorenen Seelen". Jenkins' Stimme rasselte wie der letzte Atemzug eines Sterbenden. "Gefangen in diesem Albtraum aus Fleisch und Blut. Aber ich... ich kann euch einen Ausweg bieten."

Sarah spürte, wie sich ihr Magen vor Grauen zusammenzog. Irgendetwas an Jenkins' Tonfall liess sie erschaudern. Sie ahnte, dass sein "Ausweg" einen schrecklichen Preis fordern würde.

Jenkins leckte sich genüsslich über die aufgesprungenen Lippen, bevor er fortfuhr: "Es ist ganz einfach. Einer von euch muss freiwillig zurückbleiben. Einer muss sich dem Haus hingeben, ihm auf ewig dienen."

Ein kollektives Keuchen ging durch die Gruppe. Lisa presste sich die Hand vor den Mund, um einen Schrei zu unterdrücken.

"Der Auserwählte", fuhr Jenkins mit einem irren Funkeln in den Augen fort, "wird zu einem lebenden Anker für die kosmische Entität, die in diesen Mauern haust. Oh, welch unvorstellbare Macht und Wissen auf denjenigen warten!"

Sarah ballte die Fäuste. "Niemals!", zischte sie. "Wir werden uns nicht opfern!"

Jenkins' Grinsen wurde noch breiter, entblösste verfaulte Zähne. "Ihr versteht nicht. Ohne ein Opfer seid ihr alle dem Wahnsinn und Tod geweiht. Das Haus wird euch zermalmen, eure Knochen zu Staub und eure Seelen zu Asche."

Er trat noch näher, sein fauliger Atem streifte Sarahs Wange. "Ich handle im Auftrag des göttlichen Jeremiah Blackwood selbst. Er hat grosse Pläne mit diesem Ort. Das Haus soll zu einem ewigen Gefängnis für Seelen werden, einer Brutstätte für Schrecken jenseits eurer wildesten Albträume."

Lisa wimmerte leise. Die Vorstellung, für immer an diesem grauenvollen Ort gefangen zu sein, liess sie erzittern.

Jenkins' Augen fixierten jeden Einzelnen von ihnen. "Wer von euch wird den Mut haben, sich zu opfern? Wer wird die unendliche Macht kosten, die Blackwood verspricht?"

Sarah spürte, wie sich etwas Dunkles in ihrem Inneren regte. Ein kleiner, verzweifelter Teil von ihr flüsterte, dass es vielleicht besser wäre, sich hinzugeben. Den Schmerz und die Schuld endlich loszuwerden.

Sie schüttelte den Kopf, um die Gedanken zu vertreiben. "Nein", knurrte sie. "Wir werden einen anderen Weg finden."

Jenkins lachte, ein Geräusch wie berstendes Holz. "Oh, ihr Narren. Glaubt ihr wirklich, ihr hättet eine Wahl? Das Haus wird sich nehmen, was es will. Und je länger ihr zögert, desto grausamer wird euer Schicksal sein."

Er breitete die Arme aus, als wolle er sie umarmen. "Denkt darüber nach. Ein Leben voller Macht und Wissen... oder ein Tod in Qualen und Wahnsinn. Die Entscheidung liegt bei euch."

Mit diesen Worten löste sich Jenkins' Gestalt in Schatten auf, bis nur noch sein irres Lachen in der Luft hing.

Sarah und die anderen starrten einander an, Entsetzen und Verzweiflung in ihren Augen. Das grauenvolle Angebot hallte in ihren Köpfen wider. Wer von ihnen würde schwach werden? Wer würde dem Ruf der Dunkelheit nachgeben?

Die Schatten um sie herum schienen dichter zu werden, hungriger. Sarah spürte, wie unsichtbare Finger nach ihrer Seele griffen. Sie wusste, dass sie eine Entscheidung treffen mussten. Und zwar schnell.

Denn das Haus wartete. Und sein Hunger wuchs mit jeder verstreichenden Sekunde.

Der verzweifelte Kampf

Sarah und Lisa starrten einander an, ihre Augen geweitet von einem Cocktail aus Furcht, Verzweiflung und grausamer Erkenntnis. Die Luft im Raum vibrierte förmlich vor Spannung, als wäre sie mit unsichtbaren Glasscherben gefüllt. Für einen kurzen Moment schien die Zeit stillzustehen, während die beiden Frauen die Ungeheuerlichkeit ihrer Situation erfassten.

Dann, wie auf ein unhörbares Signal hin, stürzten sie aufeinander los.

Sarah war die Schnellere. Mit einem gellenden Schrei warf sie sich auf Lisa, ihre Fingernägel gruben sich tief in das weiche Fleisch von Lisas Wangen. Blut quoll zwischen ihren Fingern hervor, warm und klebrig. Lisa heulte vor Schmerz auf, ihre Augen rollten wild in ihren Höhlen.

Mit einer Kraft, die sie sich selbst nicht zugetraut hätte, stiess Lisa Sarah von sich. Sarah taumelte rückwärts, prallte hart gegen die Wand. Etwas in ihrem Rücken knackte bedrohlich. Benommen sank sie zu Boden, Sternchen tanzten vor ihren Augen.

Lisa nutzte diesen Moment der Schwäche gnadenlos aus. Sie griff nach einer schweren Messingstatue, die auf einem nahegelegenen Tisch stand. Das kalte Metall fühlte sich beruhigend solide in ihrer Hand an. Mit einem Aufschrei der Wut und Verzweiflung holte sie aus und liess die Statue auf Sarahs Kopf niedersausen.

Im letzten Moment gelang es Sarah, auszuweichen. Die Statue traf stattdessen ihre Schulter. Ein ekelhaftes Knacken ertönte, als Knochen splitterten. Sarah schrie vor Agonie, Tränen und Rotz liefen ihr übers Gesicht.

Doch der Schmerz schien etwas in ihr zu entfesseln. Mit einem animalischen Knurren stürzte sie sich erneut auf Lisa. Ihre Zähne gruben sich in Lisas Unterarm, durchbrachen die Haut und trafen auf Muskelgewebe. Der kupferne Geschmack von Blut erfüllte ihren Mund.

Lisa brüllte wie ein verwundetes Tier. Sie hämmerte mit der Faust auf Sarahs Kopf ein, wieder und wieder, bis ihre Knöchel blutig waren. Doch Sarah liess nicht los. Wie eine Bulldogge hielt sie sich fest, biss tiefer und tiefer.

Schliesslich gelang es Lisa, sich loszureissen. Ein Stück Fleisch blieb zwischen Sarahs Zähnen zurück. Lisa taumelte rückwärts, presste eine Hand auf die klaffende Wunde an ihrem Arm. Blut sickerte zwischen ihren Fingern hervor, tropfte auf den staubigen Holzboden.

Keuchend standen sich die beiden Frauen gegenüber, ihre Körper geschunden und blutverschmiert. In ihren Augen loderte eine Mischung aus Hass, Angst und ungläubigem Entsetzen über ihre eigenen Taten.

"Du verdammte Schlampe!", zischte Lisa durch zusammengebissene Zähne. "Ich werde dich umbringen!"

Sarah lachte hysterisch. "Nicht wenn ich dich zuerst töte, du Miststück!"

Sie umkreisten einander wie zwei Raubtiere, lauernd, jede Bewegung der anderen genau beobachtend. Das Haus um sie herum schien auf ihre Gewalt zu reagieren. Die Wände vibrierten leicht, als würden sie im Rhythmus ihrer rasenden Herzen pulsieren.

Aus den Augenwinkeln nahmen sie Mr. Jenkins wahr, der am Rande des Geschehens stand. Ein amüsiertes Grinsen verzerrte seine faltigen Züge, während er das grausame Schauspiel vor sich beobachtete.

"Nur zu, Mädchen", murmelte er. "Lasst es raus. All den Hass, die Angst, die Verzweiflung. Das Haus nährt sich davon."

Seine Worte drangen kaum zu Sarah und Lisa durch. Sie waren völlig gefangen in ihrem Kampf, getrieben von nichts anderem als dem Willen zu überleben.

Lisa griff nach einer zerbrochenen Flasche, die auf dem Boden lag. Das scharfe Glas schnitt in ihre Handfläche, doch sie spürte den Schmerz kaum. Mit einer fliessenden Bewegung stiess sie zu, zielte auf Sarahs Hals.

Sarah wich im letzten Moment aus. Die Flasche streifte ihre Wange, hinterliess einen tiefen Schnitt von ihrem Ohr bis zum Kinn. Warmes Blut lief ihr über den Hals. Der brennende Schmerz entfachte eine neue Welle der Wut in ihr.

Mit einem Aufschrei warf sie sich auf Lisa. Ihre Hände schlossen sich um Lisas Kehle, Daumen gruben sich in die weiche Haut direkt über dem Kehlkopf. Lisa röchelte, ihre Augen traten hervor. Verzweifelt versuchte sie, Sarahs Griff zu lockern, doch ihre Kraft schwand mit jedem Atemzug, den sie nicht nehmen konnte.

Schwarze Punkte tanzten vor Lisas Augen. Ihr Körper zuckte unkontrolliert, während ihr Gehirn nach Sauerstoff schrie. In einem letzten Aufbäumen gelang es ihr, ein Knie zwischen sich und Sarah zu bringen. Mit aller verbliebenen Kraft stiess sie zu.

Sarah keuchte, als Lisas Knie ihre Rippen traf. Luft entwich zischend aus ihren Lungen. Ihr Griff lockerte sich für einen Moment - lang genug für Lisa, um sich zu befreien.

Hustend und nach Luft schnappend krochen die beiden Frauen in entgegengesetzte Ecken des Raumes. Blut und Schweiss vermischten sich auf dem Boden zu schmutzigen Pfützen.

"Warum?", keuchte Lisa zwischen erstickten Atemzügen. "Warum tun wir das?"

Sarah schuttelte benommen den Kopf. Die Wut, die sie eben noch angetrieben hatte, verebbte langsam. Zurück blieb nichts als Erschöpfung und Entsetzen über ihre eigenen Taten.

"Ich... ich weiss es nicht", flüsterte sie. Tränen brannten in ihren Augen. "Oh Gott, Lisa, was ist nur aus uns geworden?"

Ein leises Kichern liess sie zusammenzucken. Mr. Jenkins trat näher, seine Augen glitzerten vor perversem Vergnügen.

"Ihr seid zu dem geworden, was ihr immer wart", sagte er sanft. "Tiere. Primitive Kreaturen, getrieben von nichts als dem Willen zu überleben. Das Haus hat lediglich eure wahre Natur zum Vorschein gebracht."

Sarah und Lisa starrten ihn an, unfähig zu begreifen, was er sagte. Die Erkenntnis dessen, was sie einander angetan hatten, lastete schwer auf ihnen.

"Unsere Freundschaft...", begann Lisa zögernd.

"Ist nichts als eine Illusion", unterbrach Mr. Jenkins sie. "Eine dünne Schicht Zivilisation über eurem wahren Ich. Seht nur, wie schnell sie zerbrochen ist."

Sarah schüttelte energisch den Kopf, wollte seine Worte nicht wahrhaben. Doch tief in ihrem Inneren wusste sie, dass er Recht hatte. Sie hatte ohne zu Zögern versucht, ihre beste Freundin zu töten. Was sagte das über sie aus?

Das Haus um sie herum schien vor Zufriedenheit zu summen. Die Wände pulsierten schneller, als hätten sie einen Geschmack von dem bekommen, was sie wollten, und verlangten nun nach mehr.

Sarah und Lisa sahen einander an, Tränen in den Augen. Die Erkenntnis dessen, was sie getan hatten, lastete schwer zwischen ihnen. Ihre Freundschaft, einst so stark und unerschütterlich, lag in Trümmern.

"Es tut mir leid", flüsterte Sarah.

Lisa nickte stumm. Worte schienen nicht auszureichen, um auszudrücken, was sie fühlte.

Mr. Jenkins lächelte zufrieden. "Nun, meine Damen", sagte er sanft, "lasst uns fortfahren, ja? Die Nacht ist noch jung, und das Haus... nun, das Haus hat noch grossen Hunger."

Mit diesen Worten drehte er sich um und verliess den Raum. Sarah und Lisa blieben zurück, gebrochen und blutverschmiert, gefangen in einem Albtraum, aus dem es kein Erwachen zu geben schien.

Kapitel 19: Tims finsteres Vermächtnis

Blutgetränkte Aufzeichnungen

Sarah starrte mit weit aufgerissenen Augen auf das grauenvolle Objekt in ihren zitternden Händen. Was sie zunächst für ein altes, abgegriffenes Notizbuch gehalten hatte, entpuppte sich bei näherer Betrachtung als etwas weitaus Entsetzlicheres. Die Umschläge des Buches waren aus menschlicher Haut gefertigt, die Oberfläche noch immer von feinen Härchen und Poren übersät. An manchen Stellen hatten sich Hautfetzen abgelöst und gaben den Blick auf das darunter liegende, verfärbte Gewebe frei.

Mit bebenden Fingern öffnete Sarah das makabre Tagebuch. Der beissende Gestank von geronnenem Blut und Exkrementen schlug ihr entgegen. Die Seiten waren über und über mit wirren Schriftzeichen bedeckt, geschrieben in einer rostbraunen Substanz, bei der es sich zweifellos um getrocknetes Blut handelte. Dazwischen prangten wahnsinnige Zeichnungen von albtraumhaften Kreaturen - tentakelbewehrte Ungeheuer mit zahllosen Augen, fleischige Auswüchse die an menschliche Körperteile erinnerten, verschlungene geometrische Muster die das Auge schmerzten.

Sarah zwang sich, die blutgetränkten Seiten umzublättern. Tims einst so vertraute Handschrift war zu einem chaotischen Gekritzel verkommen, das von seinem zunehmenden Wahnsinn zeugte. Zwischen zusammenhanglosen Wortfetzen und obskuren Symbolen fanden sich detaillierte Beschreibungen grausamer Experimente, die Tim an sich selbst und anderen durchgeführt hatte.

Mit wachsendem Entsetzen las Sarah von rituellen Verstümmelungen, bei denen sich Tim Stück für Stück Fleisch aus dem eigenen Körper geschnitten hatte, um es dem Haus als Opfergabe darzubringen. Er schilderte in erschreckender Ausführlichkeit, wie er sich Nägel unter die Fingerkuppen getrieben und seine Zunge in dünne Streifen zerschnitten hatte - alles in dem Wahn, dadurch tiefere Einsichten in die Natur des Hauses zu erlangen.

Noch grauenhafter waren die Passagen, in denen Tim von seinen "Forschungen" an unfreiwilligen Probanden berichtete. In nüchternem Tonfall beschrieb er, wie er Obdachlose und Ausreisser in den Keller gelockt hatte, um an ihnen abscheuliche Experimente durchzuführen. Er hatte ihnen bei lebendigem Leib die Haut abgezogen, ihre Eingeweide nach verborgenen Mustern durchsucht und ihre zuckenden Körper in obskuren Konstellationen arrangiert - alles in der Hoffnung, die Geheimnisse des Hauses zu entschlüsseln.

Zwischen den blutverschmierten Seiten fanden sich kryptische Hinweise auf ein Ritual, mit dem Tim offenbar versucht hatte, Blackwood Manor zu zerstören. Doch je weiter Sarah in dem Tagebuch vorankam, desto deutlicher wurde, dass Tim längst jede Hoffnung auf Erlösung aufgegeben hatte. In den letzten Einträgen beschrieb er in verstörenden Details, wie er mehr und mehr mit dem Haus verschmolz.

Er berichtete von Visionen, in denen sich seine Haut in morsche Holzdielen verwandelte und Maden aus seinen Augenhöhlen krochen. In wirren Worten schilderte er, wie er die Schreie all jener hörte, die jemals in den Mauern von Blackwood Manor gelitten hatten. Das Haus sprach zu ihm, flüsterte ihm seine finsteren Geheimnisse zu und nährte sich von seinem schwindenden Verstand.

Der letzte Eintrag des Tagebuchs liess Sarah schaudern. In zittrigen Buchstaben hatte Tim geschrieben: "Ich bin eins mit dem Haus geworden. Mein Fleisch ist sein Fleisch, mein Blut fliesst durch seine Adern. Ich kann seine Gier spüren, seinen unstillbaren Hunger nach Leid und Verdammnis. Es will mehr... es braucht mehr... und ich werde ihm geben, wonach es verlangt. Mögen die Götter uns allen gnädig sein."

Sarah klappte das grauenvolle Buch zu, ihre Hände zitterten unkontrolliert. Übelkeit stieg in ihr auf, als ihr die volle Tragweite von Tims Aufzeichnungen bewusst wurde. Was immer in Blackwood Manor hauste, es hatte ihren Freund in den Wahnsinn und zu unvorstellbaren Gräueltaten getrieben. Und nun wartete es darauf, dass sie zurückkehrten, um sein finsteres Werk zu vollenden.

Mit zitternden Fingern griff Sarah nach dem Feuerzeug in ihrer Tasche. Für einen Moment spielte sie mit dem Gedanken, Tims unheiliges Tagebuch den Flammen zu übergeben und all seine grauenvollen Geheimnisse für immer auszulöschen. Doch eine düstere Vorahnung hielt sie davon ab. Tief in ihrem Inneren wusste sie, dass die Aufzeichnungen der Schlüssel zu allem waren -

zum Überleben und vielleicht sogar zur Zerstörung von Blackwood Manor.

Mit einem resignierten Seufzen verstaute Sarah das Buch in ihrer Tasche. Seine Berührung fühlte sich an, als würde sie glühende Kohlen mit sich herumtragen. Doch sie wusste, dass sie keine andere Wahl hatte. Um Tim zu rächen und dem Schrecken ein Ende zu setzen, musste sie sich den Geheimnissen stellen, die in diesen blutgetränkten Seiten verborgen lagen.

Das Opferritual

Die Luft im verborgenen Kellergewölbe von Blackwood Manor war erfüllt von beissendem Rauch und dem abgestandenen Geruch von Verwesung. Flackernde Kerzen warfen zuckende Schatten an die feuchten Steinwände, auf denen unheilige Symbole in getrockneter, schwarzer Substanz prangten.

In der Mitte des Raumes erhob sich ein massiver Steinaltar, dessen Oberfläche von tiefen Rinnen durchzogen war. Jeremiah Blackwood stand dahinter, sein Gesicht eine Maske aus grausamer Vorfreude. Seine Augen glühten im Halbdunkel wie glimmende Kohlen, während er die Vorbereitungen für das blasphemische Ritual überwachte.

"Bringt mir die Zutaten", zischte er mit einer Stimme, die klang wie das Kratzen von Knochen auf Stein.

Vermummte Gestalten schlurften herbei, in ihren Händen Behälter mit unaussprechlichen Inhalten. Der Gestank von Verwesung wurde überwältigend, als sie ihre grausige Fracht auf dem Altar ausbreiteten. Blackwoods Lippen verzogen sich zu einem widerwärtigen Lächeln, während er mit knochigen Fingern über die Objekte strich.

"Ausgezeichnet", murmelte er. "Nun fehlt nur noch das wichtigste Element - die gereinigte Seele unseres Opfers."

Auf seinen Wink hin wurde eine zitternde Gestalt in den Raum gezerrt. Ihr Gesicht war eine Maske aus

Angst und Verzweiflung. Blackwood trat näher, seine Augen funkelten vor perverser Vorfreude.

"Fürchte dich nicht, mein Kind", flüsterte er mit täuschender Sanftheit. "Dein Leid wird den Weg für eine neue Ära des Wahnsinns ebnen. Deine Qualen werden der Schlüssel sein, der die Tore zu unvorstellbaren Schrecken öffnet."

Er wandte sich an seine Anhänger und begann, detaillierte Anweisungen für das Ritual zu geben. Seine Worte waren wie Gift, das sich in die Gedanken der Anwesenden frass. Er sprach von verdorbenen Artefakten, die aktiviert werden mussten, von präzisen Schnitten und Beschwörungen, die in einer ganz bestimmten Reihenfolge durchgeführt werden mussten.

"Seid gewarnt", donnerte Blackwood. "Ein Fehler in der Durchführung wird nicht nur das Ritual zum Scheitern bringen. Die entfesselten Kräfte werden sich gegen uns wenden und unsere Seelen in ewige Verdammnis stürzen."

Während er sprach, huschte sein Blick immer wieder zu Mr. Jenkins, der im Schatten lauerte. Jenkins' Augen glitzerten vor unheiliger Vorfreude, sein Grinsen enthüllte verfaulte Zähne. Er wusste, dass seine Aufgabe erst beginnen würde, wenn das Ritual vollendet war.

Blackwood hob die Arme und begann mit der Beschwörung. Die Luft im Raum wurde schwer und vibrierte vor unnatürlicher Energie. Das Opfer auf dem

Altar begann zu wimmern, als unsichtbare Kräfte an seiner Seele zerrten.

In diesem Moment fiel Blackwoods Blick auf ein altes Notizbuch, das zwischen den Ritualgegenständen lag. Es waren Tims Aufzeichnungen, die er in den Tiefen des Anwesens gefunden hatte. Ein diabolisches Lächeln umspielte Blackwoods Lippen, als er die Seiten aufschlug und Tims verzweifelte Notizen las:

"Jeremiah Blackwood ist der wahre Architekt dieses Wahnsinns. Seine Pläne reichen weiter, als ich je ahnen konnte. Möge Gott uns allen gnädig sein, wenn es ihm gelingt, das Ritual zu vollenden."

Blackwood lachte, ein Geräusch wie berstendes Glas. "Oh, Timothy", flüsterte er. "Du hattest ja keine Ahnung. Dies ist erst der Anfang."

Mit diesen Worten begann er, die entscheidenden Verse des Rituals zu intonieren. Die Luft um den Altar herum begann zu flimmern und zu zerreissen. Durch die Risse sickerte eine Schwärze, die jedes Licht zu verschlucken schien.

Das Opfer auf dem Altar bäumte sich auf, ein unheimlicher Schrei hallte von den Wänden wider. Doch Blackwood lächelte nur, seine Augen funkelten vor Triumph.

"Es beginnt", flüsterte er. "Eine neue Ära des Wahnsinns bricht an."

Während das Ritual seinen grausamen Höhepunkt erreichte, huschte Mr. Jenkins' Blick erwartungsvoll zwischen dem Opfer und der Tür hin und her. Er wusste, dass seine Arbeit als Blackwoods unheiliger Totengräber erst beginnen würde, wenn die letzten Worte der Beschwörung verklungen waren.

Die Dunkelheit, die durch die Risse in der Realität sickerte, breitete sich wie lebendige Schatten im Raum aus. Sie schienen nach den Anwesenden zu greifen, bereit, sie in unvorstellbare Albträume zu zerren.

Blackwoods Stimme erhob sich zu einem finalen Crescendo, während das Opfer ein letztes Mal aufschrie und dann erschlaffte. Für einen Moment herrschte absolute Stille.

Dann bebte der Boden unter ihren Füssen. Ein unheilvolles Grollen erfüllte die Luft, als würde die Realität selbst zerreissen. Blackwood lachte triumphierend, seine Arme weit ausgebreitet, als wollte er die hereinbrechende Finsternis umarmen.

"Es ist vollbracht!", rief er. "Das Tor ist geöffnet. Lasst uns die Früchte unserer Arbeit ernten und diese Welt in einen Albtraum verwandeln, aus dem es kein Erwachen gibt!"

Die Anwesenden starrten mit einer Mischung aus Entsetzen und krankhafter Faszination auf das sich öffnende Portal. Keiner von ihnen ahnte, welche Schrecken Blackwood wirklich entfesselt hatte - und welchen Preis sie alle dafür zahlen würden.

Verdammte Erlösung

Mit zitternden Händen greife ich nach dem Stift, meine Finger verkrümmt und entstellt wie die Äste eines verdorrten Baumes. Das Papier vor mir ist befleckt mit dunklen Flecken - mein eigenes Blut, das aus Wunden sickert, die sich nicht schliessen wollen. Ich weiss nicht, wie lange ich schon hier bin, gefangen in diesem Albtraum zwischen Leben und Tod. Die Zeit hat jede Bedeutung verloren in den finsteren Hallen von Blackwood Manor.

Mein Name ist Tim. Zumindest war es das einmal. Jetzt bin ich... etwas anderes. Etwas Verdorbenes. Mein Körper ist nur noch eine groteske Hülle, entstellt und verdreht von Kräften, die jenseits menschlichen Verstehens liegen. Meine Haut ist aufgeplatzt wie überreife Frucht, darunter pulsiert etwas Fremdes, Lebendiges. Ich kann es spüren, wie es sich durch meine Eingeweide windet, meine Organe verschlingt und neu erschafft nach seinem perversen Willen.

Der Schmerz ist unbeschreiblich. Jeder Atemzug fühlt sich an, als würde flüssiges Feuer durch meine Lungen gepumpt. Meine Knochen brechen und heilen in grotesken Winkeln, mein Fleisch zerreisst und wächst wieder zusammen in absurden Mustern. Ich habe aufgehört zu zählen, wie oft ich gestorben bin, nur um wieder in diesen lebenden Albtraum zurückgezerrt zu werden.

Doch das Schlimmste sind die Visionen. Sie kommen in Wellen, überwältigen meine Sinne und zeigen mir Dinge, die kein sterbliches Auge je erblicken sollte. Ich sehe eine Welt jenseits unserer eigenen, regiert von Wesen so fremd und grauenvoll, dass der menschliche Verstand bei ihrem Anblick zerbricht wie dünnes Glas.

Riesige, amorphe Kreaturen winden sich durch den leeren Raum zwischen den Sternen, ihre blosse Existenz eine Beleidigung für die Gesetze der Physik. Städte aus unmöglicher Geometrie erheben sich auf toten Planeten, bewohnt von Wesen, deren blosser Anblick den Wahnsinn bringt. Und über allem thront ER - Jeremiah Blackwood, nicht länger menschlich, sondern transformiert in etwas Grösseres, Schrecklicheres. Seine Augen sind Fenster in eine Ewigkeit aus Qualen, sein Lächeln verspricht endloses Leiden.

In lichten Momenten flehe ich um Erlösung, bete zu Göttern, an die ich längst nicht mehr glaube. Ich würde alles geben für die süsse Umarmung des Todes, für ein Ende dieses Martyriums. Doch dann kommt die nächste Welle der Transformation, und mit ihr ein perverses Gefühl des Triumphs. Ich spüre, wie ich stärker werde, wie mein Bewusstsein sich ausdehnt und Dinge begreift, die nie für sterbliche Augen bestimmt waren.

Ich bin nun Teil des Hauses geworden, verschmolzen mit seinen verfluchten Mauern und dem Schrecken, der in ihnen lauert. Mein Fleisch ist eins mit dem morschen Holz, mein Blut fliesst durch die rostigen Rohre. Ich kann die anderen spüren - Sarah, Lisa, all jene, die dem Ruf des Manors gefolgt sind. Ihre Angst nährt mich, ihr Leiden stärkt mich.

Dies wird mein letzter Eintrag sein, meine letzte Verbindung zu dem, was ich einst war. Wer auch immer diese Worte liest, wisse dies: Es gibt kein Entkommen aus Blackwood Manor. Jeder, der diese verfluchte Schwelle übertritt, ist bereits verdammt. Wir warten hier in den Schatten, hungrig nach frischem Leid. Und wenn die Zeit reif ist, werden wir uns erheben und die Welt in ewige Dunkelheit stürzen.

Kommt zu uns. Werdet Teil von etwas Grösserem. Euer Schmerz wird unser Nektar sein, euer Wahnsinn unsere Freude. In Blackwood Manor erwartet euch eine Ewigkeit des Leidens - und der grausamen Ekstase.

Die Tinte auf dem Papier verschwimmt, vermischt sich mit Blut und anderen, weniger identifizierbaren Flüssigkeiten. Die letzten Worte sind kaum noch zu entziffern, geschrieben in einer zitternden, unmenschlichen Handschrift:

"Ich bin Tim. Ich bin Blackwood Manor. Ich bin euer Ende."

Das Papier beginnt zu rauchen, die Ränder kräuseln sich und verbrennen in einer unsichtbaren Flamme. Ein letzter, gellender Schrei hallt durch die leeren Hallen des Manors - ein Schrei, der gleichzeitig Triumph und unendliche Qual in sich trägt. Dann kehrt Stille ein, durchbrochen nur vom leisen Knarren des alten Holzes und dem gedämpften Flüstern der Verdammten, die in den Wänden lauern.

Blackwood Manor wartet geduldig. Es hat alle Zeit der Welt. Und es wird nicht ruhen, bis es jeden verschlungen hat, der töricht genug ist, seine düstere Schwelle zu übertreten.

Kapitel 20: Schwarze Messe

Vorbereitung des Grauens

Sarah und Lisa standen mit zitternden Händen vor dem improvisierten Altar im düsteren Keller von Blackwood Manor. Der modrige Geruch von Verwesung vermischt sich mit dem beissenden Gestank von Schwefel und verbranntem Fleisch. Ihre Augen waren weit aufgerissen, erfüllt von einer Mischung aus Entsetzen und fieberhafter Erregung.

"Wir müssen anfangen", flüsterte Sarah mit rauer Stimme. "Er wird ungeduldig."

Lisa nickte stumm, während sie das rostige Messer fester umklammerte. Mit zitternden Fingern begann sie, fremdartige Symbole in ihre bleiche Haut zu ritzen. Das Blut quoll dunkel hervor und rann in dünnen Rinnsalen ihre Arme hinab. Sarah tat es ihr gleich, biss sich auf die Lippe, um nicht vor Schmerz aufzuschreien.

Die Frauen tauchten ihre Finger in die klaffenden Wunden und begannen, mit ihrem eigenen Blut okkulte Zeichen auf den Boden und die Wände zu malen. Die Luft um sie herum schien zu vibrieren, als würde etwas Uraltes und Böses erwachen.

Mit zitternden Händen entzündeten sie die Kerzen, die auf dem Altar standen. Der widerliche Gestank von schmelzendem Menschenfett erfüllte den Raum. Doch sie zwangen sich, weiterzumachen.

Sarah griff nach dem ersten Ritualobjekt - einem verwesenden menschlichen Schädel, aus dessen leeren Augenhöhlen Maden krochen. Sie platzierte ihn vorsichtig in der Mitte des Altars, flankiert von verrottenden Gliedmassen und Eingeweiden. Der süssliche Geruch des Todes wurde beinahe überwältigend.

Lisa intonierte mit zitternder Stimme die ersten Worte der Beschwörung. Die fremdartigen Silben brannten wie Säure auf ihrer Zunge, hinterliessen einen Geschmack nach Asche und Verwesung. Sarah stimmte ein, ihre Stimmen verschmolzen zu einem unheimlichen Duett.

Plötzlich wurde die Luft merklich kälter. Ein eisiger Hauch strich über ihre nackten Arme, liess sie erschaudern. Sie spürten Jeremiah Blackwoods unsichtbare Präsenz im Raum, ein malevolentes Flüstern an den Rändern ihres Bewusstseins.

Die Tür knarrte, und Mr. Jenkins trat ein. Sein Gesicht war eine Maske aus Schatten und Narben, seine Augen glühten unnatürlich hell. In seinen knochigen Händen trug er einen Sack, aus dem leises Wimmern drang.

"Ein Geschenk vom Meister". Seine Worte schnitten durch die Atmosphäre wie ein rostiges Skalpell durch verwesende Eingeweide.. "Für das grosse Finale."

Er liess den Sack zu Boden fallen. Etwas Lebendiges bewegte sich darin, stiess verzweifelte, gedämpfte Schreie aus. Sarah und Lisa starrten mit einer Mischung aus Entsetzen und perverser Neugier darauf.

Mr. Jenkins grinste, entblösste dabei verfaulte Zähne. "Nicht zu früh öffnen. Der Meister wird euch sagen, wann es Zeit ist."

Mit diesen Worten verschwand er wieder in den Schatten, als hätte er nie existiert.

Sarah und Lisa tauschten einen Blick aus, in dem sich Furcht und grausame Vorfreude mischten. Sie wussten, dass es kein Zurück mehr gab. Das Ritual hatte begonnen, und Jeremiah Blackwood forderte seinen Tribut.

Mit zitternden Händen griffen sie nach den nächsten Ritualgegenständen. Ein ausgehöhltes Menschenherz, gefüllt mit einer schwarzen, zähflüssigen Substanz. Der Geruch war so intensiv, dass Lisa würgen musste.

Sarah zwang sich, einen Schluck der widerlichen Flüssigkeit zu nehmen. Es schmeckte nach Tod und Verzweiflung, brannte wie Feuer in ihrer Kehle. Sofort begannen Visionen ihren Verstand zu überschwemmen.

Sie sah Jeremiah Blackwood, eine Kreatur aus Schatten und Boshaftigkeit. Er thronte über einem Meer aus Körpern, nährte sich von ihrer Angst und ihrem Schmerz. Seine Augen fixierten Sarah, schienen direkt in ihre Seele zu blicken. Ein grausames Lächeln verzerrte seine Züge.

"Bald, meine Lieben", hörte sie seine Stimme in ihrem Kopf. "Bald werdet ihr mir gehören, Körper und Seele."

Lisa keuchte neben ihr auf. Offenbar hatte auch sie die Vision. Ihre Augen waren weit aufgerissen, erfüllt von Entsetzen und einer perversen Art der Ehrfurcht.

"Wir müssen weitermachen", flüsterte Sarah heiser. "Er wartet auf uns."

Mit zitternden Händen griffen sie nach den nächsten Ritualgegenständen. Ein Bündel verdorrter Knochen, die beim Berühren zu Staub zerfielen. Getrocknete Spinnen, die sie zu einer widerlichen Paste zermahlten.

Die Luft um sie herum wurde immer dichter, schien zu beben wie ein lebendiges Wesen. Schatten tanzten an den Wänden, formten abscheuliche Gestalten. Das Flüstern in ihren Köpfen wurde lauter, drängender.

Sarah spürte, wie sich etwas in ihr veränderte. Eine dunkle Energie durchströmte ihren Körper, liess ihr Blut kochen. Sie sah zu Lisa hinüber und erkannte denselben fiebrigen Glanz in ihren Augen.

Die Symbole, die sie sich in die Haut geritzt hatten, begannen zu brennen. Es fühlte sich an, als würden sie sich tiefer in ihr Fleisch graben, bis in ihre Seele hinein. Der Schmerz war überwältigend, doch gleichzeitig seltsam berauschend.

"Mehr", keuchte Lisa, ihre Stimme kaum mehr als ein heiseres Flüstern. "Wir brauchen mehr."

Sarah nickte stumm. Sie wussten beide, dass das Schlimmste noch bevorstand. Der Sack mit Mr. Jenkins'

"Geschenk" bewegte sich immer noch schwach, ein stummer Vorwurf an ihre Menschlichkeit.

Doch in diesem Moment fühlten sie sich weit entfernt von allem Menschlichen. Sie waren Werkzeuge in den Händen einer dunkleren Macht, bereit, das ultimative Opfer zu bringen.

Mit zitternden Händen griffen sie nach den letzten Ritualgegenständen, bereit, den Point of no Return zu überschreiten. Die schwarze Messe hatte erst begonnen, und Jeremiah Blackwood wartete hungrig in den Schatten.

Lebende Altäre des Wahnsinns

Sarah und Lisa bewegten sich wie Marionetten, deren Fäden von unsichtbaren, grausamen Händen gezogen wurden. Mit glasigen Augen und verzerrten Gesichtern näherten sie sich den kreuzförmigen Holzkonstruktionen, die wie obszöne Altäre in der Mitte des Raumes aufragten.

Sarah spürte, wie sich ihre Gliedmassen gegen ihren Willen bewegten, als sie sich auf das Kreuz legte. Ihr Körper zuckte unkontrolliert, während unsichtbare Kräfte ihre Arme und Beine an das raue Holz pressten. Lisa erging es nicht anders - ihre Bewegungen waren ruckartig und unnatürlich, als würde eine fremde Macht Besitz von ihr ergreifen.

Kaum hatten sie ihre Position eingenommen, begann der wahre Horror. Sarah schrie auf, als sich ihre Eingeweide zu bewegen begannen. Unter ihrer Haut zeichneten sich Wölbungen ab, als würden ihre Organe lebendig werden und sich neu anordnen. Lisa wand sich in Qualen, während ihr Brustkorb sich auf unnatürliche Weise ausdehnte und wieder zusammenzog.

"Oh Gott!", keuchte Sarah zwischen schmerzerfüllten Schreien. "Was geschieht mit uns?"

Ihre Frage wurde von einem gurgelnden Geräusch unterbrochen, als sich ihr Mund wie von selbst öffnete. Zu ihrem Entsetzen quoll etwas Feuchtes, Pulsierendes aus ihrer Kehle hervor. Es waren tentakelartige Auswüchse, die sich wie eigenständige Kreaturen aus ihrem Rachen wanden. Lisa erging es nicht besser - aus ihrem weit aufgerissenen Mund krochen schleimige Gebilde, die sich zuckend in der Luft bewegten.

Der Anblick war so grauenvoll, dass Sarah glaubte, den Verstand zu verlieren. Doch das Schlimmste stand ihnen noch bevor. Mit einem widerlichen Reissen begann sich ihre Haut zu verändern. Es fühlte sich an, als würde jede Pore ihres Körpers von innen aufgesprengt. Innerhalb weniger Sekunden wurde ihre Haut durchscheinend wie dünnes Papier.

Durch die nun transparente Hülle konnten Sarah und Lisa die abscheulichen Veränderungen in ihrem Inneren beobachten. Pulsierend und zuckend bewegten sich fremdartige Strukturen unter der Oberfläche. Es waren keine menschlichen Organe mehr, sondern etwas Anderes - etwas, das niemals hätte existieren dürfen.

Lisa stiess einen schmerzhaften Schrei aus, als sich ihr Brustkorb öffnete wie eine deformierte Blüte. Zwischen ihren aufklaffenden Rippen wand sich etwas Dunkles, Glitschiges. Sarah konnte den Blick nicht abwenden, obwohl sich ihr Magen vor Ekel zusammenkrampfte.

Plötzlich begannen beide Frauen gleichzeitig zu sprechen, doch es waren nicht ihre eigenen Stimmen. Ein vielstimmiger Chor drang aus ihren Kehlen, eine Mischung aus unmenschlichen Lauten und fremdartigen Silben. Die Wände des Raumes schienen zu vibrieren, als würde die Realität selbst unter der Wucht dieser unheimlichen Litanei erzittern.

Sarah spürte, wie sich ihr Bewusstsein auflöste, zerrissen zwischen unvorstellbaren Qualen und einer perversen Ekstase. Ihr Körper war zu einem lebenden Altar geworden, einem Gefäss für Kräfte jenseits menschlichen Verstehens. In einem letzten Aufbäumen versuchte sie, gegen den Wahnsinn anzukämpfen, der von ihr Besitz ergriff.

"Lisa!", krächzte sie zwischen den fremdartigen Worten, die aus ihrem Mund strömten. "Wir müssen... kämpfen!"

Doch Lisa schien sie nicht mehr zu hören. Ihre Augen hatten sich nach innen gedreht, zeigten nur noch das Weisse. Aus ihrem weit aufgerissenen Mund quoll ein schwarzer Nebel, der sich wie lebendige Schatten um sie herum wand.

Sarah fühlte, wie die letzten Reste ihrer Menschlichkeit zu entgleiten drohten. Die Mutationen ihres Körpers schritten unaufhaltsam voran, verwandelten sie in etwas, das kein Name beschreiben konnte. Ihre Haut dehnte sich und riss an mehreren Stellen auf. Doch statt Blut quoll eine schillernde, ölige Substanz aus den Wunden.

Der Gesang wurde lauter, durchdrang jede Faser ihres Seins. Sarah erkannte Fragmente uralter Sprachen, Beschwörungsformeln von solch blasphemischer Natur, dass ihr Verstand sich weigerte, ihre Bedeutung zu erfassen. Und doch verstand ein Teil von ihr - jener Teil, der nicht mehr menschlich war - die grauenvolle Wahrheit hinter diesen Worten.

Sie waren nicht länger Sarah und Lisa. Sie waren Portale geworden, lebende Tore zu Dimensionen jenseits von Raum und Zeit. Durch ihre gemarterten Körper strömten Energien von solch unvorstellbarer Macht, dass die Luft um sie herum zu flimmern begann.

Sarah wollte schreien, wollte um Hilfe rufen, doch ihre Stimme gehorchte ihr nicht mehr. Stattdessen formten ihre Lippen Worte in einer Sprache, die älter war als die Menschheit selbst. Sie spürte, wie sich ihr Bewusstsein ausdehnte, gleichzeitig zerrissen und neu zusammengesetzt von Kräften, die kein sterblicher Verstand begreifen konnte.

Die kreuzförmigen Holzkonstruktionen, auf denen Sarah und Lisa gefesselt waren, begannen zu vibrieren und sich zu verformen. Das Holz schien lebendig zu werden, wuchs wie Ranken um ihre mutierten Körper und verschmolz mit ihrem Fleisch. Sie waren nun eins mit den Altären, lebende Monumente eines Wahnsinns jenseits menschlicher Vorstellungskraft.

In diesem Moment der absoluten Transformation, als ihre Körper und Geister an der Schwelle zu etwas Unaussprechlichem standen, durchzuckte Sarah eine letzte, verzweifelte Erkenntnis: Dies war erst der Anfang. Was auch immer Jeremiah Blackwood geplant hatte - der wahre Horror stand ihnen noch bevor.

Mit dieser grauenvollen Gewissheit verlor Sarah endgültig den Halt in der Realität. Ihr Bewusstsein löste sich auf, wurde eins mit dem kosmischen Chaos, das durch sie hindurchströmte. Das letzte, was sie wahrnahm, war Jeremiahs triumphierendes Lachen, das wie ein Echo aus den Tiefen der Hölle selbst erklang.

Der Gesang erreichte seinen Höhepunkt, eine Symphonie des Wahnsinns, die die Grundfesten der Wirklichkeit erschütterte. Sarah und Lisa, oder was von ihnen übrig war, waren zu lebenden Altären des Unaussprechlichen geworden - Gefässe für Kräfte, die niemals in diese Welt hätten gelangen dürfen.

Widerstand des Hauses

Mit jedem Wort, das Sarah aus dem alten Buch rezitierte, begann das Haus um sie herum zu erzittern und zu ächzen wie ein sterbendes Tier. Die Wände dehnten und wölbten sich, als würde das Gemäuer selbst vor Qualen schreien.

Plötzlich brach die Tapete auf und dicke Ströme einer zähflüssigen, schwarzroten Substanz quollen hervor. Der stechende Geruch von Blut erfüllte den Raum, vermischt mit dem fauligen Gestank von Verwesung. Sarah würgte, als die warme Flüssigkeit über ihre nackten Füsse floss.

"Hör auf!", dröhnte eine geisterhafte Stimme durch das Haus. "Du weisst nicht, was du tust!"

Doch Sarah las unbeirrt weiter, ihre Stimme wurde lauter, um das Heulen und Kreischen zu übertönen, das aus den Wänden drang. Es klang, als würden tausend gequälte Seelen gleichzeitig ihre Todesqualen hinausschreien.

Mit einem berstenden Krachen brach der Boden unter ihren Füssen auf. Aus der klaffenden Wunde im Holz krochen albtraumhafte Kreaturen hervor - verdrehte, entstellte Wesen, die einst menschlich gewesen sein mochten. Ihre Gliedmassen waren abnormal verrenkt, Haut hing in Fetzen von ihren knochigen Körpern. Mit glühenden Augen und geifernden Mäulern stürzten sie sich auf Sarah.

Sie wich zurück, das Buch schützend an ihre Brust gepresst. Ihre freie Hand griff nach dem Ritualdolch an ihrer Seite. Als die erste Kreatur sie erreichte, stiess sie die Klinge tief in dessen Schädel. Schwarzes Blut spritzte aus der Wunde, ätzend wie Säure auf ihrer Haut.

Mehr und mehr dieser Monstrosität quollen aus Rissen in Boden und Decke. Sarah kämpfte verzweifelt, ihre Arme schmerzten vom Zustechen und Abwehren scharfer Klauen. Blut - ihr eigenes und das der Kreaturen - bedeckte ihren zitternden Körper.

Plötzlich materialisierte sich vor ihr der Geist einer jungen Frau. Ihr Gesicht war eine Maske des Grauens, die Augen weit aufgerissen vor Entsetzen. "Bitte", flehte sie verzweifelt, "lass uns gehen. Beende diesen Albtraum."

Geisterhafte Hände griffen nach Sarah, zerrten an ihrer Kleidung und ihren Haaren. Die Luft um sie herum füllte sich mit den durchscheinenden Gestalten früherer Opfer. Ihre gequälten Schreie vermischten sich zu einer kranken Symphonie des Wahnsinns.

Sarah stolperte rückwärts, versuchte verzweifelt, sich zu konzentrieren und weiterzulesen. Doch die Realität um sie herum begann zu zerfliessen wie ein Gemälde in strömendem Regen. Die Wände dehnten und verzerrten sich, schienen ins Unendliche zu wachsen. Der Boden unter ihren Füssen wurde weich und nachgiebig, als würde sie in Treibsand versinken.

Zeit und Raum verloren jede Bedeutung. Sarah wusste nicht mehr, ob sie Sekunden oder Jahrtausende in diesem Chaos gefangen war. Ihr Verstand drohte unter der Last des Wahnsinns zu zerbrechen.

Mit einem Donnergrollen, das die Grundfesten des Hauses erschütterte, bäumte sich das gesamte Gebäude auf. Balken splitterten, Glas barst. Es war, als würde Blackwood Manor selbst zum Leben erwachen, entschlossen, das Ritual mit aller Macht zu stoppen.

Meterdicke Holzbalken peitschten wie lebendige Tentakel durch die Luft, zerschmetterten alles in ihrer Reichweite. Sarah warf sich zu Boden, spürte den Luftzug, als einer der Balken nur Zentimeter über ihrem Kopf hinwegfegte.

Sie robbte vorwärts, Glassplitter und Holzsplitter bohrten sich in ihre Haut. Das Buch hielt sie wie einen Schutzschild vor sich. Ihr ganzer Körper war eine einzige Schmerzensquelle, doch sie zwang sich, Wort für Wort weiterzulesen.

Eine Welle aus Dunkelheit rollte wie eine schwarze Flut durch den Raum, drohte Sarah zu verschlingen. Sie spürte, wie eisige Kälte nach ihrer Seele griff, versuchte, ihren Lebensfunken zu ersticken.

Mit letzter Kraft presste Sarah die Worte hervor, ihre Stimme kaum mehr als ein heiseres Krächzen: "Bei den Alten Göttern, ich befehle dir - weiche!"

Ein greller Lichtblitz durchzuckte das Haus, gefolgt von einer Druckwelle, die Sarah von den Füssen riss. Sie wurde durch die Luft geschleudert und prallte hart gegen die gegenüberliegende Wand. Sterne tanzten vor ihren Augen, während um sie herum das Chaos weiter tobte.

Benommen und blutend klammerte sich Sarah an das Buch. Sie wusste, sie durfte jetzt nicht aufgeben. Zu viel stand auf dem Spiel. Mit zitternden Lippen begann sie erneut zu lesen, ihre Stimme kaum hörbar im Getöse des sich aufbäumenden Hauses.

Das Ritual musste vollendet werden.. Sarah war bereit, dafür durch die Hölle zu gehen - auch wenn sie fürchtete, dass genau das gerade geschah.

Kapitel 21: Risse im Gefüge der Realität

Dimensionsportale

Die Luft begann zu flimmern und zu zittern, als würde sie unter einer unerträglichen Hitze schmelzen. Sarah und Lisa starrten mit weit aufgerissenen Augen auf das groteske Schauspiel, das sich vor ihnen entfaltete. Wie Wunden in der Haut der Realität öffneten sich klaffende Risse in der Luft, durch die sie Blicke in Welten erhaschten, die jenseits menschlicher Vorstellungskraft lagen.

Durch einen der Risse sahen sie eine Landschaft aus Fleisch, durchzogen von Adern und bizarren Auswüchsen. Aus einem anderen strömte ein grünlicher Nebel, der den Geruch von Verwesung und Tod verströmte. Sarah würgte, als der beissende Gestank ihre Nase erreichte.

Plötzlich schossen tentakelartige Auswüchse aus den Rissen hervor, schlangenartig und mit einer schleimigen Oberfläche überzogen. Sie peitschten durch die Luft, griffen nach allem, was sich in ihrer Nähe befand. Lisa schrie gellend auf, als eines der Tentakel sich um ihr Bein wickelte und sie zu Boden riss.

"Sarah! Hilf mir!", kreischte sie panisch, während das Tentakel sie unerbittlich in Richtung des Risses zog. Sarah stürzte vorwärts, packte Lisas Arme und zerrte mit aller Kraft. Das Tentakel spannte sich, drohte Lisas Bein zu zerquetschen. Mit einem widerlichen Reissen gab die Haut an ihrem Unterschenkel nach, Blut quoll hervor und färbte den Boden rot.

Aus weiteren Rissen quollen nun amorphe Massen, die wie lebendig gewordener Schlamm über den Boden krochen. Wo sie Gegenstände berührten, begannen diese zu schmelzen und sich zu verformen. Ein Stuhl verwandelte sich in eine groteske Skulptur aus Holz und Fleisch, die Beine zuckten wie die einer sterbenden Spinne.

Die Luft füllte sich mit mikroskopisch kleinen Sporen, die aus den Rissen strömten. Sarah und Lisa atmeten sie unweigerlich ein, und sofort begannen ihre Sinne verrückt zu spielen. Die Wände schienen zu atmen, bewegten sich im Rhythmus eines fremdartigen Herzschlags. Schatten lösten sich von den Wänden, formten sich zu albtraumhaften Kreaturen mit zu vielen Gliedmassen und Augen.

Lisa begann hysterisch zu lachen, Tränen und Blut liefen über ihr Gesicht. "Siehst du sie, Sarah? Sie tanzen für uns! Sie tanzen den Tanz des Wahnsinns!" Ihre Augen rollten wild in ihren Höhlen, während sie mit zitternden Fingern auf unsichtbare Wesen deutete.

Die Schwerkraft schien ihre Gültigkeit zu verlieren - Möbelstücke begannen zu schweben, drehten sich langsam um ihre eigene Achse. Das Wasser aus einer umgestürzten Vase floss in spiralförmigen Mustern durch die Luft.

Mit Entsetzen beobachtete Sarah, wie sich die Materie um sie herum aufzulösen begann. Die Grenzen zwischen Objekten und Lebewesen verschwammen, verschmolzen zu albtraumhaften Hybriden. Eine Topfpflanze wuchs in grotesker Weise mit dem

Bücherregal zusammen, Blätter aus Papier sprossen zwischen hölzernen Ästen hervor.

Lisas Arm, noch immer von Sarah festgehalten, begann sich zu verformen. Die Haut wurde durchscheinend, offenbarte das Gewebe und die Knochen darunter. Adern pulsierten wie eigenständige Wesen unter der Oberfläche. Sarah schrie vor Ekel auf, als Lisas Finger sich in wurzelartige Auswüchse verwandelten, die sich um ihren eigenen Arm schlangen.

"Was passiert mit uns?", wimmerte Lisa, Panik und Wahnsinn liessen ihre Stimme zu einem schrillen Kreischen anschwellen. Sarah konnte nur hilflos zusehen, wie sich Lisas Gesicht zu verformen begann. Ihre Züge zerflossen wie Wachs, Mund und Augen verschoben sich zu einer albtraumhaften Fratze.

Die Risse in der Realität weiteten sich, verschlangen immer grössere Teile des Raumes. Sarah spürte, wie eine unwiderstehliche Kraft an ihr zerrte, sie in Richtung der gähnenden Abgründe zog. Sie klammerte sich verzweifelt an Lisa, deren Körper sich weiter auflöste und mit der sie verschmolz.

"Wir müssen hier raus!", schrie Sarah, ihre Stimme kaum hörbar über dem Heulen und Kreischen, das aus den Dimensionsportalen drang. Doch es gab kein Entkommen. Die Realität um sie herum zerfiel, löste sich in einem Strudel aus Wahnsinn und Chaos auf.

Sarah spürte, wie ihr eigener Körper begann, sich aufzulösen. Ihre Haut kribbelte, als würden Millionen von Ameisen darunter krabbeln. Mit Entsetzen sah sie zu, wie sich ihre Finger verformten, sich zu tentakelartigen Auswüchsen verlängerten. Der Schmerz war unbeschreiblich, als würde jede Zelle ihres Körpers in Flammen stehen.

Die Grenzen zwischen ihr und Lisa verschwammen immer mehr. Ihre Körper verschmolzen zu einer grotesken Einheit aus Fleisch, Knochen und fremdartiger Materie. Sarah konnte Lisas Gedanken in ihrem Kopf hören, ein Wirrwarr aus Angst, Wahnsinn und unmenschlichen Konzepten.

Die letzten Fetzen der Realität lösten sich auf, und Sarah fiel in einen Abgrund jenseits von Zeit und Raum. Ihr Bewusstsein zersplitterte in Millionen von Fragmenten, jedes gefangen in seiner eigenen Hölle aus unmöglichen Geometrien und grauenhaften Visionen.

Das letzte, was Sarah wahrnahm, bevor ihr Verstand endgültig zerbrach, war das Gefühl, dass etwas Uraltes und unvorstellbar Böses durch die Risse in unsere Welt strömte. Etwas, das schon seit Äonen darauf gewartet hatte, die Barrieren zwischen den Dimensionen zu durchbrechen.

Dann wurde alles schwarz, und Sarah verlor sich in den Tiefen des Wahnsinns, gefangen zwischen den Welten, für immer verdammt in einem Albtraum aus Fleisch und Wahnsinn.

Invasion des kosmischen Horrors

Die Nacht über Havenwood wurde von einem donnernden Krachen zerrissen, als sich die Realität selbst aufzulösen begann. Risse erschienen in der Luft wie klaffende Wunden im Gewebe des Universums, aus denen sich monströse Wesen zwängten, deren blosser Anblick den menschlichen Verstand überforderte.

Gigantische Tentakel, bedeckt mit pulsierenden Augen und zuckenden Mäulern, wanden sich durch die Öffnungen. Ihre Oberflächen schimmerten in unmöglichen Farben, die das menschliche Auge nicht erfassen konnte. Hinter ihnen folgten amorphe Massen aus Fleisch und Schatten, deren Formen sich ständig veränderten und den Gesetzen der Physik spotteten.

Die ersten Menschen, die diese kosmischen Schrecken erblickten, erlitten einen grausamen Tod. Ihre Körper begannen zu zerfliessen wie Wachs, während ihre Schreie in Gelächter übergingen und ihre Augen vor Wahnsinn aus den Höhlen quollen. Andere krümmten sich am Boden, ihr Fleisch begann zu brodeln und sich neu zu formen, als würde eine unsichtbare Hand sie wie Ton kneten.

Eine Frau, die verzweifelt versuchte zu fliehen, erstarrte mitten im Lauf. Ihre Haut verhärtete sich zu einer steinartigen Substanz, während sich ihre Gliedmassen verdrehten und verlängerten. In wenigen Sekunden war sie zu einer bizarren Skulptur geworden, ihr Gesicht für immer in einem stummen Schrei erstarrt.

Die Luft vibrierte von einem psionischen Heulen, das die Sinne überforderte. Menschen hielten sich schreiend die Ohren zu, während Blut aus ihren Augen, Nasen und Ohren quoll. Einige fielen einfach um, ihre Gehirne zu Brei zerquetscht von den unmenschlichen Frequenzen.

Inmitten des Chaos manifestierte sich eine Gestalt, die jeder Beschreibung spottete. Jeremiah Blackwood. Sein Körper schien aus lebenden Schatten zu bestehen, die ständig ihre Form veränderten. Wo sein Gesicht hätte sein sollen, öffnete sich ein Maul voller spiralförmiger Zähne, das ein grauenerregendes Lachen ausstiess.

Mit fliessenden Bewegungen, die das Auge nicht richtig erfassen konnte, dirigierte Blackwood die eindringenden Kreaturen. Auf sein stummes Kommando hin begannen die Wesen, die Realität nach ihrem bizarren Bild umzuformen. Häuser schmolzen und formten sich neu zu organischen Strukturen, die an verdrehte Innereien erinnerten. Bäume verwandelten sich in knochige Tentakel, die nach vorbeikommenden Menschen griffen.

Eine Gruppe Flüchtender wurde von einem dieser mutierten Bäume gepackt. Die knochigen Äste bohrten sich in ihr Fleisch und begannen, ihre Körper zu verschmelzen. Schreie des Entsetzens gingen in gurgelnde Laute über, als sich Münder und Kehlen verzerrten. Am Ende blieb nur eine abnormale Skulptur aus verschmolzenen Körpern zurück, deren Gesichter noch immer vor Qual verzerrt waren.

Aus den sich ständig verändernden Schatten trat eine weitere bekannte Gestalt: Mr. Jenkins, der Totengräber. Sein Gesicht war zu einem wahnsinnigen Grinsen verzogen, während er mit einer rostigen Schaufel bewaffnet durch die Strassen schlich. "Frische Ware für den Meister", murmelte er mit krächzender Stimme, während er nach überlebenden Menschen Ausschau hielt.

Eine Frau, die sich zitternd hinter einem umgestürzten Auto versteckt hatte, wurde von Jenkins entdeckt. Mit übermenschlicher Kraft packte er sie am Arm und zerrte sie hervor. "Du wirst dem Meister gefallen", zischte er, während er sie in Richtung Blackwood schleifte. Die Frau schrie und wehrte sich, doch Jenkins' Griff war unerbittlich.

Als sie näher an Blackwood herankamen, begann die Frau zu zucken und sich zu winden. Ihre Haut verfärbte sich, nahm einen ungesunden Grauton an. Aus ihren Poren quoll eine schleimige Substanz, während ihre Knochen knackten und sich neu ausrichteten. Jenkins beobachtete fasziniert, wie sich ihr Körper von innen heraus umformte, um den Wünschen seines Meisters zu entsprechen.

Über allem thronte Blackwood, dessen unmögliche Form sich weiter ausdehnte. Teile von ihm schienen in andere Dimensionen zu reichen, während Echos seiner Lache durch Zeit und Raum hallten. Mit jeder Sekunde, die verstrich, wurde die Realität weiter verzerrt und umgeformt nach dem Bild eines Wahnsinns, der jenseits menschlichen Verstehens lag.

Die wenigen noch lebenden Menschen in Havenwood kauerten in ihren Verstecken, unfähig zu begreifen, was um sie herum geschah. Ihre Welt, ihre Realität, alles was sie kannten, löste sich vor ihren Augen auf. An seine Stelle trat ein Albtraum aus Fleisch und Wahnsinn, der ihre Seelen mit eisiger Klaue umschloss.

Und über allem thronte Blackwood, der diabolische Puppenspieler, der die Fäden der Realität nach seinem perversen Willen zog. Seine Präsenz allein liess die Luft vibrieren vor ungezügelter Macht, während er sein grauenvolles Werk fortsetzte - die Umformung der Welt nach dem Bild eines kosmischen Horrors, der die Grenzen der menschlichen Vorstellungskraft bei weitem überstieg.

Sarahs Sturz in den Wahnsinn

Sarah spürte, wie sich etwas Kaltes und Schleimiges um ihre Knöchel schlang. Bevor sie auch nur einen Schrei ausstossen konnte, wurde sie mit unvorstellbarer Wucht von den Füssen gerissen. Die Welt um sie herum verschwamm zu einem Strudel aus grellen Farben und verzerrten Formen, als die tentakelartige Masse sie mit atemberaubender Geschwindigkeit fortriss.

Ihr innerstes bebte, während sie durch eine albtraumhafte Landschaft aus unmöglichen Geometrien geschleudert wurde. Bizarre Strukturen aus ächzendem Fleisch und kristallinen Auswüchsen zischten an ihr vorbei. Sarah versuchte verzweifelt, sich aus dem Griff des tentakelartigen Wesens zu befreien, doch ihre Hände glitten wirkungslos über die glitschige Oberfläche.

Mit einem lauten Krachen durchbrach sie eine unsichtbare Barriere. Für einen Moment schien die Zeit stillzustehen. Sarah schwebte schwerelos in einem Meer aus Schwärze, umgeben von Millionen winziger Lichtpunkte. Dann implodierte die Dunkelheit um sie herum und katapultierte sie in eine Dimension jenseits aller menschlichen Vorstellungskraft.

Ein Getöse aus unmöglichen Farben und Geräuschen überflutete ihre Sinne. Farben, für die es keine Namen gab, explodierten vor ihren Augen in schrillen Kaskaden. Töne, die gleichzeitig schrill und bass waren, durchdrangen ihren Schädel wie glühende Nadeln. Sarah schrie, doch brachte sie kein Laut über ihre Lippen. Stattdessen sah sie, wie sich ihre Stimme in spiralförmigen Mustern aus ihrer Kehle wand und in der Luft zerfaserte.

Ihr Verstand krümmte sich unter der Flut von Eindrücken, die jenseits menschlichen Verstehens lagen. Sarahs Körper begann sich aufzulösen, zerfiel in winzige Partikel, die in alle Richtungen davonwirbelten. Doch anstatt zu sterben, erlebte sie jeden einzelnen Moment ihrer Auflösung mit grausamer Klarheit. Sie spürte, wie sich ihre Knochen in Staub verwandelten, wie ihre Eingeweide zu einer gallertartigen Masse zerflossen.

Gerade als sie glaubte, den Verstand zu verlieren, formte sich ihr Körper neu. Doch was sich manifestierte, war eine Parodie ihrer selbst. Ihre Gliedmassen wuchsen aus falschen Stellen, verdreht und verzerrt wie in einem kubistischen Albtraum. Augen öffneten sich an ihrem Torso, blinzelten wild in alle Richtungen. Ihr Mund wanderte über ihr Gesicht wie eine hungrige Made.

Sarah wollte schreien, doch ihr neuer Körper schien einer fremden Macht zu gehorchen. Stattdessen spürte sie, wie sich ihr Bewusstsein ausdehnte, sich in alle Richtungen dieser wahnsinnigen Dimension erstreckte. Sie erlebte Jahrtausende in Sekundenbruchteilen, sah Zivilisationen aufsteigen und fallen, Sterne explodieren und Galaxien kollidieren.

Doch dies war erst der Anfang ihres Leidens. Immer wieder wurde Sarah zerstört und neu erschaffen, jedes Mal in einer noch scheusslicheren Form. Sie war ein Wesen aus reiner Energie, dann ein Konglomerat aus

Insekten, die sich zu einer vagen Menschenform zusammenballten. Sie war ein lebender Kristall, der vor Schmerz zersprang, nur um sich sofort wieder zusammenzusetzen.

Die Grenzen zwischen Körper und Geist, zwischen Selbst und Umgebung verschwammen. Sarah konnte nicht mehr sagen, wo sie aufhörte und diese Dimension des Wahnsinns begann. Ihr Bewusstsein dehnte sich immer weiter aus, umspannte Universen und kollabierte dann wieder zu einem winzigen Punkt unvorstellbarer Dichte.

In einem Moment unendlicher Klarheit begriff Sarah die wahre Natur des Kosmos - und dieser Anblick drohte ihren Verstand zu zerreissen. Sie sah die dünne Membran, die die Realität vom Chaos trennte, erkannte die fragile Illusion dessen, was die Menschen für die Wirklichkeit hielten. Und hinter allem lauerte etwas Unaussprechliches, eine Präsenz so alt und fremd, dass der blosse Gedanke daran ihren Geist wie Säure zerfrass.

Zeit verlor jede Bedeutung in diesem Ozean des Wahnsinns. Was für Sarah wie Äonen des Leidens erschien, mochten in der gewöhnlichen Realität nur Sekundenbruchteile gewesen sein. Oder waren Jahrtausende vergangen? Sie konnte es nicht sagen. Ihr Verstand, oder was davon übrig war, klammerte sich verzweifelt an die letzten Fetzen ihrer Identität.

Gerade als Sarah glaubte, endgültig in den Tiefen des kosmischen Wahnsinns zu versinken, durchzuckte ein gleissender Lichtblitz die Dimension. Für den Bruchteil einer Sekunde glaubte sie, eine vertraute Gestalt zu erkennen - doch bevor sich der Gedanke formen konnte, wurde sie erneut von der Flut unmöglicher Eindrücke überwältigt.

Die Welt um sie herum begann zu vibrieren, zerfiel in fraktale Muster von atemberaubender Komplexität. Sarah spürte, wie ihr Bewusstsein sich zusammenzog, zurückgezwungen in die engen Grenzen eines menschlichen Verstandes. Es war, als würde man versuchen, einen Ozean in eine Teetasse zu zwängen.

Mit einem infernalen Knall implodierte die Dimension des Wahnsinns. Sarah wurde durch einen Tunnel aus pulsierendem Licht geschleudert, während Echos ihrer zahllosen Leben und Tode durch ihren Verstand hallten. Sie schrie, unfähig die Flut von Eindrücken und Erinnerungen zu verarbeiten, die auf sie einströmten.

Dann, mit brutaler Plötzlichkeit, kehrte die Realität zurück. Sarah lag keuchend auf dem kalten Steinboden, ihr Körper zitternd und schweissüberströmt. Es roch nach verbranntem Fleisch und Ozon. Langsam öffnete sie die Augen, blinzelte gegen das grelle Licht der Fackeln.

Sie war zurück in den Katakomben von Blackwood Manor. Doch etwas hatte sich verändert. Sarah spürte es in jeder Faser ihres Seins. Sie war nicht mehr dieselbe, die sie vor ihrem Sturz in den Wahnsinn gewesen war. Etwas Fremdes, Uraltes hatte sich in ihrem Bewusstsein eingenistet, flüsterte ihr Geheimnisse zu, die kein Mensch je hätte erfahren sollen.

Mit zitternden Händen tastete Sarah über ihren Körper, halb erwartend, eine der widerwärtigen Formen vorzufinden, die sie in jener anderen Dimension angenommen hatte. Doch äusserlich schien sie unverändert. Nur in ihren Augen glomm nun ein unheimliches Leuchten, ein Widerschein jener unmöglichen Farben, die sie gesehen hatte.

Sarah wusste, dass sie nie wieder dieselbe sein würde. Der Wahnsinn hatte seine Spuren in ihr hinterlassen, hatte Fenster in ihrem Verstand geöffnet, die sich nie wieder ganz schliessen würden. Und tief in ihrem Inneren spürte sie, dass ihre Reise gerade erst begonnen hatte. Blackwood Manor hielt noch weit grössere Schrecken für sie bereit - Schrecken, denen sie sich nun stellen musste, ob sie wollte oder nicht.

Mit wackeligen Beinen erhob sich Sarah. Ihre Sinne waren geschärft, nahmen Details wahr, die ihr zuvor entgangen waren. Sie konnte die Anwesenheit uralter Mächte spüren, die in den Mauern des Herrenhauses schlummerten. Und sie wusste mit unerschütterlicher Gewissheit, dass ihr Schicksal untrennbar mit diesem Ort verbunden war.

Sarah atmete tief durch, versuchte die Reste des Wahnsinns aus ihrem Verstand zu verbannen. Doch ein Teil von ihr wusste, dass dies unmöglich war. Was sie gesehen und erlebt hatte, würde sie für immer begleiten. Mit diesem Wissen machte sie sich auf den Weg tiefer in die Eingeweide von Blackwood Manor, bereit, sich den Schrecken zu stellen, die noch auf sie warteten.

Kapitel 22: Sarahs Seelenpein

Endlosschleife des Grauens

Sarah fand sich in einem albtraumhaften Labyrinth wieder, gefangen in den dunkelsten Ecken ihres eigenen Verstandes. Die Wände wogten wie lebendes Fleisch, feucht und warm. Aus jeder Pore sickerte eine schwarze, zähflüssige Substanz, die nach Verwesung und Verzweiflung stank.

Mit jedem Schritt, den sie tat, verzerrte sich die Realität um sie herum. Die Gänge dehnten und verformten sich wie ein grotesker Zerrspiegel. Sarah stolperte vorwärts, ihre nackten Füsse platschten durch Pfützen aus Blut und Eiter. Der Boden unter ihr bebte und waberte, als würde sie über die Eingeweide eines riesigen Ungeheuers laufen.

Plötzlich öffnete sich vor ihr eine Tür. Sarah wollte fliehen, doch unsichtbare Hände packten sie und zerrten sie hinein. Sie fand sich in ihrem Elternhaus wieder, doch alles war falsch, verzerrt. Die Möbel waren aus menschlichen Knochen gefertigt, die Wände mit Haut tapeziert.

Ihre Eltern sassen am Esstisch, ihre Gesichter entstellte Karikaturen ihrer selbst. Als sie Sarah erblickten, begannen sie zu schreien. Ihre Münder öffneten sich immer weiter, bis ihre Unterkiefer aus den Angeln sprangen. Aus ihren klaffenden Schlünden quollen Maden und Würmer.

Sarah wollte weglaufen, doch ihr Körper war wie erstarrt. Stattdessen musste sie hilflos mit ansehen, wie sich die Haut ihrer Eltern von ihren Knochen löste. Fleisch und Organe zerfielen zu Staub, bis nur noch zwei grinsende Skelette übrig blieben.

"Warum hast du uns verlassen, Sarah?", krächzten die Skelette mit Stimmen wie splitterndes Glas. "Warum hast du uns sterben lassen?"

Sarah schluchzte, wollte sich die Ohren zuhalten, doch ihre Arme waren plötzlich mit rostigen Ketten an die Wand gefesselt. Die Ketten schnitten tief in ihr Fleisch, doch der physische Schmerz war nichts im Vergleich zu der seelischen Qual.

"Es tut mir leid!", schrie sie. "Es tut mir so leid!"

Doch ihre Worte verhallten ungehört. Die Szene vor ihr löste sich auf wie Rauch, nur um sich sofort neu zu formieren. Sarah durchlebte den Tod ihrer Eltern immer und immer wieder. Jedes Mal wurden die Details grausamer, die Anschuldigungen härter.

In einer Version sah sie sich selbst am Steuer des Wagens, der ihre Eltern tötete. In der nächsten hielt sie das Messer in der Hand, das ihre Kehlen aufschlitzte. Mit jeder Iteration wuchs ihre Schuld, bis sie sich sicher war, dass sie tatsächlich für den Tod ihrer Eltern verantwortlich war.

Erschöpft und gebrochen sank Sarah zu Boden. Doch das Grauen war noch lange nicht vorbei. Die Welt um sie herum veränderte sich erneut. Sie fand sich in einem dunklen Keller wieder, die Luft durchdrungen vom Gestank nach Schweiss und Angst.

Eine massige Gestalt beugte sich über sie, das Gesicht in Schatten gehüllt. Sarah erkannte den Mann sofort - es war ihr Onkel, der Dämon ihrer Kindheit. Panik überkam sie, als die Erinnerungen an den Missbrauch über sie hereinbrachen wie eine Flutwelle aus Schmerz und Scham.

"Nein!", kreischte sie. "Nicht nochmal! Bitte nicht!"

Doch ihre Schreie verhallten ungehört. Sie war wieder ein hilfloses Kind, gefangen in einem Albtraum aus dem es kein Erwachen gab. Jede Berührung, jeder Schmerz fühlte sich realer an als je zuvor. Sarah konnte den stinkenden Atem ihres Peinigers auf ihrer Haut spüren, seine rauen Hände, die sich wie glühende Kohlen anfühlten und Spuren unaussprechlichen Grauens auf ihrem Körper hinterliessen. Jede Berührung war wie ein Schnitt mit einer rostigen Klinge, der tief in ihre Seele schnitt.

Die Luft um sie herum schien zu brennen, erfüllt von einem unheiligen Summen, das ihre Sinne überforderte. Sarah's Geist versuchte verzweifelt, sich von der Realität zu lösen, doch das Grauen hielt sie fest in seinen Klauen.

Ihre Schreie erstarben in ihrer Kehle, erstickt von einer Welle der Übelkeit, die in ihr aufstieg. Die Dunkelheit um sie herum schien lebendig zu werden, Schatten formten sich zu vulgären Gestalten, die mit lüsternen Blicken die Szene beobachteten.

In einem Moment grauenhafter Klarheit erkannte Sarah, dass dies mehr war als nur ein physischer Übergriff. Etwas Uraltes und Böses drang in ihren Geist ein, nährte sich von ihrer Angst und ihrem Leid. Sie fühlte, wie Teile ihrer Seele zerrissen und verschlungen wurden, während ihr Körper geschändet wurde.

Die Zeit dehnte sich wie zähflüssiger Teer, jeder Moment eine Ewigkeit des Leidens. Sarah's Bewusstsein flackerte, drohte in den Wahnsinn abzugleiten. Doch das Grauen liess nicht zu, dass sie sich in den Tiefen des Wahnsinns verlor. Es hielt sie an der Schwelle, zwang sie, jeden Moment in grausamer Klarheit zu erleben.

Als die Tortur endlich vorbei war, lag Sarah gebrochen und leer zurück. Ihr Körper war eine Landkarte des Schmerzes, ihr Geist ein Labyrinth aus Traumata. Sie wusste, dass sie nie wieder dieselbe sein würde. Ein Teil von ihr war für immer in diesem Moment gefangen, verdammt dazu, die Schrecken immer und immer wieder zu durchleben.

Als die grauenvolle Szene endlich verblasste, lag Sarah zitternd und weinend am Boden. Doch sie fand keine Erlösung. Stattdessen wurde sie von einer Welle aus Emotionen überrollt, die nicht ihre eigenen waren.

Sie spürte den Schmerz und die Verzweiflung jedes Menschen, den sie je verletzt hatte. Jede unbedachte Bemerkung, jede egoistische Handlung kam mit tausendfacher Wucht zu ihr zurück.

Sarah krümmte sich zusammen, überwältigt von der Intensität der Gefühle. Sie erlebte Tims Todesangst, als wäre es ihre eigene. Sie fühlte Lisas Verzweiflung und Einsamkeit so stark, dass sie glaubte, daran zu ersticken.

"Es tut mir leid!", schluchzte sie immer wieder. "Bitte, es tut mir so leid!"

Doch ihre Worte verhallten ungehört in der Dunkelheit. Sarah war gefangen in dieser Endlosschleife des Grauens, verdammt dazu, ihre schlimmsten Erinnerungen und tiefsten Ängste immer und immer wieder zu durchleben.

Enthüllung verdrängter Traumata

Sarah lag schweissgebadet in einem Bett, gefangen zwischen Wachsein und Albtraum. Die Schatten an den Wänden schienen lebendig zu werden, formten sich zu bedrohlichen Gestalten, die mit langen Klauen nach ihr griffen. Ein eisiger Schauer lief ihr über den Rücken, als plötzlich Bilder aus ihrer Vergangenheit wie Blitze vor ihrem inneren Auge auftauchten.

Sie sah sich selbst als kleines Mädchen, vielleicht sechs oder sieben Jahre alt, in einem düsteren Keller. In ihren Händen hielt sie eine rostige Schere, deren Klingen im schwachen Licht unheilvolle Schatten warfen. Vor ihr lag eine junge Katze, gefesselt und mit vor Angst geweiteten Augen. Sarahs kindliches Gesicht verzog sich zu einem grausamen Lächeln, als sie die Schere langsam öffnete und schloss.

"Nein!", schrie Sarah in der Gegenwart und versuchte verzweifelt, die Erinnerung zu verdrängen. Doch die Bilder wurden nur noch intensiver, brutaler. Sie sah, wie ihre kindlichen Hände die Schere ansetzten und langsam in das weiche Fell der Katze schnitten. Das verzweifelte Miauen des Tieres vermischte sich mit ihrem eigenen kindlichen Kichern.

Blut quoll aus der Wunde, färbte ihre kleinen Hände rot. Doch anstatt entsetzt zu sein, verspürte die junge Sarah eine perverse Faszination. Sie beobachtete gebannt, wie das Leben aus den Augen der Katze wich, während ihre eigenen Augen vor krankhafter Begeisterung funkelten.

Die erwachsene Sarah krümmte sich auf ihrem Bett, unfähig den Strom der Erinnerungen zu stoppen. Sie sah sich selbst, wie sie über die Jahre immer grössere Tiere folterte und tötete. Hunde, deren Beine sie brach, nur um ihr Winseln zu hören. Vögel, denen sie bei lebendigem Leib die Federn ausriss. Mit jeder grausamen Tat wuchs die dunkle Freude in ihr, nährte einen Hunger, der nie ganz gestillt werden konnte.

Tränen liefen über Sarahs Wangen, als die Erkenntnis sie traf: Sie war nie das unschuldige Opfer gewesen, für das sie sich gehalten hatte. Die Dunkelheit war schon immer ein Teil von ihr gewesen, hatte nur darauf gewartet, an die Oberfläche zu brechen.

Neue Bilder überschwemmten ihren Geist, zeigten ihr eine andere Seite ihrer Vergangenheit. Sie sah sich selbst als Teenager, umgeben von ihren Freunden. Doch anstatt die liebevolle Freundin zu sein, die sie in Erinnerung hatte, erkannte Sarah nun die subtilen Manipulationen, mit denen sie ihre Freunde gegeneinander ausgespielt hatte.

Sie hörte sich selbst, wie sie Lisa einflüsterte, dass Tim sie nur ausnutze. Sah, wie sie Max' Unsicherheiten schürte, um ihn abhängig von ihrer Aufmerksamkeit zu machen. Mit erschreckender Klarheit wurde ihr bewusst, wie sehr sie die Schwächen ihrer Freunde ausgenutzt hatte, um ihre eigene Macht über sie zu festigen.

"Das kann nicht sein", flüsterte Sarah mit zitternder Stimme. "Ich bin nicht so!" Doch tief in ihrem Inneren wusste sie, dass es die Wahrheit war. Sie hatte die

Fäden gezogen, hatte ihre Freunde wie Marionetten tanzen lassen, nur um sich an ihrem Leid zu ergötzen.

Die grausamste Enthüllung wartete jedoch noch auf sie. In einem Wirbel aus Bildern und Geräuschen sah Sarah den Tag, an dem ihre Eltern starben. Sie hatte immer geglaubt, es sei ein tragischer Unfall gewesen. Doch nun sah sie die Wahrheit - und sie war entsetzlicher, als sie es sich je hätte vorstellen können.

Sie sah sich selbst, wie sie heimlich an den Bremsen des Autos ihrer Eltern herumhantierte. Ihre Hände zitterten nicht, ihre Augen zeigten keine Reue. Stattdessen lag ein kaltes Lächeln auf ihren Lippen, als sie die Bremsleitungen durchtrennte.

Sarah schrie auf, als die Erinnerung sie mit voller Wucht traf. Sie sah das Auto ihrer Eltern, wie es die steile Klippe hinabstürzte, hörte ihre verzweifelten Schreie, die vom Rauschen der Wellen verschluckt wurden. Und sie spürte die perverse Befriedigung, die sie damals empfunden hatte, als sie zusah, wie das Wasser sich rot färbte.

Mit einem entsetzten Schrei fuhr Sarah aus dem Bett hoch. Ihr Körper zitterte unkontrolliert, kalter Schweiss bedeckte ihre Haut. Sie kroch in die Ecke ihres Zimmers, umklammerte ihre Knie und wiegte sich vor und zurück.

"Ich bin ein Monster", flüsterte sie immer wieder, während Tränen über ihr Gesicht liefen. Die Erkenntnis ihrer wahren Natur zerriss sie innerlich, liess sie an allem zweifeln, was sie über sich selbst zu wissen glaubte.

In den Schatten ihres Zimmers glaubte Sarah, dunkle Gestalten zu sehen, die hämisch grinsten und auf sie zeigten. Sie hörte das Flüstern ihrer Opfer, sah die anklagenden Blicke ihrer Freunde. Die Wände schienen näher zu kommen, drohten sie zu erdrücken.

Sarah presste die Hände auf ihre Ohren, versuchte verzweifelt, die Stimmen zum Schweigen zu bringen. Doch sie wusste, dass es sinnlos war. Die Wahrheit war ans Licht gekommen, und es gab kein Zurück mehr. Sie war nicht das Opfer - sie war der Ursprung des Bösen, das ihr Leben und das ihrer Freunde zerstört hatte.

Die Erkenntnis ihrer wahren Natur hing wie ein Damoklesschwert über Sarah. Sie wusste, dass sie sich dieser Wahrheit stellen musste, egal wie schmerzhaft es sein würde. Doch ein Teil von ihr fürchtete, dass es bereits zu spät war - dass das Böse in ihr zu tief verwurzelt war, um je wieder ausgerissen zu werden.

Als die ersten Sonnenstrahlen durch das Fenster fielen, kauerte Sarah noch immer zitternd in der Ecke. Die Enthüllung ihrer verdrängten Traumata hatte sie bis ins Mark erschüttert und eine Flut von Fragen aufgeworfen, auf die sie keine Antworten hatte. Wie sollte sie weiterleben mit dem Wissen um ihre dunkle Seite? Und vor allem: Wie konnte sie verhindern, dass diese Dunkelheit erneut die Kontrolle übernahm?

Wahl zwischen Wahnsinn und grausamer Erleuchtung

Sarah stand am Rande des Abgrunds, ihr Verstand balancierte auf einem haardünnen Grat zwischen Realität und Wahnsinn. Die Wände des Raumes schienen zu atmen, bewegten sich im Rhythmus eines fremden Herzschlags. Schatten tanzten an den Wänden, formten skurrile Gesichter, die sie mit leeren Augenhöhlen anstarrten.

Vor ihr materialisierten sich zwei Pfade, jeder versprach eine andere Art von Erlösung - oder Verdammnis. Der erste Weg führte in tiefste Dunkelheit, ein Nebel aus Wahnsinn und Vergessen. Sarah spürte die verlockende Umarmung des Irrsinns, die sanfte Verheissung, all den Schmerz und die Qualen hinter sich zu lassen. Sie könnte einfach loslassen, ihren Verstand in den Abgrund stürzen und nie wieder zurückblicken.

Der zweite Pfad glühte in einem unnatürlichen Licht, das ihre Augen brennen liess. Er versprach Erleuchtung, Macht jenseits menschlicher Vorstellungskraft. Doch der Preis war hoch - ewiges Leiden, ein Leben in ständiger Qual, gefangen zwischen den Welten.

Sarah keuchte, als plötzlich Visionen über sie hereinbrachen, so real und lebendig, dass sie den Unterschied zur Wirklichkeit nicht mehr wahrnehmen konnte.

Sie sah sich selbst, katatonisch in einer Gummizelle kauernd, die Wände mit wirren Symbolen beschmiert. Ihr Körper war abgemagert, die Haut an den Fingerspitzen blutig gescheuert vom verzweifelten

Kratzen an den Wänden. Speichel tropfte aus ihrem offenen Mund, während sie mit leerem Blick vor sich hin murmelte. Die Ärzte schüttelten resigniert den Kopf - ein hoffnungsloser Fall.

Im nächsten Moment fand sie sich in einem düsteren Ritual wieder. Ihr Körper war übersät mit Runen, die sich wie Maden unter ihrer Haut bewegten. Mit einem rostigen Messer schnitt sie sich die Handflächen auf, liess ihr Blut in eine Schale tropfen. Als sie daraus trank, durchfuhr sie eine Welle unvorstellbarer Macht. Doch gleichzeitig zerriss der Schmerz ihren Körper und Geist. Sie sah sich selbst, Jahrhunderte später, eine ausgemergelte Hülle ihrer selbst, verdammt dazu, für immer zwischen den Dimensionen zu wandeln, gequält von einem Wissen, das kein sterblicher Geist ertragen konnte.

Sarah schrie auf, als die Visionen verblassten und sie in die grausame Realität zurückkehrten. Ihr Herz raste, kalter Schweiss bedeckte ihren zitternden Körper. Sie wusste nicht, welcher Weg schlimmer war - der gnädige Wahnsinn oder die grausame Erleuchtung.

In diesem Moment der tiefsten Verzweiflung manifestierte sich eine dritte Präsenz im Raum. Sarah spürte, wie sich die Luft um sie herum verdichtete, als würde etwas Unaussprechliches aus den Tiefen des Kosmos in unsere Realität eindringen.

Eine Stimme erklang in ihrem Kopf, ein Flüstern so fremd und schrecklich, dass ihr Verstand sich weigerte, es zu verarbeiten. "Es gibt noch einen anderen Weg", raunte die Stimme, während sich tentakelartige

Schatten um Sarah schlängelten. "Verschmelze mit dem kosmischen Horror. Werde eins mit dem Chaos jenseits der Sterne."

Vor ihrem inneren Auge öffnete sich ein Portal zu einer Welt jenseits menschlicher Vorstellungskraft. Sarah sah Wesen von solch albtraumhafter Gestalt. Kreaturen mit unzähligen Augen und Mäulern, ihre Körper eine abscheulichen Verschmelzung von Fleisch und anorganischer Materie.

Sie spürte, wie sich ihr Bewusstsein ausdehnte, verschmolz mit dem Gewebe der Realität selbst. Für einen kurzen, schrecklichen Moment konnte sie die wahre Natur des Universums erkennen - ein chaotischer Strudel aus Wahnsinn und Horror, in dem die Menschheit nicht mehr als ein unbedeutender Tropfen war.

Sarah schrie, als sich ihr Körper zu verformen begann. Ihre Haut platzte auf, darunter quollen fremdartige Tentakel und Augen hervor. Knochen knackten und verschoben sich, formten eine neue, grauenvolle Gestalt. Der Schmerz war unbeschreiblich, doch gleichzeitig fühlte sie eine ekstatische Euphorie, als würde sie zu etwas Grösserem werden.

Mit letzter Kraft klammerte sie sich an die Fetzen ihrer Menschlichkeit. Sie dachte an Tim, an Lisa, an all die Menschen, die sie zurücklassen würde. War sie bereit, alles aufzugeben, was sie ausmachte? Oder war dies der einzige Weg, dem Wahnsinn und der Verdammnis zu entkommen?

Die fremdartige Entität umhüllte sie wie eine kosmische Gebärmutter, bereit, sie in etwas Neues, Schreckliches zu verwandeln. Sarah spürte, wie ihr Bewusstsein zu zerfliessen drohte, sich auflöste in dem grossen Ganzen des Universums.

In diesem Moment der ultimativen Entscheidung hallten die Worte von Mr. Jenkins durch ihren Geist: "Manchmal ist der einzige Weg nach vorne, sich dem Grauen zu stellen." Aber war sie stark genug dafür? Konnte sie die Verschmelzung mit dem kosmischen Horror überleben, ohne den letzten Rest ihrer Menschlichkeit zu verlieren?

Sarah balancierte am Rande des Abgrunds, gefangen zwischen Wahnsinn, grausamer Erleuchtung und der Verschmelzung mit etwas, das jenseits menschlichen Verstehens lag. Jede Entscheidung würde sie für immer verändern, würde sie zu etwas machen, das nicht länger Sarah Miller war.

Die Schatten im Raum verdichteten sich, schienen nach ihr zu greifen. Die Stimmen in ihrem Kopf wurden lauter, ein Durcheinander aus Lockrufen und Warnungen. Sarah wusste, dass ihr nur noch Sekunden blieben, bevor die Entscheidung für sie getroffen würde.

Mit zitternden Händen griff sie nach dem letzten Funken Menschlichkeit in sich, klammerte sich an die Erinnerungen an alles, was sie einmal gewesen war. Gleichzeitig öffnete sie ihren Geist für das Unbekannte, bereit, sich dem Grauen zu stellen, egal welchen Preis sie dafür zahlen musste.

In diesem Moment der ultimativen Entscheidung verschwamm die Grenze zwischen Realität und Albtraum. Sarah spürte, wie sich ihr Körper und Geist veränderten, wie sie zu etwas Neuem wurde - weder ganz menschlich noch völlig fremd.

Was auch immer aus ihr werden würde, sie wusste, dass es kein Zurück mehr gab. Der Pfad, den sie gewählt hatte, würde sie an Orte führen, die kein sterbliches Wesen je zuvor gesehen hatte. Und vielleicht, so hoffte ein letzter Rest ihres menschlichen Selbst, würde sie am Ende den Schlüssel finden, um all dem Grauen ein Ende zu setzen.

Mit einem letzten, gellenden Schrei gab Sarah sich ihrem Schicksal hin, während die Schatten sie verschlangen und in eine Welt jenseits des Vorstellbaren trugen.

Kapitel 23: Gericht der Verdammten

Versammlung der gequälten Seelen

Ein unheilvolles Flüstern erfüllte die Luft, als sich die Dunkelheit um Sarah und Lisa herum zu verdichten begann. Aus den Schatten materialisierten sich schemenhafte Gestalten, Hunderte von gequälten Seelen, die sich zu einem grausigen Kreis um die beiden Frauen formten. Sarah spürte, wie sich ihr Magen verkrampfte, als der furchtbare Gestank von Verwesung und Tod sie einhüllte.

Die Geister waren entsetzliche Karikaturen des menschlichen Körpers, jeder einzelne ein grausames Zeugnis eines gewaltsamen Todes. Da war ein Mann, dessen Schädel zur Hälfte fehlte, zerfetzt von einer Schrotflinte. Hirnmasse und Knochensplitter hingen in grotesken Fäden von der klaffenden Wunde herab. Eine Frau starrte mit leeren Augenhöhlen auf sie herab, ihre Zunge baumelte abgetrennt aus ihrem aufgeschlitzten Hals. Ein Kind, kaum älter als zehn, wimmerte leise, während Maden aus seinem aufgedunsenen Bauch krochen.

Lisa würgte, als sie einen Geist erkannte, dessen Haut vollständig abgezogen worden war. Blutige Muskeln und Sehnen pulsierten im fahlen Mondlicht, während sich der Mund zu einem stummen Schrei öffnete. Neben ihm schwebte eine Gestalt, deren Gliedmassen in unmöglichen Winkeln verdreht waren. Knochen durchstiessen die grau verfärbte Haut wie bizarre Dornen.

Die Luft vibrierte von einem vielstimmigen Chor aus Schmerzensschreien, Anklagen und Verwünschungen. Es war ein wahnsinniger Lärm, der Sarah und Lisa bis ins Mark erschütterte. Verzweifelt pressten sie die Hände auf die Ohren, doch die Stimmen drangen ungehindert in ihre Köpfe ein, füllten jeden Winkel ihres Verstandes mit Bildern unvorstellbarer Qualen.

"Mörderinnen!", kreischte eine Frau, deren Gesicht zu einer einzigen klaffenden Wunde entstellt war. "Ihr habt uns alle getötet!"

"Gebt uns unser Leben zurück!", brüllte ein Mann ohne Unterkiefer, Blut und Speichel tropften auf seine entblössten Rippen.

Sarah zuckte zusammen, als sie plötzlich ein bekanntes Gesicht in der Menge der Verdammten entdeckte. Es war ihre Grossmutter, doch ihr einst so liebevolles Lächeln war zu einer Fratze des Hasses verzerrt. Ihre Augen glühten vor Wahnsinn, während Würmer aus ihren Ohren krochen.

"Du hast mich im Stich gelassen, Sarah", zischte die Alte. "Du hättest mich retten können, aber du warst zu schwach!"

Lisa stiess einen entsetzlichen Schrei aus, als sie ihren kleinen Bruder erblickte. Der Junge war kaum wiederzuerkennen, sein Körper aufgedunsen und von Fäulnis zerfressen. Leichenflüssigkeit sickerte aus seinen Mundwinkeln, als er anklagend den Arm hob.

"Du hast versprochen, auf mich aufzupassen, Lisa", wimmerte er. "Warum hast du mich sterben lassen?"

Die Geister drängten näher, ihre kalten, verwesenden Hände griffen nach den beiden Frauen. Sarah spürte, wie sich eisige Finger um ihre Kehle legten, während andere an ihren Haaren zerrten.

Plötzlich teilte sich der Kreis der Verdammten und eine Gestalt trat hervor, die Sarah's und Lisa's Seelen vor Entsetzen zu Eis erstarren liess. Es war Tim, oder vielmehr das, was von ihm übrig geblieben war. Sein Körper war eine entsetzliche Collage aus zerfetztem Fleisch und zerbrochenen Knochen. Eingeweide quollen aus seinem aufgeschlitzten Bauch, während sich Maden genüsslich durch seine verfaulenden Überreste frassen.

Tims Kopf hing in einem unmöglichen Winkel zur Seite, gehalten nur noch von ein paar Sehnen und Muskelfasern. Seine Augen waren milchig weiss, doch sie fixierten Sarah und Lisa mit einem Blick voller Hass und unbändiger Wut.

"Willkommen zu eurem Gericht", grollte Tim mit einer Stimme, die klang, als würde er durch zersplitterte Lungen atmen. "Ihr habt mich in den Tod getrieben. Jetzt werdet ihr für eure Sünden bezahlen!"

Sarah und Lisa klammerten sich aneinander, unfähig zu fliehen oder auch nur zu schreien. Die Geister schlossen den Kreis um sie, ihre kalten Hände griffen nach ihnen, bereit sie in die Tiefen der Hölle zu zerren.

Das Gericht der Verdammten hatte begonnen, und Sarah und Lisa wussten, dass es keine Gnade geben würde.

Anklagen der Vergangenheit

Die Luft im Raum wurde schwer und drückend, als ob unsichtbare Hände nach Sarah und Lisas Kehlen griffen. Plötzlich flackerten geisterhafte Gestalten um sie herum auf, ihre Augen glühten vor Hass und Anklage.

Ein überwältigendes Kreischen erfüllte den Raum, als die Geister ihre gequälten Stimmen erhoben. "Seht!", brüllten sie im Chor. "Seht die Sünden eurer Vorfahren!"

Die Wände des Zimmers lösten sich auf und gaben den Blick frei auf eine Szene unvorstellbaren Grauens. Sarah und Lisa fanden sich in einem düsteren Kerker wieder, wo eine Frau - offensichtlich eine ihrer Ahninnen - über einer blutüberströmten Gestalt kauerte.

Die Ahnin hielt ein rostiges Messer in der Hand, ihre Augen glänzten wahnsinnig im Fackelschein. Mit chirurgischer Präzision schnitt sie lange Streifen Haut von dem noch lebenden Opfer. Das Fleisch löste sich vom Körper wie eine makabre Schale, während der Gefolterte um Gnade winselte.

Sarah würgte, als der Geruch von Blut und Exkrementen ihre Nase füllte. Sie wollte wegsehen, doch unsichtbare Kräfte zwangen sie, jedes grausame Detail zu beobachten.

Die Szene wechselte. Diesmal war es Lisa, die zusehen musste, wie einer ihrer Vorfahren lachend eine schwangere Frau auf einen Altar band. Mit einem einzelnen, präzisen Schnitt öffnete er ihren Bauch. Die

Frau schrie schmerzerfüllt, als er das ungeborene Kind herausriss und es einer Gruppe vermummter Gestalten präsentierte.

"Nein!", kreischte Lisa. "Das kann nicht wahr sein!" Doch die Visionen kannten keine Gnade.

Bild um Bild flackerte vor ihren Augen auf, jedes grausamer als das vorherige. Sie sahen Kinder, die bei lebendigem Leib gehäutet wurden, Männer, deren Gliedmassen langsam abgetrennt wurden, Frauen, die vergewaltigt und geviertellt wurden.

Und mit jedem neuen Schreckensbild spürten Sarah und Lisa den Schmerz der Opfer am eigenen Leib. Unsichtbare Messer schnitten in ihr Fleisch, Knochen brachen unter der Gewalt imaginärer Schläge. Sie fühlten jede einzelne Qual, als wären sie selbst die Gefolterten.

Plötzlich materialisierte sich eine neue Gestalt vor ihnen: Jeremiah Blackwood selbst, sein Gesicht zu einer Maske des Wahnsinns verzerrt. In seinen Händen hielt er blutverschmierte Instrumente, die Sarah und Lisa nur zu gut kannten.

"Willkommen zurück, meine Lieben", grinste er mit spitzen Zähnen. "Habt ihr mich vermisst?"

Hinter ihm tauchte Mr. Jenkins auf, sein Gesicht eine Mischung aus Unterwürfigkeit und perverser Vorfreude. "Die Gräber sind bereit, Meister", krächzte er. "Soll ich sie gleich ausheben?"

Blackwood lachte. "Geduld, mein treuer Diener. Erst müssen wir unseren Gästen die Wahrheit zeigen."

Mit diesen Worten zerfloss die Umgebung erneut und gab den Blick frei auf eine Reihe grauenhafter Experimente. Sarah und Lisa sahen, wie Blackwood Menschen bei lebendigem Leib sezierte, wie er ihre Organe entnahm und durch obskure Apparaturen ersetzte. Sie beobachteten, wie er Leichenteile zu monströsen Kreaturen zusammennähte und ihnen mit dunkler Magie ein perverses Leben einhauchte.

Mr. Jenkins war stets an seiner Seite, reichte ihm Instrumente oder hielt die schreienden Opfer fest. Seine Augen glänzten vor krankhafter Bewunderung für seinen Meister.

"Seht ihr?", donnerte Blackwoods Stimme durch den Raum. "Seht ihr die Grösse meines Werks? Ihr seid Teil von etwas viel Grösserem, als eure kleinen Geister es erfassen können!"

Sarah und Lisa sanken auf die Knie, überwältigt von den Schrecken, die sie gesehen hatten. Blut tropfte aus ihren Nasen und Ohren, ihre Körper zuckten unkontrolliert.

"Warum?", flüsterte Sarah mit gebrochener Stimme. "Warum zeigt ihr uns das alles?"

Die Geister um sie herum verdichteten sich zu einer einzigen, massiven Gestalt. Ihre Stimme war ein vielstimmiges Grollen, das die Wände erzittern liess:

"Damit ihr versteht. Damit ihr wisst, was in eurem Blut fliesst. Die Sünden eurer Vorfahren schreien nach Vergeltung. Und ihr... ihr werdet den Preis zahlen."

Die Geister umkreisten Sarah und Lisa, ihre ätherischen Körper pulsierten vor unheiliger Energie. Die Luft wurde dick und schwer, erfüllt von dem Gestank verwesenden Fleisches und verrotteter Hoffnung.

Plötzlich streckte der Anführer der Geister seine knochige Hand aus. Sarah und Lisa schrien vor Qualen, als sie spürten, wie etwas aus ihren Körpern gerissen wurde. Es fühlte sich an, als würde ihre Seele in Stücke gerissen.

"Euer Blut... eure Essenz... sie gehören uns", zischte der Geist. "Dies ist nur ein Vorgeschmack auf das, was euch erwartet."

Keuchend sanken die Mädchen zu Boden, ihre Körper zuckten unkontrolliert. Sie spürten eine Leere in sich, als hätte man einen Teil ihrer selbst gestohlen.

Jeremiah Blackwood trat aus den Schatten, sein Gesicht eine Maske diabolischer Zufriedenheit. "Willkommen in der Familie", flüsterte er. "Euer Erbe wartet auf euch. Folgt mir, meine Lieben. Es gibt noch so viel mehr zu entdecken."

Mit diesen Worten packte Blackwood die beiden am Arm und zerrte sie hoch. Ihre Beine gaben unter ihnen nach, doch Blackwoods eiserner Griff liess nicht locker. Er schleifte sie durch die düsteren Korridore des

Manors, ihre Füsse hinterliessen blutige Spuren auf dem verrotteten Holzboden.

Während er sie weiter zerrte, begann Blackwoods Gestalt sich zu verzerren. Seine Haut schien zu pulsieren, als würden Maden darunter kriechen. Aus seinem Mund quoll ein Schwarm winziger Fliegen, die wie eine lebende Wolke um seinen Kopf schwirrten. Seine Stimme klang nun wie splitterndes Glas, als er zischte: "Spürt ihr es? Das Haus erkennt euch. Es dürstet nach eurem Blut, eurer Essenz."

Sarah und Lisa schrien vor Entsetzen, als sie sahen, wie sich Blackwoods Schatten zu widerwärtigen Gestalten verformte, die nach ihnen zu greifen schienen. Der Gestank von Verwesung und schwarzer Magie erfüllte die Luft.

"Hier", krächzte Blackwood, während dicke Tropfen einer schwarzen, öligen Flüssigkeit von seinen Fingern rannen, "hier werdet ihr den wahren Preis für eure Neugier zahlen. Willkommen in eurem persönlichen Inferno."

Als sie die grosse Halle erreichten, riss Blackwood sie grob hoch und warf sie in die Mitte des Raumes. Sarah und Lisa landeten hart auf dem kalten Steinboden, ein ekelhaftes Knacken ertönte, als weitere Knochen brachen. Sie schrien vor Schmerz, ihre Stimmen hallten von den Wänden wider.

Urteil der Verdammten

Die Luft in der grossen Halle von Blackwood Manor war erfüllt von einem unheimlichen Summen, als sich die Geister versammelten. Ihre durchscheinenden Körper schwebten wie ein wabernder Nebel durch den Raum, ihre Gesichter verzerrt von Jahrhunderten des Leidens und der Verbitterung. In der Mitte des Saals standen Sarah und Lisa, zitternd und bleich vor Angst, umgeben von einem Kreis aus flackernden Kerzen, deren Flammen in allen Farben der Hölle tanzten.

Die Stimme des Anführers der Geister hallte durch den Raum, ein Geräusch wie brechendes Glas und schabende Knochen: "Bringt die Angeklagten vor!"

Unsichtbare Hände packten Sarah und Lisa, zerrten sie in die Mitte des Kreises. Sarah spürte, wie sich eisige Finger um ihre Kehle legten, während Lisa von einem Wirbel aus Schatten umhüllt wurde, der ihr die Luft zum Atmen nahm.

"Ihr steht hier vor dem Tribunal der Verdammten", donnerte der Geist, sein Gesicht eine Maske aus verfaultem Fleisch und blankem Knochen. "Eure Verbrechen sind zahlreich und abscheulich. Ihr habt das Gleichgewicht zwischen den Welten gestört, habt Seelen dem ewigen Leiden preisgegeben und das Böse genährt mit eurem Blut und eurer Verzweiflung."

Ein Chor aus gequälten Schreien erhob sich, als die anderen Geister ihre Anklagen vorbrachten. Jede Stimme war wie ein Messer, das sich in Sarahs und Lisas Fleisch bohrte.

"Sie haben uns verraten!", kreischte eine Frau, deren Haut in Fetzen von ihrem Gesicht hing. "Sie haben uns dem Wahnsinn überlassen!"

"Lasst sie leiden, wie wir gelitten haben!", brüllte ein Mann, dessen Augen wie glühende Kohlen in seinen leeren Höhlen brannten. "Reisst ihnen die Haut von den Knochen, Stück für Stück, bis nichts mehr von ihnen übrig ist als rohe Nerven und gebrochener Wille!"

Sarah versuchte zu sprechen, doch die eisigen Finger um ihre Kehle verstärkten ihren Griff. Sie konnte nur hilflos zusehen, wie Lisa neben ihr von den Schatten verschlungen wurde, ihre stummen Schreie ein grausamer Widerhall von Tims letzten Momenten.

"Gnade!", flehte Sarah schliesslich, als der Griff um ihre Kehle sich für einen Moment lockerte. "Wir wussten nicht, was wir taten! Wir waren blind und dumm, aber wir wollen es wiedergutmachen!"

Ein hämisches Lachen hallte durch den Saal, kalt und grausam wie Winterfrost. "Wiedergutmachen?", höhnte eine Stimme aus den Schatten. "Wie willst du den Tod ungeschehen machen? Wie willst du die Qualen von Jahrhunderten lindern?"

Die Geister kreisten um sie und Lisa, ihre Körper verschmolzen zu einem Wirbel aus Hass und Rache.

"Ewige Folter!", schrien einige. "Lasst sie die Qualen aller Verdammten spüren, bis ihre Seelen zerbrechen und zu Staub zerfallen!"

"Nein!", riefen andere. "Gebt ihnen eine letzte Chance! Lasst sie beweisen, dass sie würdig sind, erlöst zu werden!"

Der Anführer der Geister hob die Hand, und augenblicklich verstummten alle Stimmen. Seine Augen, zwei schwarze Abgründe in einem Gesicht aus verwestem Fleisch, richteten sich auf Sarah und Lisa.

"Ihr habt uns gehört", grollte er. "Manche fordern eure ewige Verdammnis, andere plädieren für Gnade. Doch wisst: Eure Worte werden gegen euch verwendet werden. Jede Lüge, jeder Versuch der Täuschung wird eure Qualen nur verstärken."

Sarah spürte, wie sich unsichtbare Fäden um ihren Geist schlangen, bereit, jede ihrer Gedanken und Gefühle zu sezieren. Neben ihr wand sich Lisa in Agonie, als die Schatten tiefer in ihr Fleisch drangen.

"Sprecht!", donnerte der Geist. "Verteidigt euch, wenn ihr könnt. Beweist, dass ihr es wert seid, eine letzte Chance zu erhalten!"

Sarah öffnete den Mund, doch statt Worte quoll nur Blut über ihre Lippen. Sie schmeckte Eisen und Verzweiflung auf ihrer Zunge, während die Geister um sie herum in grausamer Vorfreude vibrierten.

Lisa war die erste, die ihre Stimme wiederfand. "Wir waren dumm und naiv", krächzte sie, ihre Worte kaum mehr als ein Flüstern. "Wir dachten, wir könnten das Böse besiegen, ohne zu verstehen, was wir entfesselten. Aber wir haben aus unseren Fehlern gelernt. Wir sind bereit, uns dem Grauen zu stellen, koste es, was es wolle."

Die Geister murmelten untereinander, ein Geräusch wie das Kratzen von Fingernägeln auf Schiefer. Sarah zwang sich, den Kopf zu heben und dem Tribunal in die Augen zu blicken.

"Wir können die Vergangenheit nicht ändern", sagte sie mit zitternder Stimme. "Aber wir können versuchen, die Zukunft zu retten. Gebt uns die Chance, das Böse zu bekämpfen, das wir entfesselt haben. Wenn wir versagen, könnt ihr immer noch eure Rache an uns nehmen."

Ein langer Moment der Stille folgte, in dem Sarah das Gefühl hatte, die Luft würde zu Glas erstarren. Dann sprach der Anführer der Geister sein Urteil:

"So sei es", grollte er. "Ihr erhaltet eine letzte Chance, das Böse zu besiegen, das ihr in diese Welt gebracht habt. Aber seid gewarnt: Solltet ihr scheitern, wird eure Strafe grausamer sein als alles, was ihr euch in euren dunkelsten Albträumen ausmalen könnt."

Mit diesen Worten löste sich der Geisterkreis auf, und Sarah und Lisa fanden sich allein in der düsteren Halle wieder. Doch das Flüstern der Verdammten hallte noch immer in ihren Ohren nach, ein grausames Versprechen ewiger Qualen, sollten sie versagen.

Als sie sich ansahen, erkannten sie in den Augen der jeweils anderen die gleiche verzweifelte Entschlossenheit. Sie wussten, dass dies ihre letzte

Chance war, ihre Seelen zu retten und das Grauen zu beenden, das sie entfesselt hatten.

Doch tief in ihrem Inneren wussten sie auch, dass der wahre Horror erst begonnen hatte. Denn um das Böse zu besiegen, müssten sie sich Schrecken stellen, die jenseits menschlicher Vorstellungskraft lagen. Und der Preis des Scheiterns wäre eine Ewigkeit der Verdammnis, gefangen in den dunkelsten Abgründen von Blackwood Manor.

Mit zitternden Händen ergriffen Sarah und Lisa einander, bereit, sich ihrem Schicksal zu stellen. Die Kerzen um sie herum flackerten ein letztes Mal, dann erlosch ihr Licht und liess sie in absoluter Dunkelheit zurück.

Das Urteil war gefällt. Nun begann der wahre Kampf um ihre Seelen.

Kapitel 24: Tims unheilige Auferstehung

Manifestation des Verderbten

Die Nacht lag wie ein Leichentuch über Blackwood Manor, als plötzlich ein unheilvolles Grollen die Stille zerriss. Der Boden begann zu beben, als würde die Erde selbst vor Schmerz erzittern. Mit einem donnernden Krachen brach der Boden auf, Risse zogen sich wie klaffende Wunden durch das morsche Holz des Dielenbodens.

Aus den Tiefen quoll eine obskure Masse empor, ein Albtraum aus Fleisch und Knochen. Der Gestank von Verwesung und Tod erfüllte die Luft, so ätzend, dass er in den Augen brannte und den Atem raubte. Die amorphe Masse pulsierte und zuckte, als würde sie von einem perversen inneren Leben angetrieben.

Langsam, qualvoll langsam, begann die Masse eine Form anzunehmen. Knochen knackten und brachen, um sich in unmöglichen Winkeln neu zusammenzusetzen. Fleischfetzen verschmolzen miteinander, bildeten verzerrte neue Strukturen. Was sich da aus den Tiefen erhob, war eine Albtraumhafte Parodie des menschlichen Körpers.

Mit Entsetzen erkannten Lisa und Sarah die verzerrten Züge von Tim in dem sich formenden Wesen. Doch dies war nicht mehr der Tim, den sie gekannt hatten. Sein Körper war zu einer bizarren Fusion aus Mensch, Tier und der verdorbenen Architektur des Hauses mutiert.

Wo einst Tims Gesicht gewesen war, befand sich nun eine Maske aus zerklüftetem Fleisch. Seine Augen waren verschwunden, an ihrer Stelle klafften tiefe, eiternde Höhlen. Sein Mund war zu einem überdimensionalen Schlund angeschwollen, aus dem spitze, nadelartige Zähne ragten.

Doch das Grauen endete nicht dort. Über Tims gesamten Körper verteilt öffneten sich weitere Münder und Gesichter, jedes eine verzerrte Version seines ehemaligen Selbst. Sie alle schrien in unerträglichem Schmerz, ein vielstimmiger Chor des Wahnsinns, der die Luft mit Schmerz und Verzweiflung erfüllte.

Tims Haut dehnte und verformte sich ständig, als würden Kreaturen darunter umherkriechen. An manchen Stellen riss sie auf und gab den Blick auf sein Inneres frei. Dort, wo einst Organe gewesen waren, wucherten nun fremdartige Gebilde. Lebendiges Gewebe, das an die verdorbenen Wände von Blackwood Manor erinnerte, hatte seine Eingeweide ersetzt.

Seine Arme waren zu überlangen, knochigen Gliedmassen mutiert, die in spitzen Klauen endeten. Aus seinem Rücken wuchsen verdrehte Auswüchse, eine hässliche Parodie von Flügeln, die aus zerbrochenen Knochen und verfaultem Fleisch bestanden.

Tims Beine waren zu einer schleimigen Masse verschmolzen, die ihn mit dem Boden verband. Bei jeder Bewegung hinterliess er eine Spur aus Blut, Eiter und abgestorbenen Gewebefetzen.

Das Wesen, das einst Tim gewesen war, stiess einen Schrei aus, der die Grenzen menschlichen Leidens sprengte. Es war ein Geräusch jenseits von Qual und Wahnsinn, das die Luft selbst zum Vibrieren brachte und in den Knochen der Anwesenden widerhallte.

Mit jedem zuckenden Schritt, den die Kreatur machte, veränderte sich ihre Gestalt. Knochen brachen und formten sich neu, Fleisch zerfloss und wuchs an anderen Stellen wieder. Es war, als würde Tims Körper in einem ewigen Zyklus aus Zerstörung und perverser Neuerschaffung gefangen sein.

Aus seinen klaffenden Wunden quoll eine dickflüssige, schwarze Substanz, die an Teer erinnerte. Wo sie den Boden berührte, begannen Holz und Stein zu verrotten und sich zu verformen. Es war, als würde Tims Verderbnis auf seine Umgebung übergreifen, alles mit seiner unheiligen Präsenz infizieren.

Die Luft um Tim herum schien zu flimmern und zu wabern, als würde die Realität selbst durch seine Anwesenheit verzerrt. Schatten tanzten um ihn herum, formten sich zu grotesken Gestalten, die nur am Rande des Sichtbaren existierten.

Mit jeder Sekunde schien Tim zu wachsen, seine Gestalt dehnte sich aus und drohte den gesamten Raum zu verschlingen. Die Wände ächzten unter dem Druck seiner unheiligen Präsenz, als würde das Haus selbst vor Schmerz stöhnen.

Plötzlich öffneten sich alle Münder auf Tims Körper gleichzeitig. Aus ihnen quoll eine Flut von Maden und

Würmern, die den Boden bedeckten und alles in ihrem Weg verschlangen.

Tims Augen, oder was davon übrig war, fixierten die beiden Frauen. In ihren Tiefen loderte ein unheiliges Feuer, eine Mischung aus unendlichem Schmerz und grenzenlosem Hass. Es war klar, dass von dem Tim, den sie einst gekannt hatten, nichts mehr übrig war. Was vor ihnen stand, war eine Kreatur jenseits menschlichen Verstehens, ein Wesen aus purer Qual und Verderbnis.

Mit einer Stimme, die klang wie tausend kreischende Seelen, sprach das Wesen: "Ihr... habt... mich... hierher... gebracht." Jedes Wort war wie ein Dolchstoss, der sich tief in die Seelen von Sarah und Lisa bohrte. "Nun... werdet... ihr... alle... leiden!"

Eine Welle von Übelkeit und Schwindel erfasste sie. Es fühlte sich an, als würde Tims blosse Anwesenheit die Grenzen zwischen Realität und Albtraum verwischen. Visionen von unaussprechlichen Gräueln flackerten vor ihren Augen auf, Bilder so verstörend, dass sie den Verstand zu zerreissen drohten.

Das Wesen, das einst Tim gewesen war, erhob seine verdrehten Arme. Die Luft knisterte vor unheiliger Energie, als würde die Realität selbst unter der Last seiner verdorbenen Existenz ächzen. Der wahre Horror hatte gerade erst begonnen, und niemand wusste, welche Schrecken Tim in seiner neuen, abscheulichen Form noch bereithielt

Lisa und Sarah starrten in sprachlosem Entsetzen auf die Manifestation des Verderbten vor ihnen. Sie wussten, dass sie Zeugen von etwas Unaussprechlichem geworden waren, einer Verdrehung der Natur, die nie hätte existieren dürfen. Und tief in ihrem Inneren ahnten sie, dass dies erst der Auftakt zu einem Albtraum war, der alles übertreffen würde, was sie bisher erlebt hatten.

Enthüllung des Verrats

Die Luft im Raum wurde schwer und stickig, als hätte jemand einen Schleier aus Verzweiflung und Entsetzen darüber gelegt. Sarah, Lisa starrten ungläubig auf Tim, dessen Gesicht sich zu einer grausamen Maske des Wahnsinns verzogen hatte. Seine Augen glühten in einem unnatürlichen Rot, während ein bösartiges Grinsen seine Lippen umspielte.

"Oh, meine lieben Freunde", zischte Tim mit einer Stimme, die klang, als würde sie direkt aus den Tiefen der Hölle emporsteigen. "Ihr hattet keine Ahnung, nicht wahr? All die Jahre habe ich euch an der Nase herumgeführt, habe eure Schwächen ausgenutzt und euch wie Marionetten tanzen lassen."

Sarah fühlte, wie sich ihr Magen zusammenzog. "Tim, was...was meinst du damit?", flüsterte sie mit zitternder Stimme.

Tims Lachen hallte von den Wänden wider, ein grausamer Chor aus Wahnsinn und Bosheit. "Ich bin nicht der Tim, den ihr zu kennen glaubtet. Ich bin viel, viel mehr." Mit einer fliessenden Bewegung riss er sich das Hemd vom Leib und entblösste seinen Oberkörper, der über und über mit abstossenden, verzerrten Symbolen übersät war. Die Zeichen pulsierten und bewegten sich, als hätten sie ein Eigenleben.

"Seht her!", brüllte Tim und breitete die Arme aus. "Seht die Macht, die mir Jeremiah Blackwood verliehen hat!"

Plötzlich wurden sie von einer Welle aus Visionen überwältigt. Sie sahen Tim, wie er sich nachts aus dem Haus schlich und blutige Rituale in den Wäldern vollzog. Sie sahen, wie er hilflose Tiere und später sogar Menschen auf primitiven Altären opferte, ihr Blut trank und sich in ihren Eingeweiden suhlte.

Lisa würgte und fiel auf die Knie, überwältigt von dem Gestank von Tod und Verwesung, der plötzlich den Raum erfüllte. "Warum, Tim?", schluchzte sie. "Warum hast du uns das angetan?"

Tims Augen funkelten vor perversem Vergnügen. "Für die Macht, meine Liebe. Für die grenzenlose Macht, die Jeremiah Blackwood mir versprochen hat." Er schnippte mit den Fingern und vor ihm erschienen geisterhafte Silhouetten - die gequälten Seelen all jener, die er geopfert hatte.

"Seht meine Sammlung!", rief er triumphierend. "Jede einzelne dieser Seelen hat mich stärker gemacht, hat mich näher an mein Ziel gebracht."

Sarah spürte, wie sich kalte Finger der Angst um ihr Herz legten. "Welches Ziel, Tim?", flüsterte sie, obwohl sie die Antwort bereits fürchtete.

Tim breitete die Arme aus und deutete auf die Wände des Hauses. "Dieses Haus, meine Freunde, ist viel mehr als nur ein Gebäude. Es ist ein Portal, ein Tor zu Schrecken jenseits eurer kühnsten Albträume. Und ich... ich bin der Schlüssel, der es öffnen wird."

Die Luft um Tim herum begann zu flimmern und zu vibrieren. Seine Haut riss auf und enthüllte ein bebendes, schwarzes Etwas darunter. "Jeremiah Blackwood hat mich erwählt, hat mich zu seinem Werkzeug gemacht. Er hat mir gezeigt, wie ich die Grenzen zwischen den Welten durchbrechen kann."

Tims Körper begann sich zu verformen, Knochen brachen und neuformten sich unter entsetzlichen Geräuschen. "Er hat mich gelehrt, wie ich meine menschliche Hülle abstreifen und zu etwas... Grösserem werden kann."

Sarah und Lisa wichen entsetzt zurück, als Tim sich vor ihren Augen in eine widerwärtige Kreatur verwandelte - ein Wesen aus Tentakeln, Zähnen und pulsierendem Fleisch.

"Und jetzt", grollte das Ding, das einmal Tim gewesen war, "jetzt werdet ihr alle Teil von etwas viel Grösserem werden. Eure Körper und Seelen werden als Nahrung für die Götter dienen, die durch dieses Portal schreiten werden."

Plötzlich ertönte ein kehliges Lachen aus den Schatten. Mr. Jenkins, der Totengräber, trat mit einem bösartigen Grinsen hervor. "Gut gemacht, mein Junge", krächzte er. "Der Meister wird sehr zufrieden sein."

Sarah starrte ungläubig zwischen Tim und Mr. Jenkins hin und her. "Sie... Sie stecken auch dahinter?", keuchte sie.

Mr. Jenkins Augen glühten in einem unnatürlichen Licht. "Oh ja, meine Liebe. Ich war es, der Tim zu Jeremiah Blackwood führte. Ich war es, der ihm zeigte, wie er seine wahre Natur erwecken konnte."

Teuflisches Angebot

Sarah und Lisa standen zitternd im Zentrum eines albtraumhaften Szenarios. Die Wände des verfallenen Herrenhauses pumpend wie lebendiges Fleisch, Blut sickerte aus unsichtbaren Poren. Der Boden unter ihren Füssen bebte, als würde ein urzeitliches Monster in den Tiefen erwachen.

Tims Haut war aschfahl, durchzogen von pulsierenden schwarzen Adern. Seine Augen glühten in einem unnatürlichen Rot, als hätte jemand glühende Kohlen in seine Augenhöhlen gepresst. Ein grausames Lächeln verzerrte seine Züge zu einer Fratze des Wahnsinns.

"Meine Lieben", säuselte Tim, "Ich habe euch so sehr vermisst."

Sarah und Lisa wichen ungläubig zurück, doch unsichtbare Kräfte hielten sie an Ort und Stelle. Tim glitt auf sie zu, seine Bewegungen unnatürlich fliessend, als wäre er nicht mehr an die Gesetze der Physik gebunden.

"Oh, keine Angst", lachte er, ein Geräusch wie brechendes Eis. "Ich bin nicht hier, um euch zu schaden. Ganz im Gegenteil. Ich bin hier, um euch ein Geschenk zu machen."

Mit einer fliessenden Handbewegung beschwor Tim Visionen von unvorstellbarer Macht herauf. Sarah und Lisa sahen sich selbst, wie sie über eine Welt herrschten, die in Flammen stand. Städte lagen in Trümmern, die Strassen übersät mit verwesenden

Leichen. Am Himmel kreisten monströse Kreaturen, deren blosser Anblick den Verstand zerrüttete.

"Seht ihr?", flüsterte Tim, seine Worte wie Gift in ihren Ohren. "All das könnte uns gehören. Eine Welt, geformt nach unseren dunkelsten Wünschen und Begierden."

Lisa schluchzte auf, überwältigt von den grauenvollen Bildern. Sarah kämpfte gegen den Brechreiz an, der in ihrer Kehle aufstieg. Doch zu ihrem Entsetzen spürten beide, wie etwas tief in ihnen auf Tims Worte resonierte. Ein dunkler Hunger, den sie bisher tief in sich vergraben hatten.

Tim lächelte, als könnte er ihre innersten Gedanken lesen. "Ich sehe, ihr versteht. Dieses Leben, diese Welt - sie sind nichts als ein Gefängnis für Geister wie uns. Warum sollten wir uns den Regeln einer Realität beugen, die wir nach Belieben formen können?"

Um seine Worte zu untermauern, griff Tim mit beiden Händen in seine eigene Brust. Mit einem widerlichen, nassen Geräusch riss er seinen Brustkorb auf. Schwarzes, dickflüssiges Blut quoll hervor, vermischt mit Fetzen verdorbenen Fleisches. In der klaffenden Wunde vibrierte etwas Unnatürliches - ein Herz, das aussah wie ein Knäuel aus verfaulten Wurzeln.

Tim packte dieses Organ und zerquetschte es in seiner Faust. Ein seelenzerfetzender Schrei hallte durch die Luft, als ob das Haus selbst vor Schmerz aufheulte. Die Welt um sie herum zerbrach wie Glas, Realitätsfetzen wirbelten um sie herum wie Schneeflocken in einem Sturm. Für einen Moment schwebten sie im Nichts,

Tims zerfetzter Körper das Zentrum dieses Chaos, bevor sich eine neue, noch alptraumhaftere Welt um sie herum formte.

Plötzlich standen sie auf dem Dach eines gewaltigen schwarzen Turms, der sich bis in die Wolken erstreckte. Unter ihnen erstreckte sich eine albtraumhafte Landschaft. Wälder aus Fleisch und Knochen, Flüsse aus kochendem Blut, Berge, die sich wie schlafende Titanen bewegten.

"Dies ist nur ein Bruchteil dessen, was wir erschaffen können", raunte Tim. Er trat hinter Sarah und Lisa, legte jeweils eine Hand auf ihre Schultern. Seine Berührung war eisig und brannte zugleich wie Säure auf ihrer Haut. "Stellt euch vor, was wir alles tun könnten. Die Grenzen zwischen Leben und Tod, Traum und Wirklichkeit - wir könnten sie für immer auslöschen."

Sarah spürte, wie ihr Widerstand bröckelte. Die Visionen von Macht und Herrschaft waren berauschend, ein süsses Gift, das durch ihre Adern floss. Sie sah sich selbst als Göttin, gefürchtet und angebetet von Millionen. Kein Schmerz mehr, keine Angst, keine Zweifel. Nur pure, unverfälschte Macht.

Lisa zitterte am ganzen Körper, zerrissen zwischen Abscheu und Verlangen. Die Aussicht, allem Leid ein Ende zu setzen, war verlockend. Nie wieder diese quälenden Albträume, nie wieder die Stimmen in ihrem Kopf. Sie könnte endlich frei sein, befreit von den Ketten der Moral und Menschlichkeit.

Tim lachte leise, ein Geräusch wie berstendes Gestein. "Ich sehe eure Zweifel, eure Ängste. Aber lasst mich euch zeigen, wie bedeutungslos sie sind."

Mit einer Handbewegung von links nach rechts riss er die Realität erneut entzwei. Diesmal fanden sie sich in einem endlosen weissen Raum wieder. Vor ihnen schwebte eine Kugel aus purer Dunkelheit, so schwarz, dass sie das Licht um sich herum zu verschlucken schien.

"Dies", erklärte Tim mit ehrfürchtiger Stimme, "ist die Essenz unserer neuen Macht. Berührt sie, und ihr werdet verstehen."

Sarah und Lisa zögerten, doch eine unsichtbare Kraft zog sie unaufhaltsam näher. Ihre Hände streckten sich wie von selbst aus, Finger zitternd vor Erwartung und Furcht.

Im Moment der Berührung explodierte die Welt um sie herum in einem Kaleidoskop aus Farben und Empfindungen. Sie sahen die Geburt und den Tod von Universen, erlebten Äonen in Sekundenbruchteilen. Ihre Körper lösten sich auf, verschmolzen mit dem Gewebe der Realität selbst.

Für einen kurzen, schrecklichen Moment verstanden sie alles. Die wahre Natur des Kosmos, die Belanglosigkeit menschlicher Existenz, die grausame Gleichgültigkeit des Universums. Es war Ekstase und Qual zugleich, ein Wissen so umfassend und furchtbar, dass es ihren Verstand zu zerreissen drohte.

Dann war es vorbei. Sarah und Lisa fanden sich keuchend und zitternd auf dem Boden wieder, ihre Körper schweissgebadet und von Krämpfen geschüttelt. Tim stand über ihnen, sein Lächeln breiter und grausamer denn je.

"Nun versteht ihr", sagte er sanft. "Dies ist es, was ich euch anbiete. Göttlichkeit. Allmacht. Das Ende allen Leids und aller Beschränkungen."

Er streckte beide Hände aus, eine einladende Geste. "Schliesst euch mir an. Lasst uns diese Welt neu erschaffen, geformt nach unseren dunkelsten Träumen. Alles, was ihr tun müsst, ist Ja zu sagen."

Sarah und Lisa starrten einander an, Tränen in den Augen. Die Versuchung war überwältigend, ein Sirenengesang, der ihre Seelen zu verschlingen drohte. Sie spürten, wie ihre Willenskraft schwand, zerbröselte unter der Last kosmischen Wissens und der Verheissung grenzenloser Macht.

Tims Lächeln wurde breiter, als er ihre Schwäche witterte. "Kommt", flüsterte er, "lasst uns gemeinsam Götter werden."

Seine ausgestreckten Hände schienen zu pulsieren, Macht und Wahnsinn in gleichen Teilen ausstrahlend. Sarah und Lisa starrten wie hypnotisiert darauf, gefangen zwischen Verlangen und Entsetzen. Die Welt um sie herum verblasste, reduziert auf diesen einen, schicksalhaften Moment der Entscheidung.

Würden sie dem Ruf der Dunkelheit folgen? Oder hatten sie die Kraft, dem Bösen zu widerstehen, das ihnen ein Ende allen Leids versprach?

Die Antwort schwebte zwischen ihnen, unausgesprochen und furchtbar in ihrer Finalität. Denn manchmal ist die grösste Versuchung nicht die Sünde selbst - sondern das Versprechen, nie wieder leiden zu müssen.

Kapitel 25: Brüderlicher Verrat

Max' groteskes Comeback

Ein unglaublich lautes Gebrüll zerriss die Stille. Sarah und Lisa erstarrten vor Entsetzen, als sie die Quelle des unmenschlichen Geräusches erkannten: Max, oder vielmehr das, was einst Max gewesen war.

Er stand dort im flackernden Schein der Kerzen, eine seltsame Karikatur seines früheren Selbst. Sein Körper war zu einer albtraumhaften Mischung aus Mensch und Monster mutiert, eine Blasphemie gegen die Natur selbst.

Max' Haut war übersät mit einem Netz aus pulsierenden, schwarzen Adern, die sich wie Würmer unter seiner Oberfläche zu bewegen schienen. Zwischen den wabernden Gefässen leuchteten fremdartige Symbole in einem unheimlichen, rötlichen Glühen. Sie schienen eine eigene, bösartige Intelligenz zu besitzen und arrangierten sich ständig neu zu obszönen Mustern.

Doch das war erst der Anfang des Horrors. Aus Max' Körper wuchsen zusätzliche Gliedmassen, verdreht und deformiert wie die Äste eines vom Blitz getroffenen Baumes. Ein dritter Arm entsprang seiner Brust, die knochigen Finger zuckten unkontrolliert. Aus seinem Rücken wuchsen tentakelartige Auswüchse, die sich wie hungrige Schlangen in der Luft wanden.

Das verstörendsten aber waren die zusätzlichen Organe, die an grotesken Stellen aus seinem Fleisch hervorquollen. Ein pulsierendes Herz schlug sichtbar an seiner Hüfte, während eine zweite Lunge rhythmisch an seinem Hals arbeitete. Aus einer klaffenden Wunde an seinem Bauch hing etwas, das wie eine Mischung aus Darm und Gehirn aussah.

Lisa stiess einen erstickten Schrei aus, als Max seinen Kopf in ihre Richtung drehte. Seine Augen waren verschwunden, ersetzt durch leuchtende Kugeln aus purer Energie. Sie pulsierten im Takt eines fremdartigen Rhythmus und strahlten ein Wissen aus, das jenseits menschlichen Verstehens lag. In diesen Augen spiegelte sich das Grauen des Universums wider, Geheimnisse so furchtbar, dass sie den Verstand zermürben liessen.

Als Max den Mund öffnete, um zu sprechen, quoll schwarze Flüssigkeit zwischen seinen Lippen hervor. Seine Stimme war nicht länger die eines Menschen, sondern ein vielstimmiger Chor aus Schreien, Flüstern und unaussprechlichen Lauten. Er sprach in Sprachen, die nie für menschliche Zungen bestimmt waren, Worte so alt wie das Universum selbst.

"Sch'ma'rath n'gha f'taghn!", dröhnte es aus seiner Kehle, während gleichzeitig ein hohes Kreischen und ein tiefes Grollen zu hören waren. "Ihr Narren habt keine Ahnung, was ihr entfesselt habt!"

Sarah spürte, wie sich ihre Eingeweide zusammenzogen, als hätte eine eisige Hand nach ihrem Inneren gegriffen. Die Luft um Max herum schien zu flimmern und zu verzerren, als würde die Realität selbst seine Anwesenheit nicht ertragen können.

"Max?", flüsterte sie mit zitternder Stimme. "Was... was ist mit dir passiert?"

Ein grausames Lächeln verzerrte Max' Gesicht, enthüllte Reihen spitzer Zähne, die viel zu zahlreich waren, um in einen menschlichen Mund zu passen. "Max existiert nicht mehr", antwortete der Chor der Stimmen. "Wir sind Legion, wir sind der Schlüssel und das Tor. Und ihr werdet unsere Herolde sein!"

Mit einer Geschwindigkeit, die das menschliche Auge kaum erfassen konnte, schoss einer von Max' zusätzlichen Armen nach vorne. Seine Finger bohrten sich tief in Lisas Schulter, durchdrangen Haut, Muskeln und Knochen wie heisses Messer durch Butter. Lisa schrie vor Schmerz und Entsetzen, als sich etwas Kaltes und Fremdartiges durch ihre Blutbahn zu bewegen begann.

Sarah wollte ihrer Freundin zu Hilfe eilen, doch sie konnte sich nicht bewegen. Sie konnte nur hilflos zusehen, wie sich Lisas Körper zu verformen begann, wie sich ihre Haut aufwölbte und zerriss, um neuen, unmöglichen Formen Platz zu machen.

"Willkommen in der Familie", grollte Max mit seinem vielstimmigen Chor. "Lasst uns gemeinsam das Tor öffnen und diese Welt dem Wahnsinn überantworten!"

Konfrontation der Brüder

Die Luft im düsteren Salon von Blackwood Manor vibrierte vor unheilvoller Spannung, als Max seinem Bruder Tim gegenübertrat. Der flackernde Schein der Kerzen warf lange Schatten an die Wände, die wie lebendige Kreaturen zu tanzen schienen. Max' Augen glühten mit einem unnatürlichen Feuer, während er Tim mit einem Blick durchbohrte, der gleichermassen von Hass und Erkenntnis erfüllt war.

"Endlich sehe ich dich, wie du wirklich bist, Bruder", zischte Max, das letzte Wort wie Gift auf seiner Zunge. "All die Jahre habe ich deine Maske nicht durchschaut, aber jetzt... jetzt erkenne ich das Monster hinter dem Lächeln."

Tims Gesicht verzog sich zu einer hässlichen Grimasse, die nur entfernt an ein menschliches Lächeln erinnerte. "Oh Max", säuselte er mit einer Stimme, die klang, als würde sie aus den Tiefen der Hölle selbst kommen, "du hast keine Ahnung, wie lange ich darauf gewartet habe. Auf den Moment, in dem ich dir zeigen kann, wer ich wirklich bin - und was aus dir geworden ist."

Max lachte bitter, ein Geräusch wie berstendes Glas. "Was aus mir geworden ist? Du hast mich in diesen Albtraum gestossen, Tim. Du hast zugesehen, wie dieses verfluchte Haus mich verschlungen hat. Aber rate mal? Ich bin zurückgekommen. Stärker. Dunkler." Er hob seine Hand, liess die Schatten um seine Finger tanzen wie lebendige Schlangen. "Das Haus hat mich nicht getötet, Tim. Es hat mich …transformiert."

Tims Augen weiteten sich für einen Moment, ein Hauch von Furcht huschte über sein Gesicht. Doch schnell fing er sich wieder, sein Lächeln wurde breiter, unmenschlicher. "Oh, armer, naiver Max. Glaubst du wirklich, das war ein Zufall? Ich habe dich dem Haus geopfert, in der Hoffnung, es würde dich verschlingen. Aber wie immer warst du zu stur zum Sterben."

Die Worte trafen Max wie physische Schläge. Er taumelte zurück, seine Hände ballten sich zu Fäusten. "Du... du hast mich verraten? Dein eigenes Blut?"

Tim lachte, ein Geräusch wie brechende Knochen. "Blut? Oh Max, wenn du wüsstest, was in unseren Adern fliesst, würdest du nicht so sentimental sein. Unser Vater", er spuckte das Wort aus wie etwas Verdorbenes, "hat uns beide verdammt, lange bevor wir geboren wurden. Ich habe nur versucht, das Beste daraus zu machen."

Die Luft um sie herum begann zu flimmern, als würde die Realität selbst unter der Last ihrer Worte nachgeben. Max spürte, wie sich sein Magen verkrampfte, als eine Flut von Erinnerungen über ihn hereinbrach - Erinnerungen an eine Kindheit voller Schmerz und Dunkelheit, an einen Vater, dessen Gesicht in den Schatten verborgen blieb, dessen Hände aber immer bereit waren zu schlagen.

"Was weisst du?", knurrte Max, seine Stimme kaum mehr als ein Flüstern. "Was hast du mir all die Jahre verschwiegen?"

Tims Grinsen wurde breiter, seine Zähne schienen im Kerzenlicht zu glänzen wie die eines Raubtiers. "Oh, so vieles, kleiner Bruder. Soll ich dir von den Ritualen erzählen, die Vater in seinem Studierzimmer durchführte? Von den Schreien, die nachts durch die Gänge hallten? Oder von dem Pakt, den er schloss, um uns beide zu zeugen?"

Jedes Wort war wie ein Messer, das sich in Max' Seele bohrte. Er konnte fühlen, wie sich die Dunkelheit in ihm ausbreitete, genährt von Tims grausamen Enthüllungen. "Du lügst", keuchte er, obwohl ein Teil von ihm wusste, dass es die Wahrheit war.

"Lügen?", Tim lachte erneut, ein Geräusch, das die Fenster klirren liess. "Oh nein, Max. Ich habe nie gelogen. Ich habe nur... ausgelassen. Wie die Tatsache, dass ich derjenige war, der Vater half, als er dich auf dem Altar fesselte. Oder dass ich es war, der das Messer führte, als wir Mutter opferten."

Die Worte trafen Max wie physische Schläge. Er taumelte zurück, sein Atem kam in keuchenden Stössen. Bilder blitzten vor seinen Augen auf - blutverschmierte Altäre, flackernde Kerzen, das verzerrte Gesicht seiner Mutter. "Nein", flüsterte er, "nein, das kann nicht sein."

Tim trat näher, seine Augen glühten nun in einem unnatürlichen Rot. "Oh doch, Max. Und weisst du, was das Beste ist? Du warst dabei. Du hast zugesehen, hast geschrien und geweint, aber du konntest dich nicht bewegen. Und dann... dann haben wir dich vergessen lassen."

Max' Kopf fühlte sich an, als würde er gleich explodieren. Erinnerungen, die jahrelang unterdrückt worden waren, brachen mit der Gewalt eines Dammbruchs über ihn herein. Er sah sich selbst als Kind, gefesselt und hilflos, während sein Vater und Tim über dem zuckenden Körper seiner Mutter standen. Er hörte ihre Schreie, roch das Blut, spürte die Dunkelheit, die nach ihm griff.

"NEIN!", brüllte Max, und mit seinem Schrei entlud sich eine Welle purer Energie. Die Fenster des Salons zerbarsten, Glassplitter regnete zu Boden. Die Möbel wurden gegen die Wände geschleudert, zersplitterten in tausend Stücke.

Tim wurde von der Wucht des Ausbruchs zurückgeworfen, prallte hart gegen eine Wand. Doch anstatt Schmerz zu zeigen, lachte er nur, ein wahnsinniges, triumphierendes Lachen. "Ja!", rief er aus, "Ja, Max! Lass es raus! Zeig mir die Macht, die in dir schlummert!"

Max stand inmitten des Chaos, sein Körper zitterte vor unterdrückter Energie. Schatten tanzten um ihn herum, formten sich zu grotesken Gestalten, die nach Tim zu greifen schienen. "Du hast recht", flüsterte er, seine Stimme nun tief und unmenschlich, "ich bin transformiert worden. Aber nicht zu dem Monster, das du erschaffen wolltest."

Er hob die Hände, und die Schatten gehorchten seinem Willen, verdichteten sich zu körperlichen Manifestationen der Dunkelheit. "Ich bin gekommen, um ein Ende zu setzen, Tim. Ein Ende für dich, für Vater, für dieses verdammte Haus."

Tim richtete sich auf, sein Gesicht eine Maske aus Blut und Wahnsinn. "Oh, kleiner Bruder", gurrte er fast zärtlich, "du verstehst es immer noch nicht, oder? Dies ist erst der Anfang. Das Haus hat dich erwählt, genau wie es mich erwählt hat. Wir sind dazu bestimmt, gemeinsam zu herrschen, die Welt in ewige Dunkelheit zu stürzen."

Die Luft um sie herum begann zu knistern, als würde die Realität selbst unter der Last ihrer Konfrontation nachgeben. Max konnte spüren, wie das Haus um sie herum pulsierte, hungrig nach dem Chaos und der Zerstörung, die sie entfesselten.

"Niemals", knurrte Max, während er seine neu entdeckten Kräfte in sich aufsteigen fühlte. "Ich werde diesen Zyklus des Wahnsinns beenden, hier und jetzt."

Tim lachte nur, ein Geräusch, das die Grundfesten des Hauses erzittern liess. "Oh Max", säuselte er, "du hast keine Ahnung, was du da sagst. Du kannst das Haus nicht besiegen. Du kannst uns nicht besiegen. Wir sind eins mit Blackwood Manor, und bald wirst du es auch sein."

Mit diesen Worten begann Tim, sich zu verändern. Seine Haut riss auf, darunter kam pulsierendes, schwarzes Fleisch zum Vorschein. Seine Augen verschmolzen zu einem einzigen, glühenden Orb, und aus seinem Rücken wuchsen knochige Auswüchse, die sich zu grotesken Flügeln formten.

Max wich zurück, Entsetzen und Faszination kämpften in ihm um die Oberhand. "Was bist du?", keuchte er.

Tims Lachen hallte nun durch das gesamte Haus, ein Geräusch, das die Seele selbst zu zerreissen schien. "Ich bin, was du hättest sein sollen, Bruder. Ich bin die Zukunft. Und jetzt... jetzt wirst du dich uns anschliessen oder untergehen."

Mit einem unmenschlichen Schrei stürzte sich Tim auf Max, bereit, den finalen Kampf zu beginnen, der das Schicksal von Blackwood Manor und vielleicht der ganzen Welt entscheiden würde.

Die Konfrontation der Brüder hatte begonnen, und mit ihr ein Sturm der Vernichtung, der die Grundfesten der Realität selbst erschüttern würde.

Kampf der Monstren

Die Luft in Blackwood Manor vibrierte vor unheiliger Energie, als sich Tim und Max gegenüberstanden. Ihre Körper zuckten und verzerrten sich, als ob unsichtbare Hände ihr Fleisch kneteten wie Ton. Max' Haut platzte auf, als Knochenspitzen durch seine Oberarme brachen, sich zu gezackten Klingen formten. Tims Gesicht verflüssigte sich, formte sich neu zu einer grinsenden Fratze voller nadelspitzer Zähne.

Mit einem unmenschlichen Gebrüll stürzten sie aufeinander zu. Ihre Körper prallten mit einem widerlichen Knirschen aufeinander, Fleisch und Knochen vermischten sich für einen Moment zu einer abscheulichen Masse. Max' Knochenklingen bohrten sich tief in Tims Brust, doch statt Blut quoll schwarzer Schleim aus den Wunden. Tim heulte vor Schmerz und Ekstase, sein Maul schnappte nach Max' Kehle.

Doch Max wich zurück, sein Körper verformte sich erneut. Seine Rippen brachen durch die Haut, formten einen grotesken Käfig um seinen Oberkörper. Tim fauchte frustriert, seine Finger verlängerten sich zu peitschenden Tentakeln, die nach Max peitschten.

Das Haus selbst schien den Kampf zu spüren. Die Wände pulsierten wie lebendiges Fleisch, Blut sickerte aus den Rissen in der Tapete. Der Boden unter ihren Füssen wurde weich und nachgiebig, als würden sie auf einem gewaltigen Organ stehen.

Max stolperte, versank bis zu den Knien im lebendigen Boden. Panik flackerte in seinen Augen auf, als er spürte, wie das Haus versuchte, ihn zu verschlingen. Tim nutzte den Moment und warf sich auf ihn. Seine Tentakelfinger umschlangen Max' Hals, drückten erbarmungslos zu.

Doch Max gab nicht auf. Mit einem Schmerzensschrei riss er sich los, nahm dabei Teile von Tims Fleisch mit. Die abgerissenen Tentakel zuckten in seiner Hand, verschmolzen mit seiner eigenen Haut. Max keuchte vor Ekel und Faszination, als die fremde Biomasse in seinen Körper eindrang, ihn von innen veränderte.

Die Realität um sie herum begann zu zersplittern wie ein berstendes Spiegelkabinett. Durch die Risse im Gefüge der Wirklichkeit drangen albtraumhafte Visionen anderer Dimensionen. Für Sekundenbruchteile sahen sie unmögliche Geometrien, Wesen jenseits menschlicher Vorstellungskraft, die ihre tentakelbesetzten Mäuler aufrissen und nach ihnen schnappten.

Tim und Max taumelten durch dieses Kaleidoskop des Wahnsinns, ihre Körper ständig in Bewegung und Veränderung. Wo eben noch ein Arm war, wuchs plötzlich ein gezackter Flügel. Augen öffneten sich an unmöglichen Stellen, starrten blind in die zerrissene Realität.

Sie kämpften weiter, ihre Schreie vermischten sich mit dem Heulen des Windes, der durch die Dimensionsrisse pfiff. Blut, Schleim und andere, unidentifizierbare Flüssigkeiten bedeckten Wände und Boden. Der metallische Geruch von Eisen vermischte sich mit dem fauligen Gestank von Verwesung zu einer widerlichen Melange.

Max gelang es, Tim gegen eine Wand zu schleudern. Doch statt aufzuprallen, versank Tim im pulsierenden Fleisch der lebendigen Mauer.

Mit einem unmenschlichen Kraftakt riss sich Tim los, zerrte dabei Teile der Wand mit sich. Das lebendige Gewebe des Hauses verschmolz mit seinem Körper, gab ihm neue, groteske Formen. Seine Arme verlängerten sich zu monströsen Klauen, sein Rücken brach auf und entliess einen Wald aus stachelbewehrten Tentakeln.

Max wich zurück, sein Körper zuckte und verformte sich in dem Versuch, eine Verteidigung gegen diese neue Bedrohung zu finden. Seine Haut verhärtete sich zu einer gepanzerten Schale, Stacheln sprossen aus seinen Gelenken.

Sie stürzten erneut aufeinander zu, ihre mutierten Körper prallten mit der Wucht zweier Güterzüge aufeinander. Knochen splitterten, Fleisch zerriss, doch immer wieder formten sich ihre Körper neu.

Das Haus um sie herum bebte und stöhnte wie ein sterbendes Tier. Die Dimensionsrisse wurden grösser, verschlangen ganze Teile des Raumes. Fragmente anderer Realitäten brachen herein - für Momente kämpften Tim und Max in einer Wüste aus lebenden Kristallen, dann wieder in einem Meer aus kochendem Blut.

Mit jedem Schlag, jeder Verwundung, vermischten sich ihre Essenzen mehr und mehr. Blut und Fleisch und etwas, das jenseits des Physischen lag, verschmolzen zu einer abscheulichen Einheit. Tim und Max spürten, wie ihre Identitäten zu verschwimmen begannen, ihre Gedanken und Erinnerungen sich vermischten wie Farben in einem kosmischen Malkasten.

Entsetzen packte sie, als sie realisierten, was geschah. Sie kämpften nun nicht mehr gegeneinander, sondern gegen die Verschmelzung ihrer Wesen. Doch es war zu spät.

Mit einem ohrenbetäubenden Kreischen, das die Grundfesten der Realität erschütterte, kollabierten ihre Körper ineinander. Fleisch und Knochen und Seele vermischten sich zu einer Masse aus pulsierendem Protoplasma.

Aus dieser wabernden Masse erhob sich langsam eine neue Kreatur. Ein Wesen, das weder Tim noch Max war, sondern etwas völlig Neues. Eine Abscheulichkeit, die nie hätte existieren dürfen.

Die neugeborene Entität richtete sich auf, Dutzende Augen blinzelten verwirrt in die zersplitterte Realität. Langsam dämmerte das Bewusstsein in diesem unmöglichen Geschöpf.

Es öffnete sein vielfaches Maul und stiess einen Schrei aus, der die Grenzen zwischen den Dimensionen erzittern liess. Ein Schrei der Geburt und des Todes, der Ekstase und der Qual.

Blackwood Manor erbebte unter der Macht dieses neuen Wesens. Die Mauern schmolzen, die Realität zerfetzte wie Papier im Sturm.

Und inmitten dieses Chaos stand die Kreatur, die einst Tim und Max gewesen war. Bereit, eine neue Ära des Schreckens einzuläuten.

Kapitel 26: Götterdämmerung

Höhepunkt des Rituals

Die Luft knisterte vor unheiliger Energie, als Sarah und Lisa ihre Hände fest umklammert hielten. Ihre Stimmen verschmolzen zu einem unheimlichen Chor, der die Grundfesten von Blackwood Manor erschütterte. Mit jedem gesprochenen Wort der verbotenen Beschwörung waberte eine düstere Kraft durch die Adern des Hauses, liess die Wände erzittern und sich verformen wie geschmolzenes Wachs.

Sarah spürte, wie sich ihre Haut von innen heraus zu dehnen begann, als würde etwas Fremdartiges versuchen, sich aus ihrem Körper zu befreien. Blut quoll zwischen ihren zusammengepressten Lippen hervor, während sie die grauenvollen Worte des Rituals hervorstiess. Ihre Augen rollten nach hinten, offenbarten nur noch das Weisse, durchzogen von geplatzten Blutgefässen.

Lisa hingegen schien in Ekstase zu verfallen. Ihr Körper zuckte und bebte, als würde sie von unsichtbaren Händen malträtiert. Ihre Haut begann sich zu verfärben, nahm einen unnatürlichen, bläulichen Ton an. Schwarze Adern pulsierten unter ihrer Oberfläche, als würde sich etwas Dunkles durch ihr Blut fressen.

Um sie herum begannen die Wände zu schmelzen und sich neu zu formen. Fleischige Auswüchse wuchsen aus dem Mauerwerk, pulsierten wie groteske Organe eines lebenden Organismus. Der Boden unter ihren Füssen wurde weich und nachgiebig, als würden sie auf lebendigem Gewebe stehen.

Max, der entsetzt am Rande des Geschehens stand, konnte seinen Blick nicht von dem grauenvollen Spektakel abwenden. Er sah, wie sich Risse in der Luft selbst bildeten, durch die er flüchtige Einblicke in andere Realitäten erhaschte. In einem Moment sah er sich selbst, alt und verbittert, in einem anderen war er ein blutiger Leichnam, von Würmern zerfressen.

Die Realität um sie herum begann sich aufzulösen wie ein Aquarell im Regen. Vergangenheit, Gegenwart und Zukunft vermischten sich zu einem albtraumhaften Kaleidoskop aus Bildern und Empfindungen. Sarah sah Tim, wie er vor ihren Augen starb, wieder und wieder in einer endlosen Schleife des Grauens. Sie spürte sein warmes Blut auf ihrer Haut, roch den metallischen Gestank des Todes.

Lisa wurde von Visionen heimgesucht, in denen sie selbst zur Mörderin wurde. Sie sah ihre Hände, rot vom Blut unzähliger Opfer, hörte das Kreischen der Verdammten in ihren Ohren.

Das Haus selbst schien lebendig zu werden, pulsierte im Rhythmus eines perversen Herzschlags. Die Wände begannen zu atmen, dehnten und zogen sich zusammen wie die Lungen eines gigantischen Monsters. Aus den Rissen im Mauerwerk quoll eine schwarze, zähflüssige Substanz, die alles zu verschlingen drohte, was sie berührte.

Max versuchte verzweifelt, zu Sarah und Lisa durchzudringen, doch eine unsichtbare Barriere hielt ihn zurück. Er schlug mit blossen Fäusten gegen die Luft, bis seine Knöchel blutig und zerschunden waren. Verzweifelt musste er mit ansehen, wie seine Freunde immer tiefer in den Strudel des Wahnsinns gezogen wurden.

Die Energie im Raum erreichte einen fieberhaften Höhepunkt. Blitze zuckten durch die Luft, liessen die Haare der Anwesenden zu Berge stehen. Der Boden unter ihren Füssen begann sich zu verflüssigen, formte einen wirbelnden Mahlstrom aus Fleisch und Knochen.

Sarah und Lisa wurden von der Kraft des Rituals in die Luft gehoben, ihre Körper verdrehten sich in unmöglichen Winkeln. Ihre Schreie vermischten sich mit dem Heulen des Windes zu einer Symphonie des Grauens. Ihre Augen leuchteten in einem unnatürlichen, bläulichen Licht, als würde etwas Fremdartiges durch sie hindurchblicken.

Das Haus begann sich zu verformen, dehnte sich in unmögliche Dimensionen aus. Die Wände schmolzen ineinander, bildeten neue Strukturen. Treppen führten ins Nichts, Türen öffneten sich zu Abgründen jenseits menschlicher Vorstellungskraft. Blackwood Manor verwandelte sich in ein lebendes Portal, ein Tor zu Welten voller Schrecken und Wahnsinn.

Max spürte, wie sich die Realität um ihn herum auflöste. Er sah Fragmente möglicher Zukünfte, Splitter von Welten, die nie existiert hatten. In einem Moment war er ein erfolgreicher Geschäftsmann, im nächsten ein verurteilter Mörder auf dem elektrischen Stuhl. Die Grenzen zwischen Wirklichkeit und Albtraum verschwammen zu einem undurchdringlichen Nebel aus Chaos und Verzweiflung.

Sarah und Lisa, noch immer in ihrer grausamen Trance gefangen, begannen zu leuchten. Ihre Haut wurde durchscheinend, offenbarte das Pulsieren ihrer Organe und das Fliessen ihres Blutes. Ihre Körper dehnten sich aus, zerflossen wie Wachs in der Hitze eines kosmischen Feuers.

Die Luft selbst schien zu brennen, erfüllt von dem Gestank verbrannten Fleisches und dem Ozon elektrischer Entladungen. Aus den Rissen in der Realität drangen Tentakel und Klauen hervor, griffen gierig nach allem, was sie erreichen konnten. Das Heulen und Kreischen unaussprechlicher Kreaturen hallte durch die verzerrten Korridore des Hauses.

Max, überwältigt von dem Chaos um ihn herum, fiel auf die Knie. Blut rann aus seinen Ohren und seiner Nase, während sein Verstand versuchte, das Unbegreifliche zu verarbeiten. Er sah, wie sich Sarah und Lisa vor seinen Augen auflösten, ihre Körper zerfielen zu Staub und Asche, nur um sich im nächsten Moment neu zu formen.

Das Ritual erreichte seinen grausamen Höhepunkt. Die Energie im Raum verdichtete sich zu einer pulsierenden Kugel aus reinem Chaos. Sarah und Lisa, oder was von ihnen übrig war, wurden in diesen Strudel aus Licht und Schatten gezogen. Ihre Schreie verstummten, als ihre

Körper sich auflösten und mit der Energie verschmolzen.

Blackwood Manor, nun nicht mehr ein Haus aus Holz und Stein, sondern ein lebendes, atmendes Portal zu anderen Dimensionen, begann zu schlagen wie ein gewaltiges Herz. Die Realität selbst schien zu zerbrechen, Splitter von Zeit und Raum wirbelten durch die Luft wie tödliche Geschosse.

Max, am Rande des Wahnsinns, konnte nur hilflos zusehen, wie sich das Unmögliche vor seinen Augen manifestierte. Er spürte, wie sein eigener Körper zu zerfallen begann, seine Moleküle lösten sich auf und vermischten sich mit dem Chaos um ihn herum.

In diesem Moment des ultimativen Grauens, als alle Grenzen zwischen Realität und Albtraum zerfielen, erreichte das Ritual seinen unumkehrbaren Höhepunkt. Blackwood Manor, Sarah, Lisa und Max – alles wurde zu einem Teil des kosmischen Horrors, der sich nun in unsere Welt ergoss.

Einbruch der Outer Gods

Die Luft vibrierte vor unnatürlicher Energie, als sich plötzlich feine Risse in der Struktur der Realität bildeten. Wie Spinnweben aus flüssigem Obsidian zogen sie sich durch die Welt, öffneten Fenster in Dimensionen jenseits menschlicher Vorstellungskraft.

Sarah starrte mit weit aufgerissenen Augen in die klaffenden Spalten. Ihr Verstand weigerte sich zu begreifen, was sie sah: Endlose Weiten aus wirbelndem Chaos, durchzogen von fremdartigen Farben, die kein menschliches Auge je erblickt hatte. Geometrien, die allen bekannten Gesetzen der Physik spotteten, bewegten sich in einem unnatürlichen Rhythmus.

Ein krachendes Kreischen erfüllte die Luft, als wütende Tentakel aus den Rissen hervorschossen. Wie lebendige Peitschen aus verfaultem Fleisch peitschten sie durch die Luft, tasteten gierig nach allem Lebendigen in ihrer Reichweite. Sarah schrie auf, als eine der schleimigen Auswüchse ihr Bein streifte. Ein brennender Schmerz schoss durch ihren Körper, als würde ihr Fleisch von innen heraus verätzt.

Aus den Spalten quollen amorphe Massen, die sich in ständig wechselnden, unmöglichen Formen manifestierten. Augen bildeten sich in der wabernden Substanz, nur um im nächsten Moment wieder zu verschwinden. Mäuler öffneten sich zu lautlosen Schreien, zeigten Reihen über Reihen messerschafter Zähne. Der blosse Anblick dieser Kreaturen liess Sarahs Verstand erzittern wie dünnes Glas unter einem Vorschlaghammer.

Die Gesetze der Physik begannen zu zerfallen wie morsche Fäden. Schwerkraft und Zeit verloren jede Bedeutung. Sarah sah, wie Steine zu Staub zerfielen und sich im nächsten Augenblick wieder zusammensetzten. Blut floss aus Wunden nach oben, bildete schwebende Kugeln aus dunkelroter Flüssigkeit. Die Luft selbst schien zu brennen, hinterliess Brandspuren auf allem, was sie berührte.

Ein psionisches Heulen erfüllte den Raum, bohrte sich wie glühende Nadeln in Sarahs Bewusstsein. Sie presste die Hände auf die Ohren, doch es half nichts. Der Klang kam nicht von aussen, sondern direkt aus den Tiefen ihres Verstandes. Bilder von kosmischen Schrecken flackerten vor ihrem inneren Auge, zu fremd und furchtbar, um sie zu begreifen. Sarah spürte, wie ihr Geist unter der Last dieser Eindrücke litt.

Inmitten dieses Chaos materialisierte sich eine Gestalt, die Sarah nur zu gut kannte: Jeremiah Blackwood. Doch er war nicht länger der Mann, den sie zu kennen glaubte. Seine menschliche Hülle war abgefallen wie eine überflüssige Maske, offenbarte seine wahre, kosmische Form.

Blackwoods Körper war ein sich ständig veränderndes Konstrukt aus Tentakeln, Augen und klaffenden Mäulern. Jeder Blick auf ihn schien eine neue, noch abscheulichere Form zu enthüllen. Seine Haut schimmerte in Farben, für die es keine Namen gab, vibrierte im Rhythmus fremder Sphärenmusik. Wo einst sein Gesicht gewesen war, öffnete sich nun ein Mahlstrom aus wirbelnder Dunkelheit, in dessen Tiefen ganze Galaxien zu tanzen schienen.

Als Blackwood sprach, war es, als würden tausend Stimmen gleichzeitig erklingen. Jedes seiner Worte liess die Realität erzittern wie dünnes Papier im Wind. "Endlich", dröhnte er, "ist die Zeit gekommen, diese schwache Realität neu zu formen. Nun werde ich sie nach meinem Bilde neu erschaffen!"

Sarah sah mit Entsetzen, wie sich die Welt um Blackwood herum zu verformen begann. Stein schmolz wie Wachs, formte sich zu bizarren, nicht-euklidischen Strukturen. Pflanzen wuchsen in sekundenschnelle zu albtraumhaften Gebilden heran, ihre Blüten bebten wie lebendige Herzen. Der Himmel selbst zerriss wie ein morscher Vorhang und offenbarte einen Blick in Abgründe jenseits aller Vorstellungskraft.

An Blackwoods Seite erschien eine weitere, nur allzu vertraute Gestalt: Mr. Jenkins, der Totengräber. Doch auch er hatte sich verändert, war zu etwas Unmenschlichem, Übernatürlichem geworden. Sein Körper war eine verzerrte Mischung aus verrottendem Fleisch und lebendigem Metall. Knochen durchbrachen seine Haut wie rostige Speere, während mechanische Teile aus seinen Eingeweiden hervorquollen. Seine Augen waren erloschene Kohlen in einem Gesicht, das mehr einer verfaulenden Maske glich als menschlichen Zügen.

"Die Ernte beginnt", krächzte Jenkins mit einer Stimme wie brechendes Glas. Seine Finger, nun lange Klauen aus Knochen und Stahl, gruben sich in den Boden. Wo sie die Erde berührten, begannen Leichen aus dem Boden zu wachsen wie eine perverse Saat. Verwesende

Körper erhoben sich, ihre glasigen Augen fixierten Sarah mit einem Hunger, der jenseits des Todes lag.

Sie spürte, wie die Tentakel der Outer Gods nach ihr griffen, bereit, sie in Abgründe zu zerren, aus denen es kein Entkommen gab.

Der wahre Horror hatte gerade erst begonnen, und die Welt, wie sie sie kannte, stand am Rande der endgültigen Vernichtung.

Letztes Gefecht gegen die Finsternis

Die Luft in Blackwood Manor vibrierte vor unheiliger Energie, als Sarah, Lisa und Max sich Rücken an Rücken im Zentrum der grossen Halle aufstellten. Um sie herum waberten Schatten wie lebendige Tinte, formten sich zu widernatürlichen Kreaturen mit zu vielen Gliedmassen und Mäulern voller Zähne. Der Gestank von Verwesung und Schwefel vermischte sich mit dem Aroma frischen Blutes.

Sarah spürte, wie sich etwas in ihrem Inneren veränderte. Ihre Haut kribbelte, als würden Millionen winziger Insekten darunter krabbeln. Mit einem erstickten Keuchen beobachtete sie, wie sich ihre Fingernägel zu langen, messerscharfen Klauen formten. Der Schmerz war unbeschreiblich, als würden ihre Knochen von innen heraus zersplittern und sich neu zusammensetzen. Doch gleichzeitig durchströmte sie eine Welle berauschender Kraft.

Neben ihr schrie Lisa gellend auf, als sich ihr Unterkiefer mit einem widerlichen Knacken ausdehnte. Ihre Zähne wuchsen zu rasiermesserscharfen Reisszähnen heran, die nun weit über ihre Unterlippe ragten. Blut und Speichel tropften von ihrem entstellten Mund, während ihre Augen sich in pechschwarze Abgründe verwandelten.

Max hingegen schien von innen heraus zu glühen. Seine Haut wurde durchscheinend, offenbarte ein Netzwerk pulsierender Adern, die nicht mit Blut, sondern mit flüssigem Feuer gefüllt zu sein schienen. Rauch stieg von seinen Fingerspitzen auf, hinterliess schwelende Fussabdrücke auf dem morschen Holzboden.

Keiner von ihnen hatte Zeit, über die grauenvollen Veränderungen nachzudenken, denn die Kreaturen der Finsternis stürzten sich mit einem wahnsinnigen Kreischen auf sie. Sarah duckte sich unter den klauenbewehrten Tentakeln eines amorphen Wesens hindurch und schlitzte ihm mit ihren neuen Klauen den aufgedunsenen Leib auf. Statt Eingeweiden quoll eine Masse sich windender Maden hervor, die sofort damit begannen, sich in Sarahs Fleisch zu bohren. Sie schrie vor Ekel und Schmerz, riss sich ganze Hautfetzen herunter, um die widerlichen Parasiten loszuwerden.

Lisa warf sich mit unmenschlicher Geschwindigkeit auf eine Kreatur, die aussah wie eine abnormale Mischung aus Wolf und Spinne. Ihre Reisszähne gruben sich tief in den pelzigen Hals des Monsters, zerfetzten Fleisch und Sehnen. Der kupferne Geschmack von Blut erfüllte ihren Mund, elektrisierte ihre Sinne. Mit einem animalischen Knurren riss sie dem Wesen die Kehle heraus, verschlang das noch zuckende Fleisch. Für einen Moment verlor sie sich in einem Rausch aus Blutdurst und Raserei, bis Max' schmerzerfüllter Schrei sie in die Realität zurückholte.

Eine Horde kleiner, rattenähnlicher Kreaturen mit scharfen Zähnen hatte sich auf Max gestürzt. Sie gruben sich in sein Fleisch, frassen sich durch Muskeln und Sehnen. Doch statt zusammenzubrechen, loderte Max förmlich auf. Flammen schossen aus seinen Augen und seinem weit aufgerissenen Mund. Die Ratten kreischten, als das Feuer sie bei lebendigem Leib verbrannte. Der Gestank von verkohltem Fleisch erfüllte die Luft, vermischte sich mit dem beissenden Rauch zu einer erstickenden Wolke.

Die Zeit schien sich zu verzerren, dehnte sich wie Kaugummi und zog sich dann wieder zusammen. Sarah hatte das Gefühl, Äonen des Kampfes in Sekundenbruchteilen zu durchleben. Immer wieder wurde ihr Körper zerfetzt, zerquetscht, aufgelöst, nur um sich sofort wieder neu zu formen. Sie erlebte tausende Tode und Wiedergeburten, jedes Mal schmerzvoller und verstörender als zuvor.

Lisa spürte, wie ihr Verstand unter der Last des Wahnsinns fast zerbrach. Die Grenzen zwischen ihr und den Monstern, die sie bekämpfte, verschwammen zusehends. War sie noch Lisa? Oder war sie selbst zu einer Kreatur der Finsternis geworden? Sie konnte nicht mehr unterscheiden, ob das Blut an ihren Händen von ihren Feinden oder von ihr selbst stammte.

Max war kaum mehr als ein humanoides Inferno. Seine Haut war völlig verbrannt, offenbarte darunter ein Skelett aus glühendem Metall. Jeder seiner Schritte hinterliess brennende Fussabdrücke, entzündete die uralten Teppiche und liess die Holzvertäfelung verkohlen. Er war Zerstörung in ihrer reinsten Form, unfähig zwischen Freund und Feind zu unterscheiden.

Die drei kämpften Seite an Seite und doch völlig allein, gefangen in ihren ganz persönlichen Höllen. Ihre Körper bewegten sich wie in einem Ballett, perfekt aufeinander abgestimmt und doch völlig chaotisch.

Blut, Feuer und Schatten vermischten sich zu einem albtraumhaften Gemälde.

Je länger der Kampf andauerte, desto mehr schienen die Grenzen zwischen ihnen zu verschwimmen. Sarah spürte Lisas Blutdurst in ihren eigenen Adern pochen. Lisa wurde von Max' Flammen verzehrt, ohne zu verbrennen. Und Max fühlte Sarahs Klauen an seinen Händen wachsen.

Sie waren drei und doch eins, verbunden durch das Grauen, das sie durchlebten. Ihre Gedanken verschmolzen zu einem einzigen, von Wahnsinn durchtränkten Bewusstsein. Für einen Moment sahen sie die Welt durch die Augen des jeweils anderen, erlebten den Schrecken aus drei verschiedenen Perspektiven gleichzeitig.

Die Verschmelzung ihrer Geister war ebenso berauschend wie entsetzlich. Sie fühlten sich mächtiger als je zuvor, aber der Preis war ihre Menschlichkeit. Mit jedem getöteten Monster, mit jeder durchlebten Qual, verloren sie ein Stück ihrer Seele.

Sarah/Lisa/Max - sie wussten nicht mehr, wo der eine aufhörte und der andere begann - kämpften mit der Kraft der Verzweiflung gegen die nie enden wollende Flut der Finsternis. Ihre verschmolzenen Körper waren eine Symphonie aus Klauen, Zähnen und Flammen. Sie rissen, zerfetzten und verbrannten alles, was sich ihnen in den Weg stellte.

Doch egal wie viele Kreaturen sie vernichteten, es schienen immer mehr nachzuströmen. Die Schatten verdichteten sich, formten neue Monstrositäten schneller, als sie sie töten konnten. Langsam aber sicher wurden sie zurückgedrängt, Zentimeter um Zentimeter.

In einem Moment grausamer Klarheit wurde ihnen bewusst, dass sie diesen Kampf nicht gewinnen konnten. Nicht so. Sie waren gefangen in einem endlosen Albtraum, dazu verdammt, für alle Ewigkeit zu kämpfen und zu leiden.

Erschöpfung machte sich in ihren geschundenen Körpern breit. Ihre Bewegungen wurden langsamer, weniger präzise. Die Kreaturen der Finsternis witterten ihre Schwäche und drängten mit erneuter Kraft vor.

Sarah/Lisa/Max wurden in die Ecke getrieben, Rücken an Rücken, umzingelt von einem Meer aus Zähnen, Klauen und tentakelartigen Auswüchsen. Sie spürten die Präsenz von etwas noch Dunklerem, noch Bösartigerem, das darauf wartete, den finalen Schlag zu führen.

In diesem Moment absoluter Hoffnungslosigkeit geschah etwas Unerwartetes. Eine gleissend helle Lichtsäule durchbrach die Dunkelheit, blendend wie tausend Sonnen. Die Kreaturen der Finsternis wichen schreiend zurück, ihre Körper zerfielen zu Asche.

Geblendet und desorientiert sanken Sarah, Lisa und Max zu Boden. Ihre entstellten Körper begannen sich langsam zurückzuverwandeln, ein Prozess, der nicht minder schmerzhaft war als die ursprüngliche Transformation.

Kapitel 27: Opfer und Erlösung

Lisas ultimatives Opfer

Die Luft in Blackwood Manor vibrierte vor dunkler Energie, als Lisa inmitten des Chaos stand. Ihre Augen weiteten sich in plötzlicher Erkenntnis - nur das Opfer einer reinen Seele konnte dieses grauenvolle Ritual vollenden und dem Wahnsinn ein Ende setzen.

Mit zitternden Händen griff sie nach dem uralten Dolch, der auf dem blutbefleckten Altar lag. Die kalte Klinge fühlte sich seltsam vertraut in ihrer Hand an, als hätte sie schon immer darauf gewartet, von ihr ergriffen zu werden. Lisa spürte, wie sich ihr Herzschlag beschleunigte, während Adrenalin durch ihre Adern pumpte.

In diesem Moment durchlebte sie in Sekundenschnelle ihr gesamtes Leben. Bilder blitzten vor ihrem inneren Auge auf: Ihre unbeschwerte Kindheit, die ersten zaghaften Schritte ins Erwachsenenleben, die fatale Nacht in Blackwood Manor. Sie sah Tim vor sich, sein gequältes Gesicht eine stumme Anklage. Doch statt Furcht empfand Lisa nun eine seltsame Ruhe. Sie akzeptierte ihre Schuld, erkannte aber auch die Chance auf Erlösung, die sich ihr nun bot.

Mit zitternden Händen hob Lisa den Dolch. "Es tut mir leid", flüsterte sie, Tränen rannen über ihre Wangen. "Für alles." Dann stiess sie die Klinge tief in ihre Brust.

Der Schmerz explodierte in ihrem Körper wie flüssiges Feuer. Für einen flüchtigen Moment begann Lisas

Körper zu leuchten, erst schwach, dann immer heller. Es fühlte sich an, als würde jede Zelle ihres Seins in ekstatischer Agonie zerfetzt.

Doch der Triumph war nur von kurzer Dauer. Aus den Schatten schossen pechschwarze Tentakel hervor, durchbohrten ihren leuchtenden Körper und begannen gierig, das Licht aus ihr herauszusaugen. Lisa schrie, als sie spürte, wie ihre Essenz, ihre Seele selbst, aus ihr herausgerissen wurde.

Ein grausames Lachen hallte durch das Haus, Jeremiahs Stimme triefte vor boshafter Befriedigung: "Oh, du naive Närrin. Dein Opfer war genau das, was ich wollte. Deine reine Seele, freiwillig hingegeben - das perfekte Gefäss für meine Macht!"

Lisas Körper zuckte und krümmte sich in der Luft, während das Licht in ihr erlosch. Ihre Augen, einst strahlend vor Hoffnung, wurden zu leblosen, schwarzen Löchern. Mit einem letzten, gequälten Keuchen implodierte ihr Körper und wurde von der Dunkelheit verschlungen.

Sarah und Max starrten entsetzt auf die Stelle, wo ihre Freundin eben noch geschwebt hatte. Statt Erlösung zu bringen, hatte Lisas Opfer das Böse nur noch mächtiger gemacht. Die Wände des Hauses vibrierten vor dunkler Energie, Schatten krochen wie lebendige Wesen über jede Oberfläche.

Jeremiahs körperloser Geist materialisierte sich vor ihnen, nun klarer und bedrohlicher als je zuvor. "Ihr Narren dachtet, ihr könntet mich besiegen? Lisa hat mir genau das gegeben, was ich brauchte - eine Seele, die gelernt hat, sich selbst zu opfern. Nun wird sie für alle Ewigkeit mein Werkzeug sein."

Sarah und Max klammerten sich aneinander, überwältigt von Entsetzen und Schuld. Sie spürten, wie die Dunkelheit nach ihnen griff, ihre Hoffnung zerfetzte wie morsches Gewebe. Das Böse in Blackwood Manor war nicht besiegt worden - es war stärker als je zuvor.

In den Tiefen des Hauses hörten sie Lisas gequälte Schreie, nun verdreht zu einem grausamen Chor der Verdammten. Ihr Opfer hatte nichts gebracht ausser ewiger Qual - für sie und für alle, die sie zu retten versucht hatte.

Sarahs Verschlingung

Sarah stand wie erstarrt im düsteren Flur von Blackwood Manor, ihr Herz raste vor Angst. Die Luft um sie herum schien plötzlich dick und schwer zu werden, als würde sie in Treibsand versinken. Ein eisiger Hauch streifte ihre Wange, und aus den Augenwinkeln nahm sie flüchtige Bewegungen wahr - schattenhafte Gestalten, die an den Rändern ihres Blickfelds zu tanzen schienen.

Langsam, beinahe widerwillig, drehte Sarah den Kopf. Was sie sah, liess sie erstarren. Die Wände des Flurs pulsierten und wölbten sich, als würden sie atmen. Aus dem morschen Holz begannen bleiche, knochige Hände hervorzuquellen, gefolgt von ausgemergelten Armen. Dutzende, nein, Hunderte von Geistern manifestierten sich vor ihren ungläubigen Augen.

Panik schnürte ihr die Kehle zu, als die Geister sich ihr näherten. Ihre durchscheinenden Körper schimmerten in einem unheimlichen, fahlen Licht. In ihren Augen loderte ein Feuer aus Rache und verzweifelter Sehnsucht nach Erlösung.

"Hilf uns", flüsterten sie mit Stimmen wie raschelndes Herbstlaub. "Befreie uns!"

Sarahs Beine gaben nach, und sie sank auf die Knie. Tränen rannen über ihre Wangen, als die ersten eiskalten Hände nach ihr griffen. Sie versuchte, sich loszureissen, doch es waren zu viele. Die Geister zerrten an ihr, ihre Fingernägel gruben sich in Sarahs Haut und hinterliessen blutige Striemen.

"Nein!", keuchte Sarah verzweifelt. "Lasst mich los!"

Doch die Geister kannten keine Gnade. Mit übernatürlicher Kraft rissen sie Sarah von den Füssen und zogen sie in einen wirbelnden Strudel aus ätherischen Körpern. Sarah wurde hin und her geworfen, ihr Verstand drohte unter dem Ansturm fremder Emotionen und Erinnerungen aufzulösen.

Plötzlich durchzuckte ein gleissender Schmerz ihren Körper. Sarah schrie auf, als sie die Qualen eines jeden Opfers von Blackwood Manor am eigenen Leib zu spüren begann. Sie erlebte den Todeskampf eines jungen Mädchens, das bei lebendigem Leib verbrannt worden war. Sie fühlte die Verzweiflung eines Mannes, der langsam in den Kerkern des Hauses verhungert war. Jeder einzelne grausame Tod, jedes Leid, das diese verfluchten Mauern je gesehen hatten, brannte sich in Sarahs Seele.

Ihr Körper zuckte und krampfte unter der Flut von Schmerz und Leid. Ihre Haut fühlte sich an, als würde sie von innen heraus aufplatzen. Mit vor Entsetzen geweiteten Augen sah sie zu, wie ihre Gliedmassen sich aufzulösen begannen, als würden sie von einer unsichtbaren Kraft zerfetzt.

"Bitte", wimmerte Sarah schwach. "Ich kann nicht mehr..."

Doch die Geister kannten kein Erbarmen. Sie zogen Sarah tiefer und tiefer in ihren Strudel, rissen an den letzten Fetzen ihrer Existenz. Sarah spürte, wie ihr Bewusstsein sich auflöste, wie es mit dem kollektiven

Leid des Hauses zu verschmelzen begann. Jahrhunderte von Schmerz und Verzweiflung brandeten über sie hinweg, drohten sie zu ertränken.

In einem letzten verzweifelten Aufbäumen versuchte Sarah, sich an ihrer Identität festzuklammern. Doch es war zwecklos. Ihr Verstand wurde überflutet von fremden Erinnerungen, von Bildern grausamster Folter und unvorstellbaren Leids. Sie sah Jeremiah Blackwood, wie er lachend seine Opfer zerstückelte. Sie fühlte den brennenden Schmerz der Säure, die sich durch Haut und Knochen frass. Sie hörte das Wimmern der Kinder, die in den Kellern des Hauses langsam zugrunde gingen.

Sarah schrie und schrie, bis ihre Stimme versagte. Ihr Körper zerfiel zu Staub, während ihr Geist in tausend Stücke zerrissen wurde. Sie war überall und nirgends zugleich, gefangen in einem Limbus aus ewigem Leid. Die Grenzen zwischen ihr und den anderen Seelen verschwammen, bis Sarah nicht mehr wusste, wo sie aufhörte und die anderen begannen.

Als der Sturm endlich abebbte, war von Sarah Miller nichts mehr übrig. An ihrer Stelle schwebte eine neue Entität im Herzen von Blackwood Manor - ein Wesen, das weder tot noch lebendig war, gefangen zwischen den Welten. Sarah war zum lebenden Gedächtnis des Hauses geworden, eine Chronistin all seiner Schrecken und Geheimnisse.

Mit neu erwachten Sinnen nahm sie jedes Detail des verfluchten Anwesens wahr. Sie spürte das Pulsieren der Wände, hörte das Flüstern der Toten in den

Schatten. Jeder Winkel, jeder verborgene Raum war ihr nun vertraut. Sie war eins mit Blackwood Manor geworden, ein Teil seines düsteren Vermächtnisses.

Doch tief in ihrem Inneren, vergraben unter Schichten von fremdem Leid und Wahnsinn, glimmte noch ein Funke von Sarahs ursprünglichem Selbst. Ein winziger Teil von ihr kämpfte noch immer, klammerte sich verzweifelt an die Hoffnung auf Erlösung.

Sarah öffnete ihre Augen, die nun in einem unheimlichen, überirdischen Licht glühten. Ihr Blick schweifte durch die Hallen von Blackwood Manor, erfasste jeden Schatten, jedes verborgene Geheimnis. Sie wusste, dass ihre Freunde noch immer irgendwo da draussen waren, gefangen in ihren eigenen Albträumen. Und sie wusste auch, dass Jeremiah Blackwood noch lange nicht fertig war mit ihnen allen.

Mit einer Stimme, die klang wie das Ächzen uralter Gebälke, flüsterte Sarah in die Dunkelheit: "Es hat erst begonnen."

Die Schatten um sie herum schienen zu tanzen, als hätten sie ihre Worte vernommen. Blackwood Manor erzitterte in freudiger Erwartung des Grauens, das noch kommen sollte. Und Sarah, gefangen zwischen den Welten, konnte nichts anderes tun, als zuzusehen und zu warten.

Max' unmögliche Entscheidung

Das Wesen, das einst Tim und Max gewesen war, stand inmitten der Ruinen von Blackwood Manor. Seine Gestalt flackerte und verzerrte sich ständig, als kämpften zwei Seelen in einem Körper um die Vorherrschaft. Augen öffneten und schlossen sich an unmöglichen Stellen, Gliedmassen wuchsen und schrumpften in einem grotesken Tanz der Metamorphose.

"Wir sind eins", grollte eine Stimme aus der Tiefe des Wesens, ein disharmonischer Chor aus Tims und Max' Stimmen. "Und doch getrennt."

Das Geschöpf taumelte, fiel auf die Knie. Seine Haut riss auf, enthüllte pulsierende Organe und sich windende Tentakel. Aus der klaffenden Wunde quoll schwarzer Rauch, der sich zu zwei schattenhaften Gestalten formte - Echos von Tim und Max.

"Bruder", keuchte Max Schemen, seine Augen glühende Kohlen in einem Gesicht aus Dunkelheit. "Wir können nicht koexistieren. Einer muss die Kontrolle übernehmen."

Tim's Schatten zuckte, seine Umrisse verschwommen und instabil. "Nein", flüsterte er, seine Stimme ein Hauch von Wahnsinn. "Wir sind verdammt, für immer in diesem Zustand zu verharren."

Das fleischliche Wesen schrie auf, ein Geräusch wie berstendes Glas und zersplitternde Knochen. Seine

Haut begann zu schmelzen, enthüllte eine Landschaft aus Albträumen darunter.

"Es gibt einen Weg", zischte Tim, seine Schattengestalt pulsierte vor dunkler Energie. "Einer von uns muss geopfert werden. Nur so kann der andere die volle Macht erlangen."

Max' Schatten flackerte, wurde für einen Moment fast durchsichtig. "Opfer?", murmelte er, seine Stimme ein Echo aus den Tiefen des Wahnsinns. "Ja... Opfer. Blut. Tod. Das ist der Weg."

Das fleischliche Wesen heulte erneut auf, seine Gliedmassen verrenkten sich in unmöglichen Winkeln. Aus seinem Rücken brachen knochige Flügel hervor, tropfend von schwarzem Blut.

"Entscheide, Bruder", drängte Tim, seine Schattengestalt verschmolz kurz mit dem zuckenden Fleisch des Wesens. "Wer von uns soll überleben? Wer soll die Macht des Hauses erben?"

Max' Schatten tanzte um das Wesen herum, seine Konturen verschwammen zu abstrakten Formen. "Ich... ich weiss nicht", stammelte er. "Wir sind beide Monster. Wir sind beide verdammt."

Das Wesen brüllte, ein Geräusch das die Grundfesten der Realität erschütterte. Seine Haut riss weiter auf, enthüllte eine Landschaft aus pulsierenden Organen und sich windenden Tentakeln.

"Entscheide!", schrie Tim, seine Schattengestalt loderte wie schwarzes Feuer. "Oder wir werden beide in diesem Zustand gefangen sein, für alle Ewigkeit!"

Max' Schatten zuckte, formte sich zu einer verzerrten Version seines früheren Selbst. Seine Augen waren leere Abgründe, in denen sich das Grauen des Universums spiegelte.

"Ich...", begann er, seine Stimme ein Flüstern aus den Tiefen des Wahnsinns. "Ich werde entscheiden."

Max' Schattengestalt zitterte, ein Hauch von kindlicher Verletzlichkeit flackerte in seinen abgrundtiefen Augen. Erinnerungen durchzuckten ihn - wie Tim ihn vor den Monstern unter dem Bett beschützte, wie er ihm das Fahrradfahren beibrachte. Für einen Atemzug lang sah er Tim nicht als das Grauen, zu dem er geworden war, sondern als den grossen Bruder, zu dem er einst aufgeschaut hatte. Doch die Finsternis in seinem Herzen verschlang diesen letzten Funken Unschuld. "Es tut mir leid, grosser Bruder", flüsterte er, seine Stimme ein zerbrochenes Echo ihrer verlorenen Kindheit. "Aber nur einer von uns wird überleben."

Mit einer Bewegung, die die Gesetze der Physik zu verhöhnen schien, griff Max' Schatten in das Fleisch des Wesens. Seine Hand durchdrang Haut, Muskeln und Knochen, bis sie etwas zu umfassen schien, das gleichzeitig stofflich und ätherisch war.

"Was tust du?", zischte Tim, seine Schattengestalt flackerte vor Furcht und Erregung.

Max' Augen glühten mit einem unheimlichen Licht, als er seine Hand zurückzog. In seinen Fingern hielt er ein vibrierendes, schwarzes Objekt - halb Herz, halb Kristall.

"Ich treffe meine Entscheidung", flüsterte Max, seine Stimme nun klar und fest. "Ich wähle... mich."

Mit einer fliessenden Bewegung hob er das schwarze Herz an seine Lippen und biss hinein. Schwarzes Blut quoll zwischen seinen Zähnen hervor, tropfte sein Kinn hinab.

Tim schrie auf, ein Geräusch voller Qual und Verrat. Seine Schattengestalt begann zu zerfliessen, wurde in das Fleisch des Wesens zurückgezogen.

"Was hast du getan?", heulte er, seine Stimme bereits schwächer.

Max lachte, ein Geräusch wie berstendes Glas und zersplitternde Knochen. "Ich habe uns beide geopfert, Bruder", gurrte er fast zärtlich. "Aber nur ich werde wiedergeboren."

Das Wesen begann zu zucken und zu zerreissen, Fleisch und Knochen schmolzen zu einer amorphen Masse. Max' Schatten verschmolz mit der sich windenden Substanz, formte sie nach seinem Willen.

"Ich bin der Erbe von Blackwood Manor", verkündete Max, seine Stimme nun ein vielstimmiger Chor. "Ich bin der König des Wahnsinns, der Herrscher über Albträume."

Tims letzte Schreie verstummten, als sein Bewusstsein in der sich neu formenden Masse versank. Max lachte erneut, während sein Körper sich aus dem Chaos manifestierte.

Er stand auf, grösser und mächtiger als je zuvor. Seine Haut war ein Mosaik aus pulsierenden Symbolen und sich windenden Schatten. Augen öffneten und schlossen sich an unmöglichen Stellen seines Körpers, jedes ein Fenster zu einem anderen Albtraum.

"Endlich", hauchte Max, seine Stimme ein Flüstern aus den Tiefen der Hölle. "Endlich bin ich vollständig."

Er breitete seine Arme aus, und Blackwood Manor erzitterte. Mauern erhoben sich aus dem Schutt, verdreht und unmöglich. Schatten krochen über den Boden, formten neue Räume und Korridore.

"Dies ist mein Reich", verkündete Max, seine Augen glühten mit unheiligem Feuer. "Ein Königreich des Wahnsinns, eine Bastion der Albträume."

Er lachte, ein Geräusch das die Realität selbst zu zerreissen schien. Um ihn herum begannen die Schatten zu tanzen, formten sich zu grässlichen Kreaturen und verzerrten Gesichtern.

"Kommt zu mir", rief Max, seine Stimme ein lockender Singsang. "Kommt zu eurem König, ihr verlorenen Seelen, ihr gequälten Geister."

Aus den Schatten krochen Gestalten, halb Mensch, halb Albtraum. Sie verneigten sich vor Max, huldigten ihm als ihrem neuen Herrscher.

Max lächelte, ein grausames Grinsen das sein Gesicht zu zerreissen drohte. "Lasst uns feiern", flüsterte er. "Lasst uns ein Fest des Wahnsinns abhalten, ein Bankett der Albträume."

Er hob seine Hände, und die Welt um ihn herum begann sich zu verzerren. Realität und Wahnsinn verschmolzen, schufen eine neue Dimension des Grauens.

"Willkommen", rief Max, seine Stimme ein Echo aus den Tiefen der Ewigkeit. "Willkommen in Blackwood Manor, dem Herzen des Wahnsinns."

Und so begann die Herrschaft des Königs der Albträume, eine Ära des Schreckens und der Verzweiflung. Blackwood Manor stand wieder, grösser und furchteinflössender als je zuvor, ein Monument des Wahnsinns in einer Welt, die nie wieder dieselbe sein würde.

Max, der einst ein Opfer gewesen war, war nun ein Herrscher über all das Grauen, das ihn einst gequält hatte. Er war der lebende Beweis dafür, dass die grössten Monster nicht geboren, sondern erschaffen werden - durch Schmerz, Verrat und die unergründlichen Tiefen des menschlichen Geistes.

In den Korridoren von Blackwood Manor hallte sein Lachen wider, ein ewiges Echo des Triumphs der

Dunkelheit über das Licht, des Wahnsinns über die Vernunft. Und in den Schatten warteten seine Untertanen, bereit, seine verdrehten Befehle auszuführen und die Welt in einen ewigen Albtraum zu stürzen.

Kapitel 28: Asche und Blut

Das Haus erwacht

Mit einem dumpfen Grollen, das die Grundfesten des Hauses erschütterte, begann Blackwood Manor zu wogen. Es war, als würde ein gigantisches, verdorbenes Herz im Innern des Gebäudes zum Leben erwachen. Die Wände vibrierten in einem unheimlichen Rhythmus, Putz bröckelte von der Decke und rieselte wie Asche auf den blutgetränkten Boden.

Sarah, Max und Lisa starrten mit weit aufgerissenen Augen um sich, unfähig zu begreifen, was geschah. Die Luft um sie herum schien zu flimmern und zu zittern, als würde die Realität selbst sich auflösen. Plötzlich wölbten sich die Wände nach innen, das alte Mauerwerk dehnte und verformte sich wie lebendiges Fleisch.

Mit einem krachenden Knirschen rissen Risse in der Realität auf, offenbarten für Sekundenbruchteile Blicke in andere Zeiten und Dimensionen. Sarah schrie auf, als sie durch einen der Risse eine albtraumhafte Landschaft erblickte: Ein Meer aus Fleisch und Knochen erstreckte sich bis zum Horizont, pulsierend und lebendig. Aus der brodelnden Masse ragten verdrehte Körper und verzerrte Gesichter, stumme Schreie auf den Lippen.

Max taumelte zurück, als sich direkt vor ihm ein Spalt öffnete, durch den er eine Version seiner selbst sah - entstellt und wahnsinnig, die Haut von unzähligen Symbolen übersät. Sein Alter Ego grinste ihn mit blutigen Zähnen an und streckte eine klauenbesetzte Hand nach ihm aus. Max stolperte und fiel, kroch panisch rückwärts, während sich der Riss langsam wieder schloss.

Lisa presste sich zitternd gegen eine Wand, nur um zu spüren, wie diese nachgab und sie in einen dunklen Zwischenraum zu ziehen drohte. Mit einem Aufschrei kämpfte sie sich frei, doch nicht bevor sie einen Blick in eine Welt voller Schatten und Schreie erhascht hatte. Etwas Namenloses hatte sie dort angestarrt, mit Augen so alt wie das Universum selbst.

Das Haus erzitterte erneut, dieses Mal heftiger. Ein unheilvolles Heulen erfüllte die Luft, als wären die Tore zur Hölle selbst geöffnet worden. Aus den Schatten der Ecken und Nischen krochen plötzlich Kreaturen hervor, die kein menschlicher Verstand je hätte ersinnen können. Verwesende Körper mit zusätzlichen Gliedmassen, die sich in unmöglichen Winkeln bogen. Wesen aus purem Schatten mit glühenden Augen und messerscharfen Zähnen. Geister vergangener Opfer, ihre Gesichter für immer zu Masken des Entsetzens verzerrt.

Eine unsichtbare Kraft erfasste diese albtraumhaften Erscheinungen und wirbelte sie durch die Gänge des Hauses. Sarah, Max und Lisa duckten sich, als die Kreaturen über ihre Köpfe hinwegfegten, kalter Atem und eisige Berührungen streiften ihre Haut.

Inmitten dieses Chaos begann das Portal im Keller zu flackern und auszufasern. Energieentladungen zuckten wie Blitze durch den Raum, hinterliessen den Geruch von Ozon und verbranntem Fleisch. Die Luft um das Portal herum schien zu kochen und zu brodeln, Blasen aus purer Energie platzten und enthüllten kurze Einblicke in Welten jenseits menschlicher Vorstellungskraft.

Sarah spürte, wie eine unwiderstehliche Kraft an ihr zerrte, sie in Richtung des Portals zog. Verzweifelt versuchte sie sich an einem Türrahmen festzukrallen. Max und Lisa kämpften ebenfalls gegen den Sog an, ihre Gesichter zu Masken des Entsetzens verzerrt.

Die Grenzen zwischen den Welten begannen zu verschwimmen, Realität und Albtraum verschmolzen zu einem grauenhaften Ganzen. Schatten huschten über die Wände, formten sich zu verzerrten Gesichtern und gierigen Händen, die nach den Lebenden griffen. Der Boden unter ihren Füssen wurde weich und nachgiebig, als würden sie auf lebendigem Fleisch stehen.

Aus den Rissen in den Wänden sickerte eine schwarze, ölige Substanz. Sie kroch über den Boden wie hungrige Tentakel, hinterliess eine Spur aus Fäulnis und Verfall. Wo die Flüssigkeit Sarah, Max oder Lisa berührte, brannte sie sich in ihre Haut wie Säure, hinterliess pulsierende Symbole, die sich zu bewegen schienen.

Die Luft wurde dick und schwer, erfüllt von Flüstern und Schreien aus tausend Kehlen. Sarah keuchte, rang verzweifelt nach Atem. Es fühlte sich an, als würde sie Glasscherben einatmen, die ihre Lungen von innen zerfetzten. Blut quoll zwischen ihren Lippen hervor, tropfte auf den Boden und wurde gierig von der schwarzen Substanz aufgesogen.

Max starrte mit weit aufgerissenen Augen auf seine Hände, die sich vor seinen Augen zu verformen begannen. Seine Finger verschmolzen zu klauenartigen Auswüchsen, während sich seine Haut zu verhärten schien, als würde sie zu Schuppen werden. Er öffnete den Mund zu einem stummen Schrei, als der Schmerz der Transformation durch seinen Körper jagte.

Lisa kauerte in einer Ecke, ihre Augen glasig und leer. Vor ihrem inneren Auge sah sie Bilder von unvorstellbaren Schrecken, Welten voller Qualen und endlosem Leid. Blut rann aus ihren Ohren, während ihr Gehirn versuchte, das Unerklärliche zu verarbeiten.

Das Portal im Keller pulsierte stärker, seine Energie erfüllte das gesamte Haus. Die Wände begannen sich aufzulösen, offenbarten Einblicke in eine Welt jenseits des Vorstellbaren. Monströse Schatten bewegten sich dort, Wesen so alt wie das Universum selbst, hungrig nach neuen Opfern.

Sarah, Max und Lisa spürten, wie ihre Körper zu vibrieren begannen, in Einklang mit dem pulsierenden Rhythmus des Hauses. Es war, als würde Blackwood Manor sie verschlingen wollen, sie zu einem Teil seiner verdorbenen Existenz machen. Die Grenze zwischen Fleisch und Stein, zwischen Lebenden und Toten, verschwamm immer mehr.

In diesem Moment der absoluten Verzweiflung und des Grauens erkannten sie, dass sie nun untrennbar mit dem Schicksal von Blackwood Manor verbunden waren. Was auch immer in den Tiefen dieses verfluchten Ortes lauerte, es hatte sie als seine neuen Gefässe auserwählt.

Max' Flucht

Max' Herz hämmerte wie ein Presslufthammer in seiner Brust, als er durch die Albtraumhaften Gänge von Blackwood Manor hetzte. Die Wände pulsierten um ihn herum wie lebendiges Fleisch, Adern aus schwarzem Blut quollen aus den Rissen. Mit jedem seiner keuchenden Atemzüge schien das Haus selbst zu atmen, ein hungriges Biest, das nur darauf wartete, ihn zu verschlingen.

Plötzlich zerbarst der Boden unter seinen Füssen wie dünnes Eis. Max schrie auf, als er in die gähnende Schwärze stürzte. Doch statt auf hartem Grund aufzuschlagen, fand er sich in einem wirbelnden Strudel aus Farben und verzerrten Formen wieder. Die Realität selbst schien sich aufzulösen, zerfetzte seinen Verstand wie Papier.

"Hilfe!", brüllte Max, doch seine Stimme klang fremd und verzerrt in seinen Ohren. "Bitte, ist da jemand?"

Als Antwort erhielt er nur das höhnische Gelächter der Geister, die durch die Dimensionsrisse auf ihn zurasten. Ihre entstellten Gesichter waren Masken des Wahnsinns, verzerrte Fratzen aus Schmerz und Hass. Knochige Finger griffen nach ihm, zerrten an seiner Kleidung und seiner Haut.

Max schrie vor Schmerz auf, als sich eisige Klauen in sein Fleisch gruben. Blut quoll aus den Wunden, schwebte in Kugeln um ihn herum. Die Geister leckten gierig daran, ihre gespenstischen Zungen hinterliessen brennende Spuren auf seiner Haut.

Mit verzweifelter Kraft kämpfte sich Max durch den Wirbel aus Albträumen und zerbrochener Realität. Sein Verstand drohte unter der Belastung zu zermalmen, Erinnerungsfetzen und Wahnvorstellungen vermischten sich zu einem grauenhaften Kaleidoskop des Horrors.

Er sah Tim vor sich, oder was von ihm übrig geblieben war. Sein Bruder hing kopfüber in der Luft, die Eingeweide quollen aus seinem aufgeschlitzten Bauch wie obszöne Girlanden. Tims Augen waren weit aufgerissen, starrten Max anklagend an.

"Du hast mich hier zurückgelassen", gurgelte Tim mit blutgefülltem Mund. "Jetzt wirst du für immer bei mir bleiben!"

"Nein!", schrie Max und schlug wild um sich. Seine Faust traf auf etwas Weiches, Nachgiebiges. Tims Gesicht zerplatzte wie eine überreife Frucht, spritzte Blut und Gehirnmasse in alle Richtungen.

Übelkeit stieg in Max auf, als der metallische Geruch seine Nase füllte. Er würgte und spuckte eine Mischung aus Galle und Blut aus. Zu seinem Entsetzen formten sich daraus winzige, spinnenartige Kreaturen, die sofort auf ihn zukrochen.

Max taumelte weiter durch die sich windenden Gänge, während sich die Realität um ihn herum auflöste und neu formte. An einer Stelle wurde sein Körper in die Länge gezogen wie Kaugummi, im nächsten Moment schrumpfte er auf Ameisengrösse zusammen. Der Schmerz war unbeschreiblich, als würden seine

Knochen gleichzeitig zermalmt und auseinandergerissen.

Aus den Wänden wuchsen fleischige Auswüchse, die nach ihm schnappten. Max wich ihnen aus, doch einer erwischte seinen Arm. Mit einem widerlichen Schlürfen begann der Auswuchs, sich in sein Fleisch zu bohren. Max brüllte vor Qual und riss seinen Arm los, hinterliess dabei Haut und Muskelfasern in dem gierigen Maul.

Die Geister heulten um ihn herum, ihre Schreie waren eine Symphonie des Wahnsinns. Sie wirbelten durch die Luft wie ein Schwarm wütender Hornissen, ihre durchscheinenden Körper verschmolzen zu einer albtraumhaften Masse aus verzerrten Gesichtern und greifenden Händen.

"Gib auf, Max", zischten sie mit tausend Stimmen. "Werde eins mit uns. Lass los und ergib dich dem Wahnsinn!"

Für einen Moment war Max versucht, einfach aufzugeben. Der Schmerz und der Horror waren zu viel, sein Verstand stand kurz davor zu zerbersten. Doch dann sah er vor sich einen schwachen Lichtschimmer - das Ende des Albtraums war zum Greifen nah!

Mit letzter Kraft kämpfte sich Max vorwärts. Die Geister kreischten vor Wut, als sie spürten, dass ihre Beute zu entkommen drohte. Ihre Klauen zerfetzten seinen Rücken, rissen blutige Furchen. Max spürte, wie sich seine Rippen verbogen und knackten unter dem Druck ihrer wütenden Attacken.

Mit einem erleichterten Aufschrei durchbrach Max die Barriere zwischen Albtraum und Realität. Er stolperte und fiel hart auf den Boden.

Keuchend und zitternd rappelte sich Max auf. Sein ganzer Körper war eine einzige Schmerzenslandschaft, übersät mit Wunden und blauen Flecken. Warmes Blut sickerte aus zahllosen Schnitten und Kratzern, durchtränkte seine zerfetzte Kleidung.

Mit weit aufgerissenen Augen blickte Max um. Das Haus schien in einem Strudel aus flackerndem Licht und wirbelnden Schatten zu pulsieren. Die Fenster glühten wie böse Augen in der Dunkelheit, starrten ihn hungrig an. Für einen Moment glaubte Max, Jeremiahs grausames Lächeln in der Fassade zu erkennen.

Ein eisiger Schauer lief Max über den Rücken. Er wusste, dass dies noch lange nicht vorbei war. Blackwood Manor hatte ihn auf grauenhafte Weise gezeichnet, sowohl körperlich als auch geistig. Die Schrecken, die er erlebt hatte, würden ihn bis an sein Lebensende verfolgen.

Mit zitternden Beinen wandte sich Max ab und stolperte davon. Hinter ihm erklang das höhnische Gelächter der Geister, ein Versprechen, dass sie ihn niemals ganz loslassen würden. Max wusste, dass ein Teil von ihm für immer in diesem Haus gefangen bleiben würde - gefangen in einem ewigen Albtraum, aus dem es kein Erwachen gab.

Kapitel 29: Schatten der Zukunft

Rückkehr in eine veränderte Welt

Max erwachte mit einem erstickten Keuchen, sein Körper schweissgebadet und zitternd. Der Übergang von den albtraumhaften Hallen von Blackwood Manor in die vermeintliche Sicherheit seines Schlafzimmers war so abrupt, dass er für einen Moment orientierungslos war. Seine Augen huschten panisch durch den Raum, suchten nach den monströsen Schattenwesen, die ihn gerade noch gejagt hatten. Doch alles schien normal - zumindest auf den ersten Blick.

Mit zitternden Beinen schwang er sich aus dem Bett, seine nackten Füsse berührten den kalten Holzboden. Sofort durchzuckte ihn ein Schauer, als hätte er gerade eine eisige Schwelle überquert. Max rieb sich die Augen, versuchte die letzten Reste des Albtraums abzuschütteln. Doch etwas fühlte sich falsch an, verschoben, als hätte jemand die Realität um wenige, kaum wahrnehmbare Grade verdreht.

Er taumelte zum Fenster, riss die Vorhänge auf und starrte hinaus auf die Strasse. Die Morgendämmerung tauchte alles in ein gespenstisches Zwielicht, Schatten tanzten zwischen den Häusern wie lebendige Wesen. Max blinzelte verwirrt. War der Himmel schon immer so blutrot gewesen? Und diese seltsamen Wolkenformationen, die aussahen wie verzerrte Gesichter...

Ein gellender Schrei riss ihn aus seinen Gedanken. Max zuckte zusammen, sein Herz raste. Der Schrei kam von der Strasse, wo eine Frau wie von Sinnen um sich schlug. Passanten eilten zu ihr, versuchten sie zu beruhigen, doch sie stiess sie von sich und kreischte immer wieder: "Sie kommen! Sie kommen aus den Schatten!"

Max' Magen verkrampfte sich. Die Szene erinnerte ihn viel zu sehr an die Schrecken, die er in Blackwood Manor erlebt hatte. Aber das war unmöglich, oder? Er hatte den Fluch gebrochen, oder etwa nicht?

Mit zitternden Händen zog er sich an und verliess das Haus. Die Luft draussen war schwer und stickig, als würde ein unsichtbarer Dunst über der Stadt liegen. Max' Nackenhaare stellten sich auf, als er die Strasse entlangging. Überall sah er verstörte Gesichter, gehetzt und verängstigt. Eine Gruppe Teenager kauerte an einer Strassenecke, ihre Augen weit aufgerissen und leer starrend, als hätten sie gerade die Hölle gesehen.

An einem Zeitungsstand blieb Max stehen, sein Blick fiel auf die Schlagzeilen:

"MASSENHYSTERIE GREIFT UM SICH - EXPERTEN RATLOS"

"ALBTRAUMEPIDEMIE? SCHLAFSTÖRUNGEN ERREICHEN REKORDHOCH"

"VERMISSTE PERSONEN: ZAHL STEIGT DRAMATISCH AN"

Max' Herz setzte für einen Schlag aus. Das konnte kein Zufall sein. Irgendwie, auf eine perverse, verdrehte Art und Weise, schienen die Schrecken von Blackwood Manor in die reale Welt durchgesickert zu sein.

Er setzte seinen Weg fort, jeder Schritt eine Qual. Die Welt um ihn herum schien zu flimmern, als würde sie zwischen zwei Realitäten hin und her springen. Aus den Augenwinkeln sah er Schatten, die sich bewegten, wenn er nicht direkt hinsah. Flüsternde Stimmen drangen aus dunklen Gassen, lockten ihn mit süssen Versprechungen und grausamen Drohungen zugleich.

An einer Ampel blieb Max stehen, wartete mit einer Gruppe anderer Fussgänger auf Grün. Eine ältere Frau neben ihm murmelte leise vor sich hin, ihre Augen glasig und in die Ferne gerichtet. Max spitzte die Ohren und erstarrte, als er ihre Worte vernahm:

"Die Toten wandeln unter uns... sie nehmen unsere Gestalt an... niemand ist sicher..."

Ein eisiger Schauer lief Max über den Rücken. Er wollte weggehen, doch plötzlich packte die Frau seinen Arm mit erstaunlicher Kraft. Ihre Finger gruben sich in sein Fleisch wie Krallen, ihre Augen bohrten sich in die seinen. "Du weisst es, nicht wahr?", zischte sie. "Du warst dort! Du hast das Tor geöffnet!"

Max riss sich los, taumelte zurück. Sein Herz pochte wie wild in seiner Brust. Die anderen Passanten starrten ihn an, ihre Gesichter plötzlich maskenhaft und leblos. In ihren Augen sah er einen Hunger, der ihm nur allzu bekannt vorkam.

Panik ergriff ihn. Max drehte sich um und rannte los, weg von den starren Blicken und flüsternden Stimmen. Er hetzte durch die Strassen, während die Welt um ihn herum immer mehr zu zerbrechen schien. Risse erschienen im Asphalt, aus denen schwarzer Rauch quoll. Die Häuserfassaden verzerrten sich zu Fratzen, Fenster wurden zu gierigen Mäulern voller spitzer Zähne.

Max' Lungen brannten, als er schliesslich in eine dunkle Gasse einbog und gegen eine Mauer sank. Keuchend lehnte er sich dagegen, versuchte seinen rasenden Herzschlag zu beruhigen. Was zum Teufel ging hier vor? War er wieder gefangen in einem Albtraum? Oder war die Realität selbst zum Albtraum geworden?

Als sich sein Atem langsam normalisierte, spürte Max plötzlich eine seltsame Präsenz. Es war, als würde etwas an den Rändern seines Bewusstseins kratzen, ein dunkles Flüstern, das nach Einlass verlangte. Instinktiv wehrte er sich dagegen, doch dann hielt er inne. War das möglicherweise der Schlüssel zu allem?

Mit pochendem Herzen schloss Max die Augen und öffnete seinen Geist. Sofort wurde er von einer Flut aus Bildern und Emotionen überschwemmt. Er sah die Ängste und Albträume der Menschen um ihn herum, spürte ihre Qualen und ihre Verzweiflung. Und er erkannte, dass er Einfluss darauf hatte.

Mit einem Gedanken konnte er die Schatten vertreiben oder sie dichter werden lassen. Er konnte Albträume formen oder zerstreuen, Ängste schüren oder lindern. Die Macht berauschte und erschreckte ihn zugleich.

Als Max die Augen wieder öffnete, sah er die Welt mit neuen Augen. Die Grenzen zwischen Realität und Albtraum waren für immer verwischt, und er stand genau an dieser Schwelle. Er war nicht länger nur ein Opfer der Schrecken - er war zu ihrem Meister geworden.

Mit zitternden Beinen trat Max aus der Gasse heraus. Die Stadt lag vor ihm wie ein irres Spielbrett, die Menschen darauf nichts als Figuren in einem kosmischen Albtraum. Und er hatte die Macht, die Regeln zu bestimmen.

Ein grausames Lächeln umspielte seine Lippen, als er seinen Weg fortsetzte. Die Schatten folgten ihm wie treue Hunde, bereit auf seinen Befehl zuzuschnappen. Max wusste nicht, ob er diese Welt retten oder sie endgültig in den Wahnsinn stürzen würde. Aber eines war sicher: Nichts würde je wieder so sein wie zuvor.

Das lebende Vermächtnis

Max erwachte mit einem erstickten Schrei, sein Körper von kaltem Schweiss bedeckt. Er spürte die Präsenz von Tim und Lisa in seinem Inneren, als hätten sich ihre gequälten Seelen in sein Fleisch gebrannt. Ihre Stimmen hallten durch seinen Verstand, ein Flüstern, das ihn in den Wahnsinn zu treiben drohte.

"Lass uns raus, Max", zischte Tim. "Gib uns deinen Körper."

"Wir sind eins", wimmerte Lisa. "Du kannst uns nicht entkommen."

Max presste seine Hände auf die Ohren, doch die Stimmen kamen von innen, nagten an seinem Verstand wie hungrige Ratten. Er spürte, wie sich etwas in ihm regte, als würden fremde Entitäten unter seiner Haut kriechen.

Mit zitternden Beinen schleppte er sich ins Badezimmer, klammerte sich an das kalte Porzellan des Waschbeckens. Als er in den Spiegel blickte, erstarrte er vor Entsetzen. Für einen Moment sah er nicht sein eigenes Gesicht, sondern eine groteske Mischung aus seinen eigenen Zügen, Tims verzerrter Fratze und Lisas von Wahnsinn gezeichnetem Antlitz.

Die Gesichter verschmolzen und trennten sich wieder, ein albtraumhaftes Kaleidoskop aus Fleisch und Knochen. Max keuchte, als sich plötzlich ein drittes Auge auf seiner Stirn öffnete, pechschwarz und voller kosmischer Schrecken.

Er taumelte zurück, sein Herz raste wie ein gefangenes Tier in seiner Brust. Die Wände des Badezimmers begannen zu pulsieren, atmeten wie lebendiges Fleisch. Aus den Fugen quoll eine schleimige, schwarze Substanz, die nach ihm zu greifen schien.

"Nein!", schrie Max und schlug mit der Faust gegen den Spiegel. Das Glas zersplitterte, zerschnitt seine Knöchel. Doch statt Blut quoll eine ölige, schwarze Flüssigkeit aus den Wunden, die sich wie lebendige Schatten über seine Haut ausbreitete.

Panik erfasste ihn, als er spürte, wie sich etwas in seinem Inneren zusammenzog und ausdehnte. Seine Knochen knackten, als würden sie sich neu anordnen wollen. Max fiel auf die Knie, würgte und spuckte einen Schwall galliger Flüssigkeit aus, in der winzige, tentakelbesetzte Wesen schwammen.

"Was geschieht mit mir?", keuchte er, während sich seine Sicht veränderte. Die Realität um ihn herum begann zu flackern, als würde er durch verschiedene Dimensionen blicken. Für einen Moment sah er eine Welt aus pulsierendem Fleisch und gewundenen Säulen aus Knochen. Im nächsten Augenblick erblickte er eine Landschaft aus kristallinen Strukturen, die sich bis in die Unendlichkeit erstreckten.

Max schrie vor Schmerz auf, als sich plötzlich knöcherne Auswüchse aus seinen Schulterblättern schoben. Sie wuchsen und verzweigten sich, formten groteske Flügel aus Knochen und verdorrter Haut.

Er spürte, wie sich sein Bewusstsein ausdehnte, über die Grenzen seines Körpers hinaus. Plötzlich konnte er die Gedanken und Ängste der Menschen um sich herum wahrnehmen, ein Meer aus Emotionen, das ihn zu ertränken drohte.

"Macht, dass es aufhört!", flehte er, doch niemand antwortete. Stattdessen hörte er das grausame Lachen von Jeremiah Blackwood, das aus den Tiefen seines Verstandes emporstieg.

"Du kannst nicht entkommen, Max", hallte Blackwoods Stimme durch seinen Schädel. "Du bist jetzt Teil von etwas viel Grösserem. Etwas, das die Grenzen dieser armseligen Realität sprengen wird."

Max kroch zurück in sein Schlafzimmer, hinterliess eine Spur aus schwarzem Schleim und abgestorbener Haut. Er zog sich auf sein Bett, zitternd und schweissgebadet. Als er die Augen schloss, wurde er von Visionen kosmischer Schrecken heimgesucht.

Er sah uralte Städte aus nicht-euklidischer Geometrie, bewohnt von Wesen jenseits menschlicher Vorstellungskraft. Tentakel und Augen verschmolzen zu unmöglichen Formen, die seinen Verstand bis an die Grenzen des Wahnsinns trieben.

In diesen albtraumhaften Visionen erkannte Max, dass ein Teil des Bösen aus Blackwood Manor in ihm weiterlebte. Es wuchs und gedieh, nährte sich von seiner Lebensessenz wie ein parasitärer Tumor.

Als er die Augen wieder öffnete, hatte sich die Realität um ihn herum verändert. Die Farben wirkten intensiver, beinahe schmerzhaft grell. Schatten bewegten sich aus den Augenwinkeln, formten für Sekundenbruchteile groteske Gestalten.

Max streckte zitternd seine Hand aus und beobachtete fasziniert, wie sich feine schwarze Adern unter seiner Haut ausbreiteten. Er konzentrierte sich auf eine Blumenvase auf seinem Nachttisch und spürte, wie sich etwas in ihm regte.

Zu seinem Entsetzen begannen die Blumen zu verwelken, ihre Blütenblätter fielen ab und zersetzten sich zu schwarzem Staub. Die Vase selbst bekam Risse, aus denen eine schleimige Substanz sickerte.

"Oh Gott", flüsterte Max. "Was bin ich geworden?"

Er taumelte zum Fenster, sein Blick fiel auf die Strasse unter ihm. Menschen gingen ihrem Alltag nach, ahnungslos welche Schrecken in ihrer Mitte lauerten. Max legte seine Hand an die Scheibe und konzentrierte sich.

Zu seinem Entsetzen und seiner perversen Faszination begannen sich die Menschen zu verändern. Ihre Körper verzerrten sich, Gliedmassen wuchsen an unmöglichen Stellen. Einige verschmolzen miteinander zu amorphen Fleischmassen, andere zerfielen zu Staub.

Max zog seine Hand zurück, als hätte er sich verbrannt. Die Menschen auf der Strasse kehrten zu ihrer normalen Form zurück, nichtsahnend was gerade geschehen war.

Er sank auf den Boden, umklammerte seinen zitternden Körper. "Was habe ich getan?", schluchzte er. "Was werde ich noch tun?"

Tief in seinem Inneren spürte er, wie das Böse wuchs und gedieh. Es flüsterte ihm süsse Versprechungen von Macht und Erlösung zu. Max wusste, dass er diesem Drang nicht ewig widerstehen konnte.

Er war zu einem lebenden Vermächtnis des Schreckens geworden, ein Gefäss für Kräfte jenseits menschlicher Vorstellungskraft.

Der ewige Zyklus

Max' Schritte knirschten auf dem von Asche und verkohlten Knochensplittern übersäten Boden, während er durch die gespenstisch stillen Wälder von Havenwood stolperte. Sein Verstand war ein Wirrwarr aus grauenvollen Erinnerungen und Wahnvorstellungen, die Grenze zwischen Realität und Albtraum längst verschwommen.

Plötzlich lichteten sich die Bäume und gaben den Blick frei auf ein albtraumhaftes Panorama: Vor ihm erhoben sich die Ruinen von Blackwood Manor, eine geschwärzte Skelettstruktur gegen den blutrot gefärbten Abendhimmel. Max blieb wie angewurzelt stehen, sein Herz dröhnte schmerzhaft gegen seine Rippen.

Das Herrenhaus schien auf den ersten Blick völlig zerstört, ein verkohltes Mahnmal der Schrecken, die sich hier abgespielt hatten. Doch je länger Max hinstarrte, desto mehr begann sich das Bild vor seinen Augen zu verzerren. Die Ruinen schienen zu flimmern und zu pulsieren, als würden sie von einem unnatürlichen, inneren Leben durchströmt.

Ein Schwindel erfasste Max, liess ihn taumeln. Sein Magen rebellierte und er übergab sich heftig, eine Mischung aus Galle und halbverdautem Blut spritzte auf den verdorrten Boden. Als er wieder aufblickte, durchzuckte ihn ein grauenvoller Gedanke: Das Haus war nicht tot. Es wartete nur.

Wie aus dem Nichts durchfuhr ihn ein mentaler Ruf von solcher Intensität, dass er in die Knie ging. Es war, als würde eine eisige Hand direkt nach seiner Seele greifen. Max stöhnte gequält auf, unfähig sich gegen diesen übernatürlichen Sog zu wehren. Jede Faser seines Wesens schrie danach, zu fliehen, so weit weg wie möglich von diesem verfluchten Ort zu rennen. Doch eine düstere Gewissheit nagte an ihm: Es war sinnlos. Er würde dem Ruf von Blackwood Manor nicht entkommen können.

Wie in Trance erhob sich Max, seine Beine bewegten sich wie ferngesteuert auf das Anwesen zu. Mit jedem Schritt, den er näher kam, schien die Luft dicker zu werden, erfüllt von einem widerlichen Gestank nach Verwesung und etwas Älterem, Bösartigerem.

Plötzlich überkam ihn eine Vision von solcher Intensität, dass er erneut taumelte. Vor seinem geistigen Auge sah er, wie sich die verkohlten Überreste von Blackwood Manor zu regenerieren begannen. Balken richteten sich auf, Mauern wuchsen empor, Fenster und Türen materialisierten sich aus dem Nichts. Es war, als würde ein unheiliger Zeitraffer rückwärts ablaufen.

Max keuchte entsetzt, als er erkannte, dass das Haus nicht nur seine ursprüngliche Form annahm. Es veränderte sich, wuchs und verzerrte sich zu einer noch monströseren Version seiner selbst. Die Fassade wölbte sich wie lebendes Fleisch, Fenster öffneten sich wie hungrige Mäuler voller spitzer Zähne. Das gesamte Gebäude pulsierte im Rhythmus eines kranken, verdorbenen Herzschlags.

Eine Welle der Übelkeit erfasste Max, als ihm die grauenvolle Wahrheit dämmerte: Blackwood Manor war ein lebender Organismus, eine Kreatur jenseits menschlicher Vorstellungskraft. Und es hungerte.

Aus den Augenwinkeln nahm er Bewegungen wahr. Schattenhafte Gestalten huschten zwischen den Bäumen umher, näherten sich dem Anwesen von allen Seiten. Max erkannte mit Schrecken, dass es sich um Menschen handelte - oder zumindest um das, was einmal Menschen gewesen waren. Ihre Körper waren verzerrt, Gliedmassen in unmögliche Winkel gebogen. Ihre Haut war aufgeplatzt und gab den Blick frei auf pulsierendes Gewebe und verdrehte Knochen.

Mit wachsendem Entsetzen wurde Max klar, dass dies die Opfer vergangener Zyklen waren. Unglückliche Seelen, die von Blackwood Manor verschlungen und korrumpiert worden waren. Nun kehrten sie zurück wie Motten, die vom Licht einer tödlichen Flamme angezogen wurden.

Eine der Kreaturen drehte ihren entstellten Kopf in Max' Richtung. Wo einst Augen gewesen waren, klafften nun leere, eiternde Höhlen. Der Mund öffnete sich zu einem unmenschlichen Kreischen, enthüllte mehrere Reihen scharfer Zähne.

Max wollte fliehen, doch seine Beine gehorchten ihm nicht mehr. Er spürte, wie etwas in seinem Inneren zu zerbrechen begann. Seine Wahrnehmung der Realität zerfaserte an den Rändern, löste sich auf wie Zucker in kochendem Wasser. In diesem Moment der völligen geistigen Zersetzung wurde ihm eine schreckliche Wahrheit offenbart:

Er war nun Teil eines grösseren, kosmischen Zyklus. Blackwood Manor war nur ein Tentakel, eine Manifestation von etwas viel Gewaltigerem und Bösartigerem. Ein uraltes Wesen, das sich von menschlichem Leid und Wahnsinn nährte. Und Max war auserwählt worden, eine Rolle in diesem grausamen Spiel zu spielen.

Eine perverse Mischung aus Entsetzen und Ekstase durchströmte ihn, als er diese Erkenntnis in sich aufnahm. Er spürte, wie sein altes Selbst zu sterben begann, während etwas Neues, Dunkleres in ihm heranwuchs.

Max stand vor dem pulsierenden Organismus. Seine Beine zitterten, als wollten sie ihn gegen seinen Willen ins Innere des Hauses tragen.

Die Türen des Manors öffneten sich wie ein hungriges Maul, bereit, ihn zu verschlingen. Tentakel aus Schatten und Wahnsinn streckten sich nach ihm aus, versprachen eine perverse Form der Erlösung. Für einen Moment fühlte Max eine unbändige Sehnsucht, sich in die Umarmung des Hauses fallen zu lassen, all seine Qualen zu vergessen und eins zu werden mit dem pulsierenden Fleisch der Wände.

Doch dann durchzuckte ihn ein Gedanke wie ein Blitz: Sarah. Lisa. Sein Bruder. Ihre Gesichter, verzerrt in ewiger Qual, erschienen vor seinem inneren Auge. Er sah ihre Körper, verschmolzen mit den Wänden des

Manors, ihre Schreie für immer gefangen in den Echos der verdammten Hallen.

Mit übermenschlicher Anstrengung zwang Max seinen Körper zum Stillstand. Seine Muskeln bebten vor Anstrengung, als er einen Schritt zurück machte. Dann noch einen. Das Haus schien zu brüllen, ein unmenschlicher Schrei der Wut und Enttäuschung zerriss die Nacht.

Max drehte sich um und rannte. Er rannte, bis seine Lungen brannten und seine Beine nachgaben. Als er schliesslich zusammenbrach, war Blackwood Manor nur noch ein dunkler Schatten am Horizont.

Die Erleichterung, dem Grauen entkommen zu sein, wurde sofort von einer Welle der Schuld und Verzweiflung überrollt. Max wusste, dass er Sarah und Lisa im Stich gelassen hatte. Ihr Leid würde ewig währen, während er weiterleben durfte. Und sein Bruder... hatte er ihn wirklich erlöst, oder nur einen weiteren grausamen Mord begangen?

Die Erinnerungen an die Schrecken, die er gesehen und erlebt hatte, brannten sich in sein Gehirn. Max wusste, dass er nie wieder einen ruhigen Schlaf finden würde. Jede Nacht würde er die Schreie der Verdammten hören, würde die pulsierenden Wände von Blackwood Manor spüren.

Er war dem Horror entkommen, doch hatte er nicht einfach einen Albtraum mit dem nächsten ausgetauscht? Max war verdammt dazu, mit dem Wissen zu leben, was er zurückgelassen hatte. Die

Schuld würde an ihm nagen wie ein hungriger Parasit, würde sein Innerstes zerfetzen, bis nichts mehr von ihm übrig war als eine leere Hülle.

Und tief in seinem Inneren, verborgen vor seinem bewussten Verstand, würde immer diese perverse Sehnsucht schlummern. Der Wunsch, zurückzukehren in die fleischigen Hallen von Blackwood Manor, um endlich eins zu werden mit dem Grauen.

Max hatte überlebt, ja. Aber zu welchem Preis? War dieses "normale" Leben nicht eine viel grausamere Strafe als die ewige Verdammnis im Haus des Schreckens?

Nachwort

Geehrter Leser des Grauens,

Du hast die blutgetränkten Seiten von "Blackwood Manor - Erbe des Wahnsinns" überlebt. Doch glaube nicht, dem Wahnsinn entkommen zu sein. Die Schatten, die du erblickt hast, werden dich verfolgen, in deine Träume kriechen und deine Realität verzerren.

Die Geschichte von Sarah, Lisa, Tim und Max ist ein Tor zu den dunkelsten Abgründen der Seele, ein Spiegel deiner verborgenen Perversionen. Jede Zeile hat einen Teil deiner Unschuld verschlungen und dich tiefer in den kosmischen Horror gezogen.

Woher kam die Inspiration? Die Antwort ist erschreckend: Die Grenzen zwischen Fiktion und Realität sind durchlässiger als wir zugeben wollen. Diese Albträume sind der Wahrheit näher, als du dir vorstellen kannst.

Wahnsinn, Verderbtheit, kosmischer Schrecken - universelle Konzepte aus unserem kollektiven Unterbewusstsein. Sie spiegeln unsere Urängste vor dem Unbekannten, der Zerbrechlichkeit des Verstandes und der Fragilität der Realität.

Doch sei gewarnt: Dies ist erst der Anfang. Band 3 wird dich noch tiefer in den Abgrund ziehen. Visionen des Grauens werden sich in dein Fleisch brennen.

Bereite dich auf eine Reise vor, die alle Grenzen sprengt. Eine Odyssee durch die finstersten Winkel des

Geistes und darüber hinaus. Der bisherige Wahnsinn war nur ein Vorgeschmack.

In Band 3 werden wir in die Tiefen des 18. Jahrhunderts hinabsteigen, als Blackwood Manor noch in seinem vollen, dekadenten Glanz erstrahlte. Hinter den prunkvollen Fassaden lauern Schatten, die deine kühnsten Albträume übersteigen. Grausame Rituale, verbotene Liebschaften und ein Fluch, der Generationen überdauert, erwarten dich.

Bis dahin, achte auf die Schatten in den Ecken. Horche auf das Flüstern in der Dunkelheit. Blackwood Manor hat dich gezeichnet, sein Ruf wird dich nie loslassen.

Mit den besten Wünschen für deine verbleibende geistige Gesundheit,

Mirco Deflorin

P.S.: Solltest du seltsame Symbole sehen oder das Gefühl haben, dass dich etwas aus den Seiten beobachtet, ignoriere es. Es ist sicherlich nur Einbildung. Oder?

Milton Keynes UK
Ingram Content Group UK Ltd.
UKHW031356011224
451755UK00004B/284

9 783769 314083